Holly Baker

Schneeflocken und Plätzchenduft

PIPER

Zu diesem Buch

»Mühevoll hievte ich den Koffer aus dem Zug, stolperte fast und konnte gerade noch einen Sturz verhindern. Ich sollte wirklich mehr Sport treiben, denn jetzt schon aus der Puste zu sein war echt erbärmlich. Genervt schnappte ich mir meinen Koffer, da stieß ich mit einem Mann zusammen, der im selben Moment an mir vorbeieilte. Mit einem Lächeln strich er sich die Haare nach hinten und wollte weitergehen, als er plötzlich stehenblieb und sich noch einmal zu mir umdrehte. Mit zusammengekniffenen Augen musterte er mich.
›Chrissie, bist du's wirklich? Was für eine Überraschung. Wir haben uns ja ewig nicht gesehen.‹
›Ähm ...‹
›Tim. Tim Wagner.‹
Ich konnte nicht anders, als ihn anzustarren. Oh. Mein. Gott. Bilder ploppten vor meinem geistigen Auge auf – ein ganz niedlicher Junge von achtzehn Jahren, der damals mit seinen weichen Gesichtszügen und dem nicht vorhandenen Bartwuchs viel jünger als achtzehn gewirkt hatte. Heute hingegen ... wirkte er nicht nur im Vergleich zu damals unglaublich männlich.«

Holly Baker, die in den bunten 1980ern geboren wurde, lebt mit ihrer Familie im Ruhrgebiet, wo sie alle Jahre wieder ein zauberhaftes Weihnachtsfest feiert. Sie ist ein leidenschaftlicher Weihnachtsfan und liebt es, selbst in Geschichten zu schwelgen, sei es in Romanen, Serien oder Filmen. Dabei haben es ihr vor allem alte Filme mit den Schauspielerinnen vergangener Tage angetan: Audrey Hepburn, Marilyn Monroe, Doris Day. So entstand das Pseudonym Holly Baker. Unter ihrem richtigen Namen schreibt die Autorin auch Krimis und Fantasyromane.

Holly Baker

Schneeflocken und Plätzchenduft

Roman

PIPER

Mehr über unsere Autorinnen, Autoren und Bücher:
www.piper.de

Wenn Ihnen dieser Roman gefallen hat, schreiben Sie uns unter Nennung des Titels »Schneeflocken und Plätzchenduft« an *empfehlungen@piper.de*, und wir empfehlen Ihnen gerne vergleichbare Bücher.

Von Holly Baker liegen im Piper Verlag vor:
Der Zauber der Schneeflocken
Schneeflocken und Plätzchenduft

Unser Versprechen für mehr Nachhaltigkeit
• Klimaneutrales Produkt
• FSC®-zertifiziertes Papier
• Hergestellt in Europa

FSC
www.fsc.org
MIX
Papier | Fördert gute Waldnutzung
FSC® C083411

Originalausgabe
ISBN 978-3-492-31865-5
Oktober 2022

Dieses Werk wurde vermittelt durch die litmedia.agency, Germany.
Redaktion: Michelle Stöger
Umschlaggestaltung: zero-media.net, München
Umschlagabbildung: DaveLongMedia / getty images und FinePic®, München
Satz: Satz für Satz, Wangen im Allgäu
Gesetzt aus der Adobe Caslon
Druck und Bindung: CPI books GmbH, Leck
Printed in the EU

Für Christian, Niklas und Betty.
Danke, dass es euch gibt!

Und für Anna.

Mittwoch, 27. November 1996

1

Der Mann neben mir summte leise *Jingle Bells*, und das weihnachtlich beleuchtete Hamburg glitt an den Fenstern der Straßenbahn vorbei. Schmunzelnd genoss ich den Anblick, als mir mit einem Mal heiß wurde. Punkte tanzten vor meinen Augen, und ich umklammerte die Haltestange vor mir noch fester. O nein, nicht schon wieder. Das passierte leider regelmäßig, wenn ich mich dick eingemummelt zu lange in überhitzten Räumen aufhielt. Warum hatte ich nicht das Auto genommen? Wobei die Antwort klar war, denn wer fuhr schon gern bei Glatteis mit dem Auto? Außerdem war ich grundsätzlich gern mit der Bahn unterwegs, denn da konnte man wunderbar seinen Gedanken freien Lauf lassen.

Ich lockerte den selbst gestrickten Schal um meinen Hals, den ich letztes Weihnachten von meiner Tante geschenkt bekommen hatte, und öffnete die obersten beiden Knöpfe meines Mantels.

Um mich von meinem Kreislaufproblem abzulenken, ließ ich meinen Blick über die bunt gemischte Menge schweifen, die sich mit mir in die Straßenbahn gequetscht hatte – junge wie alte Menschen, Geschäftsleute wie Teenager, die nach der Schule noch einen Abstecher zu einem Freund oder einer Freundin gemacht hatten, bevor sie nun mit ihren Eastpaks und in viel zu weiten Hosen den Heimweg antraten.

Und dann gab es da noch die Weihnachtseinkäufer, die jetzt schon die ersten Geschenke ergattert hatten, dabei war es gerade einmal Mittwoch vor dem ersten Advent. Leider gehörte ich selbst zu denjenigen, die sich zwar das ganze Jahr über Gedanken über das perfekte Präsent machten, dieses aber trotzdem erst kurz vor Heiligabend besorgten. Jedes Jahr nahm ich mir aufs Neue vor, die Geschenke früher zu kaufen – viele waren es ohnehin nicht –, doch ich scheiterte immer wieder an meinem Vorhaben. Aber vielleicht klappte es ja dieses Weihnachten.

Unvermittelt kam die Straßenbahn zum Stehen, und gleich darauf öffneten sich die Türen. Zwei Männer und eine Frau quetschten sich an mir vorbei, als mir klar wurde, dass das auch meine Haltestation war. Schnell stieg ich ebenfalls aus und geriet auf einer zugefrorenen Stelle auf dem Asphalt, die ich nicht gesehen hatte, ins Schlingern. Ein Mann mit dunklem Haar, das hier und da grau meliert war, fasste mich am Arm und bewahrte mich somit vor einem Sturz.

»Alles okay?«, fragte er und schenkte mir ein Lächeln, das reif für die Zahnpastawerbung war.

»Ja, äh, klar. Vielen Dank fürs Auffangen.«

Kurz erwiderte ich sein Lächeln, bevor ich meinen Mantel zuknöpfte und den Schal wieder enger um meinen Hals zog. Aus den Augenwinkeln bemerkte ich, dass der hilfsbereite Mann seine Aufmerksamkeit nach wie vor auf mich gerichtet hatte, doch als sich die Türen der Straßenbahn schließen wollten, hielt er schnell seinen Arm dazwischen und sprang hinein. Bedauernd zuckte er mit den Schultern, während sich die Bahn langsam in Bewegung setzte.

Ups.

Für den Bruchteil einer Sekunde verspürte ich selbst so etwas wie Bedauern, weil ich den Flirtversuch des Mannes nicht erkannt hatte, doch ich drängte es ebenso wie die Resignation zurück, die sich wie so oft, wenn es um das Thema Männer ging, in mir ausbreiten wollte. Was soll's. Auf diese Weise hatte ich uns immerhin eine Enttäuschung erspart, denn darauf wäre es hinausgelaufen. So war es leider immer. Es war eben niemand wie *er*.

Entschlossen stapfte ich los. Kalte Luft und Nieselregen umhüllten mich, fühlten sich an wie tausend Nadelstiche auf meinen Wangen, und mein Atem verwandelte sich in sichtbare Wölkchen. Ich beschleunigte meine Schritte. Wenn es wenigstens schneien würde, kalt genug war es, doch Schnee in Hamburg war nicht nur zu Weihnachten selten. Aber wer weiß, vielleicht hatten wir ja dieses Jahr Glück, und der Himmel beschenkte uns doch noch mit dicken weißen Flocken, so wie früher in Heidelberg. Heidelberg … dort war vieles anders gewesen, doch ich schüttelte den Kopf, um nicht weiter daran zu denken. Das war lange her, fühlte sich beinahe an wie ein anderes Leben, auch wenn ich die Auswirkungen wie ein Nachbeben bis heute zu spüren bekam.

Das wilhelminische Haus, in dem meine Altbauwohnung lag, kam in Sicht, und vor der Haustür erspähte ich eine Frau mit weißem Lockenkopf, die, egal wie kalt oder warm es draußen war, stets lange Wollröcke trug: meine Vermieterin, Inge Lüdtke. Sie war knapp einen Meter sechzig groß, Anfang achtzig und hatte nur einen Makel: Fast jeden Abend sah sie in viel zu hoher Lautstärke fern, da sie ihr Hörgerät ausschaltete, sobald sie den Fernseher einschaltete. Dafür hatte sie ein großes Herz, immer ein offenes Ohr, und sie buk – abgesehen von meiner Tante Karla – den besten Kuchen, den ich je gegessen hatte. Jeden Sonntag stellte sich meine Vermieterin in die Küche und warf den Backofen an, und jeden Sonntagnachmittag stand dann ein Teller mit saftigem Apfel-, Pflaumen- oder Kirschkuchen vor meiner Tür. Gab es keinen Kuchen, wusste ich sofort, was los war. Dann machte Frau Lüdtke das Rheuma mal wieder zu schaffen.

Auch heute schien sie darunter zu leiden. Sie fummelte schon seit einer gefühlten Ewigkeit an dem Türschloss herum, und nun rutschte ihr der Schlüssel auch noch aus den steifen Fingern und landete auf dem Boden. Ich eilte zu ihr.

»Warten Sie, ich helfe Ihnen«, rief ich, bevor sie sich umständlich danach bücken konnte.

Sie legte eine Hand auf ihr Herz und blickte in meine Richtung. »Ach, Frau Willert. Vielen Dank, das ist sehr lieb von Ihnen.«

Sie machte mir Platz. Ich hob den Schlüsselbund auf, an dem mindestens fünfzehn Schlüssel und noch mal halb so viele Anhänger baumelten, und fand schnell den Haustürschlüssel, da er mit einer roten Kappe gekennzeichnet war. Nachdem ich aufgeschlossen hatte, griff ich nach der Einkaufstasche, die auf dem Boden stand, und ließ Frau Lüdtke den Vortritt.

»Warum sagen Sie denn nicht Bescheid, wenn Sie etwas brauchen?« Meine Stimme klang gewollt vorwurfsvoll, während ich auf die Tasche zeigte und dann den richtigen Schlüssel für die Wohnungstür suchte, auf dem eine grüne Kappe steckte.

»Ach, na ja. Wegen ein paar Backzutaten jage ich Sie doch nicht bei dem Wetter vor die Haustür. Außerdem weiß ich ja, dass Sie sehr beschäftigt sind.«

»Für Sie nehme ich mir immer Zeit«, erwiderte ich mit einem Lächeln, dabei hatte sie nicht ganz unrecht.

Kurz bevor die Adventszeit startete, hatte ich immer mehr Aufträge als sonst, weil sich mein Auftraggeber bei seinen Kunden bedanken oder besondere Aktionen zur Weihnachtszeit machen wollte. Ich bastelte die entsprechenden Grafiken dafür oder übernahm die Kalligrafie. Die Kunst des schönen Schreibens mochte ich am liebsten, auch wenn das mein damaliger Deutschlehrer sicher nie für möglich gehalten hätte, und zu meiner Freude wurde dieser Teil meiner Arbeit immer wichtiger. Und das Beste daran war, dass ich es überall machen konnte. Im Sommer hatte ich oft mit meinem Skizzenblock im Hayns Park gesessen, Kinder beim Spielen und Teenager beim Knutschen beobachtet und mich vom Leben inspirieren lassen.

Im Spätherbst und Winter war das freilich keine Option, weshalb ich oft tagelang in meiner Wohnung vor dem Computer hockte – es sei denn, ich hatte wie heute einen Kundentermin vor Ort, oder die regelmäßige Verabredung mit meinem Onkel Manfred stand an. Einmal im Monat traf ich mich sonntagmorgens mit dem Bruder meines Vaters auf dem Altonaer Fischmarkt, und dann bummelten wir über den Markt und an der Elbe entlang, um anschließend noch zusammen in einem Café oder Restaurant einzukehren.

So oder so tat ein bisschen Ablenkung von der vielen Arbeit im Spätherbst ganz gut, und sei es nur, um schnell Besorgungen für meine Vermieterin zu erledigen. Und tatsächlich wurde die Arbeit auch allmählich wieder überschaubar, denn bis Weihnachten war es nicht mehr allzu lange hin.

»Melden Sie sich beim nächsten Mal gerne bei mir. In meinem Job schadet es nie, mal unter Leute zu kommen, ich muss mich bei schlechtem Wetter nur manchmal daran erinnern.«

»Ähm, Frau Willert? Haben Sie noch einen Moment?«, fragte meine Vermieterin, als ich ihr den Schlüsselbund reichte und Anstalten machte, die Treppe zu meiner Wohnung hochzugehen.

Ich unterdrückte ein Stirnrunzeln, denn sie klang ernst und nicht so, als wäre ihr einfach nur nach ein wenig Gesellschaft zumute. »Natürlich. Was kann ich für Sie tun?«

»Lassen Sie mich erst mal was zu trinken holen. Kaffee oder Tee?«

Zehn Minuten später saßen wir uns in ihrem Wohnzimmer gegenüber; sie auf dem Sessel, in dem sie zwischen all den Kissen mit Blümchendruck fast versank, ich auf dem Sofa. Auf dem Tisch in der Mitte standen zwischen unzähligen Teelichthaltern zwei Tassen dampfender Tee, der herrlich nach Zimt roch.

Für gewöhnlich hatte Frau Lüdtke keinen großen Hang zu Dekoartikeln, sie bezeichnete diese gern als Staubfänger. Zur Adventszeit ließ sie sich jedoch von ihrem Sohn die Kisten mit der Weihnachtsdeko aus dem Keller holen, und dann verteilten sich überall in ihrer Wohnung Engel, Weihnachtsmänner, Rentiere und anderer Schmuck. Je kitschiger und skurriler, desto besser.

Ich riss meine Aufmerksamkeit von den drei angetrunkenen Keramikweihnachtsmännern auf dem Sideboard los und richtete sie stattdessen auf die graue Katze, die in der Tür saß und mich misstrauisch beäugte, als wolle sie mich jede Sekunde anspringen und überlege nur, wie sie das am besten anstellen sollte, ohne von ihrem Frauchen Ärger zu bekommen. Bisher hatte sie nie viel Notiz von mir genommen, doch nun kam sie plötzlich zu mir und sprang ohne Vorwarnung auf meinen Schoß. Ich zuckte zusammen und hob schützend die Hände vor mein Gesicht, doch die Katze rollte sich auf meinen Beinen zusammen und schnurrte leise vor sich hin. Zögerlich strich ich ihr übers Fell, und das Schnurren wurde lauter. Ich wandte mich wieder meiner Vermieterin zu, die noch kleiner als sonst wirkte. Das ungute Gefühl in meinem Bauch verstärkte sich. Was auch immer Frau Lüdtke mir zu sagen hatte – es würde garantiert nichts Gutes sein.

»Was liegt Ihnen denn auf dem Herzen?«, fragte ich, als sie sich fast gleichzeitig räusperte.

»Nun, Sie wissen ja, dass ich im Frühling dreiundachtzig werde und mein Rheuma immer schlimmer wird. Das geht mir alles einfach nicht mehr so leicht von der Hand, und mein ältester Sohn, der Franz, ist auch nicht mehr der Jüngste. Er hatte bereits einen Herzinfarkt und möchte das Leben jetzt etwas ruhiger angehen. Außerdem hat er ja das schöne Haus in Blankenese.« Sie griff nach ihrer Tasse mit Rosenmuster und pustete kräftig hinein, bevor sie von dem Tee schlürfte. »Im Sommer, wenn der Franz in den Vorruhestand geht, kommt das vierte Enkelkind. Können Sie das glauben? Dann werde ich erneut Uroma. Ich hätte nicht gedacht, dass ich das noch erlebe. Meine älteste Enkelin hat mit der Kinderplanung abgeschlossen, die mittlere möchte keine Kinder haben, und das Nesthäkchen ist gerade einmal dreiundzwanzig. Das ist doch heutzutage kein Alter. Früher, ja früher gehörte man mit dreiundzwanzig fast schon zu den Spätgebärenden, aber heute lassen sich die Frauen ja viel mehr Zeit mit der Familienplanung, auch wenn das nicht immer die beste Entscheidung ist. Ich meine, die Biologie lässt sich nicht überlisten, nicht wahr?«

Sie trank einen weiteren Schluck Tee und räusperte sich erneut, als sie mich ansah. Offenbar standen mir meine Gefühle ins Gesicht geschrieben.

»Entschuldigen Sie, Frau Willert, verstehen Sie mich bitte nicht falsch. Es steht mir nicht zu, über andere zu urteilen. Oftmals hat das ja auch alles seine Gründe, und jeder kann seine eigenen Entscheidungen treffen.«

Richtig, wollte ich sagen. *Nicht immer sind die Umstände so, wie man sie gerne hätte. Manchmal hat es berufliche Gründe, und manchmal fehlt auch einfach der passende Mann. Häufiger, als man denkt, ist es keine bewusste Entscheidung, das Kinderkriegen so lange aufzuschieben.* Doch ich schluckte die Worte hinunter und zwang mich stattdessen zu einem Lächeln. Meine Vermieterin meinte es nicht böse, und sie konnte schließlich nicht wissen, warum ich mit sechsunddreißig noch Single und kinderlos war. So vertraut waren wir dann eben doch nicht miteinander.

»Machen Sie sich keine Gedanken, und herzlichen Glückwunsch zum vierten Urenkel. Das ist großartig«, hörte ich mich sagen, während sich meine Fingernägel schmerzhaft in meine Handflächen bohrten.

Ein bitterer Geschmack breitete sich in meinem Mund aus. Ich hatte ihn längst gefunden gehabt, den Mann, mit dem ich mein Leben teilen wollte. Zwar war ich damals recht jung, und doch war ich mir dessen zu einhundert Prozent sicher gewesen. Er war einfach perfekt. Bis heute konnte ich nicht aufhören, an ihn zu denken, dabei war das mit uns inzwischen fast zwanzig Jahre her. Jeder Mann, der seitdem versuchte, sich in mein Herz zu stehlen, musste unweigerlich scheitern, weil ich ihn mit *ihm* verglich. Und gegen *ihn* kam keiner an.

»Vielen Dank, Frau Willert. Und es tut mir wirklich leid. Ich habe Sie als Mieterin stets geschätzt, das wissen Sie.«

Frau Lüdtkes Worte katapultierten mich jäh aus der Vergangenheit zurück in die Gegenwart. Ich richtete mich auf, was die Katze nicht im Geringsten störte. »Bitte was?«

Sie setzte eine schuldbewusste Miene auf. »Die Entscheidung ist mir nicht leichtgefallen, aber sehen Sie, wenn weder der Franz noch mein Jüngster, der Walter, Interesse hat, habe ich keine andere Wahl.«

Sie redete wirr, tat so, als hätte sie all die Fakten mir gegenüber schon erwähnt. Und doch ergab das alles einen Sinn. Punkte tanzten erneut vor meinen Augen, Hitze durchfuhr mich. »Sie wollen das Haus verkaufen?«

»Vermutlich bleibt mir nichts anderes übrig.« Entschuldigend zuckte sie mit den Schultern. »Der Franz hat doch das schöne Haus in Blankenese. Ich habe schließlich zugestimmt, zu ihm zu ziehen, denn das Haus im Treppenviertel ist ausreichend für uns alle und macht genug Arbeit. Zwar fällt es mir nicht leicht, meine Selbstständigkeit aufzugeben, aber ich bin froh, dass Franz mich zu sich holt und nicht in ein Heim stecken will. Dort hätten mich keine zehn Pferde hinbekommen.«

Abwesend streichelte ich die Katze und nickte. Das konnte ich sogar verstehen – besser, als sie vermutlich annahm. Wo würde ich im Alter einmal landen? Vielleicht befand ich mich derzeit in den besten Jahren meines Lebens, aber was das Kinderkriegen anging, wurde die Zeit allmählich knapp, da brauchte ich mir nichts vorzumachen. Und ohne Kinder war mein Weg vorgezeichnet – ich würde einsam und verlassen in einem Pflegeheim enden, und mich würde vermutlich nicht mal jemand besuchen kommen oder sonntags zum Kuchenessen abholen.

Kopfschüttelnd holte ich mich zurück in die Gegenwart, denn das war nicht der richtige Augenblick, um darüber nachzudenken, und außerdem hatte ich es satt, dass meine Gedanken ständig um ein und dasselbe Thema kreisten. Ich konnte doch nichts daran ändern, sofern ich mich nicht künstlich befruchten ließ, und dazu war ich trotz allem noch nicht bereit. Es erschien mir erbärmlich, und was bitte sollte ich meinem Kind sagen, wenn es eines Tages nach seinem Vater fragte? *Du bist im Reagenzglas entstanden?* Nein, so emanzipiert war ich dann doch nicht.

»Bis wann muss ich aus der Wohnung raus sein?«, fragte ich geschäftsmäßig.

»Immer langsam mit den jungen Pferden.« Frau Lüdtke hievte sich aus ihrem Sessel und ging mit ihrer leeren Tasse hinüber zum Esstisch, wo die Teekanne stand. Mit steifen Händen goss sie sich nach. »Für Sie auch noch eine Tasse?«

Ich lehnte höflich ab, da ich meinen Tee bisher nicht angerührt hatte. Schnell trank ich einen Schluck. »Aber Sie sagten doch, Sie wollen das Haus verkaufen? Oder denken Sie, der Käufer übernimmt die bestehenden Mietverträge?«

Das war schließlich nicht ungewöhnlich, auch wenn ich in dem Fall ganz sicher mit einer Mieterhöhung zu rechnen hatte. Dieses Gebaren fand ich zwar ziemlich mies, aber damit würde ich mich wohl oder übel abfinden müssen. Alles war besser als umzuziehen. Ich liebte meine Wohnung, die Gegend, das ganze Viertel, und ich konnte außerdem nicht leugnen, dass es durchaus Spielraum nach oben gab, was die Miete anbelangte. Frau Lüdtke war keine Halsabschneiderin, im Gegenteil, denn für Hamburger Verhältnisse verlangte sie wirklich nicht viel. Zwar war das hier nicht Blankenese, aber Eppendorf war eine ebenso gute Gegend. Sie hätte deutlich mehr fordern können, und ein Wechsel bei den Eigentümern war die perfekte Gelegenheit dafür.

»Natürlich werde ich alles tun, damit Sie und die anderen Mieter übernommen werden, wenn ich das Haus wirklich verkaufen muss. Das sollte kein Problem sein, denn ich würde es an jemanden verkaufen, der keinen Eigenbedarf anmeldet. Momentan kann ich aber leider keine Versprechungen machen. Der Franz steckt zwar mitten in den Verhandlungen mit potenziellen Käufern, und es sind einige Interessenten ohne Eigenbedarf dabei, allerdings hoffe ich immer noch, dass sich der Walter, mein Jüngster, dazu entschließt, das Haus zu übernehmen. In dem Fall würde er es aber für den Eigenbedarf nutzen wollen, und dann müssten Sie tatsächlich ausziehen. So oder so wird das aber nicht vor nächstem Sommer der Fall sein, das kann ich Ihnen zusichern.«

»Danke«, brachte ich mühsam hervor. Immerhin das. Ich hatte mich schon auf Wohnungssuche und beim Kistenpacken gesehen, während alle anderen um mich herum gemütliche Feiertage verbrachten.

Ich verabschiedete mich rasch, denn nach der Hiobsbotschaft war mir die Lust auf Small Talk vergangen, und stieg die Stufen nach oben zu meiner Wohnung. Der Gedanke, dass das bevorstehende Weihnachtsfest möglicherweise das letzte in diesen vier Wänden war, bescherte mir einen Kloß im Hals. Und dabei hing ich nicht einmal sonderlich an materiellen Dingen, ich hatte es mir abgewöhnt. Offenbar nicht so gut, wie ich gedacht hatte. Möglicherweise hatte ich aber auch einfach nur ein Problem mit Veränderungen.

Ich ignorierte den Gedanken, schloss die Tür auf und lehnte mich mit geschlossenen Augen für einen Moment dagegen, ehe ich den Mantel aufhängte und die Stiefel abstreifte. Auf dem Weg zum Badezimmer zog ich mich aus, ein Kleidungsstück nach dem anderen, ließ diese an Ort und Stelle auf den Boden fallen, bis ich nackt war. Ich trat unter die Regendusche, stellte das Wasser heißer, als gut für meine Haut war, und ließ mich einfach nur berieseln. Das tat ich nicht oft, da ich es für Ressourcenverschwendung hielt, doch heute war mir das egal. Ich wollte diesen Tag fortspülen, die Hiobsbotschaft meiner Vermieterin und all die unschönen Gedanken an die Vergangenheit, die stets in mir steckten und nur darauf lauerten herauszubrechen. Ich wollte das nicht. Es machte keinen Spaß, ständig an ihn denken zu müssen, jeden Mann mit ihm zu vergleichen und zu wissen, dass es keine Zukunft mit einem anderen für mich geben würde, solange er mein Denken bestimmte, aber so war es nun einmal. Ich konnte nichts dagegen tun.

Tränen schossen mir in die Augen, mischten sich mit dem

heißen Wasser. Energisch griff ich nach dem Shampoo und blinzelte die Tränen fort. Weinen würde mich nicht weiterbringen, also konnte ich es genauso gut bleiben lassen. Viel zu grob wusch ich mir die Haare und seifte mich ein. Anschließend stieg ich in meinen flauschigen Bademantel und wickelte mir ein Handtuch um die Haare. In der Küche machte ich mir eine Dosensuppe warm – leider muss ich zugeben, dass ich davon immer einen Vorrat habe, auch wenn ich es nicht sollte – und kochte mir einen Kräutertee, dann kuschelte ich mich unter die Decke aufs Sofa, um mich von einer meiner Lieblingsserien berieseln zu lassen – *Magnum*. In diesem Moment konnte ich mir nichts Schöneres vorstellen, als mich für eine Dreiviertelstunde nach Hawaii zu träumen. Doch kaum hatte ich den Fernseher eingeschaltet, klingelte das Telefon. Eine Sekunde überlegte ich, den Anruf zu ignorieren, doch sofort beschlich mich der Gedanke, dass es wichtig sein könnte.

Seufzend stellte ich die Suppenschüssel beiseite und hievte mich vom Sofa, um in den Flur zu gehen. Dummerweise reichte das Telefonkabel nicht bis ins Wohnzimmer, deshalb setzte ich mich auf die Bank und hob den Hörer ab.

»Christina Willert«, meldete ich mich.

»Chrissie, hier ist Karla. Wie geht es dir?«

Ein Lächeln stahl sich auf mein Gesicht. »Tante Karla, was für eine Überraschung. Schön, dass du anrufst.«

Sie kicherte. »Du gehst auf die vierzig zu, meine Kleine. Willst du nicht endlich aufhören, mich Tante Karla zu nennen? Außerdem macht mich das älter, als ich ohnehin schon bin.«

Ich musste lachen. »Entschuldige, das rutscht mir manchmal einfach so raus. Ist alles okay bei dir? Seid ihr schon im Plätzchenbackstress?«

Ende der Siebzigerjahre hatte meine Tante eine Art Adventskalender ins Leben gerufen, der bis heute Tradition in ihrem Café, dem *Neckarplätzchen*, war. Jeden Tag im Dezember bot sie ihren Kunden eine andere Plätzchensorte an. Diese Aktion kam unglaublich gut an bei der Kundschaft, weshalb Karla im Dezember stets zusätzliche Hilfskräfte einstellen musste.

Sie stieß ein Seufzen aus und versetzte mich damit sofort in Alarmbereitschaft. »Was ist los?«

»Ich habe mir den Arm gebrochen, bin auf den nassen Fliesen im Bad ausgerutscht. Sag nichts, ich weiß selbst, dass ich ein Schussel bin.«

»Und was nun?«

»Nun habe ich ein richtiges Problem, denn zu allem Überfluss hat sich Wilma die Grippe eingefangen. Jeden Winter versuche ich, sie zu überreden, sich impfen zu lassen – zwecklos. Jetzt liegt sie sicher zwei Wochen lang flach.«

Auch das noch. Wilma war Karlas beste und längste Angestellte. Dass sie zusammen mit meiner Tante ausfiel, kam einer Katastrophe gleich. »Was kann ich tun?«, fragte ich sofort.

Ich hörte das Lächeln in Karlas Stimme, als sie antwortete. »Lieb, dass du fragst. Mir ist klar, dass du selbst viel Arbeit und sicher schon Pläne für Weihnachten hast, weshalb ich dich auch eigentlich gar nicht mit meinen Problemen belasten will. Natürlich habe ich mich schon um neue Aushilfen gekümmert, aber abgesehen von Wilma, Barbara und mir kennt niemand das Café so gut wie du.«

»Ich habe doch bisher nur einmal im Advent ausgeholfen«, wandte ich ein.

»In jenem Jahr hast du mehr Zeit im *Neckarplätzchen* verbracht als zu Hause, meine Kleine.«

Das stimmte allerdings. »Ich mach's«, sagte ich daher, ohne weiter darüber nachzudenken, was mich selbst am meisten wunderte, war Spontanität doch eigentlich überhaupt nicht meine Art.

»Wirklich? Bist du dir ganz sicher? Fühl dich bitte nicht verpflichtet, Chrissie. Ich könnte verstehen, wenn …«

Ich schüttelte den Kopf. »Du kannst dich auf mich verlassen, Karla. Ich komme nach Heidelberg.«

»Geht das denn so einfach mit deinen Aufträgen?«

Ich nahm den Hörer in die andere Hand. »Die nehme ich mit, das wird schon gehen. Die Firma, für die ich als feste Freie tätig bin, hat mir einen mobilen Computer gestellt, sodass das kein Problem sein sollte. Es ist ja ein familiärer Notfall, außerdem wird die Arbeit erfahrungsgemäß immer weniger, je näher der 24. Dezember rückt.«

Karla atmete erleichtert aus. »O Chrissie, ich weiß gar nicht, was ich sagen soll. Vielen Dank, du nimmst mir eine große Last von den Schultern.«

»Das ist selbstverständlich, dafür ist die Familie schließlich da. Reicht es, wenn ich am Wochenende komme?«

»Perfekt, ich bin dir wirklich was schuldig. Soll ich …? Warte mal kurz.« Einen Moment hörte ich nur vereinzelte Wörter, dann war sie mit ihrer Aufmerksamkeit wieder bei mir. »Du, ich muss leider schon auflegen, Barbara braucht meine Hilfe mit dem Lieferanten. Sag Bescheid, wenn du kommst. Ich hole dich vom Bahnhof ab und koche Lasagne.«

Ich runzelte die Stirn. »Mit einem Arm?«

»Du glaubst gar nicht, was alles mit einem Arm geht. Ich bin nur nicht so schnell wie sonst. Zum Bahnhof würde ich allerdings die Bahn und nicht das Auto nehmen.«

»Das ist wirklich nicht nötig.«

»Das mache ich gern. Ich freue mich auf dich, meine Kleine. Bis zum Wochenende dann.«

Sie hatte aufgelegt, ehe ich noch etwas sagen konnte. Langsam legte ich den Hörer ebenfalls zurück auf die Gabel; das Herz schlug mir bis zum Hals. Verdammt, was hatte ich mir nur dabei gedacht?

Ich wusste, dass ich keine Wahl gehabt hatte. Karla war immer für mich da gewesen, wenn meine Eltern, allen voran meine Mutter, mich nicht verstanden hatten, und ich hatte sie wirklich viel zu lange nicht gesehen. Es stand völlig außer Frage, dass ich ihr helfen würde, allerdings war ich lange nicht so gelassen, wie ich ihr vorgespielt hatte. In meine alte Heimat zurückzukehren machte mir nämlich eine Heidenangst, denn sehr wahrscheinlich würde ich dort auch *ihm* über den Weg laufen. *Ihm* und *ihr*. Und dafür war ich offensichtlich alles andere als bereit.

Samstag, 30. November 1996

2

Nur die Ruhe, sagte ich mir immer wieder, während der IC an der wunderschönen Landschaft vorbeirollte. In Frankfurt war ich umgestiegen, da der ICE aus Hamburg nicht in Heidelberg hielt. Wäre ich in Hamburg direkt in einen IC gestiegen, hätte ich durchfahren können – was mich allerdings über eine Stunde mehr Zeit gekostet hätte. Jetzt fragte ich mich, warum ich das nicht in Kauf genommen hatte, immerhin hatte ich es doch gar nicht so eilig, nach Heidelberg zu kommen.

Die letzte Nacht hatte ich kaum ein Auge zugetan, weil ich mir permanent vorstellte, wie ich meiner Jugendliebe und seiner Frau gegenüberstand, und auch die ganze Zugfahrt über ließen mich diese Gedanken nicht los. Ich konnte mich weder auf mein Buch noch auf mein Hörbuch konzentrieren. Schließlich hatte ich die CD gewechselt und viel zu laut Musik aufgedreht, um meine Gedanken zu übertönen. Irgendwo zwischen Kassel und Frankfurt hatte ich den Discman jedoch wohl oder übel beiseitegelegt, da mir schon die Ohren geklingelt hatten.

Nur die Ruhe, wiederholte ich noch einmal in Gedanken und atmete tief durch. Es war überhaupt nicht gesagt, dass ich den beiden über den Weg laufen würde. Ja, sie lebten in

Heidelberg, aber das taten Tausende anderer Menschen auch, und dass sie zumindest früher gern ins *Neckarplätzchen* gegangen waren, musste nicht bedeuten, dass sie es auch heute noch taten und ich sie dort unweigerlich treffen würde.

Ich würde ja nicht einmal im Café bedienen, sondern in der Backstube stehen, und in meiner Freizeit konnte ich mich einfach in Karlas Haus verkriechen – auch wenn es lächerlich war, nach zwanzig Jahren solch ein Aufhebens zu machen, und es war ja auch nicht so, dass ich sie in all den Jahren kein einziges Mal gesehen hätte.

Das letzte Aufeinandertreffen lag jedoch schon wieder fünf Jahre zurück, und ich hatte mir geschworen, beim nächsten Mal besser dazustehen. Ich hatte verheiratet oder wenigstens in einer festen Beziehung sein wollen. Ich wollte glücklich sein. Stattdessen war ich nach wie vor Single und verglich weiterhin jeden potenziellen Partner mit meiner Jugendliebe. Wenn das nicht erbärmlich war, wusste ich auch nicht.

»Werd endlich erwachsen«, murmelte ich vor mich hin.

»Haben Sie was gesagt?« Mein Sitznachbar wandte sich mir zu und betrachtete mich skeptisch. Ich räusperte mich. »Nur ein Selbstgespräch.«

Ich überlegte, meinen Discman wieder anzustellen, als der nächste Halt durchgesagt wurde – Heidelberg Hauptbahnhof. Na endlich. Erleichtert, weil ich jetzt nicht mehr mit meinen Gedanken allein sein musste, erhob ich mich von meinem Platz, quetschte mich an meinem Sitznachbarn vorbei und bahnte mir mit meinem riesigen Koffer einen Weg durch den schmalen Gang. Mit quietschenden Rädern kam der IC zum Stehen.

Mühevoll hievte ich den Koffer aus dem Zug, stolperte fast und konnte gerade noch einen Sturz verhindern. Obwohl mich Menschen nervten, die mitten im Weg stehen blieben, um sich erst einmal zu orientieren, tat ich genau das, um einen Moment nach Luft zu schnappen. Ich sollte wirklich mehr Sport treiben, denn jetzt schon aus der Puste zu sein war genauso erbärmlich wie die Tatsache, seine Jugendliebe einfach nicht vergessen zu können.

Stöhnend schnappte ich mir meinen Koffer, um ihn an die Seite zu ziehen, und stieß mit einem Mann zusammen, der im selben Moment an mir vorbeieilte.

»Oh, Entschuldigung«, murmelte ich, während ich erneut versuchte, mein Gleichgewicht wiederzuerlangen.

»Nichts passiert.«

Mit einem Lächeln strich er sich die viel zu langen Haare nach hinten und wollte weitergehen, als er plötzlich stehen blieb und sich noch einmal zu mir umdrehte. Mit zusammengekniffenen Augen musterte er mich, und ich wusste nicht so recht, wie ich mich verhalten, geschweige denn, wo ich hinschauen sollte. Hatte ich was im Gesicht? War ich ihm auf die Füße getreten? Ich beschloss, dass es mir egal war, doch bevor ich mich abwenden konnte, strahlte er mit einem Mal.

»Chrissie, bist du's wirklich? Was für eine Überraschung. Wir haben uns ja ewig nicht gesehen.«

»Ähm«, machte ich wenig einfallsreich. Ich hatte keine Ahnung, woher ich den Typen kennen sollte.

»Tim. Tim Wagner.«

»Tim?«

Ich konnte nicht anders, als ihn anzustarren. Oh. Mein. Gott.

Bilder ploppten vor meinem geistigen Auge auf – ein ganz niedlicher, aber auch irgendwie unscheinbarer Junge von achtzehn beziehungsweise neunzehn Jahren, der damals mit seinen weichen Gesichtszügen und dem nicht vorhandenen Bartwuchs viel jünger als achtzehn gewirkt hatte, was in dem Alter alles andere als von Vorteil war. Heute hingegen … Tims Gesichtszüge waren immer noch weich und seine Haare wie gesagt viel zu lang – sie reichten ihm beinahe bis zur Schulter und waren unten ein wenig gestuft. Er trug keinen richtigen Scheitel, der lange Pony hing ihm mehr oder weniger im rechten Auge. Und trotzdem wirkte er nicht nur im Vergleich zu damals unglaublich männlich und sogar irgendwie markant. Vielleicht lag es an den Koteletten und dem gestutzten Vollbart, der seinen herzförmigen Mund stilvoll umrahmte.

»Tim Wagner«, wiederholte ich ungläubig. »Tut mir leid, aber ich hätte dich im Leben nicht wiedererkannt.«

Er grinste. »Ist das jetzt gut oder schlecht?«

»Entschuldigen Sie bitte, können Sie mal Platz machen?«, fragte eine genervte Stimme hinter mir.

»O ja, natürlich.« Ich trat an die Seite, Tim folgte mir. »Tim Wagner«, sagte ich noch einmal, weil ich es nicht fassen konnte. »Wie lange ist das her?«

»Na ja, es dürften an die zwanzig Jahre sein. Erinnerst du dich noch an den Sommer 77?«

Ich schluckte und versuchte, mir nicht anmerken zu lassen, dass meine Laune augenblicklich in den Keller rutschen wollte. Wie könnte ich diesen Sommer – und den darauffolgenden Winter – jemals vergessen? »Klar. Mensch, wie jung wir damals noch waren. Fühlst du dich auch auf einmal so alt?«

»Hey, mach uns nicht älter, als wir sind.« Lachend fuhr sich Tim erneut mit der Hand durch die Haare, um sie sich aus dem Gesicht zu streichen – ein hoffnungsloses Unterfangen. »Sag, was führt dich nach Heidelberg? Bleibst du ein paar Tage? Ich würde gern ein bisschen mit dir quatschen, hab es aber gerade ziemlich eilig. Ich muss die Regionalbahn nach Ludwigshafen erwischen. Meine Oma hat extra für mich Flammkuchen gemacht.«

»Karla hat sich den Arm gebrochen, deshalb helfe ich ihr die nächsten Wochen im Café aus. Vielleicht erinnerst du dich an ihre Adventskalenderaktion mit den täglich wechselnden Plätzchensorten?«

»Na hör mal, im Dezember bin ich Stammgast im *Neckarplätzchen*. Prima, dann komme ich dich die Tage dort besuchen.«

Ich nickte. »Gern, das wäre nett.«

»Finde ich auch. Wir sehen uns.«

Er hob die Hand zum Gruß, lächelte mir ein letztes Mal zu und verschwand im Getümmel. Ich konnte nicht anders, als ihm hinterherzustarren. Tim Wagner. Kaum zu glauben, wie sehr er sich zumindest äußerlich verändert hatte. Allerdings musste ich zugeben, dass er generell viel cooler und offener wirkte als noch vor neunzehn Jahren. Oder hatte ich ihn damals einfach nur nicht richtig wahrgenommen, weil meine Aufmerksamkeit einzig und allein jemand anderem gegolten hatte?

Jemand rief meinen Namen. Ich sah mich nach meiner Tante um und brauchte einen Moment, bis ich die Frau, die im Slalom um die anderen Passagiere herum in meine Richtung eilte, als Karla erkannte. Ihre früher blonden Haare leuchteten orange, was trotz des übergroßen Hutes, den sie auf dem Kopf trug, nicht zu übersehen war. Ansonsten hatte sie sich bis auf die tiefer gewordenen Lachfältchen um die Mund- und Augenpartie jedoch kaum verändert.

»Chrissie! Es ist so schön, dass du hier bist. Komm her.« Mit ihrem nicht eingegipsten Arm zog sie mich an sich.

»Hallo, Karla.« Ich erwiderte die Umarmung so fest, dass beinahe der Hut von ihrem Kopf rutschte, und musste schlucken, als mir ihr Parfüm in die Nase stieg, das sie benutzte, seit ich sie kannte. Und plötzlich fragte ich mich, warum ich ganze fünf Jahre nicht hier gewesen war. Sicher, ich kannte die Antwort, und trotzdem fühlte ich mich schlecht. Wir wurden schließlich alle nicht jünger.

»Gut schaust du aus.« Karla hielt mich ein wenig auf Abstand, um mich besser ansehen zu können. »Vielleicht ein bisschen blass, aber das wird sich in den nächsten Wochen sicher ändern. Ich freue mich schon darauf, mit dir am Neckar spazieren zu gehen. Zu zweit macht es viel mehr Spaß als allein.«

So viel zu meinem Vorhaben, mich in Karlas Haus zu verkriechen. Ich hätte mir gleich denken können, dass sie das zu verhindern wissen würde, und es war wie gesagt auch lächerlich.

»Du siehst toll aus, vor allem deine Haare.« Ich konnte ein Grinsen nicht unterdrücken. »Haarfärbeunfall?«

Sie nickte und erwiderte mein Grinsen. »Du kennst mich einfach zu gut. Eigentlich wollte meine Friseurin das wieder richten, aber sie hatte nicht gleich Zeit für mich, und jetzt gefällt es mir eigentlich ganz gut. Ich denke, ich werde es so lassen. Ist mal was anderes.«

»Das auf jeden Fall. Du, ich soll dich ganz lieb von Papas Bruder grüßen. Wir haben gestern telefoniert, weil ich unsere morgige Verabredung auf dem Fischmarkt absagen musste.«

»Und ich soll dich von deiner Mutter grüßen, wir haben nämlich auch erst gestern telefoniert.«

Während sich Karla nach Manfreds Befinden erkundigte und ich nach meiner Mutter fragte, fuhr ich die Stange von meinem Koffer aus, und wir setzten uns in Bewegung. Wir verließen das zugige Gleis und gelangten in die große Bahnhofshalle, liefen an einem Bäcker und einem Zeitschriftenladen vorbei, die beide festlich geschmückt waren. Vor einem Kiosk stand ein älterer Mann und verkaufte gebrannte Mandeln. Der Duft stieg mir in die Nase, und ich hätte mir gern eine Tüte geholt, doch Karla durchquerte mit großen Schritten die Halle. Vermutlich fuhr unsere Straßenbahn gleich ab, deshalb sagte ich nichts und folgte ihr.

»Danke fürs Abholen, auch wenn das völlig unnötig war. Nach Wieblingen hätte ich schon allein gefunden. Hier wird sich ja nicht so viel verändert haben.«

»Iwo, wo denkst du hin? Heidelberg ist und bleibt die romantische Stadt am Neckar, in der sich am Wochenende die Touristen tummeln, allen voran Amerikaner und Japaner, und die in den Semesterferien immer ein bisschen leerer und ruhiger ist als sonst.«

»Dann statten wir der Innenstadt heute wohl keinen Besuch mehr ab«, sagte ich gespielt enttäuscht, obwohl ich erleichtert war. Zwar liebte ich die Altstadt, doch gleichzeitig war sie für mich wie ein Minenfeld. Dort lauerten, wie an so vielen Orten in Heidelberg, unzählige Erinnerungen. Erinnerungen an eine Zeit, die ich einfach nicht vergessen konnte – paradoxerweise aber auch nicht vergessen wollte. »Wobei sie im Café sicher schon auf uns warten, oder?«, wandte ich mich erneut an Karla.

Sie winkte ab. »So weit kommt's noch, ich schlepp dich doch jetzt nicht ins Café. Du erholst dich erst mal ein bisschen von der langen Reise, und außerdem steht die Lasagne schon im Ofen und wartet nur darauf, gebacken und später von uns verspeist zu werden.«

»Kommen sie denn im *Neckarplätzchen* ohne dich aus?«, wollte ich wissen. Immerhin war Samstag, und am Wochenende war es in Karlas Café genauso voll wie in der Heidelberger Innenstadt beziehungsweise Altstadt, was in Heidelberg quasi dasselbe war. Dort lag auch das Café in einer kleinen Gasse mit Kopfsteinpflaster nahe des Neckars.

Wir verließen das Bahnhofsgebäude, vor dem ein großer Tannenbaum stand, dessen Lichter tapfer gegen das trübe Wetter ankämpften. Kalte Luft schlug mir entgegen und wirbelte bunte Blätter über die Straßen und Gehwege, und wie in Hamburg empfing mich auch hier Nieselregen. Fröstelnd setzte ich mir die selbst gestrickte Mütze auf den Kopf – ebenfalls ein Weihnachtsgeschenk von Karla – und holte meine Handschuhe aus den Manteltaschen, während ich einer älteren Dame auswich, die ungeachtet der Menschen um sich herum ihren Regenschirm ausschüttelte. Karla verdrehte die Augen, und mir war nicht klar, ob sie damit die Frau mit dem Schirm oder meine Frage meinte.

»Im Café werden sie ohne mich zurechtkommen müssen, mit nur einem Arm bin ich ohnehin keine allzu große Hilfe. Wir zwei machen es uns jetzt erst mal gemütlich, immerhin habe ich dich viel zu lange nicht gesehen. Oder hast du etwas anderes vor?«

Kopfschüttelnd hakte ich mich bei meiner Tante ein, froh darüber, vorerst nicht in die Stadt fahren zu müssen. Morgen würde ich nicht drum herumkommen, das war klar, denn schließlich war ich hier, um im Café zu helfen, aber das war okay. Irgendwie würde ich die nächsten Wochen schon überstehen, immerhin war ich sechsunddreißig Jahre, bald schon siebenunddreißig, und keine siebzehn mehr.

Und warum hatte ich jetzt den Schlager *Du kannst nicht immer 17 sein* im Kopf? Mir blieb auch nichts erspart.

Karla stieg vor mir die Holztreppe nach oben, die mit jedem Schritt ein Knarzen von sich gab. Der Duft von Tannennadeln begleitete mich, seit ich das Haus betreten hatte. Meine Tante hatte seit jeher eine Vorliebe für Duftlämpchen, und im November und Dezember verwendete sie am liebsten Tanne oder Orange.

Oben am Dachzimmer angekommen, öffnete sie die Tür. Staub tanzte im Licht der Deckenlampe, und hier roch es ein bisschen abgestanden, weshalb Karla sofort das Dachfenster aufstieß. Ich verspürte augenblicklich ein Gefühl von Heimat und Geborgenheit, als ich das Zimmer hinter ihr betrat, und das lag nicht an den Lichterketten, die Karla im ganzen Raum verteilt hatte. Wie viele Stunden meines Lebens hatte ich hier verbracht, unverstanden von meinen Eltern, meinen Freunden, der ganzen Welt. Wie oft hatte ich weinend auf dem Bett unter dem Fenster gesessen und mir gewünscht, Karla könnte meine Mutter sein. Sie hatte als Einzige stets gewusst, wie es in mir aussah und was ich brauchte, um mich wieder besser zu fühlen. Manchmal hatten ein Glas Milch und ein paar Plätzchen ausgereicht, hin und wieder hatte ich auch einfach nur meine Ruhe haben wollen, und am allermeisten hatten mir Karlas uneingeschränkte Liebe und ihr Verständnis geholfen.

»Tut mir leid, Kleines«, riss sie mich aus meinen Erinnerungen. »Ich habe den ganzen Morgen und Vormittag gelüftet. Frag mich nicht, warum es immer noch so muffig riecht.«

Ich stellte meinen Koffer vor die Kommode mit der Bauernmalerei. »Das macht nichts, wirklich. Ich mag dieses Zimmer.«

Karla schenkte mir ein warmes Lächeln und zog mich an ihre Brust. »Du hast mir gefehlt. Schön, dass du mal wieder hier bist.« Einen Moment drückte sie mich so fest an sich, dass ich mich fragte, ob alles in Ordnung war, doch schon in der nächsten Sekunde gab sie mich frei, ein verschmitztes Funkeln in den Augen, das sie mindestens fünfzehn Jahre jünger wirken ließ. »Dann stelle ich mal den Ofen an. Ich hab Hunger.«

»Soll ich dir helfen?«

Sie winkte ab und marschierte bereits Richtung Tür. »Das schaffe ich gerade noch allein. Wenn du nachher die Auflaufform aus dem Ofen holen könntest, wäre das super, aber jetzt komm erst mal an. Ruh dich ein bisschen aus, mach dich frisch oder pack deinen Koffer aus. Wie du magst.«

Mit einem weiteren Lächeln verschwand sie durch die Tür, die sie hinter sich zuzog. Ich lauschte ihren Schritten auf der Treppe, dem Knarzen jeder Stufe, bis sich Stille über mich senkte. Nicht einmal von draußen drangen Geräusche zu mir herein – keine Autos, keine Menschen, kein gar nichts. Meine

Tante wohnte in einem verkehrsberuhigten Bereich direkt unten am Neckar, und bei diesem Mistwetter schienen es sich die Nachbarn in ihren Häusern gemütlich gemacht zu haben.

Ein Frösteln erfasste mich, und ich schloss das Fenster wieder, bevor ich mich umsah. In diesem Zimmer hatte sich nicht allzu viel verändert, oder Karla hatte extra aufgeräumt und alle unnützen Dinge weggebracht, bevor ich angekommen war. Zuzutrauen wäre es ihr. Genau genommen handelte es sich bei dem Raum nicht einmal um ein Zimmer, sondern um Karlas ausgebauten Dachboden, den sie vor beinahe zwanzig Jahren, als das Verhältnis zwischen mir und meiner Mutter immer schlechter geworden war, entrümpelt und mir ein Bett hineingestellt hatte. Nach und nach waren eine Kommode, ein Bücherregal, ein Lounge-Sessel und schließlich sogar ein geräumiger Schrank gefolgt. Stunden hatte ich hier verbracht, ganze Tage. Aus Tagen waren Wochenenden geworden, aus Wochenenden die kompletten Herbstferien. Meine Mutter hatte es damals gar nicht gern gesehen, dass ich so viel Zeit bei ihrer Schwester gewesen war, doch am Ende hatte sie es akzeptieren müssen, weil mein Vater ihr gut zugeredet hatte. Ihn hatte ich vermisst, während ich versucht hatte, wieder Ordnung in das Chaos meines Lebens zu bringen, aber Mama und ich – das war damals eine hochexplosive Mischung gewesen, die schließlich tatsächlich wie eine Bombe hochgegangen war. Daraufhin hatte ich Heidelberg den Rücken gekehrt – wobei meine Mutter nicht einmal der ausschlaggebende Grund gewesen war. Aber sie hatte eben auch nichts dafür getan, damit ich mich besser fühlte, im Gegenteil. Durch sie war alles nur noch schlimmer geworden.

Den Kontakt hatte ich dennoch nie komplett abgebrochen, sie war immerhin meine Mutter, aber wir sahen uns nicht allzu oft und telefonierten nur sporadisch miteinander. Und nachdem Papa gestorben war, der wie ein Puffer zwischen uns agiert hatte, war es natürlich nicht besser geworden. Inzwischen war sie noch weiter in den Norden gezogen als ich, da sie mit dem Alter Asthma bekommen hatte und ihr die Meeresluft guttat. Sie lebte in Lübeck, genauer gesagt in Travemünde, und obwohl es von Hamburg aus im Vergleich zu Heidelberg nur ein Katzensprung war, besuchten wir uns kaum. Im Grunde waren wir wie Fremde füreinander, wussten nicht, was in der jeweils anderen vorging. Andererseits – hatte meine Mutter das je gewusst? Oder besser gesagt: Hatte es sie je interessiert?

Seufzend öffnete ich den Koffer und holte einen Stapel Unterwäsche hervor, um ihn in der Kommode zu verstauen. Als ich die oberste Schublade aufzog, war die Wäsche allerdings vergessen, und ein Lächeln stahl sich auf mein Gesicht. Achtlos warf ich BHs und Höschen aufs Bett und sah mir meine alte Kassettensammlung an, die Karla dort verstaut hatte – ABBA, Elvis Presley, die Beatles. Von ABBA und Elvis hatte ich mir damals sofort jedes Album kaufen müssen. Ob die Kassetten noch funktionierten? Doch jetzt schob ich sie erst mal beiseite und entdeckte dabei die alten BRAVO-Ausgaben. Dass meine Tante auch diese all die Jahre aufbewahrt hatte … ich hätte meine Altbauwohnung darauf verwettet, dass die Zeitschriften längst im Papiermüll gelandet waren.

Ich zog einen Stapel hervor und nahm ihn mit zu dem ockerfarbenen Lounge-Sessel, den ich persönlich schon vor

Jahren zum Sperrmüll gebracht hätte, und machte es mir gemütlich, und erstaunlicherweise machte der Sessel tatsächlich mit seinem Komfort alles wieder wett, was ihm in Sachen Design fehlte.

Ich ging die Titelbilder der BRAVO-Hefte durch und musste schmunzeln, als ich eines mit Nastassja Kinski in den Händen hielt. Sie war damals meine Ikone gewesen, ich hatte unbedingt so sein wollen wie sie. Gelungen war es mir traurigerweise bis heute nicht. Mit einem weiteren Seufzen legte ich die Ausgabe beiseite – und erstarrte, als mein Blick auf das Cover darunter fiel. Pierre Brice strahlte mich in seinem Winnetou-Outfit an, doch er war nicht der Grund für meine Reaktion. Ich wurde in einen Strudel aus Erinnerungen gezogen, aus dem ich mich dieses Mal nicht so einfach herauswinden konnte. Bilder aus jenem Sommer 1977 prasselten auf mich ein, als die Beziehung zu meiner Mutter zwar schon kompliziert, aber das ganze Leben noch hoffnungsvoll vor mir gelegen hatte.

Und als meine beste Freundin noch meine beste Freundin gewesen war.

Donnerstag, 23. Juni 1977

3

»Wie stellst *du* dir dein erstes Mal eigentlich vor?«

Ellen und ich lagen bäuchlings nebeneinander auf meinem Bett, die Beine angewinkelt. Nun sah sie von dem Artikel in der druckfrischen BRAVO auf, die sie heimlich ins Haus geschmuggelt hatte, als sie vorhin gekommen war.

Meine Mutter mochte die Zeitschrift nicht; die Aufklärungsrubrik war ihr ein Dorn im Auge. Vor fünf Jahren war das Magazin ganze zwei Mal auf dem Index der Bundesprüfstelle für jugendgefährdende Schriften gelandet. Ob das meine Mutter in ihrer Meinung bestärkt hatte oder sie sich diese dadurch erst gebildet hatte – keine Ahnung, und es spielte auch keine Rolle. Mama hasste alles, was nur im Entferntesten das Thema Sex streifte. Flower Power, Miniröcke, Nastassja Kinski – all das war für sie Teufelszeug. Deshalb hatte ich das Poster von Nastassja aus der letzten BRAVO-Ausgabe auch an die Innenseite meines Schranks geklebt, obwohl ich es gerne an die Wand über mein Bett gehängt hätte. Da man allerdings Nastassjas Brüste unter dem durchsichtigen Oberteil sehen konnte, war das leider keine Option. Meine Mutter hätte einen Schreikrampf bekommen und mich vermutlich zu vier Wochen Hausarrest verdonnert, und da heute der erste Tag der Sommerferien war, wollte ich das keinesfalls riskieren.

Ich unterdrückte ein Seufzen. Wenn meine Mutter doch nur ansatzweise wie Ellens wäre, der selbst *ich* jede Frage über das Thema Sex stellen konnte, ohne dass es einer von uns beiden peinlich war.

Oder wenn ich mehr wie Nastassja Kinski sein könnte. Sie war ein paar Monate jünger als ich, wirkte aber so viel erfahrener und selbstbewusster. Ende März hatte ich sie im *Tatort* gesehen und mich sofort in sie verliebt, allerdings nur im übertragenen Sinn.

Nun seufzte ich doch. »Meine Mutter wird zu verhindern wissen, dass es jemals dazu kommt. Oder glaubst du, sie wird mir erlauben, einen Jungen mit auf mein Zimmer zu nehmen?«

»Ihr müsst es ja nicht in deinem Zimmer tun«, erwiderte Ellen und stieß mich augenzwinkernd mit ihrer Schulter an.

Beinahe hätte ich die Augen verdreht. Ellen hatte vor ein paar Monaten ihre Unschuld verloren, zusammen mit Stefan, der eine ganze Weile ihr Freund gewesen war. Inzwischen gingen die beiden wieder getrennte Wege, was Ellen jedoch seltsamerweise nicht viel auszumachen schien. Von Liebeskummer fehlte zumindest jede Spur, und sie sprach auch nicht oft von ihm. Manchmal fragte ich mich, ob sie in Stefan überhaupt verliebt gewesen war, und wenn nicht, warum sie dann mit ihm ins Bett gegangen war. Jedenfalls gab sie seitdem ziemlich mit ihrer neu gewonnenen Erfahrung an.

»Ja klar, es ist ja auch superromantisch, das erste Mal auf dem Rücksitz eines Autos zu erleben.« Ich konnte den Sarkasmus nicht aus meiner Stimme heraushalten.

»Nun sei doch nicht so, Chrissie«, meinte Ellen. »Vielleicht könnt ihr ja zu ihm gehen, und ansonsten kommt ihr beide einfach zu mir, wenn meine Eltern im Kino sind. Auf jeden Fall kannst du mich jederzeit als Alibi angeben. Sag mir nur Bescheid, damit ich Mama einweihen kann und sie sich nicht deiner Mutter gegenüber aus Versehen verplappert.«

Lächelnd legte ich meinen Kopf an Ellens Schulter. Und genau deshalb war sie meine beste Freundin. »Danke, Ellen, ich bin echt froh, dass ich dich habe. Keine Ahnung, wie ich die Launen meiner Mutter ohne dich aushalten würde.«

»Dafür sind Freundinnen da, und nachdem wir nun auch die Frage nach dem *Wo* geklärt haben, interessiert mich nach wie vor das *Wie*. Du hast mir immer noch nicht verraten, wie du dir dein erstes Mal vorstellst.«

Ich zuckte mit den Schultern. »Weil ich es nicht weiß. Ich weiß ja nicht mal, wie man richtig küsst.« Was mir mehr als peinlich war, denn mit siebzehn Jahren stand ich diesbezüglich ziemlich allein da.

»Wenn es weiter nichts ist. Das kann ich dir beibringen.«

»Lass mich bloß nicht meine Handfläche abknutschen, dabei komme ich mir dämlich vor.«

Ellen lachte. »Ging mir auch so, als ich es mit dreizehn versucht habe, und es bringt noch dazu nicht allzu viel. Nein, ich zeig's dir, wenn du willst. Küssen ist gar nicht so schwer, du musst dich nur an deinem Gegenüber orientieren, damit ihr einen Gleichklang findet. Und dann ist eigentlich alles erlaubt, was beiden gefällt.«

In meinem Bauch begannen Schmetterlinge zu flattern. Meinte sie das ernst? Wollte sie mich wirklich küssen? Bevor ich mir darüber klar werden konnte, klopfte es an der Tür, die gleich darauf geöffnet wurde. Ellen reagierte geistesgegenwärtiger als ich. Rasch klappte sie die BRAVO zu und schob sie unter das Kopfkissen – einen Tick zu spät. Zum Glück stand nur mein Vater in der Tür und nicht meine Mutter. Zumindest was Zeitschriften und Miniröcke anging, war er deutlich entspannter als sie. Ob ich in Bezug auf Jungs ebenfalls auf seine Unterstützung hoffen konnte, konnte ich jedoch nicht sagen, da ich noch nie einen festen Freund mit nach Hause gebracht hatte, und das lag ausnahmsweise nicht an Mama. Bisher hatte sich keiner groß für mich interessiert, die meisten Jungs fanden Ellen spannender und attraktiver. Und da ich hauptsächlich zusammen mit ihr unterwegs war …

»Na, was habt ihr denn da?« Mein Vater kam ins Zimmer und zog die Zeitschrift unter dem Kopfkissen hervor. Neugierig betrachtete er das Titelbild, von dem Pierre Brice als Winnetou grinste und das nicht ansatzweise so verfänglich war wie das von letzter Woche. Zumindest waren keine nackten Brüste darauf zu sehen. »Ah, Winnetou. Hoffentlich zeigen sie die Filme diesen Sommer mal wieder im Fernsehen.«

»Sag mir Bescheid, ich bin dabei«, meinte ich, um von der Tatsache abzulenken, dass Ellen die verbotene Zeitschrift ins Haus geschmuggelt hatte. Es funktionierte.

»Ich werde dich beizeiten daran erinnern. Wie sieht's aus, Mädels? Ich hole deine Mutter bei Karla ab und würde Eis mitbringen. Wollt ihr auch ein paar Kugeln?«

»Gern«, antworteten Ellen und ich fast gleichzeitig.

»Frucht- oder Milcheis?«, fragte mein Vater weiter.

»Beides.« Wieder antworteten Ellen und ich dasselbe, und dieses Mal mussten wir lachen.

Mein Vater stimmte mit ein. »Ihr seid mir zwei. Also vier gemischte Kugeln, für Chrissie mit Sahne. Und wie sieht's bei dir aus, Ellen?«

»Für mich bitte ohne. Sahne ist nicht so mein Fall.«

»Na, dann weiß ich fürs nächste Mal Bescheid. Ach, und Chrissie.« Er drehte die Zeitschrift in meine Richtung und ließ sie anschließend zurück auf die Matratze fallen. »Sieh zu, dass die hier nachher nicht offen herumliegt, okay?«

Ich nickte. »Sicher, Papa. Danke!«

»Nicht dafür, Hase.« Er zwinkerte mir zu und verließ mein Zimmer.

Ellen seufzte leise. »Dein Papa ist echt süß, weißt du das?«

Ich stieß sie in die Seite. »Hey, du redest hier immerhin von meinem Vater, ist dir das klar?«

»Schon, aber deshalb kann er doch trotzdem niedlich sein. Er sieht aus wie Roy Black.« Ihr Blick nahm diesen verträumten Ausdruck an, wie immer, wenn sie von dem Schwarm aller Mädchen sprach.

Objektiv betrachtet hatte sie tatsächlich recht. Mit seinen dunklen, fast schwarzen Haaren, den blauen Augen, dem Bartschatten und dem Grübchen im Kinn sah mein Vater wirklich ein bisschen aus wie Roy Black.

Haar- und Augenfarbe hatte er mir vererbt – leider auch das Grübchen im Kinn. Mit dem in der linken Wange konnte ich umgehen, das war sogar recht charmant, aber das Grübchen im Kinn? Es wirkte so markant, so männlich. Ob die Jungs deshalb kein Interesse an mir hatten? Zu allem Überfluss war mein Busen ziemlich klein geraten und mein Hintern dafür viel zu groß. Wenn ich mich mit Ellen verglich, schnitt ich dabei ziemlich schlecht ab. Wir waren zwar beide schlank, aber sie war einen halben Kopf größer als ich und hatte perfekte Proportionen. Sie sah sportlich aus, dabei hasste sie selbst den Schulsport, und mit den engelsgleichen blonden Locken, die die Jungen an ihr liebten, wirkte sie wie eine jüngere Version von Farrah Fawcett. Da konnte ich nicht mithalten. Sie war die Goldmarie und ich die Pechmarie, zumindest kam es mir oft so vor. Und trotzdem wollte ich keine andere als Freundin haben. Ellen verstand mich so gut wie keine andere auf dieser Welt. Und da ich keine Geschwister hatte und mein Freundeskreis auch sonst überschaubar war, wusste ich sie umso mehr zu schätzen.

»Gib's zu«, bohrte Ellen weiter. »Außerdem stehst du doch selbst total auf den dunklen Typ, oder etwa nicht?«

Ich verdrehte die Augen. »Schon, aber bestimmt nicht auf meinen eigenen Vater. Darf ich dich im Übrigen daran erinnern, dass *du* eigentlich Männer wie Terence Hill magst?«

Ellen stieß ein erneutes Seufzen aus, dieses Mal lauter. »Hach, der ist aber auch heiß. Aber, liebe Chrissie, das heißt nicht, dass ich Roy Black oder Elvis Presley deshalb von der Bettkante stoßen würde.«

»Elvis!« Nun musste ich selbst seufzen und schwelgte einen Moment in Tagträumen. Durch das geöffnete Fenster hörte ich die Nachbarskinder im Garten spielen und eine Tür ins Schloss fallen. Kurz darauf startete ein Motor; vermutlich war es mein Vater. Ich wandte mich Ellen zu. »Aber nur, damit wir uns da nicht missverstehen: Ich meine den jungen, knackigen Elvis.«

»Wer nicht?« Wir mussten beide lachen. »Seine Stimme ist und bleibt trotzdem die beste, egal, wie viel Kilo er auf die Waage bringt.«

Ich nickte zustimmend und wollte aufstehen, um ein Album von ihm anzustellen, doch Ellen legte mir eine Hand auf den Arm. Fragend begegnete ich ihrem Blick, der mir einen Schauer über den Rücken jagte. Ich ahnte, worauf das hinauslaufen würde, noch ehe sie etwas sagte.

»Lass die Musik lieber aus. Dann hören wir deine Eltern, wenn sie zurückkommen. Du willst doch, dass ich dir das Küssen beibringe, oder hast du deine Meinung geändert?«

Nach kurzem Zögern schüttelte ich den Kopf und brachte ein heiseres »Nein« heraus.

Ellen schmunzelte. »Keine Panik, wir sind beste Freundinnen. Vor mir muss dir nichts peinlich sein, und du kannst dich auch vor mir nicht blamieren.«

Wenn sie sich da mal nicht täuschte, außerdem war das auch nicht der Grund für meine plötzliche Aufregung.

Ellen kam näher, und ich wich automatisch zurück. »Warte mal, ist das auch wirklich okay? Ich meine, wir zwei … das wird doch dann nicht komisch zwischen uns, oder?«

Ellen schüttelte den Kopf. »Du machst dir zu viele Gedanken, Chrissie. Wir wären nicht die ersten Freundinnen, die zusammen das Knutschen üben, das steht doch dauernd in der BRAVO. Da ist nichts dabei, aber wenn du nicht willst … es war nur ein Angebot.«

Sie rutschte ein Stück von mir weg, doch ich fasste sie am Arm. »Nein. Also ja. Lass es uns versuchen.«

»Na siehst du. Es ist wirklich nichts dabei, und wir können jederzeit aufhören, wenn es sich seltsam anfühlt.«

Ich nickte und rutschte wieder näher an Ellen heran, bevor sie es sich wegen meiner Zweifel noch anders überlegte. Das war die perfekte Gelegenheit. Ellen konnte mit Sicherheit küssen, immerhin hatte sie im Gegensatz zu mir Erfahrung, und ich würde mich nicht blamieren, wenn es auch bei mir ernst werden würde.

Ellens braungrüne Augen nahmen diesen Ausdruck an, den ich schon kannte. Normalerweise war er für die Jungen reserviert, und ich fühlte mich irgendwie geschmeichelt, dass sie mich jetzt damit bedachte. Gleichzeitig fragte ich mich, warum sie das tat, doch ich schob den Gedanken sogleich weit von mir und beschloss, mich auf den Moment zu konzentrieren.

»Schließ die Augen«, flüsterte Ellen, als unsere Münder nur noch wenige Zentimeter voneinander trennten.

Ich dachte nicht lange darüber nach, sondern tat es einfach. Voller Verheißung wartete ich auf meinen ersten Kuss – den ich von meiner besten Freundin bekommen würde anstatt von einem süßen Jungen. Aber das war okay für mich. Das hier war nicht echt, es war nur eine Übung.

»Ganz ruhig«, hauchte Ellen mir ins Ohr. »Ich verspreche dir, es wird nicht wehtun.«

Ich war zu aufgeregt, um zu lachen. Stattdessen nickte ich und befeuchtete meine Lippe mit der Zunge. Ein Schauer lief mir über den Rücken, als Ellen ihre Hand an meine Wange legte und ihr Körper sich noch näher an meinen schmiegte. Ihr warmer Atem streifte meinen Mund, ihre Nase stupste gegen meine, und gleich darauf spürte ich ihre Lippen auf meinen, weich und warm.

In der ersten Sekunde fühlte ich mich wie paralysiert, doch schon in der nächsten erwiderte ich den Kuss, und plötzlich war alles ganz leicht. Mein Kopf hatte nach wie vor keine Ahnung, was ich hier eigentlich tat, aber das musste er auch nicht, denn mein Körper tat es einfach, ohne groß darüber nachzudenken. Und es fühlte sich absolut richtig an. Schnell fanden unsere Lippen einen Rhythmus, eine Melodie, als würde im Hintergrund ein Lied laufen, das nur wir hören konnten. Wärme breitete sich in meinem Bauch aus und strömte von dort weiter, bis sie selbst meine Haar- und meine Zehenspitzen erreicht hatte.

Ellen öffnete ihren Mund, stieß ganz sachte mit ihrer Zunge gegen meine Lippen, um sich zu vergewissern, ob das für mich in Ordnung war. Ich hätte Nein sagen können, doch ich wollte nicht. Ich wollte nicht, dass dieser Kuss schon endete, also öffnete ich ebenfalls meinen Mund und hieß Ellens Zunge willkommen. Sanft umkreisten sie sich, als wäre es das Selbstverständlichste der Welt, bevor unsere Lippen erneut aufeinandertrafen.

Ich verlor jegliches Zeitgefühl und hatte absolut keine Ahnung, wie lange wir uns schon küssten, als wir uns schließlich voneinander lösten.

Ellen grinste. »War doch gar nicht mal so schlecht, oder? Ich würde sagen, du bist so was von bereit für deinen ersten Freund.«

Ich musste lachen. Ellen hatte es geschafft, jedes Gefühl von Befangenheit, das möglicherweise zwischen uns hätte entstehen können, im Keim zu ersticken. »Möge er kommen, wann auch immer das ist.«

Ellen setzte sich auf und winkte ab. »Glaub mir, dein Traumprinz wird nicht mehr lange auf sich warten lassen. Diesen Sommer angeln wir uns beide einen, einverstanden?« Sie hielt mir die Hand hin, und ich schlug ein, nachdem ich mich ebenfalls aufgesetzt hatte.

»Einverstanden. Und was schlägst du vor? Kino? Demnächst zeigen sie einen neuen James Bond mit Roger Moore.«

»Voll gern, aber ich glaube, der läuft erst Ende August. Bis dahin sind die Ferien um.«

»Wie wäre es dann mit *Der Stadtneurotiker*? Der ist erst vor Kurzem angelaufen.«

Ellen verzog den Mund. »Ich bin mir nicht sicher, ob Woody Allen die richtigen Jungs anzieht.«

Ich unterdrückte ein Schmunzeln. »Stimmt auch wieder. Hm, im Prinzip wäre der neue Bud Spencer und Terence Hill genau das Richtige, aber den haben wir schon gesehen.«

Ellen zuckte mit den Schultern, und ihre Augen nahmen schon wieder dieses Leuchten an. »Das wäre kein Hindernis für mich. *Zwei außer Rand und Band* war echt gut, und von Terence-Hill-Filmen kann ich ohnehin nie genug bekommen. Aber ich bin mir ehrlich gesagt nicht sicher, ob der noch läuft.«

»Okay. Keine Ahnung, was sie gerade sonst noch im Kino zeigen.«

»Es muss ja auch nicht unbedingt Kino sein.« Plötzlich hellte sich Ellens Miene auf. »Warte mal, wie wär's denn mit Schwimmbad?«

Ich verzog den Mund, dabei ging ich eigentlich gern schwimmen. Aber wenn die Jungs Ellens perfekten Körper sahen und dann mit meinem verglichen, war nicht schwer vorauszusagen, für welche von uns beiden sie sich entscheiden würden.

»Doch, doch, Schwimmbad ist super. Viel besser als Kino, weil man mehr Haut zeigen kann.« Sie zwinkerte mir bekräftigend zu.

»Das ist ja das Problem«, gab ich zu. »Im Bikini kann man so wenig kaschieren, und wenn die Jungs meinen kleinen Busen und riesigen Hintern sehen, kann ich lange auf meinen ersten Freund warten.«

Ich rechnete mit einem verständnisvollen Blick, doch stattdessen betrachtete Ellen mich irritiert. »Was redest du denn da? Du siehst toll aus, außerdem spielt das keine Rolle, wenn man entsprechend auftritt. Na komm schon. Ich leihe dir auch meinen neuen Bikini, okay?«

»Deinen gelben Häkel-Bikini? Bist du sicher?«

Sie nickte. »Klar, wenn er dir hilft, dich besser zu fühlen. Außerdem wird dir das Senfgelb hervorragend stehen.«

»Na schön, dann also Schwimmbad. Muss nur noch das Wetter mitspielen. Meinst du, der Juli wird so toll wie im letzten Jahr?« Vergangenen Juli hatte es wochenlang nicht geregnet, und es waren regelmäßig über dreißig Grad gewesen.

»Wir werden sehen. So oder so machen wir uns die beste Zeit!«

Ich hörte die Haustür ins Schloss fallen, und gleich darauf rief mein Vater quer durchs Haus: »Hallo, wir sind wieder da.«

Ich schnappte mir die BRAVO und sprang von meinem Bett, um sie in den Schrank zu werfen, wo auch das Poster von Nastassja Kinski hing. Dann hüpfte ich zurück aufs Bett, als meine Mutter auch schon die Tür zu meinem Zimmer öffnete.

»Hallo, ihr zwei. Wollt ihr das Eis mit uns auf der Terrasse essen?«

»Hallo, Frau Willert. Von mir aus gern.« Ellen versicherte sich, dass ich nichts dagegen hatte, und ich nickte.

»Wie geht es Karla?«, fragte ich, stand auf und folgte Mama zusammen mit Ellen in den Garten, wo Papa bereits auf der Terasse mit dem Eis auf uns wartete.

»Alles bestens. Du kennst doch Karla. Der Sommer hat gerade mal angefangen, und sie plant schon wieder für Weihnachten.«

Das klang in der Tat nach meiner Tante, die um einiges verrückter als meine Mutter war, dafür aber auch offener und unkomplizierter.

»Bevor ich es vergesse.« Wir setzten uns an den Tisch, auf dem eine Tischdecke aus Wachstuch mit Kreisen in verschiedenen Braun- und Orangetönen lag, und meine Mutter sah zu mir, während sie die Becher verteilte. »Karla fragt, ob du ihr in den Ferien hier und da mal im Café zur Hand gehen würdest. Sie will dich auch dafür bezahlen.«

»Jetzt lass das Kind doch den Sommer genießen«, meinte Papa eislöffelnd.

Mama hob abwehrend die Hände. »Das war nicht meine Idee, okay? Ich bin lediglich die Botin.«

»Ist gut«, ging ich dazwischen, bevor das Ganze in einen Streit ausartete. »Karla und ich werden uns schon einig. Solange ich nicht den ganzen Sommer in der Backstube stehen muss, helfe ich ihr gern.«

»Aber wir wollten doch die Ferien im Schwimmbad verbringen«, erinnerte Ellen mich und warf mir einen vielsagenden Blick zu.

Ich griff nach meinem Eisbecher. »Keine Sorge. Ich helfe Karla einfach, wenn du noch schläfst.«

Im Gegensatz zu Ellen war ich sowieso keine Langschläferin, und das Schwimmbad musste ich schließlich auch irgendwie bezahlen. Mein Taschengeld fiel nicht gerade üppig aus. Papa steckte mir zwar vor allem in den Ferien gern mal was zu, wenn Mama es nicht mitbekam, aber Ellen hatte trotzdem mehr Geld als ich zur Verfügung. Wenn ich mit ihr mithalten wollte, konnte es nicht schaden, einen Ferienjob anzunehmen, und Karla war fair. Sie würde mich gut bezahlen und sich nach mir richten, was die Arbeitszeiten anging.

Und vielleicht kannst du ja auch im Café einen Jungen kennenlernen, ohne dass du mit Ellen konkurrieren musst, flüsterte eine kleine Stimme in meinem Kopf.

Sonntag, 1. Dezember 1996

4 »Guten Morgen«, begrüßte ich Karla gähnend, als ich die Küche betrat, in der es nach Kaffee und Buttercroissants mit Zimtschokolade roch. Draußen war es noch kalt und usselig, aber hier drinnen urgemütlich. Die Weihnachtsdekoration – Lichterketten, blinkende Sterne und ein Schwibbogen aus dem Erzgebirge, den mein von dort stammender Urgroßvater selbst geschnitzt hatte – sowie unzählige Teelichter auf dem runden Holztisch erhellten den Raum. Auf dem Adventskranz brannte die erste Kerze, und im Hintergrund lief ein Weihnachtsalbum von den Andrew Sisters.

»Noch müde?« Lächelnd drehte sich meine Tante, die an der Kaffeemaschine stand, zu mir um.

Ich nickte. »Du kennst mich doch. Zwar bin ich Frühaufsteherin, aber es gibt auch ein *zu früh*. Vor sechs Uhr brauche ich eine Weile, bis ich in die Gänge komme. Deshalb habe ich doch auch die Bäckerlehre ausgeschlagen, die du mir damals so ans Herz gelegt hast.«

»Eine Schande, du wärst eine hervorragende Nachfolgerin fürs *Neckarplätzchen* geworden.« Die Kaffeemaschine gab glucksende Geräusche von sich, woraufhin Karla die Kanne hervorzog und zwei Tassen füllte. »Hast du denn wenigstens gut geschlafen?«

»Wie ein Baby.«

Eine kleine Notlüge, denn Karla brauchte nicht zu wissen, dass ich die halbe Nacht wach gelegen hatte, weil ich zum Schlafen viel zu aufgewühlt gewesen war. Die Erinnerungen an die Vergangenheit – ausgelöst durch das Aufeinandertreffen mit Tim, das Durchblättern der alten BRAVO-Ausgaben und diesen ganzen Ort an sich – gepaart mit der Angst, gleich am ersten Tag auf Ellen oder gar *ihn* zu stoßen, hatten mich davon abgehalten.

»Kann ich dir noch irgendwie helfen?«, wandte ich mich an Karla, obwohl ich die Antwort kannte. Selbst wenn meine Tante einen eingegipsten Arm hatte, kam sie wunderbar allein zurecht. Schon gestern hatte ich mich gefragt, wie sie das alles einhändig meisterte.

»Bin gerade fertig, setz dich.«

Ich rutschte auf die Eckbank und bekam gleich darauf eine Tasse dampfenden Kaffee serviert. Nachdem Karla sich ihre eigene Tasse geholt hatte, nahm sie gegenüber von mir auf einem Stuhl Platz. Sie hielt mir den Brotkorb entgegen, und ich angelte nach einem Croissant, das noch warm war. Testweise biss ich hinein und seufzte genüsslich. Die Schokolade war so unglaublich schokoladig und der Zimt alles andere als aufdringlich.

»Mmh, das ist besser als Sex.«

Karla lachte.

Peinlich berührt, weil ich meinen Gedanken laut ausgesprochen hatte, griff ich nach dem Milchkännchen und gab viel zu viel von der weißen Flüssigkeit in meinen Kaffee.

»Freut mich, dass es dir schmeckt«, meinte Karla immer noch grinsend. »Apropos, wenn wir schon bei dem Thema sind: Ich hoffe, ich habe dir mit meinem Anruf nicht die Aussicht auf romantische Feiertage genommen.«

Ich zwang mich zu einem Lächeln, auch wenn ich viel lieber aufgestöhnt hätte. Mein Lieblingsthema – Ironie off. Aber mir war klar gewesen, dass ich dem nicht für immer und ewig aus dem Weg gehen konnte. Karla kannte natürlich die Geschichte von damals, und obwohl wir uns viel zu selten sahen, wusste sie auch, wie es heute um mein Liebesleben stand – nämlich schlecht bis ganz schlecht.

»Im Moment gibt es da niemanden.«

»Verstehe«, war Karlas diplomatische Antwort.

Wenigstens wusste sie, wann sie es gut sein lassen sollte.

»Sag mal, gestern am Bahnhof, das war doch Tim, oder?«, fragte sie beiläufig.

Und ich hatte mich schon gewundert, dass sie bisher nicht auf ihn zu sprechen gekommen war. Ich nickte. »Tim Wagner, richtig. Wenn er mich nicht angesprochen hätte, hätte ich ihn nie im Leben wiedererkannt. Er hat sich ganz schön verändert, findest du nicht?«

Karla zuckte mit den Schultern, während sie etwas Butter auf ihr Croissant strich. »Das kann ich nur schwer beurteilen. Seit ihr euch damals angefreundet habt, kommt er regelmäßig ins Café, deshalb ist mir seine Veränderung gar nicht so aufgefallen. Aber ja, es stimmt. Er sieht schon ziemlich gut aus.«

»Ähm.« *Davon habe ich gar nichts gesagt,* wollte ich erwidern, kam aber nicht dazu.

»Wäre der nicht jemand für dich? Wenn ich mich recht erinnere, hat er doch dein Döschen geöffnet, oder nicht? Du hast es mir zwar nie erzählt, aber es war mehr als offensichtlich.«

»Karla!« Offenbar wusste sie doch nicht, wann sie es gut sein lassen sollte.

»Was denn? Ist doch nichts dabei, und ich mochte Tim schon immer.«

»Das zwischen ihm und mir ist aber ewig her und war auch nie etwas Ernstes.« Es hatte lediglich diese eine Nacht zwischen uns gegeben, an die ich nicht gern zurückdachte.

»Für dich vielleicht«, erwiderte sie beinahe mitleidig. »Tim war bis über beide Ohren in dich verknallt, Kleines, oder willst du mir etwa erzählen, dass dir das nie aufgefallen ist?«

Natürlich war es das, er hatte es ja nur schwer verbergen können. Um ehrlich zu sein, hatte ich es jedoch nicht sehen wollen – weil ich nur Augen für *ihn* gehabt hatte. Meine Stimmung schlug schlagartig um wie das Wetter in den Bergen, was auch meiner Tante nicht entging. Seufzend legte sie eine Hand auf meine.

»Mark«, sagte sie nur, womit in der Tat alles gesagt war.

Mark, die Liebe meines Lebens, die ich mit siebzehn Jahren kennengelernt hatte und seitdem nicht vergessen konnte.

Wehmut wollte sich in mir ausbreiten, ich konnte sie kaum zurückhalten. »Auch das liegt ewig zurück«, erwiderte ich und stand auf. »Wir sollten uns langsam auf den Weg machen, findest du nicht? Ich bin noch mal kurz …«

»Chrissie.« Karla erhob sich ebenfalls. Sie griff erneut nach meiner Hand und hinderte mich somit daran, die Küche zu verlassen. »Denkst du nicht, es ist endlich an der Zeit, einen Schlussstrich zu ziehen? Du sagst selbst, dass das mit Mark ewig her ist. Er hat sich damals nicht für dich entschieden, und es tut mir nach wie vor leid, auf welche Weise er dir das Herz gebrochen hat, aber das Leben muss weitergehen.«

»Das Leben geht ja auch weiter«, erwiderte ich mit einem Lächeln, das weder meine Augen noch mein Herz erreichte.

Ich log, schon wieder, denn es war eine verdammte Lüge – mein Leben ging nicht weiter. Das, was ich in Hamburg hatte, konnte man nicht wirklich Leben nennen. Es gab die Zeit vor Mark, eine kurze Phase mit ihm und die Zeit nach ihm, und alles, was nach Mark war, war die reinste Katastrophe. Zum ersten Mal, seit ich Heidelberg den Rücken gekehrt hatte, wurde mir das so richtig bewusst.

»Bin gleich wieder da«, murmelte ich, und dieses Mal hinderte Karla mich nicht am Gehen. Wenn ich doch nur mein verkorkstes Leben genauso einfach hinter mir lassen könnte.

Das Gespräch am frühen Morgen hatte mich mehr aufgewühlt, als es sollte, doch der erste Tag in der Backstube lenkte mich ab. Vielleicht lag es an der hektischen Betriebsamkeit, vielleicht an der Weihnachtsmusik, die im Hintergrund lief und erst gar keine schlechte Laune aufkommen lassen wollte, oder vielleicht auch daran, dass Karla so tat, als hätte unser Gespräch nie stattgefunden. Ich wusste, dass sie irgendwann darauf zurückkommen würde, denn sie würde niemals akzeptieren, dass ich die Sache mit Mark nach beinahe zwanzig Jahren immer noch nicht überwunden hatte. Das war in Ordnung, denn das tat sie nur, weil ich ihr wichtig war. Doch zumindest für den Moment ließ sie es gut sein, und dafür war ich ihr dankbar.

Wobei man auch sagen musste, dass uns – außer in der

halbstündigen Mittagspause, die wir mit einem belegten Brötchen auf der Hand und einem kurzen Spaziergang am Neckar verbrachten – kaum Zeit dazu blieb. In der Backstube hatte ich alle Hände voll zu tun, um für Plätzchennachschub zu sorgen, und Karla half vorne im Café aus. Zwar konnte sie tatsächlich auch mit einer Hand Plätzchen backen, aber eben nicht so flink wie wir anderen, weshalb sie über leere Tische wischte, hier und da einfache Bestellungen servierte oder kassierte.

Im *Neckarplätzchen* hatte sich in den letzten zwei Jahrzehnten nicht viel verändert, die Einrichtung ähnelte seit jeher einem amerikanischen Diner aus den Fünfzigerjahren. Zwischenzeitlich hatte Karla die Eckbänke und Stühle neu mit weinrotem Leder beziehen lassen, doch alles sah immer noch genauso aus wie in jenem Sommer, als ich zum ersten Mal hier gejobbt hatte. Es gab sogar eine Jukebox, die heute allerdings nur noch Zierde war. Damals hatte ich zusammen mit meinen Freunden Hits von Elvis Presley, ABBA oder den Rolling Stones gehört, mittlerweile kam die Musik – passend zur Jahreszeit waren es natürlich Weihnachtslieder – aus einer modernen Stereoanlage, die hinter der Garderobe versteckt war.

An den Wänden hingen damals wie heute Porträts von Elvis, Marilyn Monroe oder Audrey Hepburn, die ich zusammen mit meiner Tante ausgesucht hatte. Sogar das gerahmte Poster von Nastassja Kinski, das mir beim Betreten des Cafés sofort ein Lächeln entlockt hatte, war noch an seinem Platz schräg über der Jukebox. Ich hatte es vor all den Jahren dort aufhängen dürfen, nachdem meine Mutter das versteckte Poster von der halb nackten Schauspielerin in meinem Schrank gefunden und ein riesen Theater gemacht hatte. Wenn ich mich genau erinnerte, war das die erste Nacht gewesen, die ich nach einem Streit mit meiner Mutter bei Karla geschlafen hatte.

Zwischen all den Bildern von Ikonen vergangener Tage hatte Karla wie jedes Jahr Unmengen von Lichterketten drapiert, und auf jedem Tisch stand ein kleines Adventsgesteck mit roten und goldenen Kugeln und einem Teelicht.

Was allerdings neu war, war die Tatsache, dass die Backstube nicht mehr komplett vom Café abgetrennt war. Durch eine Glasscheibe im vorderen Bereich konnten die Gäste sehen, wie die Plätzchen oder anderes Gebäck beziehungsweise Kuchen und Torten entstanden. Anfangs hatte ich mich davon noch total ablenken lassen. Immer wieder hatte ich verstohlen nach bekannten Gesichtern Ausschau gehalten, doch im Laufe des Tages fiel es mir kaum mehr auf, zumal ich mich auch nicht die ganze Zeit in dem Bereich mit der Glasscheibe aufhielt.

Barbara, die älteste von Karlas Angestellten, wischte sich mit dem Handrücken über die Stirn, als ich die letzte Fuhre Anisstangen zubereitete. Das Café würde noch eine Stunde geöffnet sein, doch in der Backstube war demnächst Feierabend. Barbara und ich waren inzwischen die Letzten.

»Vielen Dank für deine Hilfe, Christina. Und ich kann dich jetzt wirklich allein lassen? Ich hab ein ganz schlechtes Gewissen, immerhin ist heute dein erster Tag hier.«

Ich machte eine wegwerfende Handbewegung. »Nun geh schon. Man hat nur einmal im Jahr Geburtstag, und dein Mann wird auch noch sechzig.«

Sie warf einen Blick auf ihre Uhr. »Also gut, ich bin eh

schon spät dran. Vielen Dank noch mal, und hab nachher einen schönen Feierabend.«

»Dir auch, und grüß deinen Mann unbekannterweise.«

Barbara winkte und verließ die Backstube. Leise summte ich zur Coverversion von *We Are The World* von der Kelly Family mit, während ich Anis und Kardamom unter die Teigmasse vor mir hob. Anschließend füllte ich den fertigen Teig in einen Spritzbeutel, formte Stangen auf den mit Backpapier ausgelegten Backblechen und schob diese in den riesigen Ofen. Die zehn Minuten Backzeit sowie weiteren fünf Minuten zum Auskühlen des Gebäcks nutzte ich, um die Backstube aufzuräumen. Zum Schluss tauchte ich eine Seite der Anisstangen in die geschmolzene weiße Schokolade, die auf dem Herd bereitstand. Jetzt musste die Schokolade nur noch fest werden.

Zufrieden sah ich mich ein letztes Mal um, bevor ich das Licht löschte und zu Karla ins Café ging, das immer noch gut besucht war. Ich wollte sie gerade fragen, was ich übernehmen sollte, als die Tür aufging. Mein Blick wanderte automatisch dorthin, und ein Lächeln zupfte an meinen Mundwinkeln, als ich feststellte, dass es Tim war. Ich lief ihm entgegen, während er sich suchend umsah. Unsere Blicke trafen sich, und nun lächelte auch er.

Aber ja, es stimmt. Er sieht schon ziemlich gut aus, kamen mir die Worte meiner Tante in den Sinn. Ich konnte ihr nicht widersprechen; er hatte sich wirklich gemacht in den letzten Jahren. Das war mir schon am Bahnhof aufgefallen, und es fiel mir auch jetzt wieder auf.

Ich kam nicht darüber hinweg, dass er jetzt schulterlange Haare hatte und ihm diese ausgezeichnet standen – und vor allem, dass ihn die Frisur männlicher denn je wirken ließ. Ich meine, hallo, lange Haare? Das war irgendwie paradox, so als würde eine Kurzhaarfrisur eine Frau weiblicher wirken lassen. Kinnlang war für mich das höchste der Gefühle. Alles, was kürzer war, konnte elegant, frech oder sexy aussehen – aber nicht weiblicher als eine lange Mähne.

»Tim Wagner. Ich hätte nicht gedacht, dich so schnell wiederzusehen.«

»Christina Willert. Wollen wir uns jetzt jedes Mal mit vollem Namen ansprechen?« Er grinste.

Zuerst unterdrückte ich den Impuls, ihm auf den Arm zu schlagen, doch dann tat ich es einfach. Immerhin kannten wir uns schon ewig, auch wenn wir uns genauso lange nicht gesehen hatten.

Er lachte. »Immer noch gewalttätig, wie ich sehe.«

Ich stemmte die Hände in die Hüfte. »Hey, ich bin nicht gewalttätig.«

»O doch. Sag bloß, du erinnerst dich nicht an diesen einen Nachmittag im Schwimmbad.«

»Welchen …?« Ich verstummte, als mir jener Tag wieder einfiel.

Tim nickte wissend. »Mh-hm. Muss ich noch mehr sagen? Aber es war echt süß, wie du dich anschließend um mich gesorgt hast. Also wenn ich es mir recht überlege, schlag mich ruhig noch mal, sofern du dich danach wieder so rührend um mich bemühst.«

Am liebsten hätte ich wirklich noch mal zugeschlagen, verdrehte aber stattdessen nur die Augen, weil ich ihm den Triumph nicht gönnte. »Und was führt dich her? Habe ich dir so gefehlt?«, versuchte ich auf andere Weise, ihn zu foppen.

»Hatte ich nicht erwähnt, dass ich im Dezember Stammgast im *Neckarplätzchen* bin? Tut mir leid, dich zu enttäuschen, aber ich bin einzig und allein wegen der traditionellen Anisstangen zum ersten Dezember hier.«

Richtig, das hatte er erzählt. Gott, war das peinlich. Ich spürte Hitze in meine Wangen steigen und konnte nichts dagegen tun. Verdammt, das machte es nicht besser, ganz im Gegenteil.

Wenn du hier auch so hemmungslos herumflirtest, ärgerte mich meine innere Stimme.

Na super, so war das nicht geplant gewesen. Seit Mark hatte ich nicht mehr geflirtet, und dann tat ich es ausgerechnet mit Tim, ohne es zu merken.

In diesem Moment beugte sich Tim zu mir herunter und flüsterte so nah etwas in mein Ohr, dass seine Lippen mich dort fast berührten. »Spaß beiseite, natürlich bin ich auch deinetwegen hier.«

Ein Schauer jagte mir über den Rücken. Ob es an seiner Beinahe-Berührung oder an seinen Worten lag, konnte ich nicht sagen. Bevor ich auch nur darüber nachdenken konnte, ließ er mich stehen und marschierte hinüber zu meiner Tante, die gerade zwei leere Cappuccinotassen an einem frei gewordenen Tisch aufeinanderstapelte. Er begrüßte sie mit einem Wangenküsschen und erkundigte sich nach ihrem Arm, während ich mich fragte, wie ernst er seine Aussage gemeint hatte. Vielleicht war er einfach nur zu einem Casanova geworden, oder er wollte mich ärgern. Abwegig erschien es mir nicht, vor allem, da er mir jetzt zuzwinkerte.

Also, früher war er durchschaubarer gewesen. Leise seufzend ging ich hinüber zu Tim und Karla, die ihm gerade den frei gewordenen Tisch anbot. Das ließ er sich nicht zweimal sagen. Er zog seine tarngrüne Steppjacke aus und nahm Platz. Darunter kam ein blau-rot kariertes Holzfällerhemd zum Vorschein, und ich hatte plötzlich Bilder vor meinem Auge, wie Tim im verschneiten Kanada mit nacktem Oberkörper Holz hackte.

»Leistest du mir ein wenig Gesellschaft?«, fragte er.

Hoffentlich konnte er keine Gedanken lesen.

»Ähm«, machte ich, während ich überlegte, was ich tun sollte. Eigentlich hätte ich mich ja gern mit ihm unterhalten und erfahren, was er heute so trieb, aber nach dem unfreiwilligen Flirt-Desaster fühlte ich mich plötzlich unwohl. Da fiel mir die passende Ausrede ein, die nicht mal wirklich eine Ausrede war. »Also weißt du, prinzipiell total gern, aber ich muss noch arbeiten.«

Karla hatte allerdings nichts Besseres zu tun, als abzuwinken. »Nee, lass mal. Deine Schicht in der Backstube ist beendet, und hier im Café kommen wir schon allein zurecht. Setz du dich mal zu Tim und genieß deinen Feierabend.«

»Und?« Erwartungsvoll betrachtete er mich.

Ich ergab mich in mein Schicksal und ließ mich auf den Stuhl ihm gegenüber fallen. Was sollte schon schiefgehen? Und selbst falls ich aus Versehen erneut mit ihm flirtete – was war schon dabei? Wir waren so was wie alte Freunde. Hatte ich mich nicht erst vor wenigen Tagen beschwert, dass ich kaum soziale Kontakte hatte?

»Prima. Anisstangen und Cappuccino für euch beide?«, fragte Karla.

Tim nickte.

»Für mich koffeinfrei«, rief ich meiner Tante hinterher, die bereits davoneilte. »Ich kann sonst nicht schlafen«, erklärte ich Tim.

»Willst du etwa jetzt schon schlafen gehen?«, fragte er mit diesem verschmitzten Blick, den er früher noch nicht so perfektioniert hatte.

Warum, zum Teufel, stellte ich mir jetzt vor, wie er in einem Bett lag? Was war nur los mit mir, und wie machte Tim das? Jahrelang hatte ich nur an einen bestimmten Mann auf diese Weise gedacht, und Tim musste sich nicht mal anstrengen, um mich zu solchen Gedanken zu verleiten. Lag es möglicherweise daran, dass wir miteinander geschlafen hatten, hier im Café?

Mir fiel auf, dass Tim mich nach wie vor musterte, als wartete er auf eine Antwort. »Ähm, nein. Natürlich nicht.« Ich lachte verlegen. »Irgendwo habe ich mal gelesen, dass Koffein angeblich erst nach acht Stunden wirkt, und da der Morgenkaffee bei mir am Morgen überhaupt nichts bewirkt …« Ich zuckte mit den Schultern.

»Ach?« Tim zog die Augenbrauen hoch. »Also, ohne Kaffee komme ich nicht in die Gänge.«

Und schon wieder diese Bilder, aber wahrscheinlich lag es wirklich nur an unserer gemeinsamen Vergangenheit und diesem Ort hier. Vielleicht hatte ich aber auch schon zu lange kein Date mehr gehabt. Die letzte Verabredung war jetzt … wie lange her? Ich konnte mich nicht erinnern. Wobei … wenn ich ehrlich war, hatte ich es absichtlich verdrängt, denn der Typ, mit dem ich zuletzt ausgegangen war, hatte Frau und Kinder zu Hause gehabt. Er war so charmant gewesen, dass mich diese Offenbarung umso unvorbereiteter getroffen und ich sofort die Reißleine gezogen hatte. Seitdem hatte ich die Lust aufs Daten verloren.

Energisch fegte ich einen Krümel vom Tisch und beschloss, das Thema in eine völlig andere Richtung zu lenken. »Also, was machst du so, Tim?«

»Rate doch mal.« Er verschränkte die Arme vor der Brust und betrachtete mich amüsiert.

O Mann, das war nicht fair, denn Tim hatte sich nicht nur äußerlich verändert. »Tja.« In meinem Gedächtnis kramte ich trotzdem nach Gesprächen von früher, suchte nach Hobbys, die Tim mal erwähnt hatte, doch bis auf seine Leidenschaft fürs Fußballspielen fiel mir nichts ein. Und Profifußballer war er ja wohl nicht geworden. »Vielleicht Automechaniker?«, riet ich. Im Blaumann konnte ich ihn mir tatsächlich ziemlich gut vorstellen.

Er lachte. »Nicht ganz, ich bin Lehrer geworden.«

»Lehrer?« Überraschter hätte ich nur sein können, wenn er mir eine Karriere als Rockstar offenbart hätte. »Und welche Fächer unterrichtest du?« Hoffentlich ließ er mich nicht wieder raten, doch dieses Mal blieb ich verschont.

»Chemie und Sport.«

»Okay, das kann ich mir tatsächlich gut vorstellen. Du hattest früher schon eine Vorliebe fürs Ballspielen. Als ich dich im Schwimmbad zum ersten Mal bewusst wahrgenommen habe, hast du mit ein paar Jungs Wasserball gespielt.«

»Daran erinnerst du dich?«

Als ob er sich nicht erinnern würde. Ich wusste noch ganz genau, wie er mich beobachtet hatte, doch das sagte ich nicht. Stattdessen grinste ich nur. »Natürlich. Du hast einen Ball an den Kopf bekommen.«

Er verzog den Mund. »Das hättest du ruhig vergessen dürfen. Was machst du denn beruflich?«

»Was mit Werbung, also im weitesten Sinne. Ich bastele Grafiken und setze beispielsweise Slogans kalligrafisch um.«

»Warte mal, Kalligrafie? Schönschrift?« Tim starrte mich entgeistert an, dann lachte er. »Wirklich jetzt? Du veräppelst mich doch. Wir sind zwar leider nicht in eine Klasse gegangen, aber ich erinnere mich noch sehr gut an Ellens Kommentare über deine Sauklaue.«

»Ja, ich weiß. Hätte ich auch nicht geglaubt, wenn mir das vor zwanzig Jahren jemand erzählt hätte.«

»Schönschrift.« Tim schüttelte den Kopf und lachte erneut. Er lachte immer weiter, hörte gar nicht mehr auf damit.

»Ja, ja, ist gut«, murmelte ich, musste aber selbst grinsen. Und dann konnte ich nicht anders – ich fiel in sein ansteckendes Lachen ein, bis mir Tränen über die Wangen liefen. So herrlich hatte ich mich schon seit Jahren nicht mehr amüsiert, und es störte mich nicht mal, dass der Spaß auf meine Kosten ging.

»Was ist so lustig?«, fragte Karla, die an unseren Tisch trat. In nur einer Hand balancierte sie ein Tablett mit zwei Cappuccinotassen und den Anisstangen, das gefährlich schwankte.

Tim sprang sofort auf und nahm ihr das Tablett ab. Er schob mir eine Tasse zu und wischte sich die Lachtränen aus den Augenwinkeln. »Chrissie hat mir nur gerade erzählt, was sie beruflich macht.« Er wandte sich an mich und setzte sich wieder auf seinen Stuhl. »Entschuldige, ich wollte dich nicht auslachen.«

Ich winkte ab. »Keine Sorge, ich nehm's nicht persönlich. Umgekehrt hätte ich wohl auch gelacht.«

Karla runzelte die Stirn und nahm das leere Tablett von Tim entgegen. »Ich fürchte, ich stehe auf dem Schlauch. Was ist an Chrissies Laufbahn so lustig?«

Ich verzog den Mund. »Sag bloß, du hast nie was davon mitbekommen. Meine Schrift war damals zu Schulzeiten nicht unbedingt leserlich. Mein Deutschlehrer war immer drauf und dran, mir deshalb eine Note bei Klausuren abzuziehen. Das hat er nur deshalb nicht getan, weil er es unfair gefunden hätte und weil er Mama sympathisch fand.«

»Ach echt? Das wusste ich gar nicht. Siehst du mal.«

Karla sah von Tim zu mir und nickte mir verschwörerisch zu, bevor sie zurück hinter die Theke ging. Ich verdrehte die Augen. Wann war aus Karla eine Kupplerin geworden?

»Okay, das habe ich jetzt nicht verstanden«, meinte Tim.

Du weißt Dinge über mich, die Karla nicht weiß. Doch das sagte ich nicht, denn diese Antwort würde Tim nachher nur auf dumme Gedanken bringen. »Ist auch nicht wichtig. Also, Sport und Chemie, eine interessante Kombination. Was machst du am liebsten im Sportunterricht? Ballspielen?« Ich unterdrückte ein Lachen.

Tim verdrehte die Augen, schmunzelte aber. »Wasserball, ist klar.«

»Nee, jetzt mal im Ernst. Mein damaliger Sportlehrer hat die Jungs immer Fußball spielen lassen, und wir Mädels mussten uns dann mit Volleyball beschäftigen. Meine Handgelenke schmerzen heute noch, wenn ich daran denke.«

»Volleyball macht ja auch nur am Strand so richtig Spaß.« Tim griff nach seiner Tasse, hielt jedoch mitten in der Bewegung inne. Der Ausdruck auf seinem Gesicht wurde ernst, als er an mir vorbeisah.

»Was ist?«, fragte ich.

Bevor Tim darauf antworten konnte, blickte ich auch schon über meine Schulter – und erstarrte. Direkt hinter mir standen Mark und Ellen.

5

Samstag, 25. Juni 1977

Gleich am ersten Samstag in den Sommerferien setzten Ellen und ich unsere Schwimmbadverabredung in die Tat um, auch wenn meine Mutter plötzlich Anwandlungen gehabt hatte, mich nicht gehen lassen zu wollen.

»Wollt ihr wirklich ins Schwimmbad?«, hatte sie am Frühstückstisch gefragt, woraufhin mein Vater von seiner Zeitung und ich von meinem Brötchen aufgesehen hatte.

»Ähm, ja. Warum?«

»Na ja, ich mache mir halt ein bisschen Sorgen. Nachdem Buback umgebracht wurde …«

»Schatz, das war Anfang April«, hatte mein Vater sie beschwichtigt.

»Schon, aber es ist in Karlsruhe passiert, gar nicht weit von hier. Und nachdem die Mohnhaupt leichtsinnigerweise entlassen und Baader und die anderen zu lebenslanger Haft verurteilt wurden, kommt da ganz sicher noch was auf uns zu.«

Mein Vater hatte seufzend seine Zeitung zusammengefaltet und beiseitegelegt. »Vermutlich schon, aber das ist kein Grund, sich den Sommer vermiesen zu lassen.«

Glücklicherweise sah Mama das ein, und so hatte ich nach dem Frühstück meine Badetasche gepackt und war zu Ellen geradelt, um sie abzuholen und mir schnell in ihrem Zimmer den gelben Häkel-Bikini unter das senfgelbe Kleid zu ziehen. Und hier waren wir nun.

Zwar war das Wetter nicht sehr berauschend, aber da die Voraussage für die nächsten Tage auch nicht so viel besser war, hatten wir es nicht länger aufschieben wollen. Immerhin regnete es nicht, und das Schwimmbad war trotz allem recht gut besucht.

»Cremst du mir den Rücken ein?« Ich hielt Ellen die offene Sonnencremetube entgegen, sie betrachtete mich allerdings nur skeptisch.

»Das halte ich für keine gute Idee. Wir wollten uns doch beide einen Freund angeln, also frag lieber einen der süßen Typen da drüben.«

Unauffällig deutete sie mit dem Kopf ein paar Handtücher weiter, wo eine Gruppe Jungs saß und flachste. Ellen stand auf, woraufhin zwei der Jungs zu uns herübersahen. Bevor ich mich fragen konnte, was sie vorhatte, schlüpfte sie lasziv aus ihrem Minirock und dem Oberteil. Ich musste mich daran hindern, die Augen zu verdrehen, als ich sah, was sie unter ihren Klamotten trug: einen knallroten Badeanzug. Jetzt wusste ich auch, warum sie mir ihren neuen Bikini überlassen hatte. Prinzipiell war der rote Badeanzug zwar nichts Besonderes, aber er sah genauso aus wie das Teil, das Farrah Fawcett auf einem Poster trug, das seit ein paar Monaten in unzähligen Jungenschlafzimmern über den Betten hing. Und obwohl ich in dem Bikini mehr Haut zeigte als Ellen in ihrem Badeanzug, konnte ich mal wieder nicht mit ihr mithalten. Sogar Ellens steife Brustwarzen konnte man wie auf dem Poster mit der Schauspielerin unter dem dünnen Stoff des Badeanzugs ausmachen. Ich nahm es ihr nicht übel, denn für

Ende Juni war es wirklich nicht sonderlich warm, und das lag nicht nur daran, dass es noch recht früh am Vormittag war. Mich fröstelte es ebenfalls, aber im Gegensatz zu Ellen stellte ich meine körperliche Reaktion auf die kühle Luft eben nicht so zur Schau.

Warum denn nicht? Die Frage schoss mir durch den Kopf. *Nastassja Kinski hätte auch kein Problem damit, und du wärst doch so gern wie sie.*

Ellen angelte nach der Sonnencremetube und versuchte, sich den Rücken einzucremen, wobei sie sich ziemlich unbeholfen anstellte. Da ich wusste, dass sie es aus purer Berechnung tat, lehnte ich mich nach hinten und wartete ab, was passierte.

Die zwei Jungen, die sie vorher schon beobachtet hatten, standen nun auf und kamen zu uns herüber. Sie sahen ganz nett aus, ich persönlich hätte sie umgekehrt jedoch nicht angesprochen. Beide wirkten, als wären sie nur auf das Eine aus, und obwohl ich durchaus nichts dagegen hätte, diesen Sommer meine Unschuld zu verlieren, wollte ich es keinesfalls um jeden Preis. Der Junge, mit dem ich diese Erfahrung teilen würde, sollte sich nachher noch an meinen Namen erinnern und nicht allein deshalb etwas mit mir angefangen haben, weil er bei Ellen nicht landen konnte.

»Können wir euch vielleicht helfen?«, fragte einer der beiden.

Seine blonden Haare reichten ihm bis zur Schulter, und er trug den Scheitel sowie den Pony nach rechts. Ein bisschen erinnerte er mich an Günter Netzer, und er wirkte leider auch ähnlich alt wie der Fußballspieler. So alt war er dann zwar sicher nicht, sonst wäre er vermutlich nicht zu uns herübergekommen, aber ich konnte mir durchaus vorstellen, dass er bereits studierte. Meinen Geschmack traf er nicht, Ellen hingegen himmelte ihn an. Sie mochte ältere Jungen, weil diese mehr Erfahrung hatten – und genau das bereitete mir Unbehagen. Wer wusste schon, was sie von mir erwarten würden.

»Supergern«, sagte Ellen in dem Tonfall, den sie einzig und allein für süße Jungs reservierte, und reichte ihm die Sonnencreme.

Währenddessen musterte der andere Typ mich. Von Nahem betrachtet war er eigentlich ganz niedlich. Auch ihm reichten die Haare bis zur Schulter, allerdings waren sie dunkel und ein wenig gelockt. Sein Scheitel war in der Mitte gezogen, und er hatte einen Bart. Für gewöhnlich stand ich nicht so auf Männer mit Bart, doch bei ihm sah es gut aus.

Ich hatte die Beine angewinkelt und die Arme darauf abgelegt, um meine steifen Brustwarzen zu verdecken. Nun verließ ich diese Position zaghaft. Der Blick des dunkelhaarigen Typen huschte sofort zu meiner Oberweite, und ich bereute, dass ich nicht einfach so wie vorher sitzen geblieben war.

»Wenn du magst, creme ich dir den Rücken ein«, bot er an.

Ich nickte. Warum nicht? Er würde schon nicht die Schleife an meinem Bikinioberteil öffnen; für derlei Späße schien er mir wie sein Freund zu alt zu sein.

Er ließ sich von seinem Freund die Sonnencreme reichen, kniete sich hinter mich und nahm sich Zeit. Mit langsamen, sanften Bewegungen strich er meinen Rücken rauf und runter, als wolle er mich massieren. Seine Hände glitten über meine Schultern, streiften wie zufällig meine seitliche Brust und verweilten länger als nötig auf meinem unteren Rücken.

Es fühlte sich nicht unangenehm an, gleichzeitig war es auf seltsame Art und Weise genau das für mich. Wir kannten uns überhaupt nicht, ich wusste nicht einmal, wie er hieß, und er ging bereits auf Tuchfühlung. Oder war ich einfach zu prüde? Zwar hielt ich mich – vor allem im Gegensatz zu meiner Mutter – nicht für prüde, aber mit Nastassja Kinski konnte ich eben auch nicht mithalten; nicht einmal mit Ellen.

»Du musst lockerer werden, Chrissie«, hatte Ellen schon mehr als einmal zu mir gesagt, und sie hatte recht.

Selbst wenn wir unsere Kleidung tauschen würden, wäre es nicht anders, und das war genau das Problem. Ellen sah nicht nur besser aus als ich, sie weckte auch Fantasien im anderen Geschlecht, sodass die Jungs gar nicht anders konnten, als sich auszumalen, was sie mit Ellen alles anstellen würden, sobald sie allein waren. Ob es am Ende wirklich so war oder nicht, stand auf einem anderen Blatt, und es war auch unerheblich. Bis die Typen dahinterkamen, hatte Ellen sie längst am Haken.

Ich straffte die Schultern und beschloss, dass sich was ändern musste. Der ganze Sommer lag vor uns, und ich hatte verdammt noch mal vor, ihn zu genießen. Was hatte ich schon zu verlieren – außer meiner Unschuld?

Ein Junge, maximal dreizehn, landete platschend und direkt vor mir im Wasser und verfehlte mich dabei nur knapp. Mit Anlauf, angezogenen Beinen und dem Hintern voran war er ins Wasser gesprungen. Eine Fontäne spritzte hoch und mir mitten ins Gesicht. Ich schluckte Wasser, hustete. Und dann sah ich plötzlich mein Bikinioberteil an mir vorbeischwimmen. Schnell griff ich danach, tauchte tiefer und hielt mir schützend die Hände vor die Brüste. So ein Mist. Suchend blickte ich mich nach meiner Freundin um, die gerade noch neben mir gestanden hatte.

»Ähm, Ellen?«, rief ich leicht panisch, als ich sie ein paar Meter weiter entdeckte, wo sie am Beckenrand stand und flirtete. Doch sie hörte mich nicht, da sie voll und ganz auf Peter und Dirk konzentriert war, die beiden Kerle, die uns die Rücken eingecremt hatten.

Ich stieß ein tiefes Seufzen aus. Wie war das schon wieder passiert? Ich hatte mir wirklich Mühe gegeben, cool und sexy zu sein, aber Ellen schaffte es immer wieder, noch eins draufzusetzen. Jetzt hatte sie sich tatsächlich beide Typen geangelt. Was, zum Teufel, wollte sie mit beiden?

Auf ihre Hilfe konnte ich jedenfalls nicht hoffen – und es machte mich traurig, als mir klar wurde, dass sich das nicht nur auf den Bikini bezog. Wenn ich einen Jungen kennenlernen wollte, musste ich das Ganze wohl selbst in die Hand nehmen. Ellen würde ihn mir ansonsten nur ausspannen, ob sie es nun wollte oder nicht. Sie war einfach so. Ich liebte sie, sie war meine beste Freundin, aber was Jungs anging, war ich auf mich allein gestellt. Ich musste mir selbst einen angeln.

Zuerst einmal musste ich jedoch irgendwie das Bikinioberteil wieder anziehen. Die Frage war nur, wie ich das anstellen sollte, während um mich herum eine Horde Jungs tobte. In den vergangenen fünf Minuten war das Schwimmbecken immer voller geworden. Aus dem Wasser klettern wollte ich allerdings auch nicht, denn damit würde ich erst recht Aufmerksamkeit auf mich ziehen. Gegen Aufmerksamkeit an sich hatte ich zwar nichts einzuwenden, aber meine nackten Brüste musste ich deshalb trotzdem nicht zur Schau stellen.

Tatsächlich schaffte ich es irgendwie, das Bikinioberteil wieder anzuziehen. Eine größere Herausforderung stellte es dar, die Schleife hinter dem Rücken zu binden. Die nassen Bänder zogen sich zusammen, bevor ich auch nur im Entferntesten eine Schleife hinbekommen hatte, und ich schaffte es nicht, den Knoten zu lösen.

»Scheiße«, stieß ich zwischen zusammengebissenen Zähnen hervor.

»Kann ich dir helfen?«, fragte eine männliche Stimme dicht hinter mir.

Ich wirbelte herum. Hinter mir stand ein Junge, der nicht viel älter war als ich, der mir irgendwie bekannt vorkam, und der verdammt gut aussah. Wie ein jüngerer Robert Redford, nur mit dunklen Haaren. Diese hingen ihm nass in die Stirn, waren gestuft und reichten ihm hinten bis in den Nacken. Dazu trug er Koteletten. Seine blauen Augen funkelten amüsiert.

Woher kannte ich ihn bloß?

»Also?«, fragte er noch einmal.

Ich zögerte nicht länger, als ich das hier als das erkannte, was es war – die perfekte Gelegenheit. »Ähm, klar. Das wäre echt nett von dir.«

»Drehst du dich um?«, bat er, nachdem ich ihn nur weiterhin ansah und überlegte, wo wir uns schon einmal begegnet sein konnten.

»Sicher, entschuldige.« Ich wandte ihm meinen Rücken zu und war froh, dass er meine geröteten Wangen nicht sehen konnte. Das fing ja gut an. Auf diese Weise wurde aus der Mission *Ich suche mir einen Freund* nie was.

Ich spürte, wie er hinter mir noch näher kam, dann griff er nach den Bändern. Seine Finger streiften mich, aber es fühlte sich ganz anders an als vorhin auf der Wiese, als Dirk mich eingecremt hatte. Es fühlte sich nicht fordernd an, nicht unangenehm. Der Junge schien mir wirklich bloß helfen zu wollen.

»Ich hab das gerade eben beobachtet. Alles okay?«, fragte er, während er den lockeren Knoten löste und eine Schleife band.

Hatte er mich dann etwa auch halb nackt gesehen? Ich schob den Gedanken beiseite und nickte. »Ist zum Glück nichts weiter passiert. Danke noch mal.«

»Gern geschehen. Hoffentlich hält die Schleife dieses Mal besser.«

Ich drehte mich erneut zu ihm um, nachdem er fertig war, und stellte auch dieses Mal fest, dass er das ganz ohne Hintergedanken zu sagen schien. Sein Lächeln war weder anzüglich noch zweideutig, sondern einfach nur offen und ehrlich. Er war richtig süß. Mit einem Mal wusste ich, dass er genau der richtige Freund für mich wäre. Augenblicklich wurde ich nervös. Was sollte ich jetzt tun oder sagen? Ellen wüsste es. Um ehrlich zu sein, musste sie nicht einmal was machen, damit die Jungs ihr zu Füßen lagen.

»Ich bin übrigens Mark«, stellte er sich vor, und ich war heilfroh, dass ich ihn noch nicht vergrault hatte.

»Chrissie.«

Ich lächelte zurück und überlegte fieberhaft, was ich Tolles sagen könnte, als ein weiteres Mal ein Junge nur knapp neben mir ins Wasser sprang und mich nass spritzte. Auch Mark bekam etwas ab. Er warf die nassen Haare nach hinten und fuhr sich mit den Händen übers Gesicht.

»Hey, das ist echt uncool«, rief er dem Jungen zu. »Wäre nett, wenn ihr ein bisschen aufpassen könntet, ihr seid hier schließlich nicht allein.« Der Junge erwiderte etwas Unverständliches und schwamm davon, woraufhin Mark die Augen verdrehte. »Na, immerhin hat dein Oberteil dieses Mal gehalten«, meinte er mit einem schiefen Grinsen, das fast ein wenig unsicher wirkte und ihn noch sympathischer und süßer wirken ließ.

Ich musste lachen. »Ja, das stimmt, aber ich glaube, ich gehe trotzdem lieber aus dem Wasser.« Unwillkürlich biss ich mir auf die Unterlippe. Warum hatte ich das gesagt? Es war mir einfach so herausgerutscht, ehe ich auch nur darüber hatte nachdenken können. So was Dämliches.

»Was dagegen, wenn ich dich begleite?«, fragte Mark jedoch zu meiner Überraschung.

»Ähm, nein. Überhaupt nicht, im Gegenteil.« Okay, das war zu viel. Eine Zustimmung hätte auch gereicht. Doch was auch immer es war, irgendwas schien ich richtig zu machen.

»Super. Warte kurz hier, ja? Ich sag nur schnell meinem Kumpel Bescheid.«

»Klar, ich warte hier am Rand.«

Wir lächelten einander noch mal zu, dann stellte ich mich an den Beckenrand und sah kurz hinüber zu Ellen, die allerdings nicht einmal mitbekommen zu haben schien, dass ich nicht mehr da war. Also würde ich ihr auch nicht Bescheid geben, dass ich zurück zu unserem Platz ging. Früher oder später würde sie es schon selbst herausfinden. War wahrscheinlich auch besser, wenn Mark und ich erst einmal Zeit hatten, uns ohne sie kennenzulernen.

Mein Blick wanderte zu Mark. Durch das volle Becken bahnte er sich einen Weg zu einem blonden Jungen, der zusammen mit ein paar anderen Jungs versuchte, inmitten des Getümmels Wasserball zu spielen. Auch der blonde Junge kam mir bekannt vor, und plötzlich wusste ich, woher ich ihn und Mark kannte. Aus der Schule, sie waren einen Jahrgang über mir und Ellen. Tatsächlich war mir Mark schon in den Pausen auf dem Schulhof aufgefallen, aber ich hätte nie gedacht, dass er in irgendeiner Form Interesse an mir haben könnte, weshalb ich ihn offenbar gleich wieder aus meinem Gedächtnis gelöscht hatte.

»Selbstbewusstsein ist die Lösung vieler Probleme«, pflegte meine Tante Karla oft zu sagen.

Wie recht sie damit hatte, ich hatte bisher nur nicht daran geglaubt, nicht an mich geglaubt, aber es war an der Zeit, das zu ändern. Ich sollte endlich auf meine Tante hören.

Mark und sein Freund wechselten ein paar Worte, woraufhin Mark in meine Richtung deutete. Ich fühlte mich ertappt, weil ich sie beobachtete, schaute aber nicht weg. Stattdessen winkte ich kurz. Mark winkte zurück, und mein Herz machte einen Satz.

»Hey, wer ist denn der gut aussehende Kerl?«, fragte Ellen plötzlich neben mir.

Ich zuckte zusammen, und das nicht nur, weil sie mich erschreckt hatte. Was machte sie hier? Kurz blickte ich mich nach Peter und Dirk um, konnte die beiden in dem Gewimmel aber nicht entdecken. So ein Mist! Wollte Ellen jetzt etwa bei mir bleiben?

Sofort schämte ich mich für meine Gedanken. Ellen war meine beste Freundin, ich wollte sie nicht ausschließen. Auch nicht, wenn es um Jungs ging.

Die Worte meiner Tante kamen mir erneut in den Sinn, und ich straffte die Schultern. Nur keine Angst und nicht wieder in alte Routinen verfallen. Ich stand Ellen in nichts nach, war genauso liebenswert wie sie. Wir hatten beide unsere Stärken und Schwächen, deshalb ergänzten wir uns auch so prima und waren seit dem Kindergarten die besten Freundinnen. Menschen, die mich mochten, kamen oft nicht mit Ellen klar und umgekehrt. Warum also sollte es mit Jungs nicht genauso ablaufen? Dirk und Peter zeigten beide eindeutiges Interesse an Ellen, während sie mich offenbar langweilig fanden. Mark hingegen war anders. Er hatte mich ausgewählt, obwohl genug Schönheiten in unserem Alter hier im Schwimmbad ihre Reize zur Schau stellten. Mark war aber anscheinend keiner dieser Jungen, die auf so etwas Oberflächliches hereinfielen, also musste ich mir auch keine Gedanken machen, dass er Ellen bevorzugen könnte. Zwar war Ellen keineswegs oberflächlich, aber von ihrem Aussehen und ihrem Auftreten her war sie den Mädchen in knappen Outfits deutlich ähnlicher als ich.

»Also, wer ist der süße Typ?«, fragte Ellen erneut.

Das *war* allerdings ein Problem. Obwohl Ellen für gewöhnlich auf blonde Jungs stand und ich den dunkleren Typ bevorzugte, fanden wir komischerweise meistens die gleichen Jungs niedlich. Aber auch davon würde ich mich nicht einschüchtern lassen.

»Das ist Mark. Wo sind denn deine beiden Anhänger abgeblieben?«

»Auf der Wasserrutsche, sie kommen gleich wieder.«

Ich unterdrückte ein erleichtertes Aufatmen, auch wenn mich gleich wieder das schlechte Gewissen packte. Aber ich hatte auch ohne Ellen schon genug Probleme damit, in Marks Gegenwart entspannt zu bleiben. Wenn ich mir auch noch Gedanken darüber machen musste, wie Ellen auf ihn wirkte, würde das Ganze in einer Vollkatastrophe enden. Mark und ich brauchten idealerweise erst einmal ein wenig Zeit für uns, um uns besser kennenzulernen. Ellen würde das schon verstehen.

Doch bevor ich sie darum bitten konnte, wieder zu verschwinden, fragte sie:

»Woher kenne ich diesen Mark bloß? Ich bin sicher, ich habe ihn schon mal gesehen.«

Ich nickte. »Aus der Schule. Er und der Blonde sind eine Klasse über uns.« Aus den Augenwinkeln bemerkte ich, wie sich Mark seinen Weg zurück zu uns bahnte. *Na los, tu es,* sprach ich mir selbst Mut zu. *Sag Ellen, dass sie bitte gehen soll.* Doch ich brachte es nicht übers Herz, aus Angst, ich könnte sie damit verletzen.

»Richtig. Mensch, Chrissie.« Scherzhaft stieß sie mich mit ihrem Ellenbogen in die Seite. »Der ist echt ein Treffer. Glückwunsch! Habt viel Spaß und tut nichts, was ich nicht auch tun würde.«

Sie gab mir einen Kuss auf die Wange und ließ mich allein, und ich sah ihr dankbar hinterher. Sie kannte mich eben doch am besten von allen Menschen auf dieser Welt.

»Deine Freundin?« Mark war inzwischen wieder bei mir angekommen.

Strahlend wandte ich mich ihm zu, denn mit einem Mal

hatte ich das Gefühl, ich könnte alles schaffen. »Ellen, sie geht auch auf unsere Schule.«

»Ich weiß. Ihr hängt ziemlich viel zusammen rum.«

Erneut machte mein Herz einen Hüpfer. Ich war ihm aufgefallen? »Beste Freundinnen seit dem Kindergarten«, erklärte ich.

»Das ist cool. Tim und ich kennen uns auch schon ewig.«

Mit dem Kopf deutete Mark zu dem blonden Jungen, der uns auffällig unauffällig beobachtete, anstatt sich auf das Ballspiel zu konzentrieren. Prompt bekam er den Wasserball an den Kopf. Ich unterdrückte ein Grinsen.

»Hast du Lust auf Pommes?«, fragte Mark. »Ich lade dich ein.«

Nun hoben sich meine Mundwinkel doch. »Total gern.«

6

Sonntag, 1. Dezember 1996

Mein Gehirn verlangte von mir, auf dem schnellsten Weg dieses Café zu verlassen oder Mark und Ellen wahlweise alle möglichen Dinge an den Kopf zu werfen, doch mein Körper tat nichts dergleichen, weshalb ich einfach nur dasaß und die beiden weiterhin anstarrte, ohne sie wirklich zu sehen.

Ich konnte es nicht fassen. Da war ich einmal nicht auf der Hut, war einmal völlig entspannt und dachte nicht an die beiden, und prompt mussten sie in diesem Moment auftauchen und jede Leichtigkeit ruinieren.

Wie automatisch wurde mein Blick von den ineinander verschlungenen Fingern der beiden angezogen. Mein Herzschlag nahm einen schnelleren Rhythmus an, Adrenalin wurde durch meinen Körper gepumpt, als müsste ich jede Sekunde in einen Kampf ziehen. Und es war ein Kampf – ein Kampf gegen die Geister meiner Vergangenheit, die ich einfach nicht abschütteln konnte, so sehr ich es auch versuchte.

Abrupt ließen sich Mark und Ellen los, doch das änderte nichts. Eine Welle der Enttäuschung rollte auf mich zu, und ich wollte weder davon mitgerissen werden noch untergehen.

Ich wandte mich ab, griff nach meinem Cappuccino und trank einige Schlucke. Äußerlich mochte ich ruhig wirken, doch mein Herz schlug viel zu schnell. Das Porzellan klirrte, als ich die Tasse zurück auf die Untertasse stellte, weil ich meine Hand nicht am Zittern hindern konnte. Aus den Augenwinkeln nahm ich wahr, dass Tim mir einen mitleidigen Blick zuwarf, und auch Karla beobachtete mich. Ich ließ mich von den beiden nicht beirren, suchte meine Sachen zusammen und erhob mich von meinem Stuhl. Mark und Ellen schienen sich in den vergangenen Sekunden nicht gerührt zu haben. Beide schauten mich an, und Marks bloßer Anblick versetzte mir einen Stich. Er sah genauso aus wie damals, als ich ihm zum ersten Mal im Schwimmbad begegnet war, und Wehmut breitete sich in meinem Herzen aus. Natürlich waren die letzten zwanzig Jahre auch an ihm nicht spurlos vorbeigegangen. Er hatte ein paar Falten bekommen, und seine dunklen Haare färbten sich an den Schläfen grau, doch im Gegensatz zu Tim hatte er sich überhaupt nicht verändert.

Unsere Blicke trafen sich, und ich bemerkte die kleinen Lachfältchen, die sich im Laufe der Jahre um seine blauen Augen gebildet hatten. Im Moment wirkten sie jedoch unendlich traurig.

Ich schluckte, damit meine Stimme nicht zitterte, wie es zuvor meine Hände getan hatten. »Setzt euch, Karla wird euch was bringen. Ich muss jetzt los.« Ich wandte mich ab, auch wenn ich nicht glaubte, dass Mark und Ellen das einfach so hinnehmen würden.

»Bitte warte, Chrissie. Können wir miteinander reden? Nur ganz kurz?«

Marks Stimme versetzte mir einen weiteren Stich. Er sah nicht nur aus wie früher, er klang auch wie früher. Eine Welle der Erinnerungen rollte über mich hinweg. Langsam drehte ich mich erneut zu ihm um, und unsere Blicke begegneten sich ein zweites Mal. Mir wurde abwechselnd heiß und kalt. Ich wünschte, er hätte nicht mehr diese Macht über mich, würde nicht diese Gefühle in mir auslösen – Enttäuschung, Nostalgie, Traurigkeit und ja, auch eine Spur von Wut –, doch leider gelang ihm das noch immer.

»Ich muss wirklich los, ich habe noch einen Termin«, log ich.

»Bitte, Chrissie«, sagte Mark noch einmal. »Gib uns nur fünf Minuten.«

Uns. Dieses kleine Wort mit nur drei Buchstaben löste so viele Gefühle in mir aus. Aus den beiden war ein *Wir* geworden, obwohl sie genau gewusst hatten, wie weh sie mir damit taten. Ich, meine Gefühle, war ihnen damals gleichgültig gewesen. Warum waren sie hier und rissen alte Wunden wieder auf? Es mochte kindisch sein, doch ich wollte keine Aussprache. Es würde nichts ändern, nicht für mich.

»Ich muss wirklich …«

»Christina.« Ellens Stimme, die mich unterbrach, war so leise, dass ich sie kaum verstand.

Es fühlte sich merkwürdig an, dass sie mich mit meinem vollen Namen ansprach, denn sie hatte mich noch nie so genannt. Tatsächlich stammte mein Spitzname sogar von ihr. Seit jenem Tag im Kindergarten, als wir uns vom Fleck weg angefreundet hatten, hatte sie mich Chrissie genannt. Meine Mutter hatte mich schon immer mit richtigem Namen gerufen, und mein Vater und Karla hatten Tini zu mir gesagt, doch irgendwann, als ich älter wurde, waren auch sie zu Chrissie übergegangen, und der Spitzname hatte sich all die Jahre über gehalten, obwohl Ellen und ich längst keinen Kontakt mehr gehabt hatten. Natürlich hatte ich zwischenzeitlich überlegt, ihn abzulegen, aber das wäre fast so gewesen, als hätte ich ein Stück meines Herzens hergeben müssen, und mit Ellen hatte ich bereits einen Teil von mir verloren. Ich war nicht länger Christina oder Tini gewesen. Ich war zu Chrissie geworden.

Vorsichtig, mit beinahe wackeligen Schritten, ging Ellen auf mich zu und sah mich aus Augen, die mindestens so traurig wie die von Mark waren, unverwandt an. Ihr Blick traf mich wie ein Pfeil mitten ins Herz, und ich musste schlucken. Da stand sie, meine allerbeste Freundin aus meiner Kinder- und Jugendzeit. Sie war wie eine Schwester für mich gewesen, wie eine Seelenverwandte. Ich hatte ihr so sehr vertraut, dass ich sogar mit ihr das Küssen geübt hatte, und obwohl sie immer hübscher und begehrter gewesen war als ich und mich damit oft – wenn auch unbeabsichtigt – vor den Kopf gestoßen hatte, hatte ich sie bedingungslos geliebt – bis zu jenem Tag, als meine ganze Welt wie ein Kartenhaus in sich zusammengestürzt war. Wobei das nur der halben Wahrheit entsprach, denn meine Zuneigung für sie hatte sich natürlich nicht von heute auf morgen in Luft aufgelöst, was das Ganze für mich nur noch unerträglicher gemacht hatte.

»Du fehlst mir, Christina«, flüsterte sie mit tränenerstickter Stimme.

Erneut wurde mein Hals eng, und dieses Mal konnte ich nicht so einfach gegen das Gefühl anschlucken. Sie sah mitgenommen aus. Ihre Haut war blass, beinahe fahl, und sie schien viel zu dünn zu sein, was trotz des Wintermantels zu erkennen war, und dabei hatte sie ohnehin nie viel auf den

Hüften gehabt. Sie war nur noch ein Schatten ihrer selbst. Von der Ähnlichkeit zu Farrah Fawcett war nichts mehr übrig.

Du fehlst mir auch. Und es war nicht einmal gelogen. Die Ellen von damals, mit der ich alles hatte teilen können, mit der ich zusammen gelacht und geweint hatte, fehlte mir wirklich, doch diese Ellen existierte nicht mehr.

Sie ließ die Schultern hängen, als ich nicht auf ihre Aussage reagierte, und bescherte mir damit ein schlechtes Gewissen. Es tat mir leid, dass sie offenbar so sehr unter meiner Zurückweisung litt, aber ich musste an mich selbst denken und mein Herz schützen. Sie wollte Vergebung für das, was sie getan hatte, doch die konnte ich ihr nicht geben. Nicht hier, nicht jetzt. Vielleicht niemals.

»Tut mir leid, ich habe jetzt wirklich keine Zeit«, murmelte ich, griff nach meinem Mantel und meiner Tasche und wandte mich ab, als mich jemand am Arm packte.

»Chrissie, bitte. Es ist wichtig, sonst wären wir nicht hier.«

Marks Stimme war bestimmter geworden, was den kleinen Funken Wut, der in mir glomm, schürte. Ohne nachzudenken, riss ich mich los, wirbelte zu ihm herum und bedachte ihn mit einem warnenden Blick. »Ich habe gesagt, dass ich jetzt keine Zeit habe, und um ehrlich zu sein, will ich auch nicht hören, was ihr mir zu sagen habt. Ich war euch doch schon damals egal.«

»Das stimmt nicht, du warst mir nie egal«, antwortete Ellen kaum hörbar.

Wenn ich ihr das nur glauben könnte. »Ach nein? Warum hast du mir dann meinen Freund ausgespannt? Du hast mir wehgetan, Ellen, verdammt weh. Und soll ich dir sagen, was das Schlimmste von allem ist? Dass ich es hätte wissen müssen.« Ich wollte aufhören, doch ich konnte es nicht und redete weiter. »Damals im Schwimmbad, als ich Mark zum ersten Mal begegnet bin, ahnte ich schon, dass es so kommen würde. Am liebsten hätte ich ihn vor dir versteckt, aber du warst meine beste Freundin. Ich hätte dir mein Leben anvertraut, aber dein Glück war dir wichtiger als meins, also erzähl mir nicht, dass ich dir nicht egal war, denn dein Handeln hat etwas anderes gesagt.« Trotz meiner Worte klang meine Stimme erstaunlich ruhig, was mich selbst am meisten überraschte.

Ellen wich meinem Blick aus, während Mark mich ebenso wie Tim und Karla schweigend ansah. Die Gäste schienen zwar nicht viel von unserer Unterhaltung mitzubekommen, denn niemand von ihnen starrte mich an, und doch fühlte ich mich entblößt. Meine Gefühle so offenzulegen war nie mein Plan gewesen, auch wenn sie mir vermutlich ohnehin ins Gesicht geschrieben standen.

George Michael sang im Hintergrund *Last Christmas*, als wäre alles in bester Ordnung, und ich wünschte mir so sehr, dass es das wäre.

»Ich muss jetzt wirklich gehen«, wiederholte ich mich noch einmal überflüssigerweise und steuerte auf die Tür zu.

»Christina, warte mal.«

Dieses Mal war es meine Tante, die meinen Namen sagte, doch ich verließ das Café, ohne mich noch einmal umzudrehen, weil plötzlich Tränen in meinen Augen brannten. Vor dem Café blieb ich kurz stehen und sog einige Sekunden lang die kühle Luft in meine Lunge, dann lief ich durch die dank der Weihnachtsdekoration hell erleuchtete Dunkelheit und erreichte schon bald den Marktplatz, in dessen Nähe das Café meiner Tante lag.

Der Marktplatz stand in krassem Gegensatz zu den Gefühlen, die wie ein Schneesturm in mir tobten. Der Weihnachtsmarkt verteilte sich über einige Orte der Innenstadt, und der größte Standpunkt war hier auf dem Platz zwischen Heiliggeistkirche und Rathaus. Fröhliche Stimmen und ausgelassenes Gelächter drangen an mein Ohr, der Duft von Glühwein und Crêpe lag in der Luft, und auch hier sang George Michael von seinem Liebeskummer.

Ein Frösteln erfasste mich, und mir wurde klar, dass ich meinen Mantel noch immer in der Hand hielt. Ich zog ihn über, zitterte – ob vor Kälte oder unterdrückten Gefühlen, wusste ich nicht zu sagen.

Eine Hand legte sich auf meine Schulter, und mein Herz machte einen Satz. Ich wappnete mich für den nächsten Kampf, drehte mich um und stand Tim gegenüber.

»Alles okay?«, fragte er.

Ich wollte nicken und konnte es nicht. Stattdessen schüttelte ich den Kopf.

Tim schien ein Seufzen zu unterdrücken, sein Blick wurde weich. »Das wird schon wieder, Chrissie.«

Erneut schüttelte ich den Kopf, denn ich wusste aus Erfahrung, dass dem nicht so sein würde. Man sollte vermuten, dass sich in zwanzig Jahren etwas an meinen Gefühlen geändert haben könnte, doch es tat immer noch so weh wie an jenem Tag, als Ellen und Mark mir gebeichtet hatten, dass sie sich ineinander verliebt hätten. Es war wie ein Stachel, der sich vor Jahren in meine Haut gebohrt hatte. Er war längst nicht mehr an der Oberfläche zu sehen, doch er war immer noch da und schmerzte bei jedem Schritt, bei jedem Atemzug.

Tims Augen ruhten nach wie vor auf mir, und sein Anblick löste etwas in mir aus. Ich spürte die Emotionen heranrollen, und ich konnte mich nicht dagegen wehren. Alles Blinzeln und Schlucken half nichts, um die heranrollende Welle aufzuhalten.

»Es ist okay. Lass es raus«, sagte Tim.

Und mit diesen Worten brachte er meine notdürftig hochgezogene Schutzmauer endgültig zum Einsturz. Tränen schossen mir in die Augen, und ein lautes Schluchzen entfuhr mir.

Tim zog mich an sich, bettete meinen Kopf an seine Schulter und streichelte mir über die Haare, während ich weinte. Ich weinte, bis keine Tränen mehr kamen, und als ich mich vorsichtig von Tim löste, war es mir fast ein bisschen peinlich, dass ich mich so hatte gehen lassen. Gleichzeitig fühlte ich mich auf seltsame Weise erleichtert. Ich hatte zumindest das Gefühl, wieder frei atmen zu können und keinen Elefanten mehr auf der Brust sitzen zu haben.

»Auf den Schreck lade ich dich auf einen Glühwein ein. Was meinst du?«, fragte Tim.

Ich zögerte, doch dann schüttelte ich den Kopf. Ich musste schlimm aussehen, total verheult, außerdem sollte ich dringend Ordnung in das Chaos meiner Gedanken bringen. »Das ist lieb, aber ich glaube, ich fahre besser nach Hause.«

»Bist du sicher?«

Tims Stimme war sanft und brachte mich zum Zweifeln, sodass ich erneut zögerte.

»Na komm, gib dir einen Ruck. Allein zu Hause machst du dich nur verrückt. Außerdem habe ich deiner Tante versprochen, dass ich dir noch ein bisschen Gesellschaft leiste.«

Ich lächelte traurig. »Na, wenn das so ist, kann ich ja gar nicht Nein sagen. Aber wir reden weder über Mark noch über Ellen, klar?«

Tim hob abwehrend die Hände. »Kein Wort, versprochen.«

»Wie konnten sie mir das antun?«, fragte ich und warf die Hände in die Luft, ohne daran zu denken, dass ich noch die Tasse in der Hand hielt. Prompt verschüttete ich etwas von der glücklicherweise nur noch lauwarmen Flüssigkeit. »Ach Mist.«

Frustriert stellte ich die Tasse auf dem Stehtisch ab und schüttelte meine nasse Hand aus. Bevor ich nach einem Taschentuch suchen konnte, reichte mein Begleiter mir eines.

»Nimm das hier.«

»Danke, Mark.«

»Tim«, korrigierte er mit einem traurigen Lächeln.

Ich atmete geräuschvoll aus. »Natürlich. Entschuldige bitte, ich weiß auch nicht, wie das passieren konnte. Ich bin gerade einfach so … Argh!« Am liebsten hätte ich geschrien. Stattdessen ließ ich meine Wut an dem Taschentuch aus und rubbelte wie verrückt den Glühwein von meinen Fingern, bis es weiße Schnipsel regnete. Dann stürzte ich den Rest meines Glühweins in einem Schluck hinunter.

Erstaunlicherweise galt meine Wut nicht nur Ellen und Mark, sondern vor allem mir. Wie konnte es sein, dass mich das Ganze immer noch so sehr berührte? Und warum hielt ich mich nicht an meine eigene Vorgabe, dass die beiden tabu waren?

»Ist schon okay«, meinte Tim. »Die Begegnung mit der Vergangenheit hat dir ziemlich zugesetzt, hm? Darf ich dir eine Frage stellen? Du musst natürlich nicht antworten.«

Ich nickte und wartete gespannt, was jetzt kommen würde, auch wenn ich schon eine Ahnung hatte.

»Hängst du nach all den Jahren wirklich immer noch so an Mark?«

Ich zog die Augenbrauen hoch. »Und willst du darauf wirklich eine Antwort?«

»Möglicherweise ist es ja nur die Vorstellung, die du von ihm als Mann hast, die du so an ihm liebst, oder die Vorstellung von euch zusammen als Paar. Im Grunde kennst du ihn doch kaum mehr.«

»Er hat sich so gut wie gar nicht verändert, Tim.«

»Äußerlich ist das richtig«, stimmte Tim mir zu.

Ich unterdrückte ein Stöhnen und griff nach meiner Tasse. Bevor ich das Gespräch fortsetzte, brauchte ich definitiv mehr Glühwein. Leider war meine Tasse schon wieder leer. Ich wollte mir Nachschub holen, musste mich allerdings kurz an der klebrigen Tischplatte festhalten, weil mir auf einmal schwindelig wurde. Okay, vielleicht hatte ich auch genug gehabt. Ich hatte ganz vergessen, wie schnell einem das Zeug in den Kopf stieg, da ich ewig keinen Glühwein mehr auf dem Weihnachtsmarkt getrunken hatte. Allein machte es einfach nicht so viel Spaß. Drei Tassen schienen jedenfalls genug zu sein.

»Wollen wir einen kleinen Spaziergang machen?«, schlug

Tim vor, der meinen kurzen Aussetzer bemerkt haben musste. »Wir könnten runter zum Neckar gehen.«

Ich nickte. »Ist vielleicht besser.«

»Okay, warte kurz hier. Bin gleich wieder da.«

Während Tim zur großen Weihnachtspyramide ging, um dort die leeren Tassen abzugeben und das Pfandgeld entgegenzunehmen, dachte ich über seine Worte nach. Wie gut kannte ich Mark eigentlich noch? Seit zwanzig Jahren hatte ich keinen Kontakt mehr zu ihm, und obwohl die Zeit mit ihm wunderschön und intensiv gewesen war, war sie doch recht kurz gewesen. Was waren ein paar Wochen im Vergleich zu meinen sechsunddreißig Jahren? Und wieder fragte ich mich, wie es sein konnte, dass Mark nach wie vor so viel Einfluss auf mich hatte.

Ich kannte die Antwort: Mark hatte mir unglaublich viel bedeutet. Er war mein erster Freund gewesen, von ihm hatte ich – abgesehen von dem Übungskuss mit Ellen – meinen ersten Kuss bekommen, und mit ihm hatte ich mein erstes Mal erleben wollen. Dass es nicht dazu gekommen war, war zwar nicht Ellens schuld, doch sie hatte das Ganze ausgenutzt und ihn mir weggenommen. Ich hatte nicht nur Mark verloren, sondern auch meine beste Freundin, und darunter litt ich auch heute noch. Es war schlimmer als der Verrat an sich, denn ich hatte seither nie wieder eine Freundin gefunden, die mir so viel bedeutete, wie Ellen es getan hatte.

»Wollen wir?«, fragte Tim, der plötzlich wieder neben mir stand.

Ich blinzelte die Tränen fort, die sich erneut in meinen Augen sammeln wollten, und nickte. Wir liefen los, bahnten uns schweigend einen Weg durch die vergnügten Weihnachtsmarktbesucher und ließen den Marktplatz hinter uns. Wir bogen in eine kleine Seitenstraße ein, allerdings nicht in die, in der das Café meiner Tante lag. Dabei war es ziemlich unwahrscheinlich, dass Ellen und Mark noch irgendwo in der Nähe waren. Vermutlich war das Café noch nicht einmal mehr geöffnet.

Wir spazierten an beleuchteten Schaufenstern vorbei und erreichten schließlich den Neckar. Ohne uns abzusprechen, durchquerten wir das von Säulen umrahmte Tor und bestiegen die Alte Brücke, um uns nach einigen Schritten an die Mauer zu stellen. Ehrfürchtig wanderte mein Blick zum Schloss, das durch die Beleuchtung rötlich schimmerte. Egal, wie oft ich es schon gesehen hatte, es verlor niemals an Faszination für mich. Es war beinahe tröstlich, wie beständig es über der Heidelberger Altstadt thronte.

»Habt ihr eigentlich noch Kontakt?«, fragte ich Tim nach einer Weile, ohne den Blick vom Schloss abzuwenden. Ich musste keinen Namen nennen, er wusste auch so, von wem ich sprach.

Auch er sah weiterhin in die Ferne. Er stützte sich mit den Unterarmen auf der Mauer auf und hatte die Finger ineinander verschränkt. »Unregelmäßig, aber ja. Meist treffen wir uns zufällig im Fitnessstudio oder in der Stadt. Hin und wieder telefonieren wir auch.«

»Und? Hat er sich verändert?«

Es dauerte, bis Tim auf meine Frage antwortete. »Nein, eigentlich nicht.« Er stieß die Luft aus und sich von der Mauer ab. »Und trotzdem glaube ich, dass ihr euch nicht besonders gut kennt. In zwanzig Jahren passiert unweigerlich sehr viel.«

Er sah mich von der Seite an, doch ich blickte nach wie vor Richtung Schloss.

Langsam nickte ich. »Das stimmt. Ich habe zum Beispiel keine Ahnung, was Mark beruflich macht, aber das ist ja auch nicht das, was einen Menschen ausmacht.« Dafür wusste ich noch, wie er küsste, wie er schmeckte. Wie es sich anfühlte, wenn er mich berührte. Es war fast wie ein Phantomschmerz, den ich mir jederzeit zurück ins Gedächtnis rufen konnte.

»Schon, aber es ist doch ein Teil der eigenen Persönlichkeit. Es macht einen Unterschied, ob jemand unglücklich in seinem Bürojob ist oder in seiner kreativen Arbeit aufgeht. Du hast keine Ahnung, wie sich Marks Interessen seit damals entwickelt haben, wie die Beziehung zu seinen Eltern und seinem Bruder mittlerweile ist. Du weißt nicht mal, ob er Kinder hat.«

Das stimmte. Karla bekam zwar mit, was seit 1977 in Ellens und Marks Leben passierte, sie sprach jedoch nicht darüber. Sie hatte es zwar immer wieder versucht, aber ich hatte jedes Mal abgewiegelt, und irgendwann waren Mark und Ellen ein unausgesprochenes Tabuthema zwischen mir und meiner Tante geworden.

Ich wandte mich Tim zu. »Dann erzähl mir von seinem Leben.«

Er runzelte die Stirn. »Bist du sicher, dass du das hören willst?«

Ich dachte nur kurz darüber nach, bevor ich den Kopf schüttelte. Er hatte recht, ich wollte mir nicht anhören, wie viele Kinder Ellen und Mark in die Welt gesetzt hatten und wie glücklich sie waren – auch wenn beide vorhin im Café alles andere als glücklich gewirkt hatten. Lag es nur an mir, oder gab es einen anderen Grund dafür? Doch statt die Frage laut auszusprechen, rieb ich mir mit den Händen über die Arme.

»Es wird langsam kalt, oder?«

Tim nickte. »Na komm, ich bring dich nach Hause.«

»Mir ist schlecht.« Ich schloss die Augen, weil sich schon wieder alles drehte. Ein Wunder, dass ich überhaupt noch geradeaus reden konnte.

»Soll ich anhalten?«, fragte Tim mitfühlend.

Ich konnte ihn nicht sehen, aber ich spürte seinen besorgten Blick auf mir. »Brauchst du nicht. Keine Sorge, ich übergebe mich so gut wie nie.«

Ich öffnete die Augen wieder und setzte mich aufrechter hin. Wir hatten gerade den Supermarkt passiert und fuhren in den Wieblinger Ortskern hinein, es war also nicht mehr weit bis zum Haus meiner Tante. »Wo wohnst *du* eigentlich?«

»Ziegelhausen.«

Ich stöhnte. Der Stadtteil Ziegelhausen lag von der Altstadt genau in die entgegengesetzte Richtung wie Wieblingen. »Mensch, Tim, tut mir leid. Warum sagst du denn nichts?«

Er zuckte mit den Schultern. »Spielt das eine Rolle? Außerdem macht mir das nichts aus, ich bringe dich gern nach Hause.«

Ich wandte den Kopf zur Seite, um ihn ansehen zu können. »Danke.«

Er erwiderte meinen Blick kurz und lächelte. »Jederzeit, Chrissie, jederzeit.«

Ich seufzte tief. Warum hatte ich mich nicht einfach in

Tim verlieben können? Das hätte alles so viel einfacher gemacht. Er war ein toller Typ, und im Gegensatz zu Mark hatte er mich gewollt, aber mein verdammtes Teenie-Herz hatte sich ja unbedingt für Mark entscheiden müssen.

»Wir sind da.«

Jetzt schon? Ich warf einen Blick aus dem Fenster und entdeckte Karlas Haus. Die Weihnachtsbeleuchtung im Wohnzimmer war noch eingeschaltet, ebenso die Lichterketten im Vorgarten.

Tim parkte den Wagen am Straßenrand und schaltete den Motor aus, und Bryan Adams' *Christmas Time* verstummte augenblicklich. Tim wandte sich mir zu, und mir wurde klar, dass ich ihn die letzten Minuten über angestarrt hatte. O mein Gott, war mir das unangenehm. Was sollte er jetzt von mir denken? Doch der Alkohol in mir schob den Gedanken beiseite. Sollte er doch denken, was er wollte. Ich war schließlich beschwipst, wenn nicht gar betrunken. Was auch immer ich sagte oder tat, es zählte nicht. Hier und jetzt konnte ich mir alles erlauben, ohne dass es Konsequenzen haben würde.

Keine Konsequenzen, hm? Der Gedanke war unglaublich verlockend.

Ob ich es vielleicht einfach mal versuchen sollte? Ausprobieren, wie es sich anfühlte, Tim zu küssen? Vielleicht würde es mir ja gefallen. Damals hatte es mir gefallen, es war nur nicht die richtige Zeit für uns gewesen. Aber jetzt … Vielleicht konnte er mir helfen, endlich über Mark hinwegzukommen und das Leben wieder in die eigene Hand zu nehmen.

Ich beugte mich zu ihm, sah ihm direkt in die Augen. In

der braunen Iris sah ich seine Unsicherheit und gleichzeitig seine Hoffnung. Vorsichtig legte ich meine Hand auf sein Bein, und in seinen Augen flackerte Verlangen auf. Ich beugte mich weiter nach vorn, schloss die Augen, als sich unsere Münder ganz nah waren. Leicht wie eine Brise spürte ich seine Lippen auf meinen, doch bevor ich auch nur daran denken konnte, den Kuss zu intensivieren, nahm Tim mich plötzlich an den Schultern und drückte mich von sich.

»Christina.« Seine Stimme war sanft, und ebenso sanft schob er mir eine Haarsträhne hinters Ohr, die sich im Laufe des Tages aus meinem unordentlichen Pferdeschwanz gelöst hatte.

»Tut mir leid«, murmelte ich und zog mich abrupt zurück. Alkohol hin oder her, jetzt war es mir doch unangenehm, so weit gegangen zu sein. Ich wandte den Blick ab, doch Tim legte seine Hand unter mein Kinn und zwang mich, ihn weiter anzusehen.

»Das muss es nicht. Glaub mir, grundsätzlich hätte ich nichts dagegen, aber nicht so. Ich bin kein Flirt, kein Abenteuer. Das war ich nie.«

Ich nickte. Er hatte recht, das hatte er nie gewollt, und doch hatte ich es ihm vor zwanzig Jahren aufgezwungen. »Es tut mir leid«, sagte ich noch einmal. »Damals, die Sache im Café.«

»Ach, das ist doch schon ewig her.«

Er winkte ab, doch in seinen Augen konnte ich sehen, dass es trotzdem noch eine Rolle spielte. Es war immer noch präsent zwischen uns, auch wenn es bisher keiner von uns erwähnt hatte.

Ich schluckte. »Dann gehe ich wohl besser mal rein.«

»Soll ich dich noch zur Tür bringen?«

Ich schüttelte den Kopf. »Danke, aber die paar Schritte schaffe ich schon allein. Danke, dass du mir Gesellschaft geleistet und mich nach Hause gebracht hast.«

»Sehr gern, Chrissie. Schlaf gut.«

»Du auch.«

Ich öffnete die Tür, stieg aus, umrundete das Auto und trat auf den Bordstein. Ich hätte ins Haus gehen können, doch ich wartete. Tim startete den Motor und wendete den Wagen. Er winkte mir noch einmal zu, dann verschwand der dunkelblaue Golf in der Dunkelheit.

Ein lautes Seufzen entfuhr mir. So viel zum Thema Konsequenzen. Einerseits war ich froh, dass Tim mich gestoppt hatte, andererseits fühlte ich mich auf einmal so leer und allein. Traurigkeit übermannte mich erneut. Ich wünschte, ich hätte den Mut gehabt, Tim zu fragen, ob er bleiben würde. Wir hätten nichts miteinander anfangen müssen, ich hätte ihn nur als Freund gebraucht. Aber ich wusste auch, dass ich kein Recht dazu hatte, ihn um so etwas zu bitten. Ich hatte keine Ahnung, wie er heute für mich empfand. Ich wusste nicht einmal, ob er eine Freundin hatte oder verheiratet war. Zwar trug er keinen Ring, aber das musste nichts heißen. So oder so, ich wünschte einfach nur, ich müsste jetzt nicht allein mit meinen Gedanken sein – und das war ich auch nicht.

Ich hörte, wie sich hinter mir eine Tür öffnete, und gleich darauf fiel Licht auf die Straße. Ich drehte mich um und sah Karla im Türrahmen stehen, und mein Herz machte einen Satz. Karla war für mich da, damals wie heute.

7

Dienstag, 12. Juli 1977

»Puh, ich könnte eine Abkühlung vertragen. Kommt jemand mit ins Wasser?« Ellen, die die Beine aufgestellt hatte und sich hinter dem Rücken auf einer Hand abstützte, fächelte sich theatralisch Luft zu.

»Klar, ich bin dabei.« Tim sprang auf und warf das Kerngehäuse seines Apfels quer über die Liegewiese Richtung Mülleimer, den er nur knapp verfehlte. Es traf den Rand des Mülleimers und landete daneben. »Uh, so was Blödes.«

»Das mit der Basketballkarriere überlegst du dir wohl besser noch mal«, feixte Mark.

»Du mich auch.« Tim joggte los, um den Rest seines Apfels aufzuheben.

Unterdessen stand auch Ellen auf. »Was ist mit euch? Kommt ihr mit?«

»Geht ihr schon mal vor«, antwortete Mark und warf mir einen kurzen Seitenblick zu, der mir trotz der einunddreißig Grad eine Gänsehaut bescherte.

»Wir kommen gleich nach«, stimmte ich zu.

»Wie ihr meint.«

Schulterzuckend stapfte Ellen über die Wiese und sammelte unterwegs den verwirrten Tim ein. Wenn ich es nicht besser wüsste, könnte ich glauben, sie missgönnte mir Mark, aber so wie ich sie kannte, hatte sie nur einfach keine Lust, mit Tim allein ins Wasser zu gehen. Äußerlich entsprach er zwar absolut ihrem Beuteschema und war auch echt nett, und doch war er vom Charakter her so gar nicht ihr Typ. Dafür war er zu brav, zu wenig aufregend. Mark hingegen gehörte trotz der dunklen Haare zu der Sorte Jungs, die Ellen normalerweise sofort ansprechen würde – doch ich hatte ihn mir geangelt. Wobei das so nicht korrekt war, denn Mark und ich waren kein Paar. Bisher hatten wir uns noch nicht mal allein getroffen, aber er hatte mich gestern nach dem Schwimmbad mit dem Rad nach Hause begleitet, obwohl es ein großer Umweg für ihn war. Und ich glaube sogar, er hätte mir zum Abschied einen Kuss gegeben, wenn nicht ausgerechnet in dem Moment meine Mutter den Müll aus dem Haus gebracht hätte.

Seit zweieinhalb Wochen traf ich mich nun fast jeden Tag mit Ellen, Mark und Tim. Wir verbrachten die Zeit je nach Wetter und Stimmung im Schwimmbad oder im Café meiner Tante, wo ich gleichzeitig, wie versprochen, hin und wieder aushalf. Tante Karla spendierte uns so viel Kuchen und Eis, Softdrinks und Kaffee, wie wir wollten, obwohl die Jungs jedes Mal darauf bestanden, selbst zu zahlen, was Karla jedoch vehement ignorierte. Schon jetzt war es der schönste Sommer, den ich bisher erlebt hatte, und ich mochte Mark mit jedem Tag ein kleines bisschen mehr. Ich war definitiv bereit, einen Schritt weiter zu gehen, und froh, dass er die Gelegenheit nutzte, um wenigstens ein paar Minuten mit mir allein zu sein. Ich weiß nicht, ob ich mich das getraut hätte, dabei war es lächerlich. Die Blicke, die er mir zuwarf … *mir* und nicht Ellen. Manchmal konnte ich kaum glauben, dass er wirklich mich meinte.

Er schaltete den Kassettenrekorder aus, den Tim mitgebracht hatte – es lief ein Album von Elvis –, und lächelte mir zu, und ich spürte dieses breite Grinsen auf meinen Lippen, mit dem ich seit über zwei Wochen herumlief.

»Ist es wirklich okay für dich, wenn wir noch ein wenig hierbleiben? Heute ist es schon ziemlich heiß.«

»Ins Wasser gehen können wir immer noch, und es ist schön, mal ein bisschen mit dir allein zu sein«, gab ich zu.

»Ja, das finde ich auch.«

Mark tastete nach meiner Hand und verschlang seine Finger mit meinen. Mein Herz reagierte sofort auf die Berührung und machte einen Satz, und mein Grinsen wurde, wenn das überhaupt möglich war, noch breiter. Es löste sich jedoch auf, als Mark plötzlich die andere Hand anhob und mir vorsichtig eine Haarsträhne hinters Ohr schob. Sein Blick war so unendlich sanft, und mein Herz wusste vor lauter Freude nicht mehr, wohin mit sich.

Mark ließ seine Hand an meiner Wange liegen, und ich konnte nicht anders, als mich dagegen zu schmiegen und meine Augen zu schließen. Die Sonne wärmte mein Gesicht, und ich blendete sämtliche Geräusche um mich herum aus. Das Kreischen von Kindern, das Weinen eines Babys in unserer Nähe, das Lachen von anderen in unserem Alter – es war, als hätte sich eine Blase um mich und Mark gebildet.

Plötzlich spürte ich Marks Atem ganz nah an meinen Lippen, und für einen Augenblick vergaß ich, Luft zu holen. Geschah das gerade wirklich? Ich traute mich nicht, die Augen wieder zu öffnen, weil ich diesen magischen Moment nicht zerstören wollte, und wartete, bis mir die Sehnsucht nach mehr Nähe beinahe körperliche Schmerzen bereitete.

Und endlich berührten Marks Lippen meine, so sanft wie warmer Sommerregen.

Vorsichtig bewegten sich unsere Münder aufeinander, als wären sie Bomben, die bei einer ruckartigen Bewegung hochgehen könnten. Ich konnte nicht anders, als den Kuss mit dem von Ellen zu vergleichen, und irgendwie fühlte es sich mit Mark weniger fließend an. Machte ich was falsch? O Gott, ich wollte mich nicht blamieren. Das hier war alles, was ich mir wünschte, und noch so viel mehr.

Bevor ich mich verkrampfen konnte, intensivierte Mark den Kuss, und meine Bedenken wurden fortgespült. Er rückte näher an mich heran und ließ seine Hand in meinen Nacken gleiten, während unsere Münder einen einheitlichen und schnelleren Rhythmus fanden. Ein ungekanntes Prickeln erfasste meinen Körper, und da wusste ich, dass ich alles richtig machte.

Ohne uns abzusprechen, ließen wir uns nach hinten sinken, und wie durch einen Nebel drang das Rascheln der Picknickdecke an mein Ohr. Mark landete halb auf mir, und das Prickeln in meinem Körper verstärkte sich. Es sammelte sich zwischen meinen Beinen, und ein leises Keuchen entfuhr mir. So also fühlte sich pures Verlangen an.

Marks Zunge glitt in meinen Mund, und ich krallte eine Hand in seine braunen Locken. Dass wir uns mitten im Schwimmbad befanden und jeder uns sehen konnte, war mir völlig gleichgültig, auch wenn ich das nie für möglich gehalten hätte. Ich wollte einfach nicht, dass dieser Moment jemals endete. Vielleicht hatten wir nicht auf Anhieb einen Rhythmus gefunden, doch jetzt fühlte es sich wie das Beste an, das ich je erlebt hatte. Ich verlor jegliches Zeitgefühl, während wir uns küssten – mal sanft, dann wieder fordernd. Dieser Moment war einfach perfekt – bis kaltes Wasser auf meinen nackten Bauch tropfte. Mark und ich fuhren auseinander, auch er musste was abbekommen haben.

Ellen stand über uns und beäugte uns amüsiert. »Wolltet ihr nicht nachkommen?«

Mark fuhr sich mit den Fingern über den Mund. »Ja, entschuldige. Uns ist was dazwischengekommen.«

»Bei mir müsst ihr euch nicht entschuldigen. Ich hoffe, es hat wenigstens Spaß gemacht.« Sie zwinkerte mir zu und wrang im nächsten Moment ihre nassen Haare über mir aus.

Trotz oder gerade wegen der hohen Lufttemperatur fühlte sich das Wasser eiskalt an. Abrupt rutschte ich nach hinten, um Ellen daran zu hindern, mich erneut nass zu machen – und bemerkte Tim dabei nicht, der hinter mir hockte, um etwas aus seinem Rucksack zu holen. Er bekam meinen Ellenbogen mitten ins Gesicht. Ein Schmerzenslaut entfuhr ihm, und er fasste sich an die Nase. Zwischen seinen Fingern tropfte Blut herab und landete auf der Picknickdecke.

»Himmel, Tim, wo kommst du denn her? Es tut mir so leid, ich habe dich nicht gesehen.«

Er gab einen undefinierbaren Laut von sich. Einen Moment starrte ich auf das Blut, dann suchte ich hektisch nach einem Taschentuch und reichte es ihm.

»Vielleicht legst du den Kopf in den Nacken?«, schlug ich vor, was Tim sofort tat. »Mist, wie stoppt man denn so eine Blutung?«

»Ich komme klar«, erwiderte Tim undeutlich und drückte seine Nasenflügel zusammen.

»Autsch. Tut das nicht weh?«

Tim deutete ein Schulterzucken an. »Es hilft.«

»Mach dir keine Gedanken«, meinte Mark zu mir. »Tim hat schon des Öfteren was auf die Nase bekommen, er kennt sich mit Nasenbluten aus.«

»Vielen Dank auch.« Mit der freien Hand zeigte Tim seinem Freund den Mittelfinger.

Lachend holte Mark sein Portemonnaie hervor und stand auf. »Pass auf, sonst trinke ich die kalte Cola gleich selbst, anstatt sie dir für deinen Nacken zu spendieren. Bei der Gelegenheit organisiere ich eine Runde Pommes für alle. Irgendwelche Einwände?«

Ich schüttelte den Kopf, obwohl ich in den letzten zwei Wochen schon viel zu oft Pommes gegessen hatte.

»Warte, ich helfe dir tragen.« Ellen warf ihr Handtuch beiseite, mit dem sie ihre Haare trocken gerubbelt hatte, und folgte Mark über die Wiese Richtung Kiosk.

Mein Blick glitt zurück zu Tim, der nach wie vor seine Nasenflügel zusammendrückte. »Alles okay? Es tut mir echt leid. Ich hab das wirklich nicht mit Absicht gemacht.«

»Weiß ich doch. Geht gleich wieder.«

Er versuchte sich an einem Lächeln, und ich entspannte mich etwas. Erst jetzt fiel mir auf, dass ich immer noch vor ihm kniete, also setzte ich mich bequemer hin.

»Wie kommt es, dass du so viel Erfahrung mit Nasenbluten hast?«

»Fußball.« Er zuckte mit den Schultern. »Frag mich nicht, warum, aber mindestens jedes dritte Spiel landet der Ball in meinem Gesicht.«

Ein Lachen entfuhr mir, das ich schnell als Husten tarnte. »Das … tut mir leid.«

»Wenigstens habe ich Glück im Unglück. Die Nase war bisher noch nie gebrochen.«

»Falls es dich tröstet: Man sieht ihr auch nicht an, dass sie schon des Öfteren was abbekommen hat.«

Nun konnte ich mir ein Grinsen doch nicht verkneifen. Tim schien darüber jedoch nicht böse zu sein, denn er grinste ebenfalls. Doch plötzlich wurde er wieder ernst.

»Also, du und Mark?«

Seine Stimme klang beiläufig, doch der Ausdruck in seinen Augen traf mich mitten ins Herz. Es war ihm nicht egal. *Ich* schien ihm nicht egal zu sein. Oder machte ich mir etwas vor? Für gewöhnlich standen doch sämtliche Jungen auf Ellen. Es konnte unmöglich sein, dass plötzlich alle *mich* so toll fanden, schließlich hatte sich nichts geändert.

Verlegen strich ich mir eine Haarsträhne hinters Ohr. »Ähm, ja. Sieht so aus.«

»Schön. Freut mich für euch.«

Er lächelte mir zu, und ich war mir sicher, dass ich mir das vorher nur eingebildet hatte. Wusste ich es doch. Jahrelang hatte sich kein Junge für mich interessiert, und plötzlich sollten mich gleich zwei auf einmal mögen? *Mach dich nicht lächerlich, Chrissie.* Außerdem hätte es alles unglaublich kompliziert gemacht. Mark und Tim waren immerhin Freunde, und ich wollte auf keinen Fall irgendwie zwischen die Fronten geraten. Freundschaften hielten schließlich ein Leben lang, wenn man ein paar einfache Grundregeln befolgte. Beziehungen hingegen … die Wahrscheinlichkeit, die große Liebe seines Lebens bereits in der Schule zu treffen, war relativ gering. Andererseits konnte ich jedoch nicht leugnen, dass sich das mit Mark nach nur zwei Wochen schon ziemlich perfekt anfühlte.

Nein, es war nicht nur ziemlich perfekt – es war perfekt. Er war der Richtige für mich, das spürte ich ganz tief in mir drin.

»Bin wieder da«, rief ich und schob die Haustür ins Schloss.

Ich warf die Badetasche zusammen mit meinen Sandalen in die Ecke und sah zuerst in der Küche, dann im Wohnzimmer nach. Meine Eltern schienen nicht zu Hause zu sein. Ich ging noch einmal zurück in die Küche, um zu schauen, ob ich auf dem Tisch einen Zettel übersehen hatte, doch da lag keiner. Komisch. Normalerweise sagten es mir meine Eltern, wenn sie etwas vorhatten, oder sie hinterließen eine Nachricht, wenn sich spontan etwas ergab, was jedoch nur selten der Fall war. Papa traf sich alle paar Wochen mit einem alten Freund, und Mama besuchte regelmäßig ihre Schwester Karla. Ansonsten gingen die beiden wenig aus, weder zu zweit noch mit anderen. Ehrlich gesagt führten sie ein ziemlich langweiliges Leben. Wir fuhren nicht einmal regelmäßig in den Urlaub. Onkel Manfred beispielsweise, Papas Bruder, der seit zwei Jahren in Hamburg lebte, hatten wir seit seinem Umzug in den Norden nicht mehr gesehen.

Schulterzuckend holte ich mir ein Glas Wasser und ging den Flur entlang zu meinem Zimmer, das sich zusammen mit der Küche, dem Wohnzimmer und einem Gäste-WC im Erdgeschoss unseres Hauses befand. Ich hätte mein Zimmer ja lieber im ersten Stock, wo sich neben dem großen Bad das Schlafzimmer meiner Eltern und ein Arbeitszimmer befanden, aber meine Mutter fand jedes Mal neue Ausflüchte, warum sie mein Zimmer nicht nach oben ins Arbeitszimmer verlegen wollte. Und dabei wurde das Arbeitszimmer kaum genutzt, es diente in erster Linie als Abstellkammer. Vermutlich wollte mich meine Mutter einfach nur in ihrer Nähe haben, denn im Erdgeschoss konnte sie natürlich viel besser überwachen, was ich den lieben langen Tag so trieb.

Die Tür zu meinem Zimmer war nur angelehnt, obwohl ich sie stets zumachte, aber das war nicht ungewöhnlich. Wenn meine Mutter den Korb mit sauberer Wäsche auf meinem Bett oder meinem Schreibtisch abstellte, ließ sie die Tür danach meistens offen stehen. Wie gesagt, Privatsphäre war nicht so ihre Sache. Sie hasste es, wenn ich die Tür zumachte, und dabei hatte ich noch nie Jungenbesuch mit nach Hause gebracht. Keine Ahnung, wie das jetzt mit Mark werden sollte. Hoffentlich waren seine Eltern in dieser Hinsicht lockerer, denn es war schon ein Kampf gewesen, meine Mutter dazu zu bringen, die saubere Wäsche nur in mein Zimmer zu stellen und nicht mehr in den Schrank zu räumen. Ich wollte wenigstens diesen kleinen Ort haben, an dem ich einfach ich sein konnte. Zu meinem Glück war mein Vater mir vor einem Jahr zur Seite gesprungen, als ich Mama um diesen Gefallen gebeten hatte, und nach nervenzehrenden Diskussionen hatte sie es schlussendlich akzeptiert. Seitdem war mein Kleiderschrank für sie tabu, und sie hielt sich daran – und ich hatte endlich einen Platz, um meine BRAVO-Poster aufzuhängen.

Ich stieß die Tür auf und zuckte zusammen, als ich meine Mutter auf dem Bett sitzen sah. Beinahe wäre mir das Glas Wasser aus der Hand gefallen. »Gott, hast du mich erschreckt. Warum sitzt du auf meinem Bett?«

Da bemerkte ich aus den Augenwinkeln, dass die Tür meines Kleiderschranks ebenfalls offen stand. Mein Herz machte zum zweiten Mal an diesem Tag einen Satz, und das Glücksgefühl, das sich seit dem Kuss mit Mark in mir ausgebreitet und mich wie auf Wolken hatte gehen lassen, verschwand mit einem Schlag. Ich schluckte.

»Was ist das?« Die Stimme meiner Mutter klang kalt, distanziert. Mit dem Kopf deutete sie auf den offenen Schrank.

Automatisch wanderte mein Blick zur Innenseite der Tür, obwohl ich ganz genau wusste, was ich dort sehen würde – das Poster mit der nur halbherzig bekleideten Nastassja Kinski.

Zuerst wollte ich meine Mutter um Entschuldigung bitten, um dem drohenden Konflikt noch irgendwie aus dem Weg gehen zu können, doch dann straffte ich die Schultern. Das war mein Schrank, mein Reich. Sie war hier eingedrungen und sollte sich eigentlich bei mir entschuldigen – was sie aber niemals tun würde. Meine Mutter machte grundsätzlich keine Fehler, es waren immer nur die anderen schuld.

»Das ist ein Poster«, antwortete ich.

»Das sehe ich selbst. Und wie kommst du dazu, das Poster einer nackten Frau in deinem Zimmer aufzuhängen?«

»Das ist keine nackte Frau, das ist Nastassja Kinski. Vielleicht erinnerst du dich, sie hat im März beim *Tatort* mitgespielt.«

Meine Mutter verzog den Mund, und mir wurde mein Fehler sofort selbst bewusst. Zwar war sie prinzipiell großer *Tatort*-Fan, besagte Folge hatte sie jedoch überhaupt nicht gemocht. Zum einen hatte man die minderjährige Schauspielerin entblößt gezeigt, zum anderen hatte diese in der Folge eine Affäre mit einem Lehrer gehabt. Beides war meiner Mutter sauer aufgestoßen, und sie hätte den Fernseher an jenem Abend am liebsten nach ein paar Minuten gleich wieder ausgeschaltet.

»Hätte ich mir ja denken können, dass dich diese Göre beeindruckt hat.«

Ich verschränkte die Arme vor der Brust. Es sollte mir gleichgültig sein, was Mama dachte, schließlich war sie stockkonservativ. Zu meinem eigenen Bedauern war es mir nicht egal – doch das würde ich sie nicht wissen lassen. »Wie meinst du das?«, fragte ich stattdessen. Eine Antwort bekam ich nicht. »Was machst du überhaupt in meinem Zimmer?«, ging ich nun zum Angriff über. Ich war sauer, weil sie unsere Regel missachtet hatte, weil sie das Poster gefunden hatte und mich verurteilte – und weil sie mir diesen wunderschönen Tag ruinierte.

»Bitte?«

Ich spürte, dass sie nun selbst wütend wurde, doch das hinderte mich nicht am Weiterreden. »Wir hatten eine Vereinbarung, Mama. Ich räume meine Sachen selbst in den Schrank, erinnerst du dich?«

Meine Mutter schnaubte. »Als ob es hier um die Wäsche geht. Ich will wissen, warum dieses scheußliche Poster in deinem Schrank hängt.«

»Nur weil es beinahe nackte Brüste zeigt, ist es nicht scheußlich, außerdem mag ich die Schauspielerin. Sie ist hübsch.«

»Sie ist ein Flittchen, aber bei dem Vater war ja auch nichts anderes zu erwarten.«

»Du kennst sie doch gar nicht.« Meine Stimme wurde lauter, ich hatte sie nicht länger unter Kontrolle.

»Aber *du* kennst sie, ja?« Meine Mutter erhob sich vom Bett, das Lattenrost gab knarzend nach. »Ich will, dass du dieses Poster abnimmst und entsorgst. Außerdem verbiete ich dir, die BRAVO zu lesen. Durch dieses Schmierenblatt kommst du nur auf dumme Gedanken.«

»Das ist mein Zimmer und mein Schrank. Du musst dir das Poster ja nicht ansehen, wenn du nicht willst.«

»Jetzt hör mir mal zu, junge Dame: Ich dulde solche pornografischen Bilder nicht in meinem Haus. Solange du unter diesem Dach wohnst …«

»Dann ziehe ich eben aus«, schrie ich.

Meine Mutter lachte auf, doch es klang alles andere als amüsiert. »Ach ja. Und mit welchem Geld?«

»Das ist mir egal, Hauptsache weg von hier. Von dir.« Das hatte gesessen, ich sah den Schmerz in den Augen meiner Mutter, doch ich konnte nicht aufhören. Es war mir egal, wenn ich sie verletzte, ich war ihr ja auch egal. Plötzlich war ich wütend, so unendlich wütend, weil sie mir diesen Tag versaut hatte. Ich hatte heute meinen ersten Kuss bekommen, an diesen Tag würde ich mich für immer und ewig erinnern – und er würde von nun an mit dem Drama verbunden sein, das meine Mutter um dieses Poster veranstaltete. »Du hast alles kaputtgemacht«, schrie ich sie an.

Verwirrt sah sie mich an. »Wovon redest du? Jetzt übertreib bitte nicht, Kind.«

»Wer übertreibt denn hier? Du machst doch ein Riesentheater um dieses Bild, aber soll ich dir was sagen, Mama? Das sind nur Brüste. Du hast welche, ich habe welche, die halbe Weltbevölkerung hat welche. Das ist kein Grund, auszuflippen.«

Meine Mutter stemmte die Hände in die Hüfte. »So redest du nicht mit mir, hast du das verstanden? Das ist immer noch mein Haus…«

Ihr nächster Satz ging unter, weil ich ihr entgegenbrüllte, dass ich siebzehn und kein kleines Kind mehr war und sie gefälligst aufhören solle, mich so zu behandeln. Keine Ahnung, ob sie überhaupt hörte, was ich sagte, denn plötzlich stand sie vor mir und verpasste mir eine Ohrfeige. In derselben Sekunde stand mein Vater in der Tür. Einen Moment sah er geschockt zwischen mir und meiner Mutter hin und her, dann kam er zu mir und strich mir über die Haare, bevor er den Arm um meine Schultern legte. Tränen liefen mir über die Wangen, auch wenn ich mit aller Macht versuchte, sie zurückzudrängen.

»Was ist hier los?«, fragte Papa.

Ich brachte kein Wort über die Lippen, aber das war auch nicht nötig, weil meine Mutter sofort das Reden übernahm. Sie deutete auf den Schrank. »Siehst du das?«

Mein Vater folgte ihrer Geste und stieß ein leises Seufzen aus. »Das ist nur ein Poster, Marianne.«

»Nur ein Poster?«, wurde meine Mutter schon wieder laut, ehe mein Vater weiterreden konnte. »Das ist eine Schande.«

»Nun lass mal die Kirche im Dorf.« Papa wurde selten ungehalten, so auch dieses Mal nicht, aber seine Stimme wurde bestimmter und brachte meine Mutter zum Verstummen. »Immerhin hängt dort kein nackter Mann, und hatten wir nicht vereinbart, dass du Chrissie ein bisschen Privatsphäre lässt? Ich finde es nicht in Ordnung, dass du dich nicht daran hältst und hier herumschnüffelst.«

Meine Mutter schnaubte erneut. »Ich habe nicht herumgeschnüffelt, sondern lediglich die Wäsche weggeräumt, weil deine Tochter das seit zwei Tagen nicht gemacht hat und ich den Wäschekorb brauchte.«

»Trotzdem, Marianne«, beharrte mein Vater. »Chrissie ist siebzehn und keine zwölf mehr. Vergiss das bitte nicht.«

»Wie könnte ich, wo sie mich fast jeden Tag daran erinnert?« Meine Mutter schnappte sich den leeren Wäschekorb und rauschte an uns vorbei. »Ich kümmere mich jetzt um das Abendbrot, das macht sich schließlich nicht von allein«, hörten wir sie noch sagen.

Ich kuschelte mich enger an meinen Vater. »Danke, Papa.« Meine Stimme war nur ein Flüstern.

»Schon gut, Hase.«

Er drückte mich fester an sich und gab mir einen Kuss auf den Kopf. Früher oder später würde er mich ermahnen, dass ich vorsichtiger sein solle, auch wenn ich mit Mama eine Abmachung hatte, aber hier und jetzt sagte er nichts diesbezüglich, und ich war ihm unendlich dankbar dafür.

Eine Weile standen wir schweigend da, dann löste er sich von mir und ging zur Tür. »Komm gleich zum Essen nach, okay? Ich verschaffe dir noch ein paar Minuten.«

Der Gedanke, mit Mama am Tisch zu sitzen und Körnerbrot mit Hüttenkäse und Gurkenscheiben zu essen, als wenn nichts geschehen wäre, ließ Übelkeit in mir aufsteigen. »Papa?« Meine Stimme zitterte vor unterdrückten Tränen, da ich nicht schon wieder weinen wollte.

»Ja, mein Schatz?«

»Kannst du mich vielleicht zu Tante Karla bringen? Ich habe ihr versprochen, ihr morgen ganz früh im Café zu helfen, und dachte, ich könnte bei ihr schlafen. Dann kann sie mich gleich mit dem Auto mitnehmen und muss mich nicht erst abholen.«

Wir wussten beide, dass das nicht der wahre Grund war, warum ich zu ihr wollte, doch mein Vater sagte nichts dazu. Stattdessen antwortete er nach einigen Sekunden: »In Ordnung, dann pack deine Tasche. Ich rede in der Zwischenzeit mit deiner Mutter.«

»Danke, Papa«, sagte ich noch einmal und wischte mir die letzten Tränenspuren aus dem Gesicht.

Wenigstens er verstand mich.

Montag, 2. Dezember 1996

8

Als ich aufwachte, fühlte ich mich wie schon einmal gegessen und wieder ausgespuckt. In meinem Kopf schien im wahrsten Sinne des Wortes eine Hammerparty zu laufen, zu der ich nicht eingeladen war, mein Mund fühlte sich staubtrocken an, und mir taten sämtliche Glieder weh.

Durch den winzigen Spalt zwischen den Vorhängen drang ein Sonnenstrahl, der mich blendete. Ich kniff die Augen zusammen und drehte den Kopf zur Seite. Dabei fiel mein Blick auf den Nachttisch, auf dem ein Glas Wasser stand. Daneben lag eine Kopfschmerztablette. Dankbar griff ich nach der Blisterverpackung, öffnete sie und spülte die Tablette mit einem großen Schluck Wasser hinunter. Dann ließ ich den Kopf zurück ins Kissen sinken und wartete, bis sich der Nebel in meinem Kopf ein wenig lichtete. Tatsächlich dauerte es nicht lange, bis mein Gedankenkarussell wieder ansprang: mein erster Tag in der Backstube, Ellen und Mark, der Glühwein mit Tim auf dem Weihnachtsmarkt und der verkappte Gutenachtkuss.

O Gott, die Backstube! Ich musste ins Café. Wenn die Sonne schien, hatte meine Schicht längst begonnen, und ein Blick auf den Wecker, der entweder nicht geklingelt oder den ich vor lauter Kater und Erschöpfung des vorangegangenen Tages überhört hatte, zeigte mir an, dass ich tatsächlich bereits vor zwei Stunden im *Neckarplätzchen* hätte sein müssen.

Ich wollte aufspringen, allerdings blieb es bei dem Wollen, da mein Körper nicht mit meinen Gedanken mithalten konnte. Langsam und mühevoll schälte ich mich aus der dicken Daunendecke, die sich im Laufe der Nacht irgendwie verdreht hatte, und tapste barfuß die Hühnertreppe hinunter. Ich folgte dem Rumoren in der Küche, wo meine Tante die Spülmaschine ausräumte.

»Guten Morgen«, begrüßte sie mich, noch bevor sie mich überhaupt sah.

»Morgen«, erwiderte ich und musste gleichzeitig gähnen.

Lächelnd drehte sich Karla zu mir um. »Na, dröhnt der Kopf?«

»Nicht mehr so schlimm wie noch vor ein paar Minuten. Danke für die Kopfschmerztablette.« Ich ließ mich auf die Eckbank fallen, obwohl ich Karla eigentlich hätte helfen sollen. »Tut mir leid, ich hab den Wecker nicht gehört. Was machst du noch hier?«

»Den Wecker habe ich ausgeschaltet, und ich lass dich nach so einer Nacht doch nicht allein.«

»Aber das Café …«

Karla stellte eine bunt gepunktete Tasse in den Hängeschrank und klappte die Tür zu. »Keine Sorge, unter der Woche kommen die meisten Kunden erst nachmittags. Du kannst also in aller Ruhe duschen und frühstücken, bevor wir uns auf den Weg machen.«

»Bist du sicher? Ich brauche keine Dusche, und ich kann im Café was essen.«

Doch zu meiner Erleichterung scheuchte mich Karla aus der Küche. Der Wille war zwar da, aber ich war noch nicht so ganz auf der Höhe, weshalb ich dankbar war, vorher noch einen Abstecher ins Bad machen zu können. Unter diesen Umständen war ich in der Backstube vermutlich ohnehin keine große Hilfe, nachher verwechselte ich noch Zucker und Salz.

Während warmes Wasser auf mich niederprasselte, die Müdigkeit aus meinen Knochen spülte und meine Lebensgeister wach rüttelte, kehrte auch das schlechte Gewissen zurück. Ich verspürte das große Bedürfnis, Tim anzurufen und mich bei ihm zu entschuldigen, und als mir klar wurde, dass ich weder eine Telefonnummer noch eine Adresse von ihm hatte, wurde das schlechte Gewissen noch größer. Ich hatte mich bei ihm ausgeweint, benutzte ihn als emotionalen Mülleimer, seit wir uns am Bahnhof wiedergetroffen hatten, und ich wusste so wenig über ihn. Das erschien mir mit einem Mal ziemlich unfair.

Unfair war auch mein Verhalten Karla gegenüber. Ich war hier, um ihr unter die Arme zu greifen und sie im Café zu unterstützen. Stattdessen war gestern Abend alles ein bisschen aus dem Ruder gelaufen und ich gleich am zweiten Tag arbeitsunfähig. So hatte sie sich das sicher nicht vorgestellt. Ich war sechsunddreißig, aber ich verhielt mich immer noch wie siebzehn, wenn es um Mark und Ellen ging. Irgendwie musste ich das in den Griff bekommen – ich hatte nur absolut keine Ahnung, wie ich das anstellen sollte.

Nachdem ich mir die Haare geföhnt hatte, ging ich zurück in die Küche, wo Karla gerade Kaffee einschenkte. Auf dem Tisch standen selbst gemachte Birnen-Zimt-Marmelade und Pflaumenmus, Käse und Wurst, und das Steinofenbrot verströmte einen köstlichen Duft. Im Hintergrund trällerte Frank Sinatra mit seiner unvergleichlichen Stimme *Let It Snow*.

»Perfektes Timing«, sagte Karla und warf mir einen Blick über die Schulter zu.

Ich verzog den Mund. »Karla, ich muss mich bei dir entschuldigen.«

»Warum?« Stirnrunzelnd setzte sie sich an den Tisch, und ich folgte ihr.

»Na ja, wegen allem. Ich hätte mich erwachsener verhalten müssen, und die Krönung ist, dass ich jetzt hier sitze, anstatt im Café zu stehen.«

»Hörst du bitte auf«, antwortete Karla streng. »Du musst dich nicht entschuldigen, Chrissie. Ich weiß doch, wie sehr dich die Geister der Vergangenheit immer noch verfolgen. Es ist okay, dass du gestern wegen des ersten Aufeinandertreffens mit Ellen und Mark ein bisschen aus dem Häuschen warst.«

Solange du beim nächsten Mal nicht wieder fortläufst. Die Worte hingen unausgesprochen zwischen uns, weshalb ich sie ignorierte.

»Danke, Karla. Ich mach das wieder gut, versprochen.« Ich griff nach meinem Kaffee und trank einen Schluck, nachdem ich warme Milch hineingegeben hatte. Karla hatte ihn mit etwas Zimt und Nugat aufgepeppt, was köstlich schmeckte und jetzt genau das Richtige war. Während ich trank, betrachtete sie mich gleichzeitig liebevoll und irgendwie lauernd. Langsam ließ ich die Tasse sinken. »Was?«

»Du könntest mir einen großen Gefallen tun.«

»Alles«, antwortete ich, ohne genauer darüber nachzudenken, dabei hätte mir klar sein müssen, was jetzt kam.

»Die Geister aus der Vergangenheit … schüttle sie ab. Stell dich ihnen, endgültig.«

Ich seufzte leise. »Karla.«

»Ja, ich weiß.« Sie griff über den Tisch und legte ihre Hand auf meine. »Es tut immer noch weh, und wenn du nur verdrängen würdest, könnte ich es sogar irgendwie akzeptieren. Aber du trägst diese Last jeden Tag mit dir herum. Sie hindert dich am Leben, am Weiterkommen, und das kann ich nicht zulassen. Du bist meine Nichte, und ich liebe dich, und genau deshalb werde ich nicht mitansehen, wie du dir wegen einer Sache, die bereits zwanzig Jahre zurückliegt, so weh es auch damals tat, dein Leben ruinierst.«

»Und was soll ich deiner Meinung nach tun?«, fragte ich, obwohl ich die Antwort längst kannte.

»Rede mit den beiden.«

»Karla, bitte. Verlang das nicht von mir. Was soll das bringen?«

»Frieden.« Karla drückte meine Hand. »Tu es für dich, Kleines, nicht für mich, und natürlich stehe ich dir bei, wenn du das möchtest. Du musst auch nicht mit beiden gleichzeitig reden. Wir könnten zum Beispiel Ellen hierher einladen, dann bist du in vertrauter Umgebung und nicht allein.«

»Ich kann ihr aber nicht vergeben, und darauf soll es doch hinauslaufen, oder nicht? Ich soll ihr die Absolution erteilen, damit sie wieder ruhig schlafen kann.«

Karla amtete geräuschvoll aus. »Das verlangt niemand von dir, aber für dich wäre diese Aussprache genauso wichtig wie für sie, damit du zumindest deinen Frieden mit dem

Ganzen machst. Nur so kannst du es abhaken und nach vorne schauen.«

»Kann ich das nicht auch, ohne mit ihr zu reden?«, schlug ich vor, ohne Karla anzusehen. Stattdessen zeichnete ich mit dem Zeigefinger das Blümchenmuster auf dem leeren Frühstücksteller nach.

»Vertrau mir, Chrissie, es ist wichtig, dass du mit ihr sprichst. Alles andere wird dich nicht weiterbringen, und wenn du es nicht tust, wirst du es vermutlich den Rest deines hoffentlich noch langen Lebens bereuen.«

»Findest du nicht, du übertreibst?«, erwiderte ich.

Meine Tante schüttelte den Kopf. »Leider nein, meine Kleine.«

Ich zögerte, dachte über Karlas Worte nach, wägte alles ab, während ich meinen Kaffee fast austrank. Doch am Ende hatte sie recht. Ich musste es tun, es war längst überfällig. Das war der erste Schritt zu meinem sechsunddreißigjährigen Ich, deshalb nickte ich. »Okay, meinetwegen. Sag Ellen Bescheid, dass ich zu einem Gespräch bereit bin. Du hast doch ihre Nummer?«

»Die habe ich, und ich finde es toll, dass du über deinen Schatten springst.«

Ich seufzte. »Du lässt mir ja keine Wahl. Ähm …« Ich angelte nach einer Scheibe Brot und konzentrierte mich darauf, sie etwas zu dick mit der köstlich duftenden Birnen-Zimt-Marmelade zu bestreichen. »Du hast nicht zufällig auch Tims Nummer? Ich würde ihm gern etwas sagen.«

Meine Tante unterdrückte ein Schmunzeln, während sie Kaffee nachschenkte. »Leider nein, aber ich bin sicher, dass er dem *Neckarplätzchen* im Laufe des Tages einen Besuch abstatten wird. Dann kannst du ihn selbst nach seiner Nummer fragen.«

Der Tag in der Backstube verging wie im Flug. Heute stand Dinkel-Spekulatius auf der Karte, und im ganzen Café roch es herrlich nach Spekulatiusgewürz, Vanille, Marzipan und Mandeln. Wir befüllten ein Blech nach dem anderen, und ich konnte es kaum erwarten, das Gebäck selbst zu probieren. Barbara und Karla sagten mir zwar immer wieder, ich könne mir zwischendurch ruhig eins stibitzen, doch das wollte ich nicht. Zum einen wollte ich mich erst einmal beweisen, denn wenn das Café nicht meiner Tante gehören würde, hätte man mich vermutlich längst verwarnt. Zum anderen waren zuerst die Kunden an der Reihe.

Ich blieb länger in der Backstube als die anderen, machte die letzten Bleche allein fertig und bot mich zum Aufräumen an. Nachdem die letzten Spekulatius ausgekühlt waren, stapelte ich sie auf zwei Etageren und nahm sie mit nach vorne ins Café, um bei den Bestellungen zu helfen. Allzu lange hatte das *Neckarplätzchen* nicht mehr geöffnet, montags bis donnerstags schlossen wir bereits um achtzehn Uhr. Dafür gab es keinen Ruhetag.

Viel los war ohnehin nicht mehr, die meisten Kunden holten sich den Dinkel-Spekulatius zum Mitnehmen. Möglicherweise lag es am Wetter, denn die Sonne war bereits hinter Wolken verschwunden, noch ehe Karla und ich heute am späten Vormittag das Haus verlassen hatten. Draußen herrschte Weltuntergangsstimmung. Der Wind wehte Blätter durch die Straßen und hatte schon einige Schirme von Passanten umgestülpt, die vor den großen Fenstern des Cafés vorbeieilten. Regen wechselte sich mit Graupelschauern ab. Hoffentlich würde es besser werden, wenn wir nachher schlossen, denn Karla und ich waren mit der Bahn gefahren. Ich warf einen Blick auf die Uhr, die an der Wand hing; es war schon drei Minuten nach fünf. Ob Tim heute noch kommen würde? Zu gern hätte ich mit ihm gesprochen. Zum einen wollte ich mich für mein Verhalten entschuldigen, zum anderen hatte ich generell Redebedarf.

Karla hatte bereits für morgen Abend ein Treffen mit Ellen vereinbart. Wenn es nach mir gegangen wäre, hätten wir damit ruhig noch ein paar Tage warten können, doch Ellen wollte das Ganze offenbar so schnell wie möglich angehen. Ich hingegen bekam schon Bauchschmerzen, wenn ich nur daran dachte. Ellen versprach sich sicher mehr von mir, als ich bereit war zu geben, und ich hatte keine Ahnung, wie ich damit umgehen sollte. Karla würde mich zwar nie dazu zwingen, Ellen zu vergeben, und trotzdem wurde ich das Gefühl nicht los, dass sie irgendwie auf Ellens Seite stand.

»Machst du mir einen Cappuccino für Tisch drei?«, fragte Karla in diesem Moment.

»Kommt sofort.«

Ich war gerade dabei, die teure Kaffeemaschine zu bedienen, als ich hörte, wie die Tür aufging. Ein Blick über die Schulter zeigte mir, dass es Tim war, der eiskalte Luft mitbrachte. Schnell schüttelte er seinen Schirm aus, bevor er die Tür hinter sich zuzog. Trotz des Schirms war seine Steppjacke mit Graupeln bedeckt. Allein bei seinem Anblick fröstelte es mich.

»Brr, was für ein Mistwetter heute«, murmelte er und kam zu mir. »Hi.«

Sein Lächeln war wie immer ansteckend und zeigte mir außerdem, dass er wegen letzter Nacht nicht sauer auf mich war. »Hi. Cappuccino für dich?«

»Hm, ich glaube, ich nehme einen Tee, dazu einen Teller Plätzchen. Welche Sorte gibt's denn heute?«

»Dinkel-Spekulatius.«

»Ich bin schon gespannt, wie sie dieses Jahr schmecken.« Er zwinkerte mir zu und wollte sich einen Tisch suchen, doch ich hielt ihn zurück.

»Ähm, Tim? Warte mal. Ich würde nachher gern kurz mit dir reden. Hast du Zeit?«

»Klar. Ich wollte zwar eigentlich noch ins Fitnessstudio, aber bei dem Wetter verlasse ich das Haus vermutlich eh nicht mehr. Wollen wir zusammen was essen gehen? Dann kann ich mir auch das Einkaufen sparen.«

»Sicher, warum nicht? Überleg dir schon mal ein Restaurant, ich habe um sechs Feierabend.«

»Du kannst auch ein paar Minuten früher gehen«, meinte Karla, die zwei aufeinandergestapelte Teller auf die Theke stellte und den fertigen Cappuccino entgegennahm. »Ist ja nicht mehr viel los.«

Ich zögerte. Prinzipiell war es nett, Tim keine ganze Stunde auf mich warten zu lassen, andererseits hatte ich schon den halben Vormittag geschwänzt. »Bist du sicher? Das ist überhaupt kein Problem, dann bekommt Tim eben ein paar Plätzchen mehr.«

»Für Weihnachtsgebäck bin ich immer zu haben«, erwiderte er.

Doch Karla warf mir einen vielsagenden Blick zu. »Das ist doch lächerlich. Glaub mir, es wird noch genug Arbeit auf uns zukommen, da gibt es keinerlei Grund, künstlich welche herbeizuzaubern. Außerdem bist du weder meine richtige Angestellte noch meine Sklavin. Wenn Tim seine Kekse verspeist hat, könnt ihr ruhig gehen.«

»Danke, Karla.«

»Ach was.« Mit einem Lächeln machte sie sich daran, den Cappuccino zu servieren und einen weiteren Tisch, der gerade leer geworden war, abzuräumen.

»Setz dich, wo du magst«, sagte ich zu Tim und machte eine einladende Geste, die fast den ganzen Raum einschloss. Bis auf zwei Tische waren alle frei. »Ich bringe dir sofort deine Bestellung.«

»Kein Stress. Dank dir bekomme ich ja gleich noch was Anständiges zu essen.«

Mit einem Augenzwinkern suchte er sich den Tisch aus, der der Theke am nächsten stand, und ich hoffte, dass er die Essenseinladung nicht falsch verstehen würde, denn das konnte ich jetzt gar nicht gebrauchen. Gestern hatte ich ihn zwar noch küssen wollen, doch heute, ohne Alkohol im Blut, hielt ich das für keine gute Idee mehr. Ich musste erst einmal mein Leben ordnen.

Tim, der zielstrebig ein griechisches Restaurant ansteuerte, blieb mit einem Mal so abrupt stehen, dass ich beinahe in ihn gelaufen wäre. Er drehte sich zu mir um.

»Sorry, ich hab ganz vergessen zu fragen. Bist du inzwischen Vegetarierin oder so was?«

Ich kicherte. Die Frage kam etwas spät, nachdem wir bei dem Mistwetter durch die halbe Innenstadt gelaufen waren, aber es war süß, dass er daran dachte. »Bin ich nicht.«

»Und isst du gern griechisch?«

Statt einer Antwort schob ich mich an ihm vorbei und öffnete die Tür zum Restaurant. Zwar nieselte es gerade nur, aber der Himmel war dunkel und verhieß nichts Gutes. Außerdem war es stürmisch und kalt.

Wärme und griechische Musik umhüllten mich, und obwohl ich keine passionierte Fleischesserin und damit beim Griechen vermutlich die seltenere Sorte Gast war, gefiel es mir hier auf Anhieb. Das Innere des Restaurants erinnerte mich an die Akropolis, auch wenn ich leider noch nie in Athen gewesen war. Weiße Säulen dominierten den Raum, unterteilten ihn, und am Ende des Hauptraums trugen vier Säulen ein dreieckiges Dach. Überall waren Grünpflanzen verteilt und zwischen den einzelnen Tischen kleine Raumteiler drapiert, um für mehr Privatsphäre zu sorgen. Zu dieser Zeit des Jahres waren sie mit Lichterketten und roten sowie goldenen Sternen behangen.

»Das interpretiere ich dann mal als Ja«, meinte Tim, der hinter mir das Restaurant betrat. »Aber sei bitte ehrlich, wenn Griechisch nicht deinen Geschmack trifft. Ganz in der Nähe gibt es einen hervorragenden Italiener.«

»Würdest du jetzt bitte still sein?«, zischte ich, da bereits ein freundlich lächelnder Kellner auf uns zukam und sich unterwegs zwei Speisekarten von einem Konsoltisch schnappte.

»Ein Tisch für zwei?«, fragte er, bei uns angekommen. Falls er Tim gehört hatte, was ich nicht hoffte, ließ er sich nichts anmerken.

Ich bejahte und folgte dem Kellner zum Ende des Raums, wo er uns den letzten Tisch in der Reihe zuwies. Er verteilte die Speisekarten und zündete die Kerze auf dem Tisch an, dann wartete er geduldig, bis wir unsere Jacken ausgezogen und uns gesetzt hatten, bevor er fragte, ob wir schon etwas zu trinken bestellen wollten. Ich orderte einen Tee mit frischem Ingwer, weil mir das nasskalte Wetter in den Knochen saß, und Tim einen mit frischer Minze. Als uns der Kellner allein ließ, fuhr sich Tim durch die Haare.

»Entschuldige, ich habe vorher wirklich nicht nachgedacht. In meinem Freundes- und Bekanntenkreis befinden sich nur Allesesser, deshalb …«

Er verstummte, als ich eine Hand auf seine legte. »Du machst dir zu viele Gedanken, Tim, und das ist normalerweise mein Part. Auch wenn ich gar nicht so viel Fleisch esse, liebe ich Oliven und Feta, Paprika und Auberginen, und hin und wieder mag ich Gyros echt gern. In der Karte werde ich bestimmt fündig.«

»Okay, dann ist es ja gut. Also, du wolltest mit mir reden?«

Ich nahm meine Hand zurück, da ich das Gefühl hatte, sie würde schon viel zu lange auf Tims verweilen. Nicht dass es sich schlecht anfühlte, doch er sollte keine falschen Schlüsse ziehen. »Lass uns vorher kurz in die Karte schauen, okay? Oder weißt du schon, was du nimmst?«

»Immer dasselbe, aber lass dir Zeit.«

Ich zog die in Leder gebundene Speisekarte näher heran und schlug sie auf. Um die Stille zu überbrücken, aber auch, weil es mich interessierte, fragte ich: »Wie kommt es, dass du immer dasselbe bestellst?«

Er zuckte mit den Schultern. »Gute Frage. Es ist nicht so, dass es nicht genug Auswahl gäbe. Ich habe einfach nicht das Bedürfnis, dauernd etwas Neues zu probieren. Wenn ich was gefunden habe, was ich mag, bleibe ich dabei.«

»Und das wird dir nicht langweilig?«

»Nö, sollte es? Sag bloß, du gehörst zu den Experimentierfreudigen? Dann hätte ich ein völlig falsches Bild von dir.«

Er grinste, und ich fragte mich, ob wir nur noch vom Essen sprachen. »Nein, ich nehme meistens dasselbe, und ich habe auch nichts anderes von dir erwartet. Aber du hast dich ziemlich verändert seit damals, weshalb es mir nun schwerfällt, dich einzuschätzen.«

»Ich bin immer noch derselbe, auch wenn meine Haare proportional zu meinem Selbstbewusstsein gewachsen sind.«

Ich musste lachen und verkniff mir einen Kommentar darüber, dass ihm sowohl die Frisur als auch das Selbstbewusstsein äußerst gut zu Gesicht standen. »Das ist schön zu hören. Ich mag Beständigkeit.«

»Ich weiß.«

Sein Tonfall und sein Blick sprachen Bände, und mir war klar, dass er ebenso wie ich an Mark denken musste. Die Stimmung zwischen uns veränderte sich, und ich war froh, dass in diesem Moment der Kellner kam, um die Getränke zu servieren und unsere Essensbestellung aufzunehmen.

Eine Weile nippte ich an meinem eigentlich noch viel zu heißen Tee, dann stellte ich die Tasse ab und sah Tim unverwandt an. »Also, worüber ich mit dir sprechen wollte. Zum einen möchte ich mich bei dir entschuldigen, wegen … na ja, du kannst dir denken, weshalb.«

»Du musst dich nicht entschuldigen«, fiel Tim mir ins Wort. »Ganz ehrlich, es ist okay. Du warst verwirrt, brauchtest ein bisschen Trost und Zuspruch. Mir tut es leid, dass ich dich in genau diesem Moment zurückgewiesen habe. Ich dachte nur …« Er verstummte, doch ich wusste auch so, was er sagen wollte.

»Das war absolut richtig von dir, und ich muss mich sehr wohl bei dir entschuldigen. Vielleicht hast du ja eine Freundin oder bist sogar verheiratet. Falls ja, tut es mir auf jeden Fall furchtbar leid.«

»Weder noch. Glaub mir, wenn es so wäre, hätte ich es niemals so weit kommen lassen.«

»Gut zu wissen.«

Keine Ahnung, ob ich damit sein Singledasein meinte oder die Tatsache, dass er eine vermeintliche Partnerin in seinem Leben niemals betrügen würde. Jedenfalls schien er selbst zu merken, dass meine Aussage doppeldeutig war, denn er unterdrückte ein Grinsen. Dieses wich allerdings schnell einem ernsten Gesichtsausdruck.

»Mir ist klar, dass du allergisch auf Untreue reagierst, und du hast auch allen Grund dazu. Ich will nur klarmachen, dass du dir diesbezüglich bei mir keine Sorgen zu machen brauchst. Wie ich gesagt habe – wenn ich mich auf etwas festlege, bleibe ich dabei.«

Ich spürte Hitze in meine Wangen steigen. »Das ist mir bewusst, ich wollte dir auch nichts unterstellen. Gott, ich mache es nicht besser, oder?« Ich vergrub das Gesicht zwischen meinen Händen, spähte aber kurz durch meine Finger hindurch. Grinsend schüttelte Tim den Kopf. »Am besten, ich halte einfach die Klappe«, beschloss ich.

»Nee, nee, so einfach kommst du mir nicht davon. Du hast damit angefangen, dass du dich zum einen für den Kussversuch entschuldigen möchtest. Das heißt, das war noch nicht alles.«

Seufzend ließ ich die Hände wieder sinken. »Richtig. Mir ist klar geworden, dass ich mich dir gegenüber ziemlich egoistisch verhalten habe.«

Wie schon Karla am Morgen runzelte nun auch Tim die Stirn. »Ich fürchte, ich verstehe nicht, was du meinst.«

»Ich meine, dass ich mich bei dir ausheule, mich aber im Gegenzug nicht für dich interessiere.«

»Sehr charmant.« Tim blieb ernst, auch wenn es ihn Mühe zu kosten schien.

Stöhnend stürzte ich einen Schluck Tee hinunter. »Sorry, das kam schon wieder falsch rüber. Natürlich interessiere ich mich für dich und dein Leben, ich habe mich bisher nur wenig danach erkundigt, weil ich zu sehr mit meinen eigenen Problemen beschäftigt war.«

»Du hast dich immerhin nach meinem Beruf erkundigt.«

»Stimmt, aber bevor ich dir mein Herz ausschütte, hätte ich auf jeden Fall fragen müssen, ob du vergeben bist. Und als ich mich deshalb heute Morgen bei dir entschuldigen wollte, ist mir aufgefallen, dass ich dich überhaupt nicht erreichen kann. Zwar weiß ich, dass du in Ziegelhausen wohnst, aber ich habe weder eine Adresse noch eine Nummer von dir.«

»Wenn du meine Nummer willst, musst du mich bloß fragen.« Lachend schüttelte Tim den Kopf. »Mal ehrlich, Chrissie, und du wirfst mir vor, dass ich mir zu viele Gedanken mache. Es ist alles in Ordnung. Wir zwei kennen uns schon so lange, und ich habe damals immerhin miterlebt, was Mark und Ellen abgezogen haben. Da ist es doch nur natürlich, dass wir darüber reden, vor allem, nachdem du noch nicht darüber hinweg bist.«

Leise stieß ich die Luft aus. »So offensichtlich?«

Er neigte den Kopf zur Seite. »Na ja, schon ein bisschen. Es ist deine Sache und geht mich im Prinzip überhaupt nichts an. Ich frage mich nur, wie du nach wie vor Gefühle für Mark haben kannst.« Er machte eine kurze Pause, nachdem ich nichts erwiderte. »Hast du … noch Gefühle für ihn?«

Ich zuckte mit den Schultern. »Ganz ehrlich? Ich weiß es nicht, ich weiß nur, dass ich seit damals nie wieder einen Mann getroffen habe, der es wert gewesen wäre.«

Tim verzog das Gesicht. »Autsch.«

»Nein, bitte, Tim. Das hat nichts mit dir zu tun. Wir kennen uns ja kaum. Also, natürlich kennen wir uns von früher, hatten aber jahrelang keinen Kontakt mehr zueinander.«

»Ich weiß schon, Chrissie.«

Doch dieses Mal klang er nicht so belustigt wie zuvor. Verdammt, ich setzte mich heute aber auch ein ums andere Mal in die Nesseln. Kurz war ich versucht, erneut nach Tims Hand zu greifen, ließ es aber bleiben, um keine falschen Signale zu senden. Stattdessen erzählte ich ihm, dass Karla mich zu einem Treffen mit Ellen überredet hatte.

Tim nickte anerkennend. »Wow, das habe ich nicht kommen sehen. Und wie fühlst du dich dabei?«

Ein weiteres Mal zuckte ich mit den Schultern. »Weiß nicht so recht. Ich denke, es ist der richtige Schritt nach all den Jahren, gleichzeitig habe ich Angst davor. Ich meine, keine Ahnung, was Karla und Ellen sich davon versprechen. Vergebung? Ein Wiederbeleben unserer alten Freundschaft? Dazu bin ich nicht bereit, zu beidem nicht.«

»Und das ist okay«, sagte Tim. »Ganz ehrlich, das war schon ziemlich mies damals. Niemand kann etwas für seine Gefühle, aber wie Mark und Ellen sich verhalten haben …

damit will ich nicht sagen, dass sie ihre Gefühle hätten verleugnen sollen, denn dafür ist das Leben zu kurz.« Wie zuvor machte er auch dieses Mal eine Pause, und sein Gesichtsausdruck wurde noch ernster. »Das Timing war halt einfach miserabel.«

Bevor ich etwas dazu sagen konnte, trat der Kellner zu uns an den Tisch und servierte das Essen. Ich hatte mir einen Bauernsalat bestellt, dazu Florinis und mit Reis gefüllte Weinblätter. Tim hatte sich für Bifteki und Gyros entschieden, dazu bekam er Kroketten und einen Beilagensalat. Es sah köstlich aus und roch unglaublich lecker, sodass mein Magen ein begeistertes Grummeln von sich gab.

»Bringen Sie mir noch eine Cola?«, bat Tim und sah mich fragend an. Ich nickte zustimmend. »Und eine weitere für die Dame, bitte.«

»Kommt sofort. Guten Appetit!« Der Kellner entfernte sich wieder.

»Den werde ich bestimmt haben.« Ich schnitt ein Stück von der mit Feta gefüllten Paprika ab und roch daran. »Das riecht himmlisch, könnte mein neues Lieblingsrestaurant werden. Ich hätte nicht gedacht, dass die Auswahl an vegetarischen Gerichten hier so groß ist. Griechisches Essen verbinde ich immer mit Bergen an Fleisch.«

Tim zog die Augenbrauen hoch. »Du warst wohl schon lange nicht mehr beim Griechen, was?«

Ich schob mir die Paprika in den Mund und unterdrückte ein genüssliches Seufzen. »Mmh, das schmeckt fast noch besser, als es riecht, und das will was heißen. Und um deine Frage zu beantworten: Ich gehe tatsächlich nicht so oft ins Restaurant, auch wenn ich es prinzipiell sehr gern mache, aber meistens bestelle ich was zum Mitnehmen. Ich habe einen Asiaten um die Ecke, der die beste süßsaure Soße in Hamburg macht.«

Tim fragte nicht nach, warum ich nur selten außerhalb aß, worüber ich sehr dankbar war, denn dann hätte ich ihm offenbaren müssen, dass ich in Hamburg ein ziemlich einsames Leben führte. Sein Gesichtsausdruck ließ allerdings darauf schließen, dass er etwas in der Richtung ahnte.

»Die Herausforderung nehme ich an, ich kenne nämlich auch einen hervorragenden Asiaten. Wie sieht's aus? Bist du dabei?«

Ich nickte, ohne darüber nachzudenken. »Klingt großartig, und vergiss nicht, mir noch deine Nummer zu geben. Also …« Ich verstummte. Sollte ich ihm sagen, dass er bitte nichts hineininterpretieren sollte? Dass ich nicht bereit war für eine Beziehung? Oder wäre das komisch, weil er es zum einen vermutlich ohnehin wusste und ich ihm zum anderen nachher wieder Dinge unterstellte? Ich meine, nur weil er vor knapp zwanzig Jahren etwas von mir wollte, musste das noch lange nicht heißen, dass es auch heute auch noch der Fall war. Der Beinahe-Kuss vom Vorabend sagte diesbezüglich jedenfalls nichts aus, und seit damals war viel passiert. Wir hatten uns aus den Augen verloren, und auch wenn Tim behauptete, er hätte sich so gut wie nicht verändert, hatte er das mit Sicherheit in irgendeiner Weise. Jeder Mensch macht in seinem Leben Veränderungen durch, immerhin werden wir durch unsere Mitmenschen und unsere Erfahrungen geprägt. Dem konnte sich auch ein Tim Wagner nicht entziehen.

»Nicht so viel nachdenken, Chrissie«, sagte er zu mir, als

der Kellner erneut zu uns kam, um uns die Getränke zu bringen. Tim nahm sein Glas und prostete mir zu. »Freunde?«

Dankbar, dass er meine Gedanken erraten zu haben schien, griff ich ebenfalls nach meiner Cola. »Freunde.«

Mittwoch, 13. Juli 1977

9

»Wir können das Poster auch wieder abnehmen«, sagte ich und wollte zurück auf die Trittleiter klettern, doch meine Tante hinderte mich daran, indem sie mir eine Hand auf die Schulter legte.

»Nichts da, das Bild bleibt, wo es ist.«

Ich stellte mich neben sie, und wir betrachteten einen Moment lang die neu dekorierte Wand des Cafés. Heute Morgen waren wir extra nach Mannheim gefahren, um dort Besorgungen zu machen, und Karla hatte mich mitentscheiden lassen, welche Bilder künftig das *Neckarplätzchen* zieren durften. Wir hatten uns für Porträts von Hollywood-Größen wie Audrey Hepburn, Sophia Loren und Brigitte Bardot entschieden, außerdem für Poster von Elvis Presley, Frank Sinatra und Louis Armstrong. Die Schwarz-Weiß-Drucke passten ziemlich gut zu der Inneneinrichtung des Cafés, die an ein amerikanisches Lokal von vor zwanzig Jahren erinnerte. Das Poster von Nastassja Kinski allerdings fiel aus der Rolle, auch wenn wir es in einen identischen Rahmen wie die anderen Bilder gesteckt hatten und das Foto an sich wirklich hübsch war. Auf jeden Fall zeigte es die Schauspielerin nicht halb nackt.

Karla hatte vollstes Verständnis für mich gezeigt, nachdem ich ihr am Abend zuvor von dem Streit mit meiner Mutter berichtet hatte. Sie hatte sogar angeboten, mal mit Mama zu reden, und obwohl ich abgelehnt hatte, fand ich das wirklich nett von Karla. Ich fürchtete nur, es könnte alles noch schlimmer machen, denn wenn Mama das Gefühl bekam, wir würden uns alle gegen sie verschwören, ließ sie ihre schlechte Laune erst recht an mir aus. Aber es tat gut zu wissen, dass meine Tante uneingeschränkt auf meiner Seite stand und ich jederzeit zu ihr kommen durfte.

Die letzte Nacht hatte ich auf dem Sofa im Wohnzimmer verbracht, doch Karla wollte mir ein Bett auf den Dachboden stellen. Zwar war dieser vollgestopft mit ausrangierten Möbeln und den Habseligkeiten meines Onkels, der vor fünf Jahren gestorben war, aber Karla fand, dass es ohnehin längst überfällig war, dort oben zu entrümpeln. Dass sie das für mich tun wollte, rührte und beruhigte mich gleichermaßen wie es mich verunsicherte, denn es führte mir deutlich vor Augen, dass die letzte Nacht keine Ausnahme gewesen war. Die Frage war nicht, *ob* so ein Zwischenfall mit meiner Mutter wieder passieren würde, sondern *wann*.

»Denkst du denn, das Bild passt zu den anderen?«, fragte ich vorsichtig.

Karla legte einen Arm um mich und zog mich näher an sich. Der blumige Duft ihres Parfüms stieg mir in die Nase, und ich wünschte mir nicht zum ersten Mal, sie als Mutter zu haben. Es war schwer genug, erwachsen zu werden und Entscheidungen zu treffen, die das ganze zukünftige Leben beeinflussen würden, und meine Mutter machte mir diesen Weg nicht gerade leichter, im Gegenteil.

»Chrissie, es spielt keine Rolle, ob das Bild zu den anderen passt, solange es dich glücklich macht. Du verbringst bestimmt ein Drittel deiner wohlverdienten Sommerferien in meinem stickigen Café …«

»Zum Ausgleich spendierst du uns aber auch reichlich Eis und Kuchen«, unterbrach ich sie.

»Trotzdem. Glaub mir, ich weiß noch, wie das war, auch wenn es schon ein paar Jahre her ist. In den Ferien will man lange schlafen, faul sein, die Seele baumeln lassen. Da will man machen, wozu man Lust hat, und das Leben genießen, ohne irgendwelche Verpflichtungen einzugehen, denn die kommen noch früh genug auf jeden von euch zu. Ich weiß es wirklich sehr zu schätzen, dass du mir einen Teil deiner Ferien opferst, und selbst wenn du das nicht tun würdest – es ist mir ein Bedürfnis, dir einen Wohlfühlort zu schaffen. Okay?«

Ich schluckte und nickte nur, weil ich meiner Stimme nicht traute. Karla drückte mich noch einmal fest an sich, bevor sie mich losließ.

»Prima, dann hast du jetzt Feierabend. Es ist perfektes Schwimmbadwetter.«

»Aber wir haben doch noch gar nicht richtig mit der Arbeit angefangen.«

»Wir haben das Café neu dekoriert, und es ist inzwischen Mittagszeit.«

Mein Blick wanderte kurz zu der großen Fensterfront. Auch wenn es nicht ganz so heiß war wie am Vortag, war es wirklich schön draußen. Der Gedanke, den Rest des Tages mit den anderen im Schwimmbad zu verbringen, war verlockend, und ich konnte nicht leugnen, dass ich Mark und Ellen liebend gern sehen wollte. Ellen schaffte es immer wieder, mich abzulenken, wenn ich Stress mit meiner Mutter hatte, und Mark und ich hatten uns gestern schließlich zum ersten Mal geküsst. Er sollte nicht denken, dass ich ihm aus dem Weg ging. Aber Karla tat so viel für mich, und ich wollte sie nicht im Stich lassen, deshalb schüttelte ich den Kopf.

»Ins Schwimmbad kann ich auch morgen noch gehen«, meinte ich, obwohl für den nächsten Tag ein Temperatursturz von fast zehn Grad vorausgesagt war.

»Chrissie, du musst wirklich nicht …«

Die Tür ging auf, und ein nächster Schwall Kundschaft kam herein. Ich wartete, bis sich die neuen Gäste an zwei schnell zusammengeschobenen Tischen verteilt hatten, bevor ich mich wieder an Karla wandte.

»Also, was soll ich machen?«

Mir taten die Füße weh vom vielen Hin- und Herlaufen, doch inzwischen lohnte es sich nicht mehr, noch ins Schwimmbad zu fahren. Außerdem lag meine Badetasche zu Hause, und dorthin wollte ich auf gar keinen Fall, denn dafür war es wiederum noch viel zu früh. Also half ich Karla weiter dabei, Eis in Becher zu verteilen, Kuchen zu schneiden und Cola in Gläser zu gießen. Wenn es gerade etwas ruhiger war, redeten wir außerdem über ihre Pläne für die kommende Adventszeit. Sie wollte einen Adventskalender machen und im Dezember jeden Tag bis Heiligabend eine andere Plätzchensorte anbieten, um auch im Winter Kundschaft anzulocken. Ich fand die Idee großartig und fühlte mich geschmeichelt, dass sie mich in ihre Überlegungen einbezog und nach meiner Meinung fragte. Ich durfte sogar die Plätzchensorten mit aussuchen, doch leider blieb uns viel zu wenig Zeit für die genaue Planung, da der Gästeansturm nicht abbrach.

Ich servierte gerade zwei Mädchen in meinem Alter, die offenbar baden gewesen waren – zumindest waren ihre Haare noch feucht, und sie verströmten einen dezenten Duft nach Chlor –, zwei Spaghettieisbecher, als die Tür ein weiteres Mal aufging. Herein kamen Ellen, Mark und Tim, die den Tag ebenfalls im Schwimmbad verbracht hatten. Auch sie rochen nach Chlor, und unter Ellens weißem Top blitzte der rote Badeanzug hervor.

Augenblicklich strahlte ich. »Hey, was macht ihr denn hier?«

»Wir hatten Lust auf ein Eis.« Ellen umarmte mich.

»Das hättet ihr auch im Schwimmbad essen können.«

»Aber das Eis deiner Tante ist viel besser, und außerdem wollte ich einen Becher und kein Eis am Stiel.«

Sie zwinkerte mir zu und steuerte einen freien Tisch in der Ecke an, während nun Tim und ich uns etwas unbeholfen gegenüberstanden. Wir wussten beide nicht so recht, wie wir einander begrüßen sollten. Schließlich nahm ich ihn kurz in den Arm, und er setzte sich zu Ellen – woraufhin ich freie Sicht auf Mark hatte. Bei seinem Anblick schlug mein Herz sofort schneller. Seine Augen strahlten, und ich kam mir vor wie ein Breitmaulfrosch, so breit grinste ich zurück. Er trat auf mich zu.

»Hi.« Seine Stimme klang fast ein wenig schüchtern.

»Hi.«

Wie gern hätte ich ihn erneut geküsst, doch hier im Café vor all den Gästen, vor Ellen und Tim und vor meiner Tante erschien es mir irgendwie unpassend, und Mark schien es ähnlich zu gehen. Eine Umarmung ließ ich mir allerdings nicht nehmen, und so schmiegte ich mich an ihn. Er roch nach Sonne, Gras und Chlor – die perfekte Sommermischung.

»Hallo. Schön, dass ihr gekommen seid«, sagte meine Tante hinter uns. »Tut mir leid, dass ich euch Chrissie heute entführt habe. Dafür spendiere ich euch allen einen großen Eisbecher, und Chrissie bekommt morgen den ganzen Tag frei. Na, wie klingt das?«

»Das klingt hervorragend«, erwiderte ich und sah Mark in die Augen. »Hast du morgen schon was vor?«

Er nickte und nahm meine Hand in seine. »Jetzt schon.«

Karla schmunzelte. »Was darf's denn sein für euch? Dasselbe wie immer?«

»Ich nehme heute mal den Himbeerbecher statt des Erdbeerbechers, ohne Sahne«, erwiderte Ellen, doch wir anderen blieben bei unserer üblichen Wahl. Einen Bananensplit für Tim, einen Spaghettibecher für Mark und für mich den Schokoladenbecher.

Meine Tante ließ uns allein, und Mark und ich setzten uns zu den anderen beiden an den Tisch.

»Also, was ist los? Warum warst du heute nicht mit uns schwimmen?«, wollte Ellen wissen.

»Ich hatte Knatsch mit meiner Mutter und habe bei meiner Tante geschlafen.«

»Warum bist du nicht zu mir gekommen?«

»Weil Mama mir das sicher nicht erlaubt hätte.«

Ellen verzog den Mund. »So schlimm? Worum ging es denn dieses Mal?«

Ich zögerte. Irgendwie war es mir unangenehm, die Sache

mit dem Poster vor den Jungs zu erwähnen, deshalb sagte ich nur: »Um dasselbe wie immer.«

»Verstehe.« Ellen nickte, und ich dachte schon, sie würde das Ganze auf sich beruhen lassen, was völlig untypisch für sie war, war sie doch einer der neugierigsten Menschen, die ich kannte, da sprang sie plötzlich von ihrem Stuhl auf. »Ich gehe noch mal schnell zur Toilette, bevor das Eis fertig ist. Kommst du mit?«

Ich verdrehte die Augen, noch auffälliger ging es wohl nicht. Trotzdem stand ich ebenfalls auf und folgte ihr Richtung Toiletten. Kurz war ich versucht, sie mit in die Backstube zu nehmen, wo es deutlich angenehmer wäre als auf dem Klo, doch dort würden wir nicht ungestört sein, und Karlas Personal musste nun wirklich nicht mitbekommen, worüber ich mich mit meiner Mutter gestritten hatte.

Ellen stieß die Tür auf und warf einen Blick zu den beiden Kabinentüren, bevor sie sich mir zuwandte. »Also, erzähl.«

Ich seufzte. »Meine Mutter hat das Poster gefunden.«

»Das von Nastassja?« Ellen schüttelte die Hand aus, als hätte sie sich verbrannt. »Oje. Das gab Ärger, oder?«

Ich nickte. »Sie hat sich aufgeführt, als hätte sie mich dabei erwischt, wie ich mir einen Schmuddelfilm anschaue. Ich bin richtig sauer geworden, weil sie mir den Kuss mit Mark versaut hat. Wenn mein Vater nicht rechtzeitig dazwischengegangen wäre …« Ich ließ den Satz unausgesprochen, doch wir wussten beide, was dann passiert wäre. Meine Mutter hätte mir nicht nur die Ohrfeige, sondern vermutlich auch noch Hausarrest verpasst.

»Mensch, Chrissie, das tut mir leid. So was Dummes.« Ellen zog mich an sich. »Ruf mich das nächste Mal an, okay?

Oder sag deiner Mutter, dass du zu deiner Tante gehst, stattdessen kommst du aber zu mir.«

Ich nickte, obwohl ich wusste, dass ich das nicht machen konnte. Wenn Mama dahinterkommen würde, und das würde sie garantiert früher oder später, hatte ich erst recht Ärger am Hals, und ich hatte echt keine Lust, mir von Mama die ganzen Ferien vermiesen zu lassen.

»Was hatte sie überhaupt an deinem Schrank zu suchen? Hast du nicht erzählt, dass sie deine Privatsphäre respektieren wollte?«

Ich zuckte mit den Schultern. »Offiziell schon, aber du kennst sie doch. Den Minirock werde ich jedenfalls vorsichtshalber lieber wieder bei dir deponieren, wenn das okay ist.«

Ellen nickte. »Natürlich. Und wo gedenkst du, die hier zu verstecken?«

Ellen griff in die Tasche ihrer superkurzen Jeanshose, die nicht viel mehr als ihren Po bedeckte, und drückte mir etwas Knisterndes in die Hände – ein halbes Dutzend Kondome. Ich lief rot an und sah mich um, als könnte uns hier jemand beobachten.

»Ellen!«

»Was denn? Ich dachte, du kannst die Dinger gebrauchen, jetzt, wo du mit Mark zusammen bist.«

Ich konnte nicht anders als zu lächeln, doch dann atmete ich geräuschvoll aus. »Und wo sollen wir bitte miteinander schlafen? Wenn Mama schon bei einem Poster einen solchen Aufstand macht, kannst du dir vorstellen, wie sie auf einen jungen Mann aus Fleisch und Blut reagiert.«

Ellen zuckte mit den Schultern. »Na und? Mark wird ja wohl auch ein Zuhause haben, und ansonsten gibt es noch tausend andere Möglichkeiten. Die Umkleidekabinen im Schwimmbad, das Auto auf einem verlassenen Parkplatz, das Flussufer bei Nacht. Da fällt euch schon etwas ein.«

»Total romantisch und genau das Richtige für das erste Mal.«

»Hey, das Flussufer bei Nacht finde ich tatsächlich ziemlich romantisch – solange man nicht erwischt wird.«

Ich verdrehte die Augen und musste trotzdem lachen. »Und was mache ich jetzt hiermit?« Demonstrativ hob ich meine Hände höher. »Wenn meine Mutter die Dinger findet, bekommt sie garantiert einen Herzinfarkt, und auch wenn mein Vater um einiges gelassener ist, würde er es vermutlich ebenso wenig gutheißen.«

»Tja, da wirst du dir wohl was einfallen lassen müssen. Ich kann die Kondome jedenfalls schlecht für dich in Verwahrung nehmen, denn du solltest sie immer griffbereit haben.«

»Denkst du nicht, dass Mark selbst welche hat?«, fragte ich vorsichtig. Er konnte doch nicht erwarten, dass ich die Pille nahm, was ich im Übrigen auch nicht tat. Bisher war sie nicht nötig gewesen, außerdem traute ich mich nicht, meinen Frauenarzt nach einem Rezept zu fragen. Was die Pille anging, war er im Gegensatz zu vielen seiner Kollegen sehr konservativ eingestellt. Er verschrieb sie nur, wenn er sie für sinnvoll hielt, und nicht, damit die Jugend ungehemmt die freie Liebe praktizieren konnte. Deshalb ging meine Mutter zu ihm, und deshalb schickte sie auch mich zu ihm.

»Darauf würde ich mich nicht verlassen, Chrissie. Mark wirkt ziemlich vernünftig und nicht so, als würde er dich drängen wollen. Deshalb rennt er wahrscheinlich vorsichtshalber eher nicht mit Kondom in der Hosentasche herum, und außerdem geben die Jungs seit dem Siegeszug der Pille gern die Verantwortung ab, wenn es um solche Dinge geht.«

»Na schön, ich lasse mir was einfallen.« Fürs Erste verstaute ich die Kondome in den Taschen meiner Jeans – nur gut, dass ich heute kein Kleid trug –, dann ging ich zur Tür. Bevor ich diese jedoch öffnen konnte, hielt Ellen mich am Arm fest.

»Warte mal, Chrissie, das gerade war mein Ernst. Ruf das nächste Mal an, okay? Ich bin deine Freundin und immer für dich da.«

Ich drehte mich um und lächelte sie gerührt an. »Danke, Ellen.«

»Ich habe dir schon mal angeboten, dass du vor deiner Mutter behaupten kannst, du würdest bei mir übernachten, in Wahrheit triffst du dich aber mit Mark. Das Angebot steht.«

Dankbar nickte ich, auch wenn ich im Moment nicht so recht wusste, wie mir das Ganze helfen sollte. Ich bezweifelte, dass Marks Eltern so viel cooler als meine waren und mich bei ihrem Sohn übernachten lassen würden, zumal Mark das ja ebenfalls wollen musste. Unsere Beziehung mit einer Übernachtung zu starten, nur um mal ein bisschen ungestört sein zu können, erschien mir jedenfalls ziemlich radikal, doch da kam mir ein Gedanke.

»Sag mal, treffen sich deine Eltern eigentlich immer noch einmal im Monat mit den Frauen aus eurer Nachbarschaft?«

»Ja, wieso?« Doch bevor ich antworten konnte, hellte sich Ellens Miene auf. »Na klar, darauf hätte ich selbst kommen können. Das letzte Treffen war gerade erst und hat sowieso bei uns stattgefunden, aber das nächste Mal sag ich dir Bescheid. Dann kommst du mit Mark zu mir, und ich verkrümele mich so lange.«

»Danke, Ellen«, sagte ich noch einmal. »Du bist die beste Freundin, die man sich wünschen kann!«

»Ich weiß«, erwiderte sie, und wir fielen uns lachend um den Hals.

Dienstag, 3. Dezember 1996

10

So nervös wie an diesem Abend war ich schon lange nicht mehr. Ich fühlte mich wie vor der mündlichen Abiprüfung. Ständig sah ich auf die Uhr, mir war fast schlecht vor Aufregung, und ich konnte mich auf nichts konzentrieren. Ich wollte einfach nur, dass es endlich vorbei war.

Genervt von mir selbst legte ich den Weihnachtsroman beiseite – die letzten zehn Seiten musste ich später noch mal lesen – und ging zum dritten Mal innerhalb einer Stunde zur Toilette. Als ich das Bad wieder verließ, steuerte ich statt meines Zimmers das Wohnzimmer an, aus dem ich Geräusche hörte, und prallte fast mit meiner Tante zusammen, die gerade mit einem leeren Tablett in die Küche wollte.

»Ups, entschuldige bitte.«

Sie winkte ab. »Nichts passiert. Ich hab dich gar nicht gehört. Alles okay?«

Ich zuckte mit den Schultern. »Nicht so wirklich. Wenn ich es nur schon hinter mir hätte.«

»Ach Kleines.« Sie klemmte sich das Tablett unter den Arm, um mir über den Rücken streichen zu können. »Mach dir nicht so viele Gedanken, das wird schon. Vergiss nicht, Ellen und du wart mal beste Freundinnen.«

»*Wart*, das trifft es ganz gut«, murmelte ich.

»Seitdem ist einiges passiert, ich weiß, aber die Vergangenheit sowie damalige Verbundenheit kann euch niemand nehmen, auch wenn du beides gerne ausradieren würdest.«

Ich will es ja gar nicht ungeschehen machen, dachte ich, sagte es jedoch nicht laut. Dabei war es die Wahrheit. Ich kannte Ellen seit meinem dritten Lebensjahr, und wir hatten viele schöne Dinge zusammen erlebt. Die wollte ich nicht vergessen, aber es gab eben die Zeit vor Mark – und es gab die Zeit danach.

»Ich bin stolz, dass du dem Gespräch zugestimmt hast«, sagte Karla nach einer Weile. »Im Moment kannst du es vielleicht noch nicht sehen, aber es ist der richtige Schritt. Vertrau mir.«

Einen Moment hatte ich das Gefühl, da war noch etwas, das sie nicht aussprach, doch ich fragte nicht näher nach. Stattdessen sah ich mir den gedeckten Wohnzimmertisch genauer an. Karla hatte für den bevorstehenden Besuch wirklich alles aufgefahren. Neben ihrem guten Porzellan standen allerlei Köstlichkeiten bereit, hübsch verziert auf einer Etagere. Bei genauerem Hinsehen fiel mir auf, dass die Aprikosensterne, Erdnusskekse, Vanillekipferl und Kokosmakronen unmöglich gekauft sein konnten. Hatte Karla sie etwa selbst gebacken, vielleicht noch vor ihrem Unfall? Oder hatte sie sie bei der Konkurrenz gekauft? Im *Neckarplätzchen* hatten wir nämlich bisher nichts davon im Angebot gehabt.

»Selbst gebacken oder selbst gekauft?«, fragte ich.

»Was denkst du denn?«, erwiderte Karla gespielt entrüstet. »Und bevor du dich fragst, wie ich das mit einem Arm gemacht habe – die Plätzchen habe ich schon vor zwei Wochen gebacken. Du weißt doch, dass ich mit der eigenen Weihnachtsbackerei immer schon früh anfange, denn wenn es im *Neckarplätzchen* erst mal mit dem Adventskalender losgeht, komme ich nicht mehr dazu.«

Stimmt, daran hatte ich nicht gedacht. »Die sehen köstlich aus. Und sag das nächste Mal bitte Bescheid, damit ich dir beim Eindecken helfen kann. Du musst das nicht alles allein machen.«

Karlas Mundwinkel wanderten nach oben. »Beim nächsten Mal?«

Ich verdrehte die Augen. Karla war manchmal schlimmer als jeder hormongesteuerte Teenager, der in jeder Aussage etwas Doppeldeutiges sah. »Du weißt, wie ich das meine. Lad meinetwegen gern Tim zum Kaffee ein, der freut sich über kostenloses Weihnachtsgebäck, aber auf einen weiteren Besuch von Ellen, Mark oder gar beiden zusammen kann ich gut und gern verzichten.« Ich war schließlich hier, um meiner Tante im Café zu helfen, und nicht, um meine Vergangenheit zu bereinigen.

Karla ging kein weiteres Mal auf Ellens Besuch ein und konzentrierte sich auf Tim. »Du verstehst dich gut mit Tim, hm? Wir können ihn gern mal zum Kaffee einladen. Im *Neckarplätzchen* habe ich so wenig Gelegenheit, mich mit dem Jungen zu unterhalten.«

Er ist kein Junge mehr, sondern ein Mann.

Deine Verkupplungsversuche sind so offensichtlich wie die Tatsache, dass Heiligabend auf den 24. Dezember fällt.

Tu, was du nicht lassen kannst.

Mehrere Sätze gingen mir gleichzeitig durch den Kopf, doch ich sprach keinen davon aus, denn das wäre wie Öl ins

Feuer zu gießen. Karla würde sich jede meiner Aussagen, egal wie unverfänglich sie auch sein mochte, so zurechtlegen, wie sie sie haben wollte.

Stattdessen richtete ich meine Aufmerksamkeit ein weiteres Mal auf den gedeckten Tisch, wobei mir das hübsche Kaffeeservice erneut ins Auge stach, bestehend aus Tassen und Untertassen, Zuckerdose und Milchkännchen, Kuchentellern und Tee- beziehungsweise Kaffeekanne. Es war aus weißem Porzellan mit goldenem Rand gefertigt und zeigte als Motiv Frauen mit Sonnenschirmen und Männer mit Zylinder. Meine Mutter hatte ein Kaffeeservice, das bis auf das Motiv genauso aussah – ihre Tassen und Teller zierten Frühlingsblumen. Sie hatte mir mal erzählt, dass sie es von meinen Großeltern zur Hochzeit bekommen hatte, und auch Karla war einst verheiratet gewesen. Mein Onkel Herrmann war allerdings gestorben, als ich zwölf gewesen war. Seitdem hatte ich Karla nie wieder mit einem Mann an ihrer Seite gesehen, und dabei war seit Onkel Herrmanns Tod ein Vierteljahrhundert vergangen.

Langsam wandte ich mich wieder ihr zu und betrachtete sie einen Moment nachdenklich. »Hast du eigentlich jemals daran gedacht, noch mal zu heiraten?«

Der traurige Ausdruck in den Augen meiner Tante ließ mich meine Frage sofort bereuen. Ihre Schultern sackten eine Etage tiefer. Als ich schon dachte, ich würde keine Antwort mehr bekommen, sagte sie mit belegter Stimme: »Hat sich einfach nicht ergeben.«

Wir wussten beide, dass es gelogen war. Sie hatte den Verlust ihres Mannes nach wie vor nicht verwunden, obwohl sein Tod bereits so viele Jahre zurücklag und sie mir genau das vorwarf – dass auch ich nach all der Zeit immer noch an Mark hing. Beinahe hätte ich ihr das an den Kopf geworfen, doch ich biss mir auf die Zunge – denn es wäre nicht fair gewesen. Karla und Herrmann hatten sich schon gekannt, als beide noch in die Windeln gemacht hatten. Sie waren in derselben Straße aufgewachsen, und aus der Sandkastenliebe war eines Tages wahre Liebe geworden. Mark und ich hingegen hatten nicht einmal einen ganzen Sommer zusammen verbracht. Ich gab es nicht gern zu, denn als ich wegen Mark unter Liebeskummer gelitten hatte, hatte mich meine Mutter mehrfach auf diesen Umstand hingewiesen, und ich hatte sie dafür gehasst. Doch leider entsprach es der Wahrheit. Das mit Mark ließ sich nicht mit Karlas Geschichte vergleichen, und trotzdem hatte Karla nie auch nur ein Wort über meinen Liebeskummer verloren. Sie hatte meinen Schmerz akzeptiert, so, wie sie mich stets akzeptiert hatte, wie ich war.

Nun seufzte sie leise. »Ich weiß, was du denkst, Chrissie. Wie kann ich von dir verlangen weiterzumachen, wo ich doch offenbar selbst meine Probleme damit habe?«

»Nein, Karla.« Ich schüttelte den Kopf und war in zwei Schritten bei ihr, um sie in den Arm zu nehmen. »Das ist etwas anderes. Du und Onkel Herrmann wart verheiratet, ihr kanntet einander ein Leben lang.«

Karla strich mir über die Haare. »Das stimmt zwar, aber das heißt im Umkehrschluss nicht, dass man seine große Liebe jahrelang kennen muss. Du wusstest halt gleich, dass Mark der Richtige für dich war.«

»Danke«, flüsterte ich.

»Ach Chrissie, wofür denn?«

»Weil du mich nicht wie Mama für verrückt erklärst, weil

ich nach kürzester Zeit solch intensive Gefühle für Mark entwickelt hatte.«

»Ach Chrissie«, sagte Karla erneut. »Du hast so deine Probleme mit deiner Mutter, aber im Grunde ist sie zu bemitleiden, weil sie ihre Gefühle stets in einen Käfig gesperrt hat. Das tut sie auch heute noch. Die Liebe ist zeitlos und unberechenbar. Du hast das erkannt, und deshalb bist du zu beneiden. Ich wünschte nur, du würdest der Liebe noch eine zweite Chance geben.«

»So wie du?«, rutschte es mir dieses Mal heraus, und ich biss mir auf die Zunge.

Glücklicherweise war mir Karla deshalb nicht böse, sie lächelte nur traurig. »Ich bin ein alter Baum, mich verpflanzt man nicht mehr, und außerdem hatte ich viele schöne Jahre mit Herrmann. Du und Mark hattet nicht mal einen Sommer zusammen. Soll es das wirklich schon gewesen sein?« Sie strich mir mit dem Handrücken über die Wange. »Du musst mir nicht antworten. Ich will nur, dass du mal darüber nachdenkst. Das ganze Leben liegt noch vor dir, und es wäre doch schade, wenn du Mark weitere vierzig Jahre hinterhertrauern und wütend auf Ellen sein würdest, anstatt es zu leben.«

Aber was, wenn es da draußen wirklich nur den einen für mich gibt? Ich traute mich nicht, die Frage laut auszusprechen, denn ich hatte Angst vor der Antwort.

Im nächsten Moment klingelte es an der Tür, und mein Herz legte einen Sprint hin, als wolle es davonlaufen. Genau das hätte ich am liebsten selbst getan, doch ich wusste, dass es dafür zu spät war. Seltsam, wie sich die Dinge änderten. Früher hatte ich es kaum erwarten können, dass Ellen endlich klingelte und mich aus meinem tristen Alltag holte.

»Ach Gott, ist es schon so spät?« Karla warf einen kurzen Blick zur Uhr. »Jetzt haben wir uns tatsächlich verquatscht. Geh du doch schon mal die Tür öffnen, ich kümmere mich derweil um den Tee.«

Panik machte sich in mir breit. »Lass mich den Tee kochen, okay?« Ich warf Karla einen flehenden Blick zu, doch sie schob mich erbarmungslos Richtung Haustür.

»Du weißt, wie das mit dem kalten Wasser ist. Du kannst es in die Länge ziehen, aber am Ende macht es das nicht besser oder leichter.«

Meine Tante und ihre Weisheiten. Dummerweise hatte sie meistens auch noch recht damit.

Sie verschwand in die Küche, und ich blieb allein vor der Tür zurück. Durch das Milchglas waren lediglich Umrisse zu erkennen, sodass ich nicht einmal hätte sagen können, ob ein Mann oder eine Frau davorstand. Ganz langsam, als könnte mich ein Axtmörder erwarten, näherte sich meine Hand der Klinke. Ich umfasste sie fester, um meine Finger am Zittern zu hindern, und atmete noch einmal mit geschlossenen Augen tief durch. Dann riss ich die Tür auf – kurz und schmerzlos.

Ellen zuckte vor Schreck ein wenig zusammen, doch sie hatte sich sofort wieder unter Kontrolle und setzte ein zaghaftes Lächeln auf. »Hallo, Christina. Danke, dass du angerufen hast. Du kannst dir nicht vorstellen, wie viel mir das bedeutet.«

»Ähm, ja. Komm rein.«

Ich trat beiseite und schloss die Tür hinter ihr. Einen Moment umklammerte ich die Klinke erneut so fest, dass meine Knöchel weiß hervortraten. Warum nur hatte ich mich auf die ganze Sache eingelassen? Doch es half alles nichts. Wer A sagt, muss auch B sagen – noch so eine Weisheit meiner Tante. Ich wandte mich wieder Ellen zu, die mich besorgt musterte, als könne ich sie jede Sekunde zurück in die Kälte befördern. Plötzlich tat sie mir leid, auch wenn ich es nicht wollte, aber für sie war das Ganze sicher auch nicht leicht. Ich sollte ihr zumindest eine Chance geben, also riss ich mich zusammen und zwang mich zu einem Lächeln, das sich allerdings eher wie eine Grimasse anfühlte.

»Magst du mir deinen Mantel geben?«

Sie nickte und stellte ihre Handtasche auf den Boden neben die Tür. Mit zitternden Fingern knöpfte sie ihren Wollmantel auf. War ihr bloß kalt oder war sie genauso aufgewühlt wie ich? Wie schon im Café musste ich feststellen, dass sie gar nicht gut aussah. Ellens blasse Haut wirkte ungesund und nicht nur so, als hätte sie schon lange keine Sonne mehr gesehen. Als sie mir schließlich ihren Mantel gab, fiel mir auf, wie dünn sie wirklich geworden war. Schon mit Mantel hatte ich es erahnt, doch als ich sie jetzt nur in ihrem Pulli vor mir stehen sah, erschrak mich ihr Anblick beinahe. An ihr war kein Gramm Fett mehr. Sie lockerte den Paschminaschal, und ich erhaschte kurz einen Blick auf die Falten an ihrem Hals, die so ausgeprägt waren, als wäre sie mindestens doppelt so alt, wie sie wirklich war. Was war nur los mit ihr? Es konnte doch unmöglich sein, dass sie der Streit mit mir derart mitnahm. Hatten sie und Mark vielleicht Probleme? Im Café hatte es zwar nicht so ausgesehen, doch ein gemeinsamer Feind schweißte zusammen. Nicht dass ich mich als Ellens und Marks Feindin bezeichnen würde. *Ich* hatte den beiden schließlich nicht wehgetan.

Nun standen wir uns hier im Haus meiner Tante gegenüber, und keine von uns beiden wusste so recht, was sie sagen sollte. Im Grunde war es auch nicht meine Aufgabe, das Gespräch zu beginnen, und ich wollte es auch nicht zwischen Tür und Angel führen.

»Der Tee ist gleich fertig«, sprach ich das Erste aus, das mir in den Sinn kam.

Erneut lächelte Ellen ihr zaghaftes Lächeln, das nur ein Abbild ihres früheren Lächelns war. Damals hatte sie alles überstrahlt. Mit ihrem Aussehen und ihrer Ausstrahlung hätte sie Schauspielerin oder Model werden können, und tatsächlich hatte sie auch mal darüber nachgedacht. Am Ende hatte sie eine Boutique für Mode eröffnet, wie mir meine Tante mal ungefragt erzählt hatte, und ich wusste ehrlich gesagt überhaupt nicht, warum Ellen gerade diesen Weg eingeschlagen hatte. Mit siebzehn war sie vielmehr der Typ gewesen, der Mode präsentieren oder selbst entwerfen wollte, aber sie keinesfalls verkaufen.

»Tee klingt gut«, erwiderte Ellen. »Im Moment trinke ich bestimmt drei Kannen am Tag. Es ist aber auch kalt geworden. Wäre ja schön, wenn wir dieses Jahr noch mal weiße Weihnachten hätten.«

Es fühlte sich seltsam an, hier mit Ellen zu stehen und Small Talk zu führen. Trotzdem ließ ich mich darauf ein. »Verlassen würde ich mich nicht darauf. Wahrscheinlich klettert das Thermometer wie immer ein paar Tage vor Heiligabend in die Höhe.«

»Ja, vermutlich.« Sie klang traurig, so als wäre dieses Jahr ihre letzte Gelegenheit für weiße Weihnachten.

Ich wartete noch einige Sekunden, aber Ellen zog weder

ihren Schal noch ihre Wollmütze aus. »Wollen wir ins Wohnzimmer gehen? Meine Tante hat die unterschiedlichsten Sorten Plätzchen aufgefahren.«

»Gern.« Sie folgte mir in den angrenzenden Raum und blieb im Türrahmen stehen. »Hier sieht es aus wie früher. Irgendwie tröstlich.«

Ich nickte. Es fühlte sich in der Tat tröstlich an, dass sich im Haus meiner Tante ebenso wie im *Neckarplätzchen* kaum etwas verändert hatte. Natürlich hatte Karla im Laufe der Jahre die altmodischen Gardinen gegen Vorhänge und Plisseerollos getauscht, Nippes war anderem Nippes gewichen, und auch die Sofagarnitur war nicht mehr dieselbe wie noch zu meiner Jugend. Und doch strahlte dieses Zimmer, genau genommen sogar das ganze Haus, dieselbe Atmosphäre aus wie damals.

Momentan fühlte sich diese vertraute Behaglichkeit allerdings seltsam an. Ellen und ich waren nicht mehr dieselben wie damals, auch wenn wir uns zum Teetrinken trafen und Nichtigkeiten austauschten, als wäre alles in bester Ordnung. Das war es jedoch nicht.

Ich konzentrierte mich auf meine Atmung, um der alten Enttäuschung keine Chance zu geben, doch meine Stimme klang kühler als zuvor, als ich Ellen nun anbot, sich zu setzen.

Sie ließ sich nichts anmerken und nahm auf dem Sessel Platz, auf dem Karla spätabends gern nach dem Fernsehen und vor dem Schlafengehen ein paar Seiten in einem Buch las.

»Deine Tante hat hübsch dekoriert«, meinte Ellen und sah sich um.

Ich folgte ihrem Blick und nickte nur. Zum einen hatte ich keine Lust mehr auf Small Talk, zum anderen wusste ich nicht, was ich dazu sagen sollte. Natürlich hatte Karla hübsch dekoriert, das tat sie seit jeher. Ihr Haus wie auch das Café hätten gut und gern als Zweigstellen des Weihnachtsmanns herhalten können, und ich hatte mich schon des Öfteren gefragt, ob Karla mittlerweile auf Lichterketten Rabatt bekam, so viele, wie sie von den Dingern in all den Jahren aufhing. Aber im Moment war das meine geringste Sorge, ich wollte einfach nur dieses Gespräch hinter mich bringen. Wo verdammt noch mal blieb Karla mit dem Tee? So lange konnte es doch nicht dauern, Wasser zu erhitzen.

Mein Blick wanderte zurück zu Ellen, die langsam den Schal von ihrem Hals wickelte. Sie zögerte, schien sich sammeln zu müssen. Schließlich griffen ihre zittrigen Finger nach der Mütze auf ihrem Kopf und zogen diese herunter – und ich erstarrte. Mein Herzschlag verlangsamte sich, als ich das cremefarbene Tuch sah, das Ellens Kopf unter der Mütze bedeckte, und als ich begriff, was das Ganze zu bedeuten hatte. Es war, als würde mir jemand den Boden unter den Füßen wegreißen. Damit hatte ich nicht gerechnet, und ich hatte keine Ahnung, was ich denken sollte, obwohl Hunderte von Gedankenfetzen gleichzeitig durch meinen Kopf wirbelten. Während ich Ellen weiterhin anstarrte, die meinem Blick tapfer standhielt, kristallisierte sich ein Gedanke hervor: *Ellen ist krank.* Ich dachte an ihre Reaktion auf den, aller Voraussicht nach, ausbleibenden Schnee, und plötzlich ergab diese einen ganz anderen Sinn. Ellen war nicht nur krank. Sie war todkrank, und ein Blick in ihre Augen genügte, um jeden Zweifel daran sofort im Keim zu ersticken.

Plötzlich fiel mir das Atmen schwer, und ich taumelte einen Schritt rückwärts. »Ich …« Meine Stimme klang krächzend, und das Räuspern half leider auch nicht viel. »Ich sehe kurz nach dem Tee.«

Damit flüchtete ich aus dem Wohnzimmer.

Sonntag, 24. Juli 1977

11

»Das ist also dein Zimmer.«

Mark stand da, mit den Händen in den Taschen seiner Cord-Schlaghose, und sah sich um. Liebevoll betrachtete ich ihn. Er war so unglaublich süß, und ich konnte immer noch nicht fassen, dass er wirklich mit mir zusammen sein wollte. Noch weniger konnte ich allerdings glauben, dass ich mich tatsächlich von ihm hatte überreden lassen, ihm mein Zimmer zu zeigen.

Es war angenehm warm heute, siebenundzwanzig Grad. Eigentlich hatten wir wie immer ins Schwimmbad gehen wollen – Ellen unternahm mit ihrem Vater einen Fahrradausflug, und Tim hatte ein Fußballturnier –, doch die Schlange an der Kasse war an diesem Sonntag so lang gewesen, dass weder Mark noch ich Lust gehabt hatten, uns dort einzureihen. Zuerst hatte er vorgeschlagen, wir könnten stattdessen zu ihm gehen, bis ihm eingefallen war, dass seine Oma wie jeden Sonntagnachmittag zum Kuchen da sein würde. Wir könnten trotzdem zu ihm gehen, hatte er gemeint, ich müsste mich nur darauf gefasst machen, dass mich seine Oma die ganze Zeit mit Fragen löchern und am Tisch ziemlich viel geschrien werden würde, weil sie nicht mehr allzu gut hörte.

Einerseits fand ich es echt süß von Mark, dass er mich mit nach Hause nehmen wollte, und ich war auch wirklich neugierig auf seine Familie. Andererseits wollte ich zu gern mal ein bisschen Zeit mit ihm allein verbringen, und da Ellen und Tim beschäftigt waren, war es heute die perfekte Gelegenheit, ohne ein schlechtes Gewissen haben zu müssen. Und so hatte ich angeboten, wir könnten zu mir nach Hause in den Garten gehen. Meine Eltern waren den ganzen Nachmittag über nicht da, sie wollten mit Karla Richtung Königstuhl wandern und später noch etwas zusammen essen gehen, und unser Garten war dank der vielen Obstbäume – die Papa sich weigerte zu fällen, obwohl Mama ihn jedes Jahr aufs Neue darum bat – für die Nachbarn nur schlecht einsehbar. Der perfekte Ort also. Mark und ich konnten ungestört ein bisschen Zeit zusammen verbringen, und sollten meine Eltern wider Erwarten früher nach Hause kommen, war es trotzdem völlig unverfänglich, denn das Auto würde ich auf jeden Fall hören, sodass sie Mark und mich keinesfalls knutschend auf der Wiese vorfinden würden.

Grundsätzlich bestand mein Plan allerdings darin, Mark rechtzeitig vor der Rückkehr meiner Eltern zu verabschieden. Es war nicht so, dass ich mich für Mark oder meine Eltern schämte, im Gegenteil. Zu gern hätte ich ihnen Mark vorgestellt, aber ich kannte meine Mutter. Wenn sie wusste, dass ich einen Freund hatte, würde sie fortan noch mehr mit Argusaugen über mich wachen. Sie würde immer ganz genau wissen wollen, wohin ich ging, was ich vorhatte, wer dabei sein würde. Früher oder später würden sie von Mark erfahren, doch noch war ich nicht bereit, meinen kleinen Kokon zu verlassen. Der Sommer gehörte uns allein, und den wollte ich mir um keinen Preis nehmen lassen.

Jedenfalls hatte ich bei meinem Vorschlag nicht bedacht, dass Mark natürlich mein Zimmer sehen wollen würde, wenn wir schon einmal bei mir zu Hause waren. Ich zeigte es ihm gern, auch wenn es leider nichts Besonderes war. Ellen hatte zum Beispiel überall an den Wänden Poster hängen, worauf ich seit jeher verzichten musste, und das hatte nicht einmal etwas mit dem letzten Streit zu tun. Würde ich Poster aus der BRAVO aufhängen, ob auf dem Bild nun Brüste zu sehen waren oder nicht, war der nächste Streit mit meiner Mutter vorprogrammiert.

Mein Zimmer würde anders aussehen, könnte ich dort machen, was ich wollte. Zum Beispiel hätte ich mir längst eine Mustertapete ausgesucht, doch Mama war der Meinung, dass ich den Anblick nach spätestens zwei Jahren sicher satthaben und sich der ganze Aufwand daher nicht lohnen würde. So waren meine Wände weiß, und lediglich ein übergroßes Bild von einem Elefanten zierte die Wand über meinem Bett, das Papa mir mal zu Weihnachten geschenkt hatte, weil es meine Lieblingstiere waren und ich zudem die Elefanten aus Disneys *Das Dschungelbuch* so geliebt hatte. Dass mein Zimmer nicht meinen Charakter widerspiegelte, war jedoch nicht der Grund, warum ich es Mark lieber nicht gezeigt hätte. Tatsächlich fürchtete ich, dass Mama jeden Moment hereinplatzen könnte.

Die Sorge war absolut unbegründet, das war mir selbst klar, denn auch wenn meine Eltern nicht wie geplant noch mit Karla ins Restaurant gehen würden, war es viel zu früh. Mit neunundneunzigprozentiger Sicherheit saßen sie gerade bei Kaffee und Kuchen zusammen und genossen den Blick auf die Heidelberger Altstadt und das Schloss von oben. Mark und ich hatten also noch ein bisschen Zeit, bevor wir lieber in den Garten gingen.

»Alles okay?«, fragte er und drehte sich zu mir um.

»Ja, klar. Entschuldige, ich war kurz abgelenkt.«

»Woran hast du gedacht?«

Ich zögerte, beschloss aber, ehrlich zu sein. *Mit Ehrlichkeit fährt man am besten,* wie Karla stets zu sagen pflegte, und sie hatte meistens recht. Und irgendwann würde Mark so oder so erfahren, dass meine Mutter schwierig war und es uns nicht leicht machen würde, zusammen zu sein. »An meine Eltern. Sie würden es nicht gern sehen, dass ich dich mit auf mein Zimmer nehme.«

»Ach nein? Was denken sie denn, was wir hier tun?«

»Ähm …« Ich spürte die Hitze in meine Wangen steigen. »Weißt du, meine Mutter sieht überall Gespenster«, stammelte ich, während Mark langsam auf mich zukam. Auf seinen Lippen lag dieses unwiderstehliche Lächeln. Er strich mir eine Haarsträhne hinters Ohr und bescherte mir mit dieser einfachen Geste eine Gänsehaut.

»Denkst du, deine Mutter hätte etwas dagegen, wenn ich dich jetzt küssen würde?« Wie in Zeitlupe näherte sich sein Mund meinem.

»Ähm, nein«, erwiderte ich heiser. »Ich glaube nicht.«

Mit Sicherheit hätte sie etwas dagegen, doch das war mir plötzlich egal. Meine Mutter war nicht hier, Mark war es. Warum also diese Zeit nicht nutzen? Sie genießen? Ich wollte Mark so unbedingt näher sein, dass es mir fast körperliche Schmerzen bereitete. Er fehlte mir, denn obwohl wir so gut wie jeden Tag zusammen verbrachten, hatten wir kaum Gelegenheit, Zärtlichkeiten auszutauschen. Hier ein Küsschen, da eine flüchtige Berührung. Manchmal hielten wir auch Händchen, aber es war nicht genug. Da wir ständig von Ellen, Tim, Karla oder irgendwelchen wildfremden Menschen umringt waren und niemand gern einem sich immerzu küssenden Pärchen gegenübersaß, rissen wir uns zusammen. Erst vor wenigen Tagen hatten wir uns im Schwimmbad geküsst, als Ellen und Tim im Wasser gewesen waren, und zwei Mütter, die mit ihren Kindern nur ein paar Handtücher weiter gesessen hatten, hatten sich ziemlich laut darüber unterhalten, wie unpassend sie das Verhalten der Jugendlichen von heute fänden. Sie hatten Mark und mich mit keinem Wort direkt erwähnt, und trotzdem war klar, dass sie uns gemeint hatten. Dabei hatten wir in keiner Weise irgendetwas getan, was in der Öffentlichkeit unangebracht wäre. Der Kuss war ein bisschen intensiver gewesen, aber wir hatten weder aufeinandergelegen noch uns gestreichelt, obwohl sich mein Körper nach Marks Berührungen sehnte und ich meine Hände kaum mehr bei mir behalten konnte.

Ich wollte mehr. Ich wollte Mark küssen, bis mir die Luft wegblieb, bis mir schwindelig wurde und ich meinen eigenen Namen vergaß. Ich wollte seinen Körper erkunden, und damit meinte ich nicht einmal Sex. Ich wollte einfach nur wissen, wie er sich unter dem braun-orange karierten Hemd anfühlte, das er heute trug, wie er reagieren würde, wenn ich ihn am Hals küsste. Wie ich darauf reagieren würde.

Marks und meine Lippen trafen sich, und mir entfuhr ein leises Seufzen. Er grinste an meinem Mund, doch bevor ich kontern konnte, vertiefte er den Kuss. Das fühlte sich so unglaublich gut an, so richtig. Ich wollte mehr davon, und auch wenn unser Garten nur schwer einsehbar war, wären Mark und ich dort nicht gänzlich ungestört. Wir könnten uns küssen und ein bisschen schmusen, aber das wär's. Ich würde wieder nicht erfahren, wie sich sein Körper unter meinen Händen anfühlte, doch das wollte ich in diesem Moment mehr als alles andere. Und so schlug ich jeden vernünftigen Gedanken in den Wind und presste mich gegen Mark. Er sog scharf die Luft ein, und ich spürte, wie er augenblicklich auf mich reagierte. Die harte Stelle in seiner Hose drückte gegen meine Mitte, und als er mich daraufhin noch enger gegen sich presste, blieb mir tatsächlich die Luft weg. Hitze schoss durch meinen Körper, und ich gab ein ersticktes Keuchen von mir, das mich selbst überraschte.

Mark legte eine Hand an meinen Hinterkopf, die andere schob er unter meine ärmellose Bluse. Seine warme Hand glitt über meinen nackten Rücken und hinterließ dort eine Gänsehaut, während er sich mit seinem Mund einen Weg weiter nach unten bahnte. Er küsste meine Wange, die Stelle unter meinem Ohrläppchen, meinen Hals. Ich schien nur noch aus prickelnder Haut und Sehnsucht zu bestehen. Wir waren uns so nah wie noch nie, und doch war es immer noch nicht genug. Ich wollte mehr, so viel mehr. Meine Eltern waren sicher noch ein, zwei Stunden fort, selbst wenn sie sich nach dem Kuchen gleich wieder auf den Rückweg machten, und ich wollte diese Zeit verdammt noch mal genießen. Jetzt, wo wir einmal angefangen hatten, konnte ich nicht mehr aufhören – und ich wollte es auch nicht. Also schob ich jeden weiteren Gedanken an meine Eltern weit fort und gab mich dem Moment hin.

Meine Hände suchten sich wie automatisch einen Weg unter Marks Hemd und erkundeten seinen Rücken, seine Brust, seinen Bauch. Zu gern hätte ich gewusst, wie er sich nabelabwärts anfühlte, doch meine Hände verweilten am Bund seiner Hose und trauten sich nicht weiter. So streichelte ich erneut seinen Rücken und ließ eine Hand stattdessen hinten in den Bund seiner Hose wandern. Meine Finger ertasteten die warme Haut seines Pos, und noch ehe er mich erneut gegen sich presste, spürte ich eine solche Hitze durch meinen Körper pulsieren wie noch nie zuvor in meinem Leben.

Natürlich hatte ich mich schon selbst berührt, schon allein, weil mich die Artikel in der BRAVO neugierig machten und Ellen mich quasi dazu nötigte, es zumindest einmal auszuprobieren, doch das hier mit Mark fühlte sich so anders an, so richtig und vollkommen.

Wir stolperten hinüber zu meinem Bett, ich rückwärts, und landeten darauf. Mark lag halb auf mir, sein Knie drückte gegen meine Mitte, und ich gab ein weiteres Keuchen von mir. Ich zog Mark auf mich und spürte ihn plötzlich mit seinem ganzen Gewicht auf mir liegen. Noch nie im Leben hatte sich etwas besser angefühlt.

Unser Münder prallten aufeinander, und unsere Zungen umkreisten sich, als würden sie einen Kampf ausfechten. Ich konnte einfach nicht genug von Mark bekommen, und so knöpfte ich sein Hemd auf. Da war noch zu viel Stoff, der uns voneinander trennte und mich daran hinderte, Mark richtig zu spüren.

Er schien nur darauf gewartet zu haben, denn gleich darauf öffnete auch er die Knöpfe an meiner Bluse und strich sanft über meinen weißen Stoff-BH. Seine heiße Haut traf auf meine und entzündete ein weiteres Feuer in meinem Körper.

Marks Hände umfassten meinen Kopf, und er strich mir ein ums andere Mal Haare aus der Stirn, während er unseren Kuss verlangsamte. Trotzdem oder gerade deshalb fühlte es sich so unglaublich intensiv an. Es war, als würden Abertausende Ameisen durch meine Venen krabbeln.

Mark löste eine Hand aus meinen Haaren und ließ sie weiter nach unten wandern. Mit den Fingerspitzen strich er über meinen Hals, mein Schlüsselbein und meinen Arm. Ein paarmal fuhr er meinen Arm hinauf und wieder hinab und brachte mich damit beinahe um den Verstand, weil ich mir so sehr wünschte, er würde mich woanders berühren. Als hätte er meine Gedanken erraten, ließ er seine Hand zurück zu meinem Schlüsselbein wandern. Sanft fuhr sein Zeigefinger weiter hinunter. Ein Schauer erfasste mich, als Mark mit dem Finger zwischen meinen Brüsten hindurchglitt, erst über die eine und dann die andere Brust strich und schließlich meine Brustwarzen umkreiste.

Sein Mund löste sich von meinem, und er betrachtete mich liebevoll. *Ich liebe dich,* schoss es mir durch den Kopf, und ich wusste, dass es die Wahrheit war und nicht nur die übermächtigen Gefühle, die in diesem Moment aus mir sprachen. Automatisch schlich sich ein seliges Lächeln auf meine Lippen, und Marks Augen leuchteten auf, als würde er genau dasselbe für mich empfinden.

»Du kannst dir nicht vorstellen, wie gern ich mit dir schlafen würde«, sagte er und streichelte mein Haar. Seine Stimme klang anders, irgendwie heiser. Das gefiel mir und fachte meine Sehnsucht nur noch weiter an. »Gleichzeitig denke ich, dass es noch zu früh ist. Wir sind seit gerade einmal zwei Wochen zusammen, und ich will nicht, dass man dich für ein Flittchen hält.«

Ich wusste nicht, was ich fühlen, geschweige denn denken sollte. Einerseits empfand ich Enttäuschung, weil mein Körper sich so sehr danach sehnte, noch weiter zu gehen. Andererseits rührte es mich, dass mich Mark über seine eigenen Bedürfnisse stellte. Denn daran, dass er seine Worte ehrlich meinte, bestand kein Zweifel. Ich spürte die Beule in seiner Hose nach wie vor überdeutlich zwischen meinen Beinen und hatte so sehr gehofft, seinen Körper noch weiter erkunden zu können.

»Was denkst du?«, fragte Mark sanft, nachdem ich schwieg.

Ich zuckte mit den Schultern. »Eigentlich ist es mir egal, was andere denken. Hauptsache, *du* hältst mich nicht für ein Flittchen.«

Mark lächelte. »Niemals, Chrissie. Wenn du möchtest …« Er räusperte sich, weil seine Stimme immer heiserer wurde. »Wir könnten uns ein bisschen streicheln, wenn du magst, denn um ehrlich zu sein, möchte ich jetzt nicht aufhören. Was meinst du?«

Ich schluckte und nickte langsam, während Hitze in meine Wangen schoss. Er gab mir einen sanften Kuss auf den Mund, dann noch einen und noch einen. Beim nächsten Kuss hielt ich seinen Kopf fest, begrüßte seinen Mund mit meiner Zunge. Die Gefühle wurden wieder intensiver, unser beider Atem ging schneller.

Marks Hand bahnte sich erneut einen Weg zu meiner Brust. Dieses Mal schob er sie unter den Stoff und umfasste sie ganz. Ein Ruck ging durch meinen Körper, und ich konnte unmöglich beschreiben, wie sehr ich wollte, dass Marks Hand noch weiter nach unten wandern würde. Schließlich tat er genau das. Er fuhr über meinen Bauch, über meine Oberschenkel und ließ seine Hand kurz im Hosenbein meiner Shorts verschwinden. Und dann fuhr er endlich zwischen meine Beine. Automatisch krallte ich meine Nägel in Marks Rücken und bäumte mich unter seiner Berührung auf. Daraufhin öffnete er den Knopf meiner Shorts und schob seine Hand unter den Jeansstoff. Vorsichtig strich er über den nassen Stoff meiner Unterhose, und ich biss mir auf die Unterlippe, um nicht laut aufzustöhnen. Wenn ich gewusst hätte, wie verdammt gut sich das anfühlte, hätte ich mir schon viel früher einen Freund gesucht. Das war unglaublich, so etwas hatte ich noch nie zuvor gefühlt.

Marks Finger glitten unter den Stoff meines Höschens, und ich schnappte nach Luft, als er mich erneut streichelte, dieses Mal Haut auf Haut.

»O Gott, Mark«, hauchte ich an seinen Lippen und bäumte mich erneut auf. Ich konnte nichts dagegen tun, es war wie ein Instinkt.

»Fühlt sich das gut an?«, fragte er heiser.

»Das fühlt sich unglaublich an«, antwortete ich zwischen zwei Küssen. Ich klang kurzatmig, als hätte ich zwei Stunden Sport bei Herrn Rudolf hinter mir. »Hör bloß nicht auf.«

»Das habe ich nicht vor.«

Er grinste an meinem Mund. Im nächsten Moment stieß er mit seiner Zunge zwischen meine Lippen, während er gleichzeitig mit einem Finger tief in mich fuhr. Ich wusste nicht, wohin mit mir und meinen Emotionen, die so intensiv waren, dass sie mir im wahrsten Sinne des Wortes die Luft zum Atmen raubten, und so stöhnte ich auf, ohne dass ich es kontrollieren konnte.

Ich wollte Mark das Gleiche fühlen lassen, nahm meine Hand von seinem Rücken und ließ sie mit wummerndem Herzen in seinen Schritt wandern. Er zuckte zusammen, als ich seine Erektion berührte, und ich konnte nur daran denken, wie sehr mich der Stoff zwischen uns störte. Ich wollte ihn richtig fühlen, so wie er mich fühlte, doch er unterbrach mich, noch ehe ich den Knopf seiner Hose mit meinen zitternden Fingern öffnen konnte.

»Warte«, flüsterte er an meinen Lippen. »Genieß das Gefühl, dich fallen zu lassen. Danach kannst du mich sehr gern anfassen, ich werde dich nicht aufhalten.«

Allein die Vorstellung verstärkte die Hitze in mir, trotzdem hörte ich auf Mark. Ich zog die Hand weg und legte sie stattdessen an seinen Kopf, während ich ihn küsste. Unterdessen begann er erneut, mich zu streicheln. Das Prickeln, das er mir damit bescherte, breitete sich zuerst in meinem ganzen Körper aus und sammelte sich dann zwischen meinen Beinen. Ich wünschte, er würde niemals damit aufhören, gleichzeitig sehnte ich mich nach Erlösung.

Wie durch Watte hörte ich die Haustür ins Schloss fallen, doch mein vernebelter Verstand begriff nicht, was das zu bedeuten hatte. Erst als mein Vater rief: »Chrissie, bist du da?«, begriff ich.

»Nein! Nein, nein, nein!«

Hastig riss ich mich von Mark los und fummelte an den Knöpfen meiner Bluse herum, während Mark seine Hand aus meinem Höschen zog, sich aufsetzte und sein Hemd zuknöpfen wollte. Doch es war zu spät. Im nächsten Moment schoben meine Eltern bereits die nur angelehnte Tür auf und begriffen sofort, was los war. Selbst wenn Mark und ich nicht mit halb zugeknöpften Sachen hier auf meinem Bett gesessen hätten, wäre es offensichtlich gewesen. Mein verschleierter Blick, meine zerzausten Haare, die geröteten Wangen und geschwollenen Lippen sprachen eine eindeutige Sprache.

Mark verschloss den letzten Knopf an seinem Hemd und sprang auf, während mir nur noch blieb, mich ebenfalls schnell aufzusetzen, die Bluse vor meiner immerhin noch bedeckten Brust zusammenzuhalten und die Beine anzuziehen, in der Hoffnung, meinen Eltern entging wenigstens der offene Knopf an meiner Shorts.

»Was … was hat das zu bedeuten?«, stammelte meine Mutter mit viel zu hoher Stimme, obwohl sie die Antwort genauso gut kannte wie ich.

Ich schwieg, weil ich nicht wusste, was ich dazu sagen sollte.

Mein Vater sah von Mark zu mir, und die Enttäuschung, die für den Bruchteil einer Sekunde in seinem Blick aufflammte, war schlimmer als alles, was noch kommen sollte. »Willst du uns deinen Freund nicht vorstellen, Chrissie?« Seine kühle Stimme traf mich wie eine Ohrfeige.

Ich schluckte. »Das … das ist Mark. Wir haben uns vor ein paar Wochen im Schwimmbad kennengelernt.«

»Vor ein paar Wochen.« Meine Mutter schüttelte den Kopf. »Sag, dass das nicht wahr ist, Christina. Du wirfst dich einem dir beinahe fremden jungen Mann an den Hals?«

»Entschuldigen Sie, Frau Willert, aber Ihre Tochter hat sich mir nicht an den Hals geworfen. Ich mag Chrissie sehr.«

Mein Vater legte meiner Mutter eine Hand auf den Rücken und brachte sie damit zum Schweigen. »Ich glaube, es ist besser, wenn Sie jetzt gehen«, sagte er zu Mark.

»Ähm, ja, natürlich.« Mark warf mir einen letzten Blick zu, bevor er aus dem Zimmer flüchtete, als hätte mein Vater ihm gedroht, ihn höchstpersönlich zu kastrieren.

Die Haustür fiel ins Schloss, und schließlich verklangen auch die hastigen Schritte, die durch das offene Fenster noch zu hören waren. Während der ganzen Zeit sprach keiner von uns ein Wort.

Tränen sammelten sich in meinen Augen, und ich schluckte erneut. »Es tut mir leid«, sagte ich mit brüchiger Stimme. »Mama, Papa. Bitte seid nicht enttäuscht von mir.«

Meine Mutter schnaubte. »Wie könnte ich das nicht sein? Du hast unser Vertrauen missbraucht, Christina. Du weißt ganz genau, was wir von Jungenbesuch halten, und dann schleppst du einen jungen Mann mit auf dein Zimmer, den du noch gar nicht richtig kennst, kaum dass wir mal nicht da sind.«

»So ist das nicht«, flüsterte ich und wischte mir eine Träne von der Wange. »Ich liebe Mark.«

»Liebe!« Meine Mutter schnaubte erneut durch die Nase. »Ihr kennt euch doch gar nicht. Das sind Hormone, Christina, nichts weiter. Eine chemische Reaktion deines Körpers, die rein gar nichts über dein Herz aussagt.«

Ich schüttelte den Kopf. So war das nicht. Zwar hatte mein Körper durchaus auf Marks Berührungen reagiert, doch er hatte mindestens genauso sehr mein Herz berührt. Ich liebte ihn, selten war ich mir etwas so sicher gewesen.

Mein Vater seufzte. »Ich hoffe, ihr habt wenigstens verhütet.«

Meine Mutter schnappte nach Luft, und mir schoss das Blut in die Wangen. »Papa, wir haben nicht … das war nur …« Ich brach ab. *Petting* wurde das, was Mark und ich getan hatten, in der BRAVO genannt, doch das konnte ich meinen Eltern gegenüber unmöglich aussprechen. Egal was ich jetzt sagen würde, ich würde es nur noch schlimmer machen, deshalb schwieg ich lieber.

Meine Mutter straffte die Schultern. »Du hast den Rest der Ferien Hausarrest, Christina, und danach noch zwei weitere Wochen. Kein Schwimmbad mehr, kein Kino, keine Treffen mit Ellen.«

»Aber Mama!« Ich sprang vom Bett und knöpfte hastig meine Bluse zu. »Das kannst du mir nicht antun. Es ist Sommer, alle meine Freunde treffen sich im Schwimmbad. Ellen, Tim …«

»Tim auch noch, soso.« Meine Mutter spitzte die Lippen, und ich wusste, was sie dachte – meine Tochter, das Flittchen, das es mit jedem treibt. »Mein Entschluss steht fest.«

»Papa!« Hilfesuchend sah ich zu meinem Vater, doch der schüttelte den Kopf.

»Tut mir leid, Christina. Dieses Mal kann ich dir nicht helfen.« Er verließ das Zimmer, ohne mich noch eines Blickes zu würdigen.

Ich sah zu meiner Mutter und wusste, dass alles Bitten und Betteln nichts ändern würde. »Was ist mit Tante Karla?«, fragte ich kaum hörbar.

»Im Café kannst du weiterhin aushelfen, aber deine Freunde haben dort nichts zu suchen, solange du da bist. Ich hoffe, wir verstehen uns.«

Ich nickte und schluckte die Tränen hinunter, die mir im Hals brannten.

»Gut.« Meine Mutter nickte ebenfalls und schloss die Tür laut hinter sich.

Dass sie diese nicht offen ließ, sagte mehr als tausend Worte, ebenso dass Papa mich bei meinem vollen Namen genannt hatte, statt Chrissie oder Hase zu sagen. Dass auch er von mir enttäuscht war, war das Schlimmste an allem. Von Mama hatte ich nichts anderes erwartet, aber sonst hatte wenigstens Papa immer auf meiner Seite gestanden.

Schluchzend sank ich zurück auf mein Bett.

Dienstag, 3. Dezember 1996

12

»Jetzt weißt du es also«, sagte Karla traurig, als ich die Küche betrat. Sie hatte gerade heißes Wasser in die Teekanne gegossen und stellte den Wasserkocher zurück auf die Station.

Ich ließ mich auf die Eckbank fallen, konzentrierte mich darauf, in einem ruhigen Rhythmus ein- und auszuatmen, doch ich klang nach wie vor wie ein Fisch auf dem Trockenen, und genau so fühlte ich mich auch. Die Tränen stiegen mir in die Augen, ich schnappte hektisch nach Luft.

»Ganz ruhig, Kleines.« Karla war sofort bei mir. Sie ging vor mir in die Hocke und strich über meinen Arm. »Es tut mir so leid, ich hätte euch das gern erspart, aber solche Dinge liegen leider nicht in unserer Macht.«

Ich hob den Blick, der auf meine zitternden Finger gerichtet war, und sah in Karlas Augen. »Dann wird sie wirklich sterben?«

Karla nickte, und nun wurden auch ihre Augen glasig.

»Wie lange noch?«

Meine Tante deutete ein Schulterzucken an. »Ein halbes Jahr, vielleicht mehr, vielleicht weniger. So etwas kann man nicht voraussagen.«

Und so etwas will man auch nicht voraussagen. Sie sprach es nicht aus, doch das musste sie auch nicht, denn ich dachte dasselbe. *Ich wünschte, ich würde nicht einmal wissen, dass Ellen krank ist,* schoss es mir durch den Kopf. Ich hatte keine Ahnung, was ich denken oder fühlen, wie ich reagieren sollte. Mein Kopf und mein Körper waren gleichermaßen überfordert.

»Scheiße.« Meine Stimme war nur ein Flüstern. Ungläubig starrte ich ins Leere. Eine Träne löste sich aus meinen Wimpern und tropfte auf meine Hand.

»Das kannst du laut sagen«, stimmte Karla zu.

»Es ist Krebs, oder?«

Karla nickte. »Aber das solltest du sie selbst fragen. Komm, lass uns wieder reingehen.«

Abwehrend hob ich die Hände und schüttelte den Kopf. »Ich kann da nicht wieder reingehen.«

»Natürlich kannst du, und du wirst.« Karlas Stimme war sanft, aber bestimmt. Sie nahm mich am Ellenbogen und zog mich von der Eckbank.

Wie immer hatte sie recht, trotzdem brauchte ich noch einen Moment. Schließlich wischte ich mir ausatmend die Tränenspuren aus dem Gesicht, nahm die schwere Teekanne und folgte Karla zurück ins Wohnzimmer.

Ellen saß nach wie vor auf Karlas Lesesessel und knetete nervös ihre Finger, aber vielleicht wollte sie diese auch nur am Zittern hindern. Ich stellte die Teekanne in die Mitte des Tisches und setzte mich Ellen gegenüber auf das Sofa.

»Es tut mir so leid.«

Sie nickte und versuchte sich an einem Lächeln, das ihr kläglich misslang. »Danke, Christina.« Tränen schwangen in ihrer dünnen Stimme mit, doch noch hatte sie sich unter Kontrolle.

Bitte nenn mich wieder Chrissie. Ich schaffte es nicht, den Gedanken laut auszusprechen, und holte stattdessen tief Luft. »Krebs?«

Wieder nickte Ellen. »Brustkrebs. Meine Ärztin hat den Knoten im Spätsommer bei einer Routineuntersuchung entdeckt. Er wurde entfernt, aber …« Ellens Stimme brach.

»Er hatte bereits gestreut«, vervollständigte ich den Satz. »O Gott. Und man kann wirklich nichts mehr machen?«

Ellens Kopfschütteln war kaum als dieses wahrzunehmen. Inzwischen schwammen ihre Augen vor ungeweinten Tränen, und ich bewunderte sie für ihre Stärke, diese zurückzuhalten. Ich wäre nicht so stark. Von uns beiden war ich schon immer die Schwächere gewesen.

Karla, die im Türrahmen stehen geblieben war, kam zu uns. Mit einem traurigen Lächeln strich sie Ellen kurz über den Rücken, dann schenkte sie uns allen drei Tee ein. Der süße Duft von Bratapfel und Zimt verstärkte sich und wollte so gar nicht zu den Gefühlen passen, die in meinem Inneren tobten. Ich war froh, dass Karla Ellen nicht in den Arm genommen hatte, denn spätestens dann wäre diese in Tränen ausgebrochen – und ich mit ihr. So schaffte ich es zumindest halbwegs, meine Gefühle in mir zu verschließen.

»Und nun?« Die Frage war dumm, das wusste ich selbst, und so zuckte Ellen auch nur mit den Schultern.

»Ich werde versuchen, die Zeit, die mir noch bleibt, zu genießen. Wir wollen ein bisschen reisen.« Bei diesen Worten war auf ihren Lippen der Anflug eines Lächelns zu sehen. »Mal schauen, was meine Ärztin und die Schule dazu sagen. Ich hoffe sehr, dass sie uns keine Steine in den Weg legen.«

Ich schluckte. »Ihr … ihr habt ein Kind?«

Ellen nickte, und in ihre grünen Augen trat ein Glanz, der die Traurigkeit darin zumindest für den Bruchteil einer Sekunde vertrieb. »Eine Tochter, Nathalie. Sie ist vierzehn.«

»Wie schön.« Meine Stimme klang in meinen eigenen Ohren fremd.

Mark und Ellen hatten also eine gemeinsame Tochter. Es war nicht so, dass ich nicht längst damit gerechnet hatte, trotzdem war es wie der nächste Schock, der mich in meinem Inneren erschütterte und meine Gefühlswelt wie ein Erdbeben derart durcheinanderrüttelte, dass mir beinahe schlecht wurde. Ellen und Mark hatten sich zusammen ein Leben aufgebaut. Sie hatten eine Tochter, eine kleine Familie, und waren glücklich gewesen, bis Ellen vor ein paar Monaten die schreckliche Diagnose bekommen hatte. Nun saß sie hier und wünschte sich Vergebung von mir, auch wenn sie diese Worte bisher nicht laut ausgesprochen hatte. Trotzdem hingen sie für uns alle hörbar über uns, waren so präsent, dass sie fast greifbar waren. Und auch wenn ich mich dafür hasste, fragte ich mich, wie oft Ellen und Mark in den vergangenen zwei Jahrzehnten wirklich an mich gedacht hatten.

Wollte Ellen nur, dass ich ihr vergab, weil sie sterben würde? Denn vorher hatte sie sich ja auch kein Bein ausgerissen.

Du belügst dich selbst, ermahnte mich meine innere Stimme. *Ellen hat es durchaus versucht. Sie hat Briefe geschrieben, den Kontakt über deine Tante herstellen wollen, du hast ihr nur keine Chance gegeben – so wie jetzt.*

»Christina, denkst du …«, setzte Ellen leise an.

Doch ich schaffte es nicht, sie ausreden zu lassen. Ich musste hier raus, weg von meinen Gedanken, die mich umtrieben. Und so sprang ich auf und hastete zur Tür. »Tut mir leid, ich brauche frische Luft«, sagte ich mit zittriger Stimme und wusste nicht, ob Ellen mich überhaupt hörte. Doch was spielte es für eine Rolle, denn es war mehr als offensichtlich, dass ich eine Pause brauchte.

»Chrissie!«, rief Karla mir nach, und ihrer Stimme war deutlich anzuhören, dass sie meine Flucht alles andere als guthieß.

Ich ignorierte sie, auch wenn das nicht gerade erwachsen war, und zog mir so hastig meine Stiefel an, dass ich beinahe das Gleichgewicht verlor. Ich riss meine Jacke von der Garderobe, dann stürmte ich aus dem Haus. Kalte Luft schlug mir ins Gesicht. Ich hatte sowohl meinen Schal als auch meine Mütze drinnen vergessen, doch ich kehrte nicht noch einmal um. Stattdessen setzte ich mich in Bewegung, lief immer schneller, bis ich schließlich rannte und mir die Luft wegblieb. Inzwischen in der Wieblinger Ortsmitte angekommen, lehnte ich mich schwer atmend und mit Seitenstechen gegen eine Hauswand. Tränen brannten in meinen Augen, und ich schaffte es nicht, sie länger zurückzuhalten, egal wie sehr ich meine Augen auch zusammenpresste. Ein lautes Schluchzen entfuhr mir, und ich hielt mir schnell die Hand vor den Mund, als mir eine ältere Frau, die auf der anderen Straßenseite mit ihrem Pudel spazieren ging, einen irritierten Blick zuwarf.

Im Laufe der Minuten verlangsamte sich mein Herzschlag wieder, doch mein Atem kam wie schon vorhin in der

Küche immer noch unregelmäßig und stoßweise. Ich wusste, dass ich kurz vor einem Nervenzusammenbruch stand, und suchte verzweifelt nach einem Weg, diesen aufzuhalten.

Tim, flüsterte die Stimme in meinem Kopf. Tim war die Lösung. Ich wusste, dass er für mich da sein und mich wieder halbwegs erden würde. Ich suchte die Taschen meines Mantels ab und fand glücklicherweise den Zettel mit seiner Telefonnummer, die er mir beim Griechen auf ein Stück Serviette geschrieben hatte, außerdem ein paar Münzen. Hastig lief ich zur nächsten Telefonzelle, die nicht weit weg war. Mit vor Kälte und vor unterdrückten Emotionen zitternden Fingern wählte ich Tims Nummer und lauschte dem Freizeichen. Mit jedem Tuten spürte ich die wachsende Anspannung in mir. Was, wenn er nicht da war? Er musste da sein, ich brauchte ihn.

»Wagner.«

Er ist da. Erleichtert schloss ich kurz die Augen. »Hallo, Tim.«

»Chrissie. Wie war das Gespräch? Alles okay?«

»Nein.« Ich wollte ein Schluchzen unterdrücken, scheiterte jedoch kläglich. »Hast du Zeit? Und kannst du mir vielleicht einen Schal borgen?«

Tim und ich standen auf der Alten Brücke und blickten auf den Neckar, in dem sich die Lichter der Stadt spiegelten. Wir waren mehrfach kreuz und quer durch die Straßen und Gassen der Altstadt geschlendert und hatten dabei den Weihnachtsmarkt gemieden, weil mir gerade überhaupt nicht nach zur Schau gestellter Ausgelassenheit zumute war. Um den Hals trug ich einen bunt geringelten Schal, außerdem hatte

Tim mir seine schwarze Wollmütze überlassen. Die Tatsache, dass er bei mir war, mir entweder zuhörte oder wie jetzt mit mir schwieg, hatte mich mit der Zeit wirklich wieder ruhiger werden lassen.

Ein kalter Luftzug riss an den Strähnen, die unter der Mütze hervorlugten, und wehte mir Tims Duft in die Nase, der im Schal und noch mehr in der Mütze hing. Für einige Sekunden schloss ich die Augen, dann holte ich tief Luft, öffnete sie wieder und sah Tim von der Seite an.

»Seit wann weißt *du* es?«

Er sah mich ebenfalls an. »Noch nicht lange, erst seit ein paar Wochen. Ich bin Mark und Ellen im Supermarkt begegnet. Es war noch relativ mild, und Ellen hat über dem Tuch keine Mütze getragen, so wie sie es jetzt tut.« Er stieß die Luft aus. »Ich wusste sofort, was los ist. Wir haben den Einkauf verschoben und sind zusammen essen gegangen. Seitdem treffen Mark und ich uns wieder häufiger. Er hat Redebedarf, was ich ihm nicht verdenken kann.«

»Das ist nett von dir.«

Er zuckte mit den Schultern. »Das ist selbstverständlich, immerhin waren wir früher mal beste Freunde.«

Seine Worte waren wie ein Stich in mein Herz, und ich wandte mich ab. Gleich darauf spürte ich eine Berührung an der Schulter.

»Nein, warte, Chrissie. Das war dumm von mir. Glaub mir, ich wollte dich nicht vor den Kopf stoßen.«

Ich nickte, denn ich hatte nicht die Kraft, auch noch auf ihn wütend zu sein. Außerdem hatte er ja auch nicht ganz unrecht mit dem, was er sagte. »Wie hast du es geschafft, Mark zu verzeihen?«

»Ach Chrissie, das kann man nicht mit deiner Situation vergleichen.«

»Warum nicht?«, erwiderte ich. »Auch dich haben sie ausgeschlossen, als sie anfingen, sich heimlich zu treffen.«

Tim nickte. »Das stimmt, aber sie haben mir trotzdem lange nicht so wehgetan wie dir.«

Das mochte der Wahrheit entsprechen, und doch hatten sie Tim vor den Kopf gestoßen und verletzt. Ich hatte es ihm jedes Mal angesehen, wenn wir uns begegnet waren – und dann hatte auch ich ihm wehgetan und ihn aus meinem Leben ausgeschlossen. Nicht sofort, denn obwohl unsere Clique in jenem Spätsommer 1977 zerbrochen war, hatten Tim und ich uns hin und wieder noch getroffen. Es war in der Regel nicht von mir ausgegangen, sondern von ihm. Meistens hatte er mich im *Neckarplätzchen* besucht, wenn ich bei meiner Tante aushalf, zwei- oder dreimal auch außerhalb. Ich hatte ihn als Kummerkasten missbraucht, so wie heute. Hatte ihm mein Herz ausgeschüttet, obwohl ich tief in mir drin gewusst hatte, dass ich sein eigenes damit brechen würde. Es war mir egal gewesen, so, wie ich Mark und Ellen egal gewesen war. In all den Wochen hatte ich nur an mich gedacht, und dann hatte ich sogar in einem schwachen Moment mit Tim geschlafen und ihm Hoffnungen gemacht, nur um ihn und Heidelberg kurz darauf für immer aus meinem Leben zu streichen.

Erneut sammelten sich Tränen in meinen Augen. »Es tut mir leid, Tim«, flüsterte ich.

Er legte eine Hand auf meinen Arm. »Hey, was tut dir leid?«

»Alles. Ich war so egoistisch, habe nur an mich gedacht.«

Ein Schluchzen entrang sich meiner Kehle. »Ich war keinen Deut besser als Mark oder Ellen. Es ist ein Wunder, dass du überhaupt noch mit mir sprichst.«

»Ich bin kein nachtragender Mensch«, sagte er schulterzuckend. Und dann, leiser: »Danke, Chrissie.«

Traurig schüttelte ich den Kopf. »Nein, Tim, ich danke dir. Dafür, dass du immer für mich da warst und es nach all den Jahren noch bist.«

Ich legte meine Arme um seine Taille, und er zog mich fest an sich. Ich schloss die Augen, schmiegte mich an seine Brust und atmete seinen Duft ein, der sich mit frischer Luft und dem Geruch von gebrannten Mandeln mischte, der vom Marktplatz zu uns herüberwehte. Als wir uns schließlich wieder voneinander lösten, strich Tim mir über die Wange.

»Geht's halbwegs?«

Ich nickte, obwohl ich nach wie vor heillos verwirrt war. Aber immerhin konnte ich wieder atmen und hatte nicht mehr das Gefühl, jeden Moment einer Panikattacke zum Opfer zu fallen.

Tims Blick wurde weicher, wanderte für den Bruchteil einer Sekunde zu meinem Mund, bevor er mir wieder in die Augen und gleichzeitig tief in meine Seele zu schauen schien. Mein Herz reagierte, indem es schneller schlug. Erneut strich Tim mir über die Wange, dieses Mal noch zärtlicher als zuvor. Leicht beugte er sich zu mir hinunter, und ich wusste, dass er mich küssen würde, und obwohl ich es in diesem Moment ebenso wollte, konnte ich es nicht zulassen. Es wäre nicht fair gewesen, denn ich wollte es nicht *wirklich*. Ich sehnte mich einfach nur nach der Nähe eines netten Menschen, um zumindest für wenige Sekunden etwas zu spüren, das mir nicht das Herz zerriss. Deshalb kam ich Tim zuvor, indem ich ihm einen Kuss auf den Mund hauchte und ihm gleich darauf meine Arme um den Hals schlang.

»Danke, Tim. Du bist der beste Freund, den ich je hatte, und ich habe es all die Jahre über nicht zu schätzen gewusst.«

Sein Seufzen war kaum zu hören, doch es entging mir nicht. Es war wie ein erneuter Stich ins Herz. Ich wollte ihm nicht wehtun, nicht schon wieder, aber genau deshalb konnte ich ihn jetzt nicht küssen, auch wenn ich es genauso sehr wollte wie er. Doch nur weil ich es im Moment wollte, hieß das nicht, dass ich es grundsätzlich wollte, und Tim war kein Mann für halbe Sachen. Ganz oder gar nicht, das hatte er selbst gesagt.

»Sehr gern, Chrissie.« Er drückte mich ein letztes Mal an sich, dann legte er einen Arm um meine Schultern. »Na komm, lass uns noch ein bisschen laufen, und dann bringe ich dich nach Hause.«

Es war schon nach zehn Uhr, als ich in Wieblingen aus dem Bus stieg. Ich hatte verhindert, dass Tim erneut einen Umweg für mich in Kauf nahm, und außerdem traute ich mir selbst nicht. Am Ende hätte ich ihn doch noch geküsst oder hereingebeten, weil ich nicht allein sein wollte. Es wäre wie damals gewesen, und das konnte und wollte ich ihm nicht erneut antun. Er war innerhalb kürzester Zeit wieder zu einem verdammt guten Freund geworden, und ich schämte mich, weil ich das damals nicht hatte sehen wollen und ihn wie einen Schuhabtreter behandelt hatte. Ich an seiner Stelle wäre nachtragender gewesen.

Etwas Kaltes landete auf meiner Nasenspitze, und ich

blickte nach oben in den dunklen Himmel. Im Schein der Straßenlaterne sah ich die dünnen Flocken, die Richtung Erde rieselten. Ein trauriges Lächeln schlich sich auf meine Lippen, während mir gleichzeitig Tränen in die Augen traten und den Blick verschleierten. *Schnee!* Es begann tatsächlich zu schneien. Meine Gedanken wanderten zu Ellen, und ich hoffte für sie, dass wir vielleicht doch weiße Weihnachten bekommen würden.

Trotz der Kälte wurde mir warm ums Herz, und für diesen kostbaren Moment freute ich mich einfach, am Leben zu sein. Ich breitete die Arme aus, schloss die Augen und drehte mich ein paarmal im Kreis, bis ich fast das Gleichgewicht verlor. Dann blieb ich stehen, die Augen immer noch geschlossen und das Gesicht Richtung Himmel gereckt. Ich spürte die zarten Flocken, die auf meiner Haut landeten und an Ort und Stelle schmolzen.

Was würde ich dafür geben, wenn dieser unbeschwerte Moment ewig dauern und ich meine Gedanken und Probleme hinter mir lassen könnte.

Ich verließ die Hauptstraße und lief hinunter Richtung Neckar, dabei zog ich Tims Schal enger um meinen Hals. Als wir uns verabschiedet hatten, wollte ich ihm Schal und Mütze eigentlich zurückgeben, aber er wollte nicht, dass ich auf dem Heimweg fror.

Das Haus meiner Tante kam in Sicht. Erleichtert stellte ich fest, dass dort kein Licht mehr brannte, nicht einmal die Weihnachtsbeleuchtung im Vorgarten war noch eingeschaltet. Nicht, dass ich wirklich damit gerechnet hatte, Ellen könne nach all den Stunden immer noch in Karlas Lesesessel sitzen und auf mich warten.

Ich verspürte ein schlechtes Gewissen, weil ich einfach davongerannt war. Gleichzeitig wusste ich, dass ich es wieder tun würde. Ich war überfordert gewesen, brauchte jetzt ein wenig Zeit für mich, um meine Gedanken zu sortieren – und um zu versuchen, irgendwie mit der Vergangenheit abzuschließen. Ob ich es nach all den Jahren endlich schaffen würde? Das stand in den Sternen, doch ich war es Ellen und auch mir schuldig, es zumindest zu versuchen, denn immerhin waren wir beide vor zwei Jahrzehnten einmal beste Freundinnen gewesen.

»O Gott!« Ich presste eine Hand auf mein klopfendes Herz, als sich aus den Schatten der Dunkelheit plötzlich eine Gestalt löste, die auf den Stufen zu Karlas Haus gesessen hatte. Es war Mark.

Instinktiv wollte ich mich rechtfertigen, weil ich mit Vorwürfen rechnete. Schließlich hatte ich Ellen allein bei meiner Tante sitzen lassen, nachdem sie mir erzählt hatte, dass sie sterben würde. Doch ich brachte kein Wort über die Lippen, als ich den Schmerz in Marks Augen sah, und auch er sagte nichts. Langsam ließ ich die Hand wieder sinken, und dann standen wir uns einfach nur gegenüber und sahen uns schweigend an, bis ein beinahe unmenschliches Schluchzen die Stille zerriss. Es kam von Mark. Ich brachte es nicht über mich, ihn zu ignorieren, auch wenn es mir selbst das Herz brach. So schloss ich ihn in die Arme und ließ ihn um seine große Liebe trauern, während mir selbst lautlos Tränen über die Wangen liefen.

13

Sonntag, 7. August 1977

Wilma reichte mir zwei weitere Spaghettibecher, und ich stellte sie zusammen mit den anderen beiden auf das Tablett, um dieses anschließend zu dem Tisch in der Ecke zu tragen, an dem zwei Jungs und zwei Mädchen sehnsüchtig auf ihre Bestellung warteten. Seit sie das *Neckarplätzchen* betreten hatten, erfüllte ihr Gelächter den Raum. Die vier nutzten den letzten Ferientag in vollen Zügen aus, und ihre Laune wäre mit Sicherheit ansteckend gewesen, wenn ich nicht seit bereits zwei Wochen Hausarrest gehabt hätte und nicht noch weitere zwei Wochen Langeweile vor mir liegen würden. Währenddessen zog der Sommer an mir vorüber, und man spürte schon jetzt trotz der noch warmen Temperaturen, dass er sich schon bald dem Ende neigen würde. Die Sonne ging früher unter, die Abende wurden schneller frisch. Wenn ich im Garten auf der Wiese lag und Bücher las, auf die ich mich mal mehr, mal weniger konzentrieren konnte, musste ich mir mittlerweile schon eine Strickjacke holen, auch wenn die Sonne noch nicht ganz am Horizont verschwunden war.

Ich war wütend auf meine Mutter, mit der ich in den vergangenen Wochen nur das Nötigste gesprochen hatte, und ich war auch ein bisschen wütend auf meinen Vater. Zwar wechselten wir mehr Worte als Mama und ich, und doch war die Stimmung zu Hause angespannt. Inzwischen war ich wirklich froh, dass mich Tante Karla am Anfang der Sommerferien um Hilfe gebeten hatte, denn meine Schichten im *Neckarplätzchen* boten mir jetzt wenigstens ein bisschen Ablenkung, und so musste ich Mama auch nicht den ganzen Tag lang ertragen. Am liebsten hätte ich sogar bei Karla geschlafen, doch das verbot mir meine Mutter, solange ich Hausarrest hatte.

»Du träumst«, sagte eine sanfte Stimme hinter mir. Ich drehte mich um und stand meiner Tante gegenüber, die mir das leere Tablett aus der Hand nahm. »Alles okay, Kleines? Mach ruhig mal eine Pause. Gönn dir einen Eisbecher zum Abschluss der Ferien.«

»Ich habe keinen Appetit«, antwortete ich leiser als beabsichtigt.

»Ach Chrissie, lass den Kopf nicht hängen. Das wird schon wieder.«

»Hm.« Mehr sagte ich nicht dazu, denn ich glaubte nicht daran. In den vergangenen vierzehn Tagen hatte ich Mark weder gesehen noch gesprochen, denn meine Mutter ließ mich nicht einmal mit ihm telefonieren. Ich hatte keine Ahnung, wie er die ganze Sache bei mir zu Hause verkraftet hatte und wie er nun mir gegenüberstand. War er noch mein Freund? Oder war ich ihm zu anstrengend?

Ellen hatte ich zwar auch nicht gesehen, aber wir hatten immerhin zweimal heimlich miteinander gesprochen. Ich hatte sie vom Café aus anrufen dürfen; Karla hatte versprochen, meiner Mutter nichts davon zu sagen. Wahrscheinlich war das auch der Grund, warum ich während meines Hausarrests nicht bei ihr schlafen durfte. Meine Mutter fürchtete sicher, Ellen würde mich dort heimlich besuchen. Natürlich hatte ich auch versucht, Mark vom Café aus zu erreichen, aber jedes Mal war er nicht zu Hause gewesen.

Meine beste Freundin verbrachte nach eigener Aussage weiterhin so gut wie jeden Tag im Schwimmbad, und auch Mark kam häufig. Laut Ellen fehlte ich ihm, allerdings sprach sie kaum von Mark. Stattdessen erwähnte sie Tim ziemlich oft. Ich fragte mich, was das zu bedeuten hatte. Hatte ich sie unterschätzt, und sie fand nun doch Gefallen an ihm? Tim war zweifelsohne ein netter Kerl, und ich hätte es total schön gefunden, wenn Ellen ihm eine Chance geben würde.

Karlas Seufzen holte mich zurück ins Hier und Jetzt. »Ich rede noch mal mit deiner Mutter, das geht so nicht weiter. Du gehst mir ja noch ein wie eine Primel.«

Ich schüttelte den Kopf. »Danke, das ist lieb, aber es wird nichts bringen.« Tatsächlich hatte ich Mama erst am Vorabend dazu überreden wollen, mir den Hausarrest nach den Sommerferien zu erlassen. Immerhin hatte sie mich genug gestraft, und sobald die Schule wieder anfing, blieb ohnehin nicht mehr viel Zeit, um sich im Schwimmbad oder Kino herumzutreiben. Doch obwohl Mama gestern Abend ungewöhnlich gute Laune gehabt hatte, hatte sie sofort abgeblockt, als ich auch nur versucht hatte, das Gespräch auf dieses Thema zu lenken.

Karla seufzte erneut. »Es ist eine Schande. Dich so zu strafen, nur weil du jetzt einen Freund hast. Ich verstehe Marianne einfach nicht.«

»Warum kannst *du* nicht meine Mutter sein?«, sprach ich

den Gedanken zum ersten Mal laut aus, allerdings mit sehr leiser Stimme.

»Ach Kind.« Karla zog mich an sich und gab mir einen Kuss auf den Scheitel. »Ich verstehe, dass dir das verlockend vorkommt, aber der Schein kann trügen. Wäre ich deine Mutter, wäre zwischen uns vielleicht auch vieles ganz anders, als es jetzt ist.«

Ich zuckte mit den Schultern. »Mag sein, aber das glaube ich nicht. Du bist ganz anders als Mama. Warst du schon immer.«

»Jetzt mach dir nicht so viele Gedanken und lass dir von deiner Mutter nicht die Laune verderben. Das Leben ist zu kurz, um wütend aufeinander zu sein.«

Mit Sicherheit hatte sie recht. Erst vor wenigen Tagen hatte die RAF nach dem Generalbundesanwalt nun auch noch den Vorstandssprecher der Dresdner Bank umgebracht. Keiner von uns konnte wissen, wie lange er zu leben hatte, doch diese Tatsache machte mich erst recht sauer. Wie konnte Mama es wagen, mich meiner Freiheit, mich des Sommers zu berauben?

Karla schob mich hinüber zu einem freien runden Tisch und drückte mich auf einen der Stühle. »Genug Trübsal geblasen. Du setzt dich jetzt hin und lässt dir ein Eis bringen. Schokoladenbecher?«

»Tante Karla …«

»Keine Widerrede. Außerdem bekommst du Gesellschaft.« Grinsend deutete sie mit dem Kopf Richtung Tür.

Ich folgte ihrem Blick. Mein Herz machte einen Satz, und nun stahl sich auch auf meine Lippen ein Lächeln. In diesem Moment betraten Mark und Ellen das *Neckarplätzchen*, beide trugen eine Badetasche über der Schulter. »Was macht ihr denn hier?«, fragte ich überrascht.

»Gefangenenbesuch«, scherzte Ellen und beugte sich zu mir hinunter, um mich zu umarmen.

Ich sah wieder zu meiner Tante. »Da steckst doch bestimmt du dahinter. Wenn Mama das erfährt.«

»Papperlapapp. Deine Mutter hat meinen Gästen kein Hausverbot zu erteilen, so einfach ist das, und nun macht es euch schön. Ich bringe euch gleich eure Eisbecher.« Damit ließ Karla uns allein.

Ich drehte mich wieder um und sah zu Mark, der nach wie vor ein paar Schritte entfernt stand. Er sah gut aus, braun gebrannt und erholt, als wäre er im Urlaub gewesen. Bei seinem Anblick schlug mein Herz noch schneller.

»Hi«, begrüßte ich ihn ein wenig schüchtern, wenn man bedachte, was uns erst in diese Situation gebracht hatte. Aber vielleicht war auch genau das der Grund für meine Unsicherheit.

»Hi.«

Mark ließ seine Tasche auf den Boden fallen und trat zu mir. Ich stand auf, und wir nahmen einander in die Arme. Automatisch schloss ich die Augen und atmete tief seinen unverwechselbaren Duft ein, der sich auch heute mit dem Geruch von Sonnencreme und Chlor mischte.

»Ich hab dich vermisst«, flüsterte ich an seiner Brust.

»Geht's dir gut, Chrissie?«

»Jetzt schon«, antwortete ich. Zumindest würde es mir gut gehen, solange wir hier zusammen sein konnten.

Wir umarmten uns noch einen Moment, dann lösten wir uns voneinander.

Mark setzte sich auf den freien Stuhl zwischen Ellen und mir.

»Wo ist Tim?«, fragte ich und bemerkte den Blick, den Mark und Ellen sich zuwarfen. Ich runzelte die Stirn. »Alles okay? Ist er krank?«

»Fußballspiel«, erklärte Mark. »Sonntag hat er doch meistens ein Spiel.«

Das stimmte, trotzdem fragte ich mich, was der Blick, den Ellen und Mark ausgetauscht hatten, bedeutete. Aber wahrscheinlich interpretierte ich nur zu viel hinein, und außerdem hatte ich keine Lust, die unverhoffte Zeit, die ich mit meinen Freunden verbringen durfte, zu zerdenken.

»Also, dann erzählt mal. Was habe ich verpasst?«

»Ach, nicht viel«, antwortete Ellen. »Die Tage verschwimmen im wahrsten Sinne des Wortes.«

Ich sah zu Mark, der zustimmend nickte. »Du weißt doch, wie das ist – eine Abkühlung im Wasser, Pommes, ein bisschen lesen und wieder abkühlen. Ach so, Micha hat sich den Fuß gebrochen, beim Sprung vom Einmeterbrett. Niemand weiß, wie er das gemacht hat.«

»Micha?«

»Er geht mit Tim und mir in dieselbe Klasse«, erklärte Mark.

»Okay.« Ich wusste nicht, was ich sonst noch sagen sollte. Mark und Ellen waren irgendwie komisch. Oder lag es an mir?

Karla brachte die Eisbecher. Wir machten uns darüber her, und schließlich kam doch noch ein Gespräch in Gang. Wir sprachen über den neuen James-Bond-Film, der schon Ende des Monats ins Kino kommen würde und den wir uns gemeinsam ansehen wollten. Ellen hatte mir außerdem die

BRAVO-Ausgaben mitgebracht, die ich verpasst hatte und die ich hier bei Karla im Café während meiner Pausen durchblättern konnte.

Um halb sechs verabschiedeten sich die beiden, denn auch meine Schicht war demnächst zu Ende. Wir nahmen uns in die Arme, Mark gab mir ein Küsschen auf den Mundwinkel, und dann waren sie weg. Auch als sie durch das große Fenster nicht mehr zu sehen waren, starrte ich ihnen noch hinterher.

Was war da gerade passiert? Zwar freute ich mich, die beiden nach zwei Wochen endlich wiedergesehen zu haben, aber die Stimmung zwischen uns war seltsam gewesen, fast so, als hätten wir uns während der letzten zwei Wochen entfremdet. Ich wünschte, Mark und ich hätten ein bisschen Zeit gehabt, um zu klären, was vor meinem Hausarrest zwischen uns passiert war und wie es jetzt weitergehen sollte. Er hatte beinahe den Eindruck gemacht, als wolle er nicht länger mit mir zusammen sein und traue sich nur nicht, Schluss zu machen. Tränen traten mir in die Augen, und ich blinzelte sie schnell weg. Ich wollte nicht hier im Café zwischen den Gästen stehen und weinen.

Meine Tante trat hinter mich und legte mir einen Arm um die Schulter. »Hey, meine Kleine, was ist los? Ich dachte, ich mache dir eine Freude, wenn ich die beiden heimlich einlade.«

»Hast du auch«, antwortete ich und zwang mich zu einem Lächeln. Karla hatte schließlich nicht wissen können, wie das Ganze enden würde.

»Bist du sicher? Ich merke doch, dass du traurig bist.«

»Die zwei waren irgendwie komisch«, gestand ich leise.

»Und deshalb machst du dir Gedanken? Das ist doch völlig normal in so einer Situation, und wahrscheinlich haben sie sich bloß Sorgen gemacht, deine Eltern könnten hier auftauchen. Apropos, schau mal, wer da ist.« Karla zeigte zum Fenster.

Mein Herz setzte einen Schlag aus, als ich meinen Vater erblickte, der gerade die Tür öffnete und eintrat. Ich wollte lieber nicht daran denken, was passiert wäre, wenn er auch nur fünf Minuten früher gekommen wäre. Vermutlich hätte er mich dann zu vier weiteren Wochen Hausarrest verdonnert.

»Papa, was machst du hier?«, fragte ich und hoffte, er würde mir nicht anmerken, dass ich gegen seine Regeln verstoßen hatte.

Er lächelte, und mir wurde gleich ein wenig wärmer ums Herz. Auf diese Weise hatte er mich seit zwei Wochen nicht mehr angesehen.

»Ich dachte, ich komme nach der Arbeit kurz vorbei und nehme dich mit nach Hause. Bist du fertig für heute?«

Ich blickte zur Uhr, doch Karla schob mich vor. »Selbstverständlich kannst du sie mitnehmen. Chrissie war mir auch heute wieder eine große Hilfe.«

»Das ist schön zu hören. Sag mal, Chrissie, wie wär's mit einem Eis zum Abschluss der Ferien?«

Automatisch begann ich zu strahlen. »Gern, Papa.« Zwar war mein Bedarf nach Eis gedeckt, aber das war egal. Ich war einfach nur froh, dass Papa mir ein Friedensangebot machte und mich wieder Chrissie nannte.

»Prima. Karla, bringst du uns einen Früchte- und einen Schokobecher?«

»Ähm, für mich nur eine Kugel Zitrone mit Sahne. Ich hatte schon ein Eis«, gestand ich.

Papa lachte und wuschelte mir durchs Haar. Wie hatte ich das vermisst; es war so schön, wieder sein kleines Mädchen zu sein. Er setzte sich an den Tisch, an dem ich nur kurz zuvor mit Ellen und Mark gesessen hatte, und ich nahm neben ihm Platz. Karla sammelte die leeren Eisbecher ein und versprach, unsere Bestellung gleich zu bringen.

Wir schwiegen eine Weile, doch es war kein unangenehmes Schweigen, so wie die letzten Tage zu Hause am Esstisch. Das Lachen der zwei Jungs und Mädchen drang zu uns herüber, sie saßen nach wie vor an dem Tisch in der Ecke und waren inzwischen von Eis auf Karlas hausgemachte Zitronenlimonade umgestiegen. Wilma kochte frischen Kaffee, der Duft erfüllte den ganzen Raum, und im Radio war das Intro-Gestöhne von Baccaras *Yes Sir, I Can Boogie* zu hören, bei dem meine Mutter stets den Raum verließ. Entgehen konnte sie dem Lied aber nicht, denn es lief schon die ganzen Sommerferien rauf und runter. Ich liebte es und wippte mit dem Fuß im Takt mit.

Papa räusperte sich und wandte sich mir zu. »Können wir kurz reden, Chrissie?«

Und wieder geriet mein Herzschlag aus dem Takt. Jetzt würde vermutlich die Standpauke kommen, die bisher ausgeblieben war. Ich nickte zögerlich. »Sicher, Papa.«

»Ich muss mich bei dir entschuldigen, Chrissie«, begann er zu meiner Überraschung. »Ich habe an besagtem Sonntag völlig überreagiert.«

Tränen stiegen mir in die Augen, weil mir seine Entschuldigung so viel bedeutete. »Danke, Papa.«

»Weißt du …«, setzte er an, brach jedoch ab, als Karla mit den Eisbechern kam. Sie verteilte die Becher, außerdem einen Kaffee für Papa und eine Limo für mich, dann ließ sie uns mit einem wissenden Lächeln allein. »Deiner Tante kann man auch nichts vormachen«, meinte er und rührte einen Löffel Zucker in seinen Kaffee.

»Du kennst sie doch.« Ich musste grinsen. So erleichtert hatte ich mich schon lange nicht mehr gefühlt. Mama war zwar immer noch Mama, aber wenigstens stand Papa wieder auf meiner Seite.

»Das muss in den Genen der Schneider-Mädchen liegen. Deiner Mutter kann man auch nichts vormachen, wenn es um gewisse Dinge geht. Sie weiß bestimmt, dass wir zwei noch ein Eis gegessen haben, aber sei's drum. Immerhin hat sie dir kein Süßigkeitenverbot erteilt.« Papa legte den Löffel beiseite und trank einen Schluck Kaffee, dann wandte er sich wieder mir zu. »Also, was ich sagen wollte: Für einen Vater ist es nie leicht, wenn die eigene Tochter plötzlich einen Jungen mit nach Hause bringt. Du hast mich einfach völlig kalt erwischt, weil es bis zu jenem Tag keinerlei Anzeichen dafür gab, dass du einen Freund haben könntest.«

»Na ja …«, begann ich, kam aber nicht weiter.

»Ja, ich weiß, deine Mutter.« Papa seufzte. »Marianne ist viel zu streng mit dir, und es war absolut nicht fair von mir, dass ich dir an jenem Tag nicht beigestanden habe, sondern dir auch noch das Gefühl gegeben hab, von dir enttäuscht zu sein.«

Ich schluckte gegen das enge Gefühl in meinem Hals an. »Ich habe wirklich geglaubt, dich enttäuscht zu haben.«

»Nein.« Mein Vater streckte den Arm nach mir aus und strich mir über den Hinterkopf. »Du könntest mich niemals so enttäuschen, der Fehler liegt einzig und allein bei mir.

Schließlich bist du schon siebzehn, und es war klar, dass du früher oder später Interesse an Jungs zeigen würdest. Ich muss nur erst mal lernen, damit klarzukommen. Jedenfalls hoffe ich, dass du mir verzeihst.«

Ich rutschte mit dem Stuhl näher an ihn heran und lehnte mich gegen seine Schulter. »Natürlich verzeihe ich dir.«

Erneut legte er seine Hand an meinen Kopf und strich mir über die Haare. »Versprichst du mir nur eins, Chrissie? Seid bitte vorsichtig, okay? Ich fürchte, deine Mutter würde es nicht überleben, solltest du vor deinem einundzwanzigsten Geburtstag schwanger werden.«

Mir stieg Hitze in die Wangen. »Papa, ich habe euch nicht angelogen. Wir haben wirklich nicht …« Ich wollte es nicht laut aussprechen, aber Papa wusste auch so, was ich meinte.

»Das glaube ich dir, aber eines Tages wird es so weit sein, und dann solltest du vorbereitet sein.« Er räusperte sich. »Sag, hat deine Mutter schon mal mit dir über das Thema gesprochen?«

Ich bekam große Augen. »Mama? Gott bewahre, natürlich nicht. Aber ich habe die BRAVO und Ellen, und ansonsten kann ich Karla fragen.«

»Das ist gut«, sagte mein Vater und klang beinahe erleichtert. »Natürlich kannst du auch jederzeit zu mir kommen, wenn du etwas wissen willst.«

»Danke, das ist lieb.« Wir wussten beide, dass das niemals geschehen würde, doch es war nett, dass er es anbot.

Papa gab mir noch einen Kuss auf den Scheitel und strich mir ein letztes Mal über die Haare. »Also gut, mein Hase, dann lass uns mal unser Eis essen, bevor es schmilzt.«

14

Sonntag, 8. Dezember 1996

Der Radiomoderator kündigte die Nummer eins der Charts an, und ich drehte das Radio lauter, da ich schon wusste, welches Lied jetzt kommen würde. Tim warf mir einen irritierten Seitenblick zu, als das markante Intro von *Quit Playing Games* einsetzte.

»Even in my heart I see«, sang ich den Anfang mit.

Tims Blick wurde noch skeptischer. »Bist du nicht ein bisschen zu alt für die Backstreet Boys?«

Ich zuckte mit den Schultern. »Für gute Musik ist man nie zu alt, außerdem ist Nick schon ganz schön niedlich, findest du nicht?«

»Dein Ernst?«

»Wären dir die Spice Girls lieber? Emma ist echt süß, das muss ich zugeben. Oder nein, warte mal. Sporty Spice ist genau die Richtige für dich.«

»Hey, du kannst gleich laufen«, meinte Tim und schaltete einen Gang herunter.

Erfolglos wollte ich mir das Lachen verkneifen. »Was hörst du denn für Musik?«

»Jedenfalls nicht so einen Teenie-Pop, bei dem meine Schülerinnen reihenweise in Ohnmacht fallen. Die Stones, die Beatles, Smokie – das ist noch Musik.«

»Also bist du in der Zeit stehen geblieben«, meinte ich.

»Hey, die Stones waren erst letztes Jahr auf großer Voodoo-Lounge-Tour, und wahrscheinlich touren sie auch in dreißig Jahren noch durch die Stadien dieser Welt.«

»Hast du eine Ahnung, wie alt die dann sein werden?«

Tim zuckte mit den Schultern. »Na und? Sie sind jetzt schon zwei- bis dreimal so alt wie die ganzen Boygroup-Mitglieder, und trotzdem kann keine Boyband dieser Welt mit den Live-Auftritten der Stones mithalten.«

»Warst du etwa letztes Jahr auf einem der Konzerte?«

Tim grinste. »Klar, 22. August in Mannheim. War echt große Klasse.«

»Das glaube ich. Tatsächlich war ich selbst noch nie auf einem Konzert.«

»Wirklich nicht?« Tim betrachtete mich überrascht von der Seite und setzte den Blinker, um kurz darauf abzubiegen. »Das müssen wir aber ändern. Die Backstreet Boys kommen doch sicher mal wieder auf Tour nach Deutschland.« Er zwinkerte mir zu, und ich musste erneut lachen. »Und falls nicht, gehst du halt zu einer anderen Band. Ob nun die Backstreet Boys, 'N Sync, Take That oder wie sie nicht alle heißen – am Ende sind sie allesamt austauschbar. Wobei es Take That ja inzwischen nicht mehr gibt«, fügte er hinzu, als ich ihn gerade über die Auflösung der Band Anfang des Jahres aufklären wollte. An dieser Nachricht war man nicht vorbeigekommen, ob man sich nun für diese Art von Musik interessierte oder nicht.

»Über Geschmäcker lässt sich bekanntlich streiten. Um mich in das Getümmel zu stürzen, bin ich jedenfalls zu alt.«

»Und ich dachte, du willst Nick Carter unbedingt mal live sehen.«

Ich zog die Augenbrauen hoch. »Also dafür, dass du so abfällig über Boybands sprichst, kennst du dich aber ganz schön gut aus.«

»Unterrichte du mal vierzehnjährige Mädchen und versuche, der ganzen Hysterie zu entgehen.«

Die Erwiderung blieb mir im Hals stecken, als ich daran denken musste, dass Ellens und Marks Tochter ebenfalls vierzehn war. Vermutlich stand ihr momentan nicht wie ihren Klassenkameradinnen der Sinn nach Schwärmereien für Nick Carter und Co., denn die Krankheit ihrer Mutter konnte ihr unmöglich entgangen sein. Das arme Mädchen.

Kennst du Nathalie? Die Frage lag mir auf der Zunge, doch ich schluckte sie hinunter. Ich wollte jetzt weder über Ellen und Mark reden noch über die beiden nachdenken, und mir war klar, dass ich Tim unmöglich so eine Frage stellen und erwarten konnte, dass wir dann zur Tagesordnung zurückkehren würden.

Die letzten Töne von *Quit Playing Games* verklangen, stattdessen setzte das Klingeln von Glöckchen ein, und Mariah Carey schmetterte ihr *All I Want For Christmas Is You*. Wieder musste ich an Mark und seine Tochter denken, die sich garantiert nichts sehnlicher wünschten, als dass Ellen wie durch ein Wunder gesund werden würde. Ein Kloß bildete sich in meinem Hals. Um mich am Weiterdenken zu hindern, sang ich im Stillen das Weihnachtslied mit, das glücklicherweise viel zu fröhlich war, um an der plötzlich aufkeimenden Traurigkeit in meinem Inneren festzuhalten.

Tim bog erneut ab und wurde langsamer, bis er schließlich

hinter einem schwarzen Mercedes auf einen Parkplatz fuhr, der ziemlich überfüllt war. Da wir einen Anhänger dabeihatten, bekamen wir allerdings noch einen der Extra-Parkplätze, die sich an der Seite befanden.

»So, da wären wir.« Tim schaltete den Motor aus.

»Prima. Danke, dass du mich mitnimmst, das ist echt eine schöne Idee.«

»Immerhin ist heute der zweite Advent, da müssen wir doch was Weihnachtliches machen.«

Wir stiegen aus, und ich schlug die Beifahrertür des Golfs zu. Es war knackig kalt, deshalb setzte ich mir meine Wollmütze auf – Tim hatte seine inzwischen zurückbekommen –, band den selbst gestrickten Schal von Karla etwas enger um meinen Hals und zog meine Handschuhe über. Von Schnee fehlte aber leider jede Spur. Seit den zarten Flocken, die sich vor ein paar Abenden Richtung Erde verirrt hatten, hatte es nicht mehr geschneit. Wirklich schade, Schnee hätte diesen Nachmittag perfekt gemacht.

Tim zog sich ebenfalls Handschuhe über, allerdings waren es Arbeitshandschuhe. »Ist es denn wirklich okay, dass ich dich aus dem Café entführt habe? Es war einiges los.«

»Wie immer, wenn es hausgemachtes Stollenkonfekt gibt, aber wir waren in der Backstube ohnehin so gut wie fertig.« Der Geschmack von kandierten Früchten und Puderzucker lag mir noch auf der Zunge, denn natürlich hatten Tim und ich es uns nicht nehmen lassen, noch selbst etwas im *Neckarplätzchen* zu essen, bevor wir aufgebrochen waren.

»Den Stollen bekommt auch niemand so gut hin wie deine Tante. Sie muss mir unbedingt mal das Rezept geben.«

»Du backst?«, fragte ich und musste grinsen. »Oder willst du deine Oma backen lassen?«

»Na hör mal, Weihnachtsplätzchen sind meine Spezialität. In der Adventszeit ernähre ich mich quasi davon, wenn ich die aber alle kaufen müsste, wäre ich bis Neujahr pleite.«

Mein Grinsen wurde noch breiter. »Nur gut, dass du Sportlehrer bist und die überschüssigen Pfunde bis nach den Weihnachtsferien wieder abtrainieren kannst. Was würden deine Schüler sonst sagen?«

»Hast du etwa Nick Carter und Justin Timberlake schon wieder vergessen? Meine Schülerinnen interessieren sich nicht die Bohne für mich, solange ich nicht wie ihr Teenie-Idol aussehe, und das ist auch besser so. Niemals würde ich was mit einer Schülerin anfangen, nicht dass du jetzt etwas falsch verstehst.«

»Keine Sorge, Tim, daran hätte ich im Leben nicht gedacht.«

»Dann ist gut. Im Übrigen bin ich keiner dieser übermotivierten Lehrer, die alles vormachen und dann Höchstleistungen verlangen. Jeder ist anders, und solange meine Schüler sich anstrengen oder es zumindest versuchen, ist das für mich vollkommen in Ordnung.« Er holte eine Axt aus dem Kofferraum und schlug die Tür wieder zu. »Es ist nicht fair, jemandem eine schlechte Note zu geben, nur weil er oder sie nicht so weit springen kann wie andere. Sportnoten sollten abgeschafft werden, und das Gleiche denke ich auch über Kunst- und Musiknoten. Nicht aus jedem kann ein Picasso oder Paul McCartney werden.«

Ich seufzte. »Ach ja, so einen Lehrer wie dich hätte ich gern in Sport gehabt.«

»Warst du etwa nicht sportlich?«

»Na ja, hätte besser sein können. Sport bei Herrn Rudolf. Muss ich noch mehr sagen? Ich bin irgendwo im Mittelfeld mitgeschwommen.«

»O je, der alte Rudolf.« Tim stupste mich in die Seite, und sein Tonfall wurde sanfter. »Aber du und Durchschnitt? Niemals!«

Der Blick, den er mir zuwarf, ging mir durch und durch. Zwar hatten wir uns darauf geeinigt, dass wir nur Freunde waren, doch seine Augen schienen hier und jetzt etwas anderes zu sagen. Konnte es sein, dass er nach all den Jahren wieder Gefühle für mich entwickelte?

Nein. Nein, nein, nein. Das konnte nicht sein. Ich hatte ihm schließlich klipp und klar gesagt, dass das mit uns nichts werden würde, und ich hatte damals wie heute keinen Hehl daraus gemacht, dass Tim überhaupt nicht mein Typ war und ich nur Mark wollte.

Aber Mark kannst du nicht haben, schrie die Stimme in meinem Kopf.

»Also, um auf Karla zurückzukommen«, lenkte ich ab und marschierte los. Der Kies knirschte unter meinen Stiefeln, als ich den Parkplatz überquerte. »Meine Tante findet sowieso, ich sollte mir hier und da mal einen Tag freinehmen. Dementsprechend hat sie nichts dagegen, dass du mich entführt hast – solange wir ihr ein Bäumchen fürs Café mitbringen.«

Lachend folgte Tim mir. »Nur gut, dass ich mir den Anhänger eines Kumpels ausgeliehen habe, sonst hätten wir ein kleines Transportproblem gehabt bei drei Bäumen.«

»Es ist nett, dass du Karla angeboten hast, auch einen für ihr Haus zu organisieren.«

»Ist doch klar. Wie lange bleibst du eigentlich?«

Ich zuckte mit den Schultern. »Auf jeden Fall bis zum dreiundzwanzigsten Dezember. Über die Feiertage ist das Café geschlossen, aber ich denke, ich feiere Weihnachten zusammen mit Karla.« Jetzt war ich schon mal hier, und es machte keinen Sinn, vor den Feiertagen wieder abzureisen – mal ganz davon abgesehen, dass mich in Hamburg bis auf Onkel Manfred ohnehin niemand erwartete.

»Geht das denn mit deiner Arbeit?« Auf seinen Lippen lag schon wieder dieses unverschämte Grinsen, und ich stieß ihn in die Seite.

»Klar. Ich arbeite eh fast immer von zu Hause aus, und da ich meine Sachen mitgenommen habe, ist das kein Problem.« Ein Problem war es vielmehr, mir auch die Zeit für meine Aufträge zu nehmen – und mich darauf konzentrieren zu können. Die Sache mit Ellen und Mark lenkte mich ganz schön ab, auch wenn ich versuchte, nicht ständig an die beiden zu denken, was allerdings nicht so einfach war.

»Wie soll es denn jetzt weitergehen?«, hatte mich Karla am Tag nach dem Treffen mit Ellen gefragt. »Du weißt, was Ellen sich wünscht, auch wenn du ihr keine Gelegenheit gegeben hast, es laut auszusprechen.«

»Ich habe keine Ahnung«, war meine ehrliche Antwort gewesen. »Ich möchte Ellen verzeihen, aber ob ich es auch kann?« Denn zwischen wollen und können bestand ein großer Unterschied.

Für einen Moment hatte ich überlegt, Ellen einfach zu sagen, dass ich ihr verzeihen würde. Immerhin würde sie sterben, und wie konnte ich einer Sterbenden ihren letzten Wunsch verweigern? Doch das wäre nicht fair gewesen, denn

Ellen würde es mir anmerken. Ich hatte ihr noch nie etwas vormachen können, und mein schauspielerisches Talent war seit damals sicherlich nicht besser geworden.

Als hätte Karla meine Gedanken erraten, hatte sie zu mir gesagt: »Setz dich nicht unter Druck und nimm dir Zeit, um eine Entscheidung zu treffen, hinter der du zu einhundert Prozent stehst. Wenn du Ellen vergibst, musst du es auch wirklich so meinen, ansonsten machst du es für sie nur noch schlimmer, und das wirst du trotz allem sicher nicht wollen.«

»Nein, natürlich nicht.« Das wollte ich wirklich nicht, und deshalb war ich auch nicht bereit, das Ganze zu übereilen.

Setz dich nicht unter Druck und nimm dir Zeit. Das hatte ich für mich aus dem Gespräch mit Karla als Quintessenz mitgenommen. Es war gerade einmal der zweite Advent, und wie ich Tim gegenüber erst vor wenigen Minuten erwähnt hatte, würde ich auf jeden Fall bis zu den Feiertagen in Heidelberg bleiben. Ich musste also nichts überstürzen und konnte mir selbst ruhigen Gewissens eine Deadline bis zum dreiundzwanzigsten Dezember setzen. Ellen einen Tag vor Heiligabend zu sagen, ich könne nicht vergessen, was sie mir angetan hatte, war zwar suboptimal, sollte es darauf hinauslaufen, aber sie sollte mit der Sache abschließen können, um ein schönes Weihnachtsfest mit ihrer Familie zu haben. Das war das Wichtigste, und zumindest das wollte ich ihr ermöglichen.

Inzwischen hatten Tim und ich den Weihnachtsbaumverkauf erreicht. Ein Mann mittleren Alters mit leicht angegrautem Vollbart und freundlichen braunen Augen weihte uns in die Sicherheitsvorkehrungen ein und fragte, ob wir Hilfe bräuchten. Nachdem Tim das verneinte, wünschte er uns viel Spaß, und wir ließen den Vorplatz mit den weihnachtlichen Buden hinter uns, um zusammen mit einer Großfamilie in den künstlich angelegten Wald zu stapfen.

»Schade, dass es nicht schneit«, meinte Tim, während wir die Reihen von Nordmanntannen entlangliefen und diese begutachteten. »Mit Schnee auf den Ästen würden die Bäume noch viel schöner aussehen.«

»Das stimmt, aber so sehen wir wenigstens, wenn die Spitze krumm ist.«

»Willst du etwa einem Baum kein neues Zuhause geben, nur weil er nicht dem Schönheitsideal entspricht? Chrissie, Chrissie, das hätte ich nicht von dir gedacht.« Er machte tadelnde Ts-Geräusche.

»Hey, der Baum soll froh sein, wenn er noch nicht gefällt wird«, gab ich zur Antwort und blieb vor einem Exemplar stehen, das in etwa so groß war wie ich, dabei jedoch nicht ganz so ausladend wie seine Artgenossen. »Was hältst du von dem hier?«

»Fürs *Neckarplätzchen*?« Tim nickte. »Nicht zu kahl und mickrig, aber auch gleichzeitig nicht zu buschig, sodass dauernd die Kugeln herunterfallen, sobald ein Gast ihm zu nah kommt.«

»Das war auch mein Gedanke. Perfekt!«

»Dann geh mal vorsichtshalber einen Schritt zur Seite«, bat Tim und machte sich an die Arbeit.

Nur wenige Sekunden später hallte das Geräusch von Axthieben durch den Wald. Obwohl der Baumstamm nicht allzu dick war, brauchte Tim eine Weile, bis die Tanne schließlich umfiel. Er wischte sich mit dem Handrücken über die Stirn, bevor er sich das Bäumchen über seine Schulter warf.

»Ich bringe ihn schon mal nach vorn zur Kasse. Schau dich in der Zwischenzeit ruhig weiter um.«

»Soll ich dir nicht helfen?«, rief ich Tim hinterher, der sich bereits entfernte.

»Nicht nötig, ich schaffe das schon«, rief er zurück.

Mal sehen, ob du das nach dem dritten Baum auch noch sagst, dachte ich schmunzelnd und ging langsam weiter. Die Bäume waren wirklich schön, selbst die mit nicht gerade gewachsener Spitze, und es tat mir fast schon leid, sie am Weiterwachsen zu hindern. Wenigstens würden Karla und ich die Bäume schon heute oder spätestens morgen aufstellen und schmücken und damit nicht bis Heiligabend warten. Zwar empfand ich es als eine schöne Tradition, den Baum am Morgen des Heiligen Abends nach dem Frühstück mit der ganzen Familie zu schmücken, während nebenher im Fernsehen eine Astrid-Lindgren-Verfilmung lief, aber auf diese Weise hatte man so wenig vom Anblick des Baums, weil er kurz nach den Heiligen Drei Königen schon wieder abgeschmückt werden musste.

»Na, fündig geworden?«, fragte Tim, der hinter mir auftauchte.

Ich drehte mich lächelnd zu ihm um. »Noch nicht. Jetzt suchen wir erst einmal einen Baum für dich aus.«

»Einverstanden.« Er erwiderte mein Lächeln. »Sag mal, backst du eigentlich auch privat Weihnachtsplätzchen, oder hast du nach einem anstrengenden Tag im Café keine Lust mehr dazu?«

Mein Lächeln wurde breiter. »Wir können gern zusammen backen, wenn du magst. Karla besteht darauf, dass ich mir nächsten Sonntag freinehme, falls du da Zeit hast. Sie meint, ich sei nicht ihre Sklavin.«

Tim kratzte sich im Nacken. »Also weißt du, das ist mir jetzt echt unangenehm, aber ehrlich gesagt sollte das gar keine Aufforderung sein, sondern nur eine höflich gemeinte Frage.«

Ach du liebes bisschen, war das peinlich. Doch dann dachte ich an das Aufeinandertreffen mit Tim im *Neckarplätzchen* am ersten Advent zurück und schaffte es, das peinliche Gefühl zu unterdrücken. An dem Tag hatte er mich hereingelegt, indem er behauptet hatte, nicht *meinetwegen* ins Café gekommen zu sein, und so wie ich ihn in den letzten Tagen kennengelernt hatte, veräppelte er mich auch jetzt wieder. Spielerisch schlug ich ihn auf die Schulter.

»Jetzt tu nicht so. Noch mal falle ich nicht darauf herein.«

Lachend rieb er sich die Schulter. »Ich sag's ja, gewalttätige Ader.«

»Nur, wenn du es verdient hast. Also Sonntag? Oder hast du schon was vor?« Plötzlich fürchtete ich, er könne keine Zeit haben, denn tatsächlich freute ich mich schon darauf, mich zusammen mit Tim ein bisschen mehr in Weihnachtsstimmung versetzen zu lassen.

»Sonntag ist prima.«

»Sehr gut, dann lass uns Stollenkonfekt nach Karlas Rezept backen und vielleicht noch eine andere Plätzchensorte, und wenn du Lust hast, können wir später etwas zusammen essen gehen. Du wolltest mir noch beweisen, dass die süßsaure Soße bei deinem Asiaten besser schmeckt als die in Hamburg in meinem Stammrestaurant.«

»Das machen wir. Klingt nach einem perfekten Tag.«

»Das finde ich auch.«

Mein Herz machte einen Satz, allerdings aus völlig unromantischen Gründen. Zwischen Tim und mir war nichts. In der Hinsicht waren wir wie ein Pilzgericht – nicht zum Aufwärmen gedacht. Und es hätte doch eh keine Zukunft, denn immerhin lebte ich nicht mehr hier in Heidelberg, sondern etwa sechshundert Kilometer weiter nördlich. Dort hatte ich ein Leben, auch wenn ich in Hamburg manchmal ziemlich einsam war und momentan nicht einmal wusste, ob ich nächsten Sommer noch ein Dach über dem Kopf haben würde. In meiner Altbauwohnung fühlte ich mich wohl, aber wenn ich umziehen musste … daran wollte ich nicht denken, und zumindest für den Augenblick war es auch egal. Hier und jetzt freute ich mich einfach darauf, etwas Schönes mit einem guten Freund zu unternehmen und mich von Ellen abzulenken, über die ich sonst garantiert ewig nachdenken würde.

»Also, welcher Baum darf's für dich sein, Tim?«

Freitag, 12. August 1977

15

»Chrissie, Besuch für dich«, rief Wilma aus dem Café.

Ich hatte gerade Pause und saß mit einer der BRAVO-Ausgaben, die Ellen mir beim letzten Mal mitgebracht hatte, hinten in der Kaffeeküche. Sie war winzig und hatte kein Fenster, trotzdem hatte meine Tante es geschafft, dem Raum mit Kaffeebildern und altmodischen Tassen, die von Haken an der Wand baumelten, eine behagliche Atmosphäre einzuhauchen.

»Komme«, rief ich zurück, klappte die Zeitschrift zu und verließ hastig den Raum. Als ich jedoch sah, wer mich besuchte, blieb ich ruckartig stehen. Tim stand mitten im Café und lächelte mir zu, und ich spürte Enttäuschung in mir aufsteigen.

Es war nicht fair. Tim war nett, und es war lieb von ihm, mich zu besuchen. Ehrlich gesagt hatte ich jedoch gehofft, es wäre Mark. Immerhin war es Freitagnachmittag, die Schule war zu Ende, und das Wochenende stand vor der Tür. Das durften wir zwar nicht zusammen verbringen, da ich nach wie vor Hausarrest hatte, aber zumindest ins Café hätte er kommen können. Er wusste, dass ich hier sein und es für uns ungefährlich sein würde.

Mein Vater hatte bei unserem klärenden Gespräch am letzten Ferientag durchklingen lassen, dass er Ellen und Mark durchaus gesehen hätte und er es in Ordnung fände, wenn ich sie erneut hier treffen würde. Und meine Mutter würde garantiert nicht unangekündigt im *Neckarplätzchen* auftauchen. Das hatte ich am nächsten Tag in der Schule natürlich sofort an Ellen und Mark weitergegeben, aber seit letztem Sonntag war keiner der beiden mehr hier gewesen, und auch auf dem Schulhof schien Mark mir aus dem Weg zu gehen. In jeder Pause stürmte ich sofort nach draußen und hielt nach ihm Ausschau, doch wenn ich ihn fand, war die Pause meist schon wieder vorbei, sodass wir nur noch Zeit hatten, um ein paar belanglose Worte auszutauschen. Von einem klärenden Gespräch waren wir weit entfernt, und geküsst hatte er mich auch nicht mehr, zumindest nicht auf den Mund.

Wenigstens Ellen verhielt sich mir gegenüber wieder normal, und es war schön, sie in der Schule zu sehen, auch wenn wir dort viel zu wenig Zeit füreinander hatten. Ich hatte sie gefragt, ob sie wüsste, was mit Mark los war, doch sie meinte, sie hätten seit Schulbeginn auch nicht mehr viel Kontakt. Mark war jetzt im letzten Schuljahr, und obwohl dieses erst begonnen hatte, hatte er bereits jetzt jede Menge zu lernen. Und auch Ellen hatte viel zu tun. Zwar hielten sich die Hausaufgaben bisher in Grenzen, aber sie hatte im letzten Schuljahr ein bisschen geschlampt, weshalb sie jetzt Nachhilfe in Mathe bekam, um den Anschluss nicht zu verlieren. Deshalb habe sie bisher auch keine Zeit mehr gefunden, um noch einmal ins Café zu kommen.

»Hallo, Chrissie«, begrüßte Tim mich verlegen. Fehlte nur noch, dass er von einem Bein aufs andere trat. »Störe ich?«

Schnell schüttelte ich den Kopf, weil er aussah wie ein begossener Pudel. Jetzt war er schon mal hier, dann konnte ich auch eine Cola mit ihm trinken. Zur Abwechslung war es sicher ganz nett, sich mal wieder mit jemand anderem als meinen Eltern oder meiner Tante zu unterhalten. Und außerdem konnte Tim mir vielleicht verraten, was mit Mark los war, die beiden waren schließlich beste Freunde.

»Gar nicht, ich habe gerade Pause. Möchtest du eine Cola?«

Tims Miene hellte sich auf. »Gern.«

»Hole ich uns. Setz dich doch schon mal.«

Ich ging zur Theke und bat Wilma nach den Getränken. Sie stellte zwei Glasflaschen und zwei Gläser, die mit Eiswürfeln und je einer Zitronenscheibe gefüllt waren, auf ein Tablett und reichte es mir.

»Wollt ihr auch was essen?«, fragte Karla, die plötzlich hinter mir stand.

»Bloß kein Eis«, erwiderte ich. Zwar liebte ich Eis, doch in den vergangenen Wochen hatte ich zu viel davon gefuttert. Wenn ich nicht aufpasste, würde ich noch aufgehen wie die selbst gemachten Dampfnudeln meiner Oma, und dann würde Mark mich erst recht nicht mehr küssen.

Karla schmunzelte. »Ich kann euch einen Strammen Max oder Toast Hawaii machen. Was sagst du?«

»Toast Hawaii klingt super.« Ich wollte bereits mit dem Tablett zu dem Tisch gehen, an den Tim sich gesetzt hatte, drehte mich aber noch mal zu meiner Tante um. »Sag mal, ist es okay, dass er hier ist?«

»Natürlich, Chrissie, frag doch nicht.«

Sie strich mir kurz über die Haare, dann verschwand sie in

der Backstube, und ich ging hinüber zu Tim. Er verteilte die Getränke, während ich mich auf den Stuhl ihm gegenüber setzte.

»Karla bringt uns gleich noch Toast Hawaii. Oder hättest du lieber was anderes?«

»Ich liebe Toast Hawaii. Bei uns zu Hause gibt es das viel zu selten, weil mein Vater Ananas in der Kombination mit Schinken nicht mag.«

»Mein Papa mag es auch nicht so gern, aber Mama ist das ziemlich egal. Sie kocht es trotzdem mindestens einmal im Monat, weil es schnell geht. Wenn sie den ganzen Tag beim Friseur verbracht hat, hat sie keine Lust mehr, noch einen Braten zu machen.«

»Verstehe ich«, meinte Tim. »Ich verstehe nur nicht, wie man den ganzen Tag beim Friseur zubringen kann.«

»Frag mich nicht. Spitzen schneiden dauert bei mir auch nicht so lang«, erwiderte ich, und wir mussten beide lachen.

Meine Mutter hatte zwar eine Dauerwelle, aber die musste nicht jeden Monat erneuert werden. Ehrlich gesagt sah sie immer gleich aus, seit ich sie kannte, aber wer war ich, mich darüber zu beschweren. Schließlich trug ich meine braunen Haare auch seit jeher glatt und lang. Hin und wieder fragte ich mich, ob mir ein kurzer Bob stehen würde, so wie ihn die Frauen vor fünfzig Jahren getragen hatten, aber am Ende traute ich mich nie, es mal auszuprobieren, und es blieb beim Spitzenschneiden.

»Wie lange hast du jetzt noch Hausarrest?«, fragte Tim, nachdem er einen Schluck von seiner Cola getrunken hatte.

»Sonntag in einer Woche ist der letzte Tag, dann bin ich endlich wieder frei.«

»Und hast du schon was geplant, um das zu feiern?«

»Ach, mal sehen. Es ergibt sich sicher spontan was.«

Ich zuckte mit den Schultern, weil ich nicht zugeben wollte, dass bisher weder Ellen noch Mark sich Gedanken darüber gemacht hatten. Ehrlich gesagt rechnete ich jeden Tag damit, doch die beiden hatten gerade offenbar ihre eigenen Probleme. Oder vielleicht organisierten sie auch heimlich etwas für mich? An diese Hoffnung wollte ich mich jedoch nicht klammern, am Ende wäre ich nur enttäuscht, und außerdem bezweifelte ich so oder so, dass meine Mutter mich an einem Montag ausgehen lassen würde, auch wenn der Hausarrest dann offiziell aufgehoben war.

»Wir könnten ins Kino gehen«, schlug Tim vor. »Mark und Ellen kommen sicher auch mit.«

»Der neue James Bond läuft erst Ende des Monats«, erwiderte ich bedauernd.

»Stimmt. Na ja, uns fällt schon noch was ein.«

Ich sagte nichts dazu und lächelte nur. Es war nett von Tim, dass zumindest er sich Gedanken darüber machte, wie ich meinen ersten Tag in Freiheit verbringen konnte, denn es tat weh, dass ich Mark und Ellen egal zu schein schien. Aber vermutlich überdramatisierte ich das Ganze nur. Ich hatte lediglich Hausarrest gehabt und war nicht im Gefängnis gewesen, und sobald ich meine Zeit abgesessen hatte, würde mein Leben sicher wieder ganz normal verlaufen. Und ich musste Mark zugutehalten, dass die ganze Situation nicht einfach gewesen war, weder für mich noch für ihn. Ich meine, meine Eltern hatten uns in flagranti erwischt, Mark hinausgeworfen und mir anschließend vier Wochen Kontaktverbot auferlegt, und auch wenn wir uns im Café oder auf dem

Schulhof hätten unterhalten können – das waren keine geeigneten Orte, um zu besprechen, wie Mark sich damit fühlte und wie es jetzt mit uns weiterging. In gut einer Woche war es vorbei, und dann konnten wir uns nach der Schule ans Neckarufer setzen und alles nachholen. Bis dahin musste ich mich einfach noch gedulden, auch wenn Geduld nicht meine Stärke war.

»Wie läuft es denn mit deinen Eltern?«, wollte Tim wissen, als ich gerade überlegte, ihn trotz allem nach Mark auszuquetschen.

»Eigentlich wie immer«, erwiderte ich vage. Keine Ahnung, ob Tim wusste, was vorgefallen war und zu meinem Hausarrest geführt hatte. Ich hatte ihm jedenfalls nichts davon erzählt und wollte das auch nicht ändern.

Ellen wusste Bescheid, ich hatte es ihr am Telefon berichtet, denn natürlich hatte sie wissen wollen, was los war. Sie war ziemlich schockiert gewesen. Damit, dass meine Mutter dermaßen heftig reagieren würde, hatte sie wohl doch nicht gerechnet, und ich ehrlich gesagt auch nicht, obwohl ich es nach der Sache mit dem Poster eigentlich besser hätte wissen müssen.

»Und wie ist es mit Mark und Ellen?«, wechselte ich das Thema. »Geht ihr noch ins Schwimmbad?«

»Kaum, seit du Hausarrest hast, und jetzt, wo die Schule wieder angefangen hat …«

Ich runzelte die Stirn. »Aber die zwei waren doch weiterhin jeden Tag schwimmen, oder nicht?« Es konnte unmöglich sein, dass ich das falsch verstanden hatte.

»Ähm, ja, schon.« Tim wich meinem Blick aus und trank einen weiteren Schluck Cola.

Alles in mir spannte sich an, auch wenn es verrückt war. »Warum warst du nicht mehr dabei?« Hatte das etwa was mit mir zu tun?

»Fußball«, erwiderte Tim und lächelte gequält. »Wir hatten gegen Ende der Ferien ziemlich viele Trainingseinheiten und auch ein paar Spiele, das ist alles.«

Ich entspannte mich wieder. »Ach so, verstehe. Ist ja ätzend.«

Er zuckte mit den Schultern. »Na ja, das kann man sehen, wie man will. Manchmal ist es schon ein bisschen viel, aber ich gehe ja hin, weil es mir Spaß macht. Hast du irgendwelche Hobbys?«

»Natürlich habe ich Hobbys«, erwiderte ich gereizt.

Tim lachte verlegen. »Schon klar, so war das auch nicht gemeint. Ich meinte, ob du in einem Verein bist oder so was.«

Ich schüttelte den Kopf. »Früher wollte ich immer gern Reiten lernen.«

»Und warum hast du es nicht getan?«

Dieses Mal zuckte ich mit den Schultern. »Hat sich nicht ergeben«, log ich.

Die Wahrheit war, dass meine Mutter dagegen gewesen war. Ihr war das Hobby zu kostspielig, da sie bei der Tochter einer ihrer Freundinnen mitbekommen hatte, dass diese ständig neue Reitstiefel brauchte, weil ihre Füße so schnell wuchsen. Inzwischen hatte ich zwar seit mindestens einem Jahr die gleiche Schuhgröße, aber da ich wusste, dass meine Mutter ihre Meinung trotzdem nicht ändern würde, hatte ich nicht mehr davon angefangen. Das alles wollte ich Tim jedoch nicht erzählen. Nicht jeder brauchte zu wissen, wie erbärmlich mein Leben war. Es war mir unangenehm, dass meine Mutter mir so wenig erlaubte und so streng war.

»Mark hat erwähnt, dass euer Jahrgang schon wieder viel zu tun hat«, lenkte ich ab.

»Na ja, es geht. Mark ist halt ein Streber.« Lachend griff Tim nach seiner Cola und trank sie in einem Rutsch aus, doch er wirkte nicht amüsiert, sondern eher verunsichert.

»Dann habt ihr gar nicht so viele Hausarbeiten?«, hakte ich nach.

»Nicht wirklich. Mark fängt halt jetzt schon an, alles für die Abschlussprüfungen vorzubereiten. Mir ist das noch zu früh. Bis es so weit ist, hätte ich ohnehin alles wieder vergessen.«

Sinn ergab das Ganze irgendwie nicht, aber ich fragte nicht genauer nach. Zum einen hatte ich das Gefühl, dass Tim nicht weiter über Mark reden wollte, zum anderen wurde mir klar, dass ich eigentlich gar nicht so viel über Mark wusste. Das musste ich unbedingt ändern, sobald mein Hausarrest vorbei war.

Schweigen breitete sich zwischen Tim und mir aus, das immer unangenehmer wurde, je länger es andauerte, und so war ich froh, als Karla endlich die Toast Hawaii an unseren Tisch brachte.

»Entschuldigt, dass es so lang gedauert hat«, sagte sie ein wenig außer Atem und verteilte Teller und Besteck. »Wir haben gerade eine Großbestellung reinbekommen und mussten noch schnell eine neue Torte vorbereiten.«

»Warum hast du nichts gesagt? Ich hätte dir doch geholfen.«

Karla lächelte mir zu. »So weit kommt's noch, du hast

Pause und außerdem Besuch. Kann ich euch sonst noch was bringen?«

»Ich hätte gern noch eine Cola«, erwiderte Tim und reichte Karla seine leere Flasche.

»Für mich nichts mehr.« Ich hatte meine eigene Cola bisher kaum angerührt und war auch irgendwie froh, wenn ich meine Pause demnächst beenden konnte. Tim war ja ganz nett, aber wir hatten uns offenbar nicht allzu viel zu sagen, wenn die anderen nicht dabei waren.

Es war nicht Tims Schuld – er war halt einfach nicht Mark.

Dienstag, 16. August 1977

»Chrissie, komm mal schnell!«, rief mein Vater aus dem Wohnzimmer.

Ich legte mein Buch beiseite, sprang aus dem Bett und lief zu ihm. Wie jeden Abend saß er in seiner Jogginghose auf dem Sofa und sah sich die *Tagesschau* an. Meine Mutter saß auf dem Sessel und strickte oder häkelte für gewöhnlich, während sie nur hin und wieder zum Fernseher schaute, doch heute war sie mit ihrer Konzentration voll und ganz bei der Nachrichtensprecherin. Sie hatte nicht einmal mitbekommen, dass das Wollknäuel von ihrem Schoß gerollt war.

»Was ist denn?«, fragte ich.

Doch die Frage erübrigte sich, als Dagmar Berghoff von einem Blatt Papier vorlas: »Presley erlag in einem Krankenhaus in Memphis im Bundesstaat Tennessee einem Versagen der Atmungsorgane.«

Sie berichtete weiter, wie der Sänger am Nachmittag bewusstlos aufgefunden worden war, und fasste seine Karriere noch einmal zusammen, doch das bekam ich nur noch mit halbem Ohr mit. Meine Beine fühlten sich an wie Pudding, und bevor sie unter mir nachgeben konnten, sank ich auf den orangefarbenen Teppich.

»Elvis Presley ist tot?«, flüsterte ich und sah meinen Vater ungläubig an.

Er schaltete die Nachrichten leiser und erwiderte meinen Blick mitfühlend. »Sieht so aus. Tut mir leid, Hase. Ich weiß, wie gern du seine Musik hörst.«

Tränen brannten plötzlich in meinen Augen. Es erschien mir dumm, um einen Sänger zu trauern, den ich überhaupt nicht kannte, aber ich konnte nichts dagegen machen. Meine Ohren schmerzten, so sehr versuchte ich, die Tränen zu unterdrücken. Ich schluckte. »Darf ich Ellen anrufen?«

Jetzt erst wandte sich meine Mutter von dem Fernseher ab und mir zu, doch bevor sie etwas sagen konnte, antwortete mein Vater sanft: »Ausnahmsweise, okay?«

»Danke, Papa«, erwiderte ich mit dünner Stimme.

Während ich mich aufrappelte, das Telefon aus dem Flur holte und mit in mein Zimmer nahm, hörte ich, wie meine Mutter leise zu Papa sagte, dass sie das nicht gut finden würde, doch das war mir egal. Papa hatte es erlaubt, und ich wollte unbedingt Ellens Stimme hören. Sie hatte Elvis Presley und seine Musik genauso verehrt wie ich. Wenn jemand verstehen würde, wie es mir jetzt ging, dann war sie es. Bevor ich sie jedoch anrief, schob ich die Tür zu meinem Zimmer zu, sodass sie nur noch einen winzigen Spalt offen stand, was schon wegen des Telefonkabels nicht anders ging, und schaltete eine meiner Musikkassetten von Elvis ein. Die sanften Klänge von *Heartbreak Hotel* erfüllten mein Zimmer.

Ich warf mich bäuchlings auf mein Bett, winkelte die Beine an und wählte Ellens Nummer. Es dauerte nicht lange, bis sie abhob.

»Hier bei Nowak.« Ihre Stimme klang traurig, als hätte sie geweint.

»Hallo, Ellen. Hast du die Nachrichten gesehen?«

»Chrissie. O Gott, ist das nicht schrecklich? Ich wollte es zuerst gar nicht glauben.«

»Ich auch nicht«, sagte ich leise. »Er war doch noch so jung, genauso alt wie mein Vater. Wie kann er tot sein?«

Ellen atmete hörbar aus. »In der BRAVO stand doch immer, dass er so viele Medikamente geschluckt hat. Vielleicht hat er von irgendwas zu viel genommen, und er war ja auch nicht mehr der Fitteste.«

»Wenigstens bleibt uns seine Musik«, sagte ich, weil ich nicht wusste, was ich sonst sagen sollte.

»Auf jeden Fall. Warte mal, ich gehe kurz in mein Zimmer.«

Ich konnte hören, wie sie ihren Eltern Bescheid gab und den Flur durchquerte. Kurz darauf erklangen die ersten genialen Gitarrentöne von *Jailhouse Rock* durchs Telefon. Ich sah Ellen regelrecht vor mir, wie sie ebenfalls auf ihrem Bett lag, den Telefonhörer in der Hand, und musste lächeln.

»Weißt du noch, wie wir auf Stefans Scheunenparty dazu getanzt haben?«, fragte sie.

»Ich habe eben dasselbe gedacht. Leider musste ich mal wieder viel zu früh gehen, aber das war ein toller Abend.«

»War es.« Erneut atmete Ellen aus. »Wirklich blöd, dass

deine Mutter so streng ist. Wird Zeit, dass du endlich achtzehn wirst.«

»Ich bezweifele, dass sich dann so viel ändern wird. Solange ich zu Hause wohne …«

»Solange du an diesem Tisch sitzt, tust du gefälligst, was ich sage, junge Dame«, zitierte Ellen mit verstellter Stimme.

Obwohl ich das gar nicht lustig fand, weil es viel zu wahr war, musste ich grinsen. »Ganz genau. Vielleicht sollte ich gleich mit achtzehn ausziehen.« Ich sagte es als Scherz, doch Ellen ging sofort darauf ein.

»Warum nicht? Wenn du die schönsten Jahre deines Lebens nicht vergeuden willst, solltest du ernsthaft darüber nachdenken.«

Seufzend rollte ich mich auf den Rücken. »Und wie stellst du dir das vor? Ich gehe doch noch zur Schule und verdiene kein Geld.«

»Wozu hast du eine fantastische Tante? Du packst doch jetzt schon im Café mit an, und sie lässt dich sicher auch bei sich wohnen. Karla wird dir helfen, wenn du es wirklich ernst meinst.«

Ich zuckte mit den Schultern und erwiderte nichts. Prinzipiell stimmte ich Ellen zu, aber so einfach war es dann doch nicht. Immerhin ging es hier um meine Eltern. Auch wenn meine Mutter mir das Leben gern schwerer als nötig machte, wollte ich nicht für immer mit ihr brechen, und mit Papa schon gar nicht. Und wer wusste, wie es mit Karla werden würde, wenn sie plötzlich die volle Verantwortung für mich tragen würde. Zwar glaubte ich nicht, dass sie so streng sein würde wie Mama, aber man konnte nie wissen. Das hatte sie selbst zugegeben, auch wenn ich es als Blödsinn abgetan hatte.

»Sag mal, wie kommt es eigentlich, dass du mich jetzt anrufen durftest?«, wollte Ellen wissen. »Oder telefonierst du heimlich?«

»Papa hat aufgrund der Umstände eine Ausnahme gemacht. Wenn es nach Mama gegangen wäre …« Ich sprach den Satz nicht zu Ende, was auch nicht nötig war. »Darf ich dich was fragen, Ellen?«

»Klar.«

»Worüber willst du mit mir reden?«

Vorhin in der Schule hatte sie mich gefragt, ob ich mir morgen nach dem Unterricht kurz Zeit nehmen könne, weil sie etwas Wichtiges mit mir besprechen wolle. Sie hatte vorgeschlagen, ich könne meinen Eltern erzählen, dass ich Karla helfen würde, um dann einfach eine halbe Stunde später im Café aufzutauchen. Karla würde mich schon decken. Es schien wirklich wichtig zu sein, aber Ellen hatte mir nicht verraten wollen, worum es ging, und ich konnte schon den ganzen Tag lang nicht aufhören, darüber nachzudenken.

Ich hörte sie tief Luft holen. »Ach das. Ich wollte dich fragen, ob du spezielle Pläne für nächsten Montag hast, wenn dein Hausarrest endlich vorbei ist.«

Ein Lächeln stahl sich auf meine Lippen. »Und ich dachte schon, du hättest es vergessen oder es wäre dir egal.«

»Wie könnte es das? Du bist meine beste Freundin.« Ellen klang mit einem Mal wieder traurig, und ich hörte sie schlucken. »Was hältst du davon, wenn wir uns morgen Nachmittag alle im *Neckarplätzchen* treffen und bei Milchshakes ein bisschen Elvis-Musik zusammen hören? Oder denkst du, deine Tante hat etwas dagegen?«

Mein Lächeln wurde breiter, gleichzeitig traten Tränen

in meine Augen. »Bestimmt nicht, und ich wollte morgen Nachmittag ohnehin ins Café, sodass meine Eltern keinen Verdacht schöpfen sollten. Das ist eine schöne Idee, Ellen.«

Ich fragte nicht, ob Mark auch dabei sein würde, denn in diesem Moment war es mir egal. In diesem Moment war ich einfach nur froh, dass Ellen meine beste Freundin war und ich immer auf sie zählen konnte.

Mittwoch, 11. Dezember 1996

16

»Puh, heute ist ganz schön was los«, murmelte ich, wischte mir mit dem Handrücken über die Stirn und trank einen großen Schluck Wasser, bevor ich mich wieder daranmachte, die klebrige Masse vor mir zu Kugeln zu formen und in Kokosraspeln zu wälzen.

»Immer wenn es die hausgemachten Pudding-Kokos-Pralinen gibt«, erwiderte Barbara, die gerade fertige Pralinen in den Kühlschrank verfrachtete und eine weitere Schüssel des vorbereiteten Puddings herausholte.

»Ich kann mir nicht helfen, aber irgendwie heißt es das über jede Plätzchensorte«, meinte ich schmunzelnd.

»Tja, was soll ich sagen? Der Adventskalender deiner Tante ist eben eine Wucht und sehr beliebt unter den Heidelbergern.« Berbaras Augen strahlten, und man konnte sehen, wie stolz sie auf Karla und das war, was sie in den letzten Jahren zusammen auf die Beine gestellt hatten, denn der Adventskalender wurde von Jahr zu Jahr beliebter. Barbara war zwar nicht wie Wilma von Anfang an dabei gewesen, doch inzwischen arbeitete sie auch schon seit zehn Jahren im Café.

Der Ansturm aufs *Neckarplätzchen* war heute immens, obwohl es mitten unter der Woche war. Jetzt, eine Stunde vor

Schließung des Cafés, wurden wir der Lage endlich Herr, doch bis gerade eben hatte ich mich noch gefragt, ob wir überhaupt so viel produzieren konnten, wie Karla vorne im Laden verkaufte.

»Das stimmt. Es ist wirklich beachtlich, wie Karla das geschafft hat. Erst gestern habe ich während meiner kleinen Pause auf dem Weihnachtsmarkt zwei ältere Damen mit angehört, die in den höchsten Tönen vom *Neckarplätzchen* sprachen. Im Dezember kommen sie jeden Tag her.«

Automatisch dachte ich an Tim. Ob er wohl heute auch noch vorbeikommen würde? Montag hatte ich ihn zuletzt gesehen, und tatsächlich fing ich an, ihn zu vermissen. Ich mochte seine Gegenwart und hatte mich schon daran gewöhnt, jeden Nachmittag mit ihm zu plauschen. Da er meist eine Stunde vor Ladenschluss kam, fanden sich immer ein paar Minuten, um einen Kaffee zusammen zu trinken und die frisch gebackenen Plätzchen zu probieren.

Karla betrat die Backstube, ihre Wangen glühten. »Heidenei, es wird endlich ein bisschen ruhiger! Ich muss mich dringend ein paar Minuten hinsetzen.« Sie schüttelte ihre Beine aus und kreiste mit den Füßen in der Luft.

»Ich kann vorne für dich einspringen, wenn du magst«, bot ich an.

Karla nickte müde, während sie über ihre Waden strich. »Das wäre großartig, Chrissie.«

Ich ging zum Waschbecken, um mir die Hände zu waschen. »Soll ich dir einen Cappuccino bringen?«

»Falls du die Zeit dazu findest, sehr gern, aber mach dir bitte meinetwegen keinen Stress.«

»Für dich auch einen Kaffee, Barbara?«

Sie schüttelte den Kopf. »Lieber nicht, sonst kann ich heute Nacht nicht schlafen.«

»Ich könnte dir einen koffeinfreien machen.«

Barbara lachte. »Dann kann ich trotzdem nicht schlafen. Nein, ich bleibe bei Wasser, aber danke dir.«

»Ach Chrissie, bevor ich das vergesse«, rief Karla mir nach. »Ich soll dich von deiner Mutter grüßen, wir haben kurz telefoniert.«

Ich drehte mich noch einmal um. »Geht's ihr gut?«

Karla lächelte mir zu. »Alles bestens.«

»Prima, das freut mich. Ich sollte sie auch mal wieder anrufen.« Seit ich in Heidelberg war, hatte ich nicht mehr mit ihr geredet, und tatsächlich vermisste ich ihre Stimme.

Mit dem Vorsatz, sie gleich heute Abend anzurufen, verließ ich die Backstube und betrat das Café. Rund die Hälfte der Tische war zwar nach wie vor besetzt, doch Karlas Aushilfskraft Susanne, die von allen nur Susi genannt wurde, kam allein zurecht, da momentan alle versorgt zu sein schienen. Deshalb begab ich mich erst mal hinter die Theke, um für Karla und mich einen Cappuccino zuzubereiten. Ich griff nach einer sauberen Tasse, als das Telefon klingelte. Band Aid sang gerade so laut *Do They Know It's Christmas?*, dass ich es beinahe nicht gehört hätte. Schnell stellte ich die Tasse weg und lief zum Telefon. Es stand in der kleinen Kaffeeküche, in der ich im Sommer 1977, als ich von meiner Mutter einen ganzen Monat Hausarrest aufgebrummt bekommen hatte, meine Pausen verbracht hatte.

»Ich geh schon ran«, rief ich in die Backstube und nahm den Hörer ab. »Café *Neckarplätzchen* in Heidelberg, Christina Willert am Apparat.«

»Ach, Frau Willert. Schön, dass ich Sie gleich in der Leitung habe. Inge Lüdtke hier. Wie geht es Ihrer Tante? Ist sie auf dem Weg der Besserung?«

In meinem Magen bildete sich augenblicklich ein Knoten. Wenn meine Vermieterin im Café anrief, konnte das nichts Gutes bedeuten. Entweder stand meine Hamburger Wohnung unter Wasser oder es war eingebrochen worden – oder aber sie wusste inzwischen, was mit dem Haus in Eppendorf passieren würde. *Hoffentlich übernimmt es nicht ihr Sohn,* dachte ich, auch wenn ich wusste, dass Frau Lüdtke genau das am liebsten wäre.

»Ist sie, danke der Nachfrage. Und wie geht es Ihnen?« Mir stand überhaupt nicht der Sinn nach Small Talk, aber das spielte keine Rolle.

»Es geht, es geht. Mein Rheuma, Sie wissen ja, aber heute ist ein guter Tag.« Meine Vermieterin räusperte sich. »Frau Willert, Sie können sich sicher denken, warum ich anrufe.«

Ich unterdrückte ein Seufzen. Sie hatte es zwar noch nicht laut ausgesprochen, doch damit war klar, was sie mir sagen wollte. Musste ich mir zum Sommer eine neue Bleibe suchen? »Ich nehme an, es geht um das Haus?«

»So ist es. Der Walter hat sich tatsächlich dazu entschlossen, das Haus zu übernehmen. Ehrlich gesagt bin ich heilfroh darüber, denn ich hätte es nur sehr ungern verkauft, aber um Sie tut es mir leid.«

»Ich komme schon zurecht, machen Sie sich um mich keine Gedanken«, erwiderte ich zuversichtlicher, als ich mich fühlte. Jetzt musste ich mir wirklich etwas Neues suchen, und ein halbes Jahr ging schnell rum.

»Natürlich, daran zweifele ich nicht. Entschuldigen Sie,

dass ich so kurz vor Weihnachten keine besseren Nachrichten für Sie habe.«

Wir tauschten noch ein paar belanglose Nettigkeiten aus, dann beendete ich das Gespräch und kehrte ins Café zurück. So ein Mist! Was sollte ich denn jetzt machen?

»Alles okay?«, hörte ich Karla aus der Backstube fragen.

»Alles okay«, rief ich zurück und machte mich wieder an die Zubereitung der beiden Cappuccini. Ich würde Karla später von meinem Problem erzählen – wobei ich ihre Antwort schon zu kennen glaubte. *Dann zieh doch wieder zurück nach Heidelberg,* würde sie sehr wahrscheinlich vorschlagen. *Du fehlst mir, und Heidelberg ist deine Heimat.*

Auf jeden Fall war sie es einmal gewesen. Aber war sie es noch? Konnte ich hier nach all den Jahren noch einmal von vorn anfangen und endlich glücklich werden?

Die Tür ging auf, und ich warf automatisch einen Blick über meine Schulter. Enttäuscht stellte ich fest, dass es nicht Tim war, stattdessen betrat ein noch recht junges Mädchen das Café.

»Ich komme gleich«, rief ich ihr zu, als sie sich an einen Tisch nahe der Theke setzte. Schnell brachte ich Karla ihren Cappuccino, die es sich in der Backstube auf einem Stuhl bequem gemacht hatte, dann kehrte ich ins Café zurück, um die Bestellung des Mädchens aufzunehmen. »Willkommen im *Neckarplätzchen*. Was darf ich dir bringen?«

»Ich hätte gern die Pudding-Kokos-Pralinen und eine heiße Schokolade ohne Sahne. Und können Sie mir noch eine Portion der Pralinen zum Mitnehmen fertig machen?«

Sie sah auf, und das Lächeln schwand aus meinem Gesicht. »Ellen«, flüsterte ich und schluckte gegen den plötzlichen Kloß in meinem Hals an. Das Mädchen sah genauso aus wie meine ehemals beste Freundin – die blonden Locken, die braungrünen Augen, die sportliche Figur. Das Mädchen vor mir war der jungen Ellen wie aus dem Gesicht geschnitten.

Nun runzelte sie die Stirn. »Sie kennen meine Mutter?«

Damit bestätigte sich der Verdacht: Ellens und Marks Tochter saß vor mir. Ich schluckte erneut und zwang mich zu einem Lächeln, das sich nicht echt anfühlte. »Ähm, ja, tatsächlich tue ich das. Wir waren vor vielen Jahren mal Freundinnen.«

»Dann sind Sie bestimmt Chrissie, oder? Wobei, nein, Mama hat erzählt, dass ihre beste Freundin inzwischen in Hamburg lebt. Entschuldigen Sie.«

Meine Knie wurden weich. Ich zog mir einen Stuhl hervor und ließ mich darauf fallen, ehe meine Beine unter mir nachgeben konnten. »Deine Mutter hat dir von mir erzählt?« Und sie schien von mir als Chrissie zu sprechen, nicht als Christina, was ein seltsames Gefühl in mir auslöste, das ich nicht benennen konnte. War es Rührung? Freude? Eine Mischung aus beidem?

Nathalies Augen leuchteten auf. »Oh, dann sind Sie es doch. Wie schön, ich wollte Sie schon immer mal kennenlernen! Natürlich spricht meine Mutter von Ihnen. Bei uns im Flur hängt sogar ein Bild von Ihnen, das ist allerdings so alt, dass ich Sie nicht gleich wiedererkannt habe.«

Tränen stiegen in mir hoch, und mein Hals wurde erneut eng. Am liebsten wäre ich aufgesprungen und in die Kaffeeküche geflüchtet, um einen Moment für mich zu haben, doch ich wollte Nathalie nicht verschrecken. Das Mädchen schien nicht zu wissen, warum ihre Mutter und ich keinen Kontakt mehr hatten, und ich wollte nicht diejenige sein, die es ihr sagte. Also riss ich mich zusammen, um weder aufzuspringen noch in Tränen auszubrechen, was mich unmenschliche Anstrengung kostete.

»Das freut mich.« Meine Stimme klang rau von den ungeweinten Tränen, und ich räusperte mich. »Du kannst mich Chrissie nennen.«

»Gern. Sie müssen uns unbedingt mal besuchen kommen, das wäre eine tolle Überraschung für Mama. Wissen Sie …« Nathalie brach ab. Ihre braungrünen Augen trübten sich vor Trauer ein, und ihre Stimme begann zu zittern, als sie weitersprach. »Das wird jetzt sicher nicht leicht für Sie. Wissen Sie, meine Mama …«

Sie war nicht fähig, die Worte laut auszusprechen, und dass sie sich bei der Nachricht, die sie mir überbringen wollte, auch noch Sorgen um mich machte, bereitete mir solche Schuldgefühle, dass ich kaum mehr Luft bekam. Nickend legte ich meine Hand auf Nathalies. »Ich weiß Bescheid. Es tut mir so leid, Nathalie.«

Sie wischte sich hastig die Tränen aus den Augenwinkeln. »Sind Sie deshalb in Heidelberg?«

Ich schluckte. »Sozusagen«, griff ich schnell zu einer Notlüge, weil ich ihr unmöglich die Wahrheit sagen konnte. Sie würde mich für ein Monster halten, wenn sie erfuhr, dass mich ihre todkranke Mutter um Vergebung gebeten hatte und ich ihr diese bisher verweigerte. Und vielleicht war ich das auch – ein Monster. Ich verspürte den Drang, etwas Nettes zu Ellens Tochter zu sagen, um sie ein kleines bisschen aufzumuntern, also sagte ich das Erste, das mir in den Sinn kam. »Du bist genauso hübsch wie deine Mama. Die Jungen lagen ihr damals zu Füßen, und bei dir ist es sicher nicht anders, oder?«

Nathalies Wangen färbten sich zartrosa. »Oh, na ja. Da gibt es in der Tat einen Jungen, den ich mag, aber Papa findet, dass ich noch zu jung für einen Freund bin.«

»Wirklich?« Ich war ehrlich überrascht. Nach allem, was wir wegen meiner Mutter durchgemacht hatten, hätte ich dieses Verhalten am wenigsten von Mark oder Ellen erwartet.

Nathalie zuckte mit den Schultern. »Was soll's, im Moment habe ich eh keinen Kopf für Jungs.«

Bevor ich etwas erwidern konnte, trat Susi zu uns an den Tisch. »Entschuldige, dass ich störe, Chrissie, aber der Cappuccino, der auf der Theke steht – muss der noch serviert werden?«

»Den hatte ich für mich gemacht, aber wenn du ihn brauchst und er noch warm ist, kannst du ihn gern an einen Gast rausgeben. Er ist allerdings koffeinfrei.« Ich zögerte. Das war die Gelegenheit, Susi zu sagen, dass ich mich noch kurz mit Nathalie unterhalten würde, doch obwohl ich den seltsamen Drang verspürte, das Mädchen besser kennenzulernen, wusste ich nicht, ob es das Richtige war. Schließlich ließ ich mein Herz entscheiden. »Susi, kommst du kurz allein zurecht? Das ist die Tochter einer alten Freundin, und ich würde ihr gern noch ein wenig Gesellschaft leisten.«

Susi lächelte, wobei das Piercing in ihrer Zunge sichtbar wurde. »Na klar, überhaupt kein Problem.«

Einen Moment sah ich ihr hinterher, als sie leise die Weihnachtsmusik mitsummend hinter der Theke verschwand, dann wandte ich mich wieder Nathalie zu. Das Mädchen erwiderte meinen Blick zögerlich.

»Ist das wirklich okay? Ich möchte Sie nicht von der Arbeit abhalten.«

Ich schenkte ihr ein Lächeln, das sich dieses Mal schon viel echter anfühlte. »Das ist überhaupt kein Problem, und wenn du mich Chrissie nennst, kannst du mich selbstverständlich auch duzen.«

Schüchtern lächelte sie zurück. »Erzählst du mir von Mama, wie sie früher war?«

Ich schluckte. Nathalies Bitte überrumpelte mich, doch jetzt war es zu spät, um einen Rückzieher zu machen. Und vielleicht war es ja auch für mich ganz heilsam. »Gern, aber vorher hole ich dir deine heiße Schokolade und die Pralinen, okay?«

»Ohne Sahne«, erinnerte Nathalie mich.

Dieses Mal musste ich wirklich lächeln. Auch Ellen war zumindest damals kein Fan von Sahne gewesen, was ich persönlich nie hatte nachvollziehen können, da es bei mir nie hatte genug sein können. »Ohne Sahne«, bestätigte ich und ging zu Susi hinter die Theke, die an meinem Cappuccino nippte und dabei das Gebäck hinter der Glasscheibe neu arrangierte.

»Oh, tut mir leid, Chrissie«, entschuldigte sie sich ertappt. »Ich dachte, ich trinke den Cappuccino, bevor er kalt wird, aber ich hätte ihn dir auch einfach an den Tisch bringen können. Entschuldige, ich habe nicht nachgedacht und mache dir sofort einen neuen.«

»Überhaupt kein Problem. Ich mache mir einfach selbst noch mal einen.« Während ich Nathalies Bestellung fertig machte und einen neuen Kaffee zubereitete, fragte ich: »Ist es wirklich in Ordnung, wenn ich mich kurz ausklinke? Bisher war viel los, und ich will euch keinesfalls hängen lassen.«

Sie schüttelte den Kopf. »I wo, ich komme klar, und langsam wird es ja auch weniger. Um diese Zeit verirren sich erfahrungsgemäß nur noch wenige Gäste ins Café, so wie der überaus attraktive Mann dort. Soll ich die Bestellung aufnehmen oder übernimmst du das?«

Lächelnd warf ich einen Blick über meine Schulter, in der Erwartung, Tim statte dem *Neckarplätzchen* auf den letzten Drücker noch einen Besuch ab. Doch der Mann, der das Café betrat und Nathalies Tisch ansteuerte, war nicht Tim. Es war Mark. Unsere Blicke trafen sich, und mein Herz stolperte.

Ein bitteres Gefühl breitete sich in mir aus. Verdammt, ich hätte es wissen müssen. Es konnte unmöglich sein, dass Mark nur zufällig hier auftauchte, schließlich wusste er, dass ich den ganzen Advent im Café aushalf. Er war hier, um Nathalie abzuholen, was bedeutete, dass auch sie unmöglich zufällig im *Neckarplätzchen* gelandet sein konnte. Demnach hatte Mark sie aller Voraussicht nach benutzt, um mich zu manipulieren, und ein Blick in seine Augen verriet mir, dass ich mit meiner Vermutung richtiglag. Er hatte mir noch nie etwas vormachen können, schon damals nicht. Während Ellen mir wochenlang weiterhin die beste Freundin vorgespielt hatte, war Mark mir so gut es ging aus dem Weg gegangen, weil er seine Gefühle nicht unter Kontrolle gehabt hatte, und daran hatte sich bis heute nichts geändert.

Das Schlimmste war, dass sein Plan aufgegangen war. Nathalie hatte es tatsächlich geschafft, dass ich mich wegen

Ellen schlecht fühlte, doch jetzt war ich einfach nur noch sauer, dass Mark seine unwissende Tochter für seine Zwecke eingesetzt hatte.

»Chrissie?«, riss Susi mich aus meinen Gedanken.

Ich schluckte. »Lass nur, ich übernehme den Herrn«, sagte ich leise und wandte mich wieder der Kaffeemaschine zu.

Viel zu schnell hatte ich Nathalies Bestellung fertig und alles auf ein Tablett gestellt, denn prinzipiell hätte ich noch viel mehr Zeit gebraucht, um mir zu überlegen, was ich jetzt machen sollte. Einerseits wollte ich Nathalie nicht enttäuschen, denn das Mädchen war nett. Sie machte schon genug durch und konnte nichts für die Fehler ihrer Eltern. Andererseits war ich mir ziemlich sicher, dass ich es nicht schaffen würde, Mark gegenüberzusitzen und so zu tun, als wäre alles in bester Ordnung. Nicht, nachdem er diese Nummer hier abzog. Und dabei war ich nach dieser Nacht vor einer Woche, in der wir weinend vor Karlas Haus gestanden hatten, fast schon bereit gewesen, zumindest ihm zu verzeihen.

Ich atmete noch einmal tief durch, bevor ich mit dem Tablett hinüber zu Nathalies Tisch ging.

»Hallo, Chrissie«, begrüßte Mark mich verlegen. »Schön, dich zu sehen.«

»Hallo, Mark«, erwiderte ich mit einem erzwungenen Lächeln und schob ihm den koffeinfreien Cappuccino hin, den ich eigentlich für mich gemacht hatte. Mir war endgültig der Appetit vergangen. »Hier, der ist für dich, geht aufs Haus. Und die heiße Schokolade ohne Sahne ist für dich.« Ich stellte die Tasse und den Teller mit den Pudding-Kokos-Pralinen vor Nathalie ab, außerdem reichte ich ihr eine goldene Pappschachtel, die mit einer roten Schleife verschlossen war und in der sich die Portion zum Mitnehmen befand. »Es tut mir wirklich leid, Nathalie, aber ich habe ganz vergessen, dass ich noch einen dringenden Termin habe. Ich fürchte, wir müssen unser Gespräch auf ein anderes Mal verschieben.«

»Oh, okay.«

Sie wirkte enttäuscht, und es brach mir fast das Herz. Dieser Umstand schürte meine Wut auf Mark allerdings nur noch mehr, weshalb ich mich erst recht nicht mit diesem Mann an einen Tisch setzen konnte. »Wir holen das nach, okay? Du kannst mich jederzeit wieder hier im Café besuchen kommen. Bis auf kommenden Sonntag bin ich eigentlich immer hier.«

»Das mache ich, Chrissie. Danke.«

»Ich freue mich drauf. Bestell deiner Mutter liebe Grüße«, zwang ich mich zu sagen, und wandte mich mit einem eiskalten Blick, den ich leider nicht unterdrücken konnte, ihrem Vater zu. »Mark.« Ich machte auf dem Absatz kehrt und durchquerte das Café.

»Chrissie, warte mal«, rief er mir hinterher, doch obwohl Verzweiflung in seiner Stimme mitschwang, blieb ich nicht stehen und flüchtete mich in die Kaffeeküche.

Mit klopfendem Herzen, zitternden Händen und geschlossenen Augen stützte ich mich auf dem Tisch ab, auf dem ein Christstern stand sowie ein Teller mit Weihnachtsgebäck. Ich wünschte, ich wäre stärker, Nathalie zuliebe, die für all das hier nichts konnte, doch ich hatte meine Gefühle genauso wenig wie Mark unter Kontrolle. Im Beisein ihres Vaters, der uns beide nur benutzte, konnte ich dem Mädchen keine heile Welt vorgaukeln.

»Chrissie?«

Ich wirbelte zu Mark herum, der plötzlich in der Kaffeeküche stand. Hier war so wenig Platz, dass ich ihn hätte berühren können, wenn ich den Arm ausgestreckt hätte. »Raus hier«, sagte ich, doch meine Stimme klang für diese Aufforderung viel zu leise.

»Chrissie, bitte, hör mir kurz zu.«

»Wie kannst du es wagen, deine Tochter in die Sache hineinzuziehen? Mich zu manipulieren, um dein Ziel zu erreichen?«

»So ist das nicht, dann wäre ich nicht hier aufgetaucht, sondern hätte draußen auf Nathalie gewartet. Wir holen uns jedes Jahr Karlas Pudding-Kokos-Pralinen, Ellen liebt sie.«

Natürlich kannte ich Ellens Vorliebe für Kokos, trotzdem sagte ich: »Lüg mich nicht an, Mark. Wenn es dir nur um die Pralinen gegangen wäre, hättest du Nathalie nicht vorschicken müssen.«

Zerknirscht steckte er die Hände in die Taschen seiner dunklen Anzughose. »Du hast recht, es tut mir leid. Es war dumm von mir, Nathalie vorzuschicken. Ich hatte Angst, du würdest uns ignorieren oder weglaufen, wenn ich gleich mit reingekommen wäre. Entschuldige bitte.«

Ich stieß ein Seufzen aus. »Was willst du, Mark?«

Nun seufzte auch er. »In nicht mal zwei Wochen ist Heiligabend. Ich wünsche mir einfach, dass Ellen ihr …« Ich hörte ihn schlucken. »… dass Ellen ihr vermutlich letztes Weihnachtsfest halbwegs genießen kann«, fuhr er leiser fort. »Denkst du, du schaffst es bis dahin, dich zu entscheiden, ob du ihr verzeihen kannst?«

Ich schluckte meinen Groll hinunter und nickte. »Das

habe ich vor, denn wie auch immer ich mich am Ende entscheide – ich will Ellen ihr letztes Weihnachtsfest keinesfalls ruinieren.«

»Danke, Chrissie.«

Schweigend standen wir uns gegenüber. Am liebsten hätte ich gefragt, was er noch wollte, oder ihn gebeten, jetzt zu gehen, doch ich brachte kein Wort über die Lippen. Stattdessen sah ich ihn unverhohlen an. Vor langer Zeit hatte ich ihn unglaublich geliebt, doch seither war viel passiert, auch wenn seitdem niemand mehr diese Leere in meinem Herzen hatte füllen können. War es wirklich möglich, dass ihm mein Herz nach wie vor gehörte? Oder machte ich mir nur etwas vor? Hielt ich an der Vergangenheit fest, weil ich sonst gezwungen wäre, mein Leben endlich in die Hand zu nehmen und etwas daraus zu machen?

»Chrissie?«, durchbrach er nach einer Weile die Stille.

»Ja, Mark?«

»Es ist okay, wenn du mir nicht vergeben kannst, auch wenn ich es sehr schade fände. Hauptsache, du gibst Ellen eine Chance. Es bedeutet ihr wirklich sehr viel.«

»Soll ich dir was verraten?«, erwiderte ich leise. »Dir könnte ich vielleicht sogar verzeihen, weil ich damals gesehen habe, wie sehr dich das alles belastet hat. Ellen hingegen hat mir dreist ins Gesicht gelogen und weiterhin behauptet, sie wäre meine beste Freundin, während sie hinter meinem Rücken mit dir angebandelt hat.«

Traurig schüttelte Mark den Kopf. »So mag es ausgesehen haben, aber so war es nicht. Ellen hat sich verändert, schon vor der Krankheit. Sie hat das alles mindestens genauso belastet wie mich – und nicht nur das. Es hat auch unsere Ehe belastet. Dass du uns nicht verziehen hast, hing immer wie ein dunkler Schatten über uns.«

Ich senkte den Blick, wusste nicht, was ich dazu sagen sollte. Auf der einen Seite tat es gut, zu hören, dass mein Schicksal ihnen nicht komplett gleichgültig gewesen war. Auf der anderen Seite fühlte ich mich schuldig, weil die beiden in den vergangenen beinahe zwanzig Jahren nicht so glücklich gewesen waren, wie sie es hätten sein können. Aber musste ich mich deshalb wirklich schuldig fühlen? Immerhin hatten sie ihr Glück auf meinem Unglück aufgebaut.

Leise seufzend wandte Mark sich ab, um die Kaffeeküche zu verlassen.

»Mark?«

»Ja?« Er drehte sich noch einmal zu mir um.

»Mach nicht den gleichen Fehler wie meine Mutter und leg deiner Tochter bezüglich Jungs bitte keine Steine in den Weg.«

»Was hat Nathalie dir erzählt?«

»Dass du sie für zu jung hältst, aber sie ist vierzehn. So jung ist das nicht mehr, und außerdem scheint sie mir unglaublich reif und vernünftig zu sein.«

Mark nickte. »Ja, das ist sie. Danke, Chrissie.«

Mit einem zaghaften Lächeln wollte er sich erneut abwenden, doch mir lag noch etwas anderes auf dem Herzen.

»Warte, beantworte mir nur noch eine Frage: Angenommen, meine Mutter hätte mir damals keinen Hausarrest gegeben und uns dadurch nicht entzweit – hättest du dich dann trotzdem in Ellen verliebt oder wären *wir* jetzt verheiratet?«

»Das ist nicht fair, Chrissie«, sagte er leise.

Ich nickte. »Das weiß ich, aber was ist schon fair?«

Mark schloss die Augen und fuhr sich mit beiden Händen übers Gesicht. Als er die Augen wieder öffnete, sah er unglaublich erschöpft aus. »Ich weiß es nicht. Niemand kann sagen, wie sich das alles entwickelt hätte, aber um ganz ehrlich zu sein …«

Er brach ab, senkte den Blick Richtung Boden. Mein Herz schlug schneller, als Mark mir nach einigen Sekunden mit seinen blauen Augen direkt in meine sah. Ich hatte keine Ahnung, welche Antwort jetzt kommen würde, und ich wusste auch nicht, welche mir lieber wäre. Ich wusste nicht einmal mehr, ob ich sie noch hören wollte, doch ebenso wenig schaffte ich es, Mark das zu sagen.

Er legte den Kopf in den Nacken und fuhr sich erneut mit den Händen übers Gesicht. »Scheiße! Ich sollte dir das jetzt vermutlich besser nicht sagen, aber ich war dabei, mich in dich zu verlieben. Wenn deine Mutter nicht gewesen wäre … wäre das mit Ellen wahrscheinlich nie passiert.«

Sonntag, 21. August 1977

17

»Willst du nicht langsam mal nach Hause gehen?«, fragte Karla, die zu mir hinter die Theke trat. »Eigentlich war ja nur die Rede davon, dass du mir während deiner Ferien aushilfst, und nun opferst du mir auch noch deine Wochenenden.«

Ich zuckte mit den Schultern und stellte das Kännchen Kaffee zu den beiden Tassen auf das Tablett. »Zu Hause würde ich mich eh nur langweilen. Es sei denn, du willst gar keine Aushilfe mehr. Mensch, Tante Karla, entschuldige bitte, daran habe ich gar nicht gedacht.« Schuldbewusst sah ich sie an. Sie bezahlte mich immerhin für meine Arbeit, und wir hatten nie darüber geredet, ob es für sie okay war, dass ich auch nach den Ferien weiter aushelfen würde.

»Ist auch besser so, das ist nämlich absoluter Blödsinn.« Sie legte einen Arm um mich und zog mich an ihre Seite. »Hier geht es wirklich nicht ums Geld, sondern nur darum, dass ich dir nicht deine Freizeit klauen will.«

Ich verzog den Mund. »Welche Freizeit?«

»Na ja, morgen ist es ja vorbei mit dem Hausarrest. Habt ihr denn schon was geplant?« Sie gab mir noch einen flüchtigen Kuss auf den Kopf, dann kümmerte sie sich um die Kuchenbestellungen, die sie auf ihrem Block notiert hatte.

»Nicht so richtig, aber Ellen hat mich schon gefragt, was ich machen will.«

Karla lächelte mir zu. »Am Ende ist es ja auch egal. Hauptsache, ihr könnt wieder Zeit zusammen verbringen.«

Ich nickte. »Das stimmt. Soll ich ...« Ich brach ab, als sich neue Gäste ankündigten. Es waren Ellen und Mark. Augenblicklich hob sich meine Laune. Mit den beiden hatte ich nicht gerechnet, schon gar nicht heute. Umso mehr freute ich mich, dass sie mich mal wieder im Café besuchen kamen. Ob sie hier waren, um über den morgigen Tag zu reden? »Brauchst du mich noch, oder kann ich kurz Pause machen?«, fragte ich an Karla gewandt.

»Woher der plötzliche Sinneswandel?« Sie sah von dem Kirschkuchen mit Streuseln auf und lächelte. »Ah, verstehe. Geh nur, und sag Bescheid, wenn ihr was essen oder trinken möchtet.«

Ich legte Block und Stift beiseite – beides hatte ich in meiner hinteren Hosentasche verstaut – und ging zu meinen Freunden hinüber, die etwas unschlüssig am Eingang standen, statt sich an einen der freien Tische zu setzen. Glücklich wirkten sie nicht gerade. »Hi, schön, euch zu sehen. Welche Laus ist euch denn über die Leber gelaufen? Hat euch das Wetter einen Strich durch eure Schwimmbadpläne gemacht?«

»Na ja, das Schwimmbadwetter ist so gut wie vorbei«, erwiderte Ellen. »Aber alles bestens.«

»Okay.« Ich war nicht sicher, ob ich ihr das glauben sollte, aber ich hakte auch nicht näher nach. »Na kommt, setzen wir uns. Wilma hat heute superleckeren Mandarinenkuchen gebacken.«

»Ähm, Chrissie, warte mal«, hielt Mark mich zurück. »Können wir vielleicht kurz vor dem Café miteinander reden?«

»Vor dem Café?« Automatisch wanderte mein Blick an ihm vorbei. Da draußen sah es nun wirklich nicht gemütlich aus. Es waren nicht einmal zwanzig Grad, und schon den ganzen Tag lang wechselten sich Regen und Nieselregen ab. Momentan nieselte es zwar bloß, aber das konnte sich jederzeit wieder ändern.

»Nur ganz kurz«, meinte Ellen.

Ich zögerte, doch dann nickte ich. Was blieb mir auch anderes übrig? »Wartet, ich hole schnell meine Jacke.« Während ich meine Cordjacke aus der Kaffeeküche holte, überlegte ich, ob sie möglicherweise eine Überraschung für mich hatten – allerdings hatten die beiden nicht so auf mich gewirkt.

»Geht ihr schon?«, fragte Karla, als sie mich mit meiner Jacke erblickte.

»Keine Ahnung, ehrlich gesagt.«

Ich durchquerte das Café, spazierte an Ellen und Mark vorbei, die immer noch unschlüssig vor dem Eingang standen, und marschierte nach draußen. Wind blies mir ins Gesicht und wirbelte ein paar Blätter über die Straße. Es roch nach Herbst.

Ellen und Mark folgten mir nach draußen, und wir stellten uns ein paar Schritte weiter unter die gelb gestreifte Markise, die, warum auch immer, ausgefahren war. Einen Moment herrschte absolute Stille, und in meinem Magen bildete sich ein Knoten. Aus unerfindlichen Gründen fühlte ich mich wie vor einer Matheklausur.

»Also, was gibt es denn?«, fragte ich, nachdem die beiden immer noch schwiegen. Ellen und Mark wechselten einen Blick. Er sah aus, als hätte er Zahnschmerzen, und auch sie wirkte so ganz anders als sonst. »Was ist denn?«, fragte ich erneut.

Mark seufzte. »Sag du es ihr, ich kann das nicht.«

»Was kannst du nicht? Was zum Teufel ist denn los?«

Ellen holte tief Luft. »Das ist jetzt nicht einfach, aber du musst endlich die Wahrheit wissen. Lass mich dir nur vorher sagen, dass wir das niemals gewollt haben. Bitte, Chrissie, das musst du mir glauben. Keiner von uns wollte dir jemals wehtun. Es ist einfach passiert.«

Ihre Worte waren wie ein Schlag in den Magen, und ich wich einen Schritt zurück. Noch bevor sie es laut aussprach, wusste ich, was jetzt kommen würde. »Nein. Sag, dass das nicht wahr ist.« Meine Stimme war nur ein Flüstern, wurde von dem Wind beinahe fortgetragen. Ich schüttelte den Kopf, wollte es nicht wahrhaben, doch ein Blick in die Gesichter der beiden war die Antwort, die ich nicht hören wollte.

»Es tut mir so, so leid, Chrissie.« Marks Stimme war nicht viel lauter als meine. »Ich habe mich lange dagegen gewehrt …«

»Das haben wir beide«, beteuerte Ellen schnell. »Chrissie, du bist meine beste Freundin. Niemals würde ich dir absichtlich wehtun wollen.«

»Ach nein?« Ich klang mit einem Mal scharf. »In den vergangenen Wochen hast du aber nicht so gewirkt, als würde dir dein Verrat zu schaffen machen. Du bist nicht meine beste Freundin, du bist ein Flittchen. Steigst mit dem Erstbesten ins Bett.« Ich wandte mich Mark zu. »Und du. Wie konntest du, Mark? Nur weil ich es nicht gebracht habe, rennst du gleich zu der Nächsten? Wie nötig hast du es eigentlich?«

Inzwischen drehten sich Passanten, die mit ihren Regenschirmen an uns vorbeieilten, zu uns um, aber das war mir egal. Es war mir egal, dass wir beobachtet wurden, dass ich schrie und dass ich nun doch trotz der Markise nass wurde.

»Jetzt beruhige dich doch«, bat Mark. »So ist das alles nicht.«

»Ach nein?« Nun schrie ich wirklich. »Ihr habt mich betrogen. Meine beste Freundin hat hinter meinem Rücken mit meinem Freund geschlafen.«

»Chrissie, das mit uns … So richtig war das doch noch gar nicht«, begann Mark.

Am liebsten hätte ich ihm eine Ohrfeige verpasst, so wütend, verletzt und enttäuscht war ich. »Warum habe ich dann vier Wochen Hausarrest bekommen? Du hattest deine verdammte Hand in meiner Hose, als uns meine Eltern erwischt haben. Und da willst du mir erzählen, dass das zwischen uns doch noch nicht so richtig war?« Eine Frau, die gerade mit einem zwei- oder dreijährigen Mädchen an uns vorbeikam, zog die Kleine schnell weiter.

»Ach Chrissie, so hat Mark das doch gar nicht gemeint«, versuchte Ellen, mich zu beruhigen, erreichte damit aber das genaue Gegenteil.

»Es ist mir egal, wie er es gemeint hat. Fakt ist, dass ihr es miteinander getrieben habt, während ich deinetwegen«, ich stieß Mark mit dem Zeigefinger gegen die Brust, »Hausarrest hatte. Wie mies kann man eigentlich sein? Habt ihr auch nur eine Sekunde darüber nachgedacht, was ihr mir damit antut?«

»Eine Sekunde? Jede Sekunde! Keiner von uns wollte das, aber es ist nun mal passiert. Wir haben uns ineinander verliebt.«

Ellens Worte trafen mich völlig unvorbereitet. *Verliebt?* Die beiden … hatten sich ineinander verliebt? Unfähig, mich zu rühren, starrte ich Ellen an, meine beste Freundin. Ihre Worte bohrten sich wie ein Pflock aus Eis in mein Herz, gleichzeitig hatte ich Probleme, deren Bedeutung zu verstehen. Nach einigen Minuten – oder vielleicht waren es auch nur Sekunden – wanderte mein Blick kurz zu Mark, der aussah wie ein geprügelter Hund. Wie in Zeitlupe sah ich zurück zu Ellen.

»Chrissie, so sag doch was«, bat sie.

Mir wurde speiübel. Galle stieg meine Speiseröhre empor, und ich schaffte es gerade noch, mich abzuwenden, bevor ich mich übergeben musste. Dann hockte ich da, und nun kamen auch die Tränen. Ich wollte nicht weinen, ich wollte es wirklich nicht, doch ich konnte sie einfach nicht zurückhalten, egal wie sehr ich es auch versuchte.

Eine Hand berührte mich sanft an der Schulter, und ich wich erschrocken zurück. »Fass mich nicht an.«

Ellen sah aus, als hätte ich sie geschlagen. »Oh, Chrissie. Es …« Nun brach auch ihre Stimme.

Ich wandte mich ab und rannte los, doch Mark folgte mir. »Chrissie, warte. Lass uns darüber reden, eine Lösung finden.«

»Was für eine Lösung? Ihr habt euch verliebt. Was ich fühle, wie es mir geht, ist euch scheißegal.«

»Das stimmt nicht. Chrissie, jetzt warte doch mal.« Mark packte mich am Ellenbogen, doch ich riss mich gleich wieder los.

»Nein, und jetzt lasst mich in Ruhe.«

Ich änderte die Richtung, rannte wieder zurück und an Ellen vorbei, die inzwischen auch weinte. Kurzerhand beschloss ich, mich ins Café zu flüchten. Dorthin würden sie mir garantiert nicht folgen, sonst hätten sie gar nicht erst darauf bestanden, nach draußen zu gehen. Ich riss die Tür regelrecht auf und bahnte mir fast rennend einen Weg durch die besetzten Tische. Beinahe blieb ich an einem Stuhlbein hängen.

»Chrissie? Chrissie, was ist denn?«, fragte Karla.

Weder gab ich ihr eine Antwort noch blieb ich stehen. Ich sah sie nicht einmal an und rannte weiter, bis ich die schützenden vier Wände der Kaffeeküche erreichte. Dann knallte ich die Tür hinter mir zu und sank schluchzend auf den Boden.

Nur wenig später öffnete sich vorsichtig die Tür. Ich wollte schreien, dass ich meine Ruhe haben wollte, doch ich hatte keine Kraft. Ich brachte keinen Ton heraus.

Karla ging in die Hocke und strich mir sanft über Kopf und Rücken. »Hey, meine Kleine, was ist denn passiert?«

Langsam hob ich den Blick. »Ellen und Mark …«, brachte ich zwischen Schluchzern heraus. »Die beiden …«

Mehr Worte wollten mir nicht über die Lippen kommen, doch Karla verstand auch so. Ihr mitfühlender Blick sagte alles. »O Chrissie, komm her.«

Sie zog mich an sich und legte ihre Arme schützend um mich, und ich weinte, bis ich keine Tränen mehr hatte – und kein Herz mehr.

Mittwoch, 26. Oktober 1977

Ich lag auf dem Bett und starrte an die Decke. Die Vorhänge waren noch zugezogen, und so war es dunkel im Zimmer, allerdings sah es durch den kleinen Spalt auch nicht so aus, als würde es heute überhaupt irgendwann mal hell werden wollen.

Im Hintergrund lief zum bestimmt dritten Mal das Album *Arrival* von ABBA, doch ich hörte gar nicht richtig hin. Wenn die Seite zu Ende war, stand ich auf und drehte die Kassette um, dann ließ ich mich wieder rücklings auf die Matratze fallen und versuchte, nicht an Ellen und Mark zu denken.

Zum Glück hatten wir jetzt Herbstferien, und ich musste die beiden eine ganze Woche lang nicht sehen. Es war die reinste Folter, mit Ellen im Unterricht sitzen zu müssen und ihr nicht aus dem Weg gehen zu können, und auch in den Pausen begegnete ich den beiden regelmäßig. Sie rissen sich zusammen, ließen sich sofort los, sobald sie mich bemerkten, und hörten auf zu turteln, und ich hatte sie auch noch nie irgendwo knutschend auf dem Schulgelände erwischt. Trotzdem tat es weh. Jedes Mal, wenn ich sie zusammen sah, war ein erneuter Stich ins Herz.

Mark zu verlieren war schon schlimm genug gewesen, denn ich hatte mich wirklich in ihn verliebt. Doch gleichzeitig meine beste Freundin zu verlieren und niemanden mehr zum Reden zu haben machte das Ganze unerträglich. Ich hatte niemanden mehr. Mein Vater war überfordert mit meiner Trauer und wusste nicht, wie er mit mir umgehen sollte, also verhielt er sich mehr oder weniger normal. Meine Mutter hingegen war inzwischen nur noch genervt. Karla war die Einzige, die zu mir hielt. Sie war immer für mich da, ließ mich jammern, schimpfen und weinen, ohne mir zu sagen, dass es langsam mal gut sei und das Leben weitergehen müsse, so, wie meine Mutter es ständig tat.

In diesem Moment öffnete sie die Tür, ohne anzuklopfen, und marschierte schnurstracks zum Fenster, um die Vorhänge aufzuziehen. Blinzelnd setzte ich mich auf, dabei schien nicht einmal die Sonne. Draußen sah es genauso trüb aus wie in mir.

»Kannst du nicht anklopfen?«, fragte ich gereizt.

»Es ist elf Uhr. Willst du dich nicht mal anziehen und aufstehen?«

»Keine Lust«, erwiderte ich und ließ mich zurück ins Kissen sinken.

»Christina, bitte. Das Ganze ist zwei Monate her. So lange warst du doch nicht mal mit diesem Jungen zusammen.«

»Mark, er heißt Mark, und ich liebe ihn.«

Meine Mutter verdrehte die Augen. »Mag sein, aber das ändert nichts an den Tatsachen. Schlag ihn dir aus dem Kopf, alles andere ist ungesund.«

»Was verstehst du schon von der Liebe?«, murmelte ich und drehte mich mit dem Kopf zur Wand.

Meine Mutter atmete geräuschvoll aus. »Ich weiß wirklich nicht, was ich noch mit dir machen soll, Christina. Deine Tante hat ihren Ehemann verloren, nachdem sich die beiden ein Leben lang kannten, und nicht einmal sie macht solch ein Theater wie du.«

Ich schloss die Augen und atmete, so gleichmäßig es mir möglich war, ein und aus, doch die Wut ließ sich nicht unterdrücken. Sie floss wie Gift durch meine Adern, und ich sprang aus dem Bett, weil ich nicht länger ruhig liegen bleiben konnte. »Lass mich doch einfach in Ruhe!«

»Christina, ich warne dich«, sagte meine Mutter scharf. »Reiß dich jetzt endlich zusammen.«

»Ich denke ja gar nicht daran. *Du* bist schuld, dass Mark mich verlassen hat. Wenn du mir nicht diesen dämlichen Hausarrest aufgebrummt hättest, wäre das alles nie passiert.«

»Treib es nicht zu weit, Fräulein. Ich war sehr geduldig mit dir, aber jetzt ist Schluss.« Wütend stapfte meine Mutter zur Tür und drehte sich dort noch einmal zu mir um. »Ich gehe kurz einkaufen, und wenn ich wiederkomme, bist du gefälligst angezogen und besserer Laune. Das ist ja nicht zum Aushalten.«

Sie schloss die Tür hinter sich, und ich griff nach meinem Kopfkissen, um es ihr hinterherzuwerfen. Es prallte gegen die Tür und fiel zu Boden. »Blöde Kuh«, presste ich zwischen zusammengebissenen Zähnen hervor, ging zu meinem Kleiderschrank und zog wahllos eine Handvoll Hosen und Oberteile heraus, außerdem einen Stapel Unterwäsche. Dann zog ich mich an. Sobald ich die Haustür ins Schloss fallen hörte, holte ich meinen alten Koffer aus der Abstellkammer. Achtlos warf ich meine Klamotten hinein, es folgten eine Zahnbürste und weitere Hygieneartikel, Bücher und ein paar meiner Musikkassetten. Anschließend zog ich mir meine Fliegerjacke an, nahm meinen Koffer und verließ das Haus mit dem Plan, die Ferienwoche bei meiner Tante zu verbringen.

Mittwoch, 11. Dezember 1996

18

Karla sperrte die Tür des *Neckarplätzchens* zu und wandte sich an mich, nachdem wir uns von Barbara und Susi verabschiedet hatten. »Dann lass uns mal nach Hause fahren. Ich koche uns einen Tee und taue die Asia-Pfanne auf, die uns meine Nachbarin freundlicherweise gemacht hat, und du erzählst mir, was dich bedrückt.«

»Das ist lieb, aber ich würde gern noch ein bisschen allein sein«, sagte ich nach kurzem Zögern, weil ich meine Tante nicht vor den Kopf stoßen wollte.

»Bist du sicher?« Karla betrachtete mich liebevoll.

Ich nickte, obwohl ich mir ganz und gar nicht sicher war. Allein zu sein bedeutete, allein mit meinen Gedanken zu sein, und davor graute es mir, aber ich konnte nicht auf ewig vor einer Entscheidung davonlaufen. Noch zwölf Tage, dann musste ich wissen, ob ich Ellen vergab oder nicht, und wenn ich nicht anfing, wenigstens darüber nachzudenken, würde ich nie wissen, wie ich mich entscheiden sollte. Vergangenen Sonntag erschien es mir zwar noch eine gute Idee zu sein, mich abzulenken und nicht zu viel zu grübeln, doch ich kannte mich – ich hatte beinahe zwanzig Jahre damit verbracht, die Sache mit Ellen und Mark weit wegzuschieben und doch nicht loszulassen.

Karla strich mir über den Arm. »In Ordnung. Hauptsache, du weißt, dass du jederzeit zu mir kommen kannst.«

»Das weiß ich«, erwiderte ich mit einem Lächeln.

Ich verabschiedete mich von ihr, und wir gingen in unterschiedliche Richtungen auseinander. Während Karla die Straße nach unten zum Neckar lief, machte ich mich auf den Weg zum Marktplatz. Schon von Weitem hörte ich die fröhlichen Stimmen und die Weihnachtsmusik – *Jingle Bells* wurde gerade von *Sleigh Ride* abgelöst –, roch den Glühwein und die gebrannten Mandeln und konnte regelrecht die Freude spüren, die dieser Ort auf alle Anwesenden ausstrahlte. In der Hoffnung, diese Freude würde auch ein bisschen auf mich abfärben, denn mit leichtem Herzen ließ es sich viel besser nachdenken, schlenderte ich an den hell erleuchteten Holzbuden vorbei. Ich bewunderte die Handarbeiten und erstand einen holzgeschnitzten Engel für Karla, kaufte mir für später eine Portion gebrannter Mandeln mit Irish-Cream-Geschmack und eine Tasse Glühwein an der Weihnachtspyramide. Ich ließ mir Zeit mit dem Trinken und beobachtete eine Weile die Kinder auf dem Karussell, doch die Ruhe, die ich so gern gespürt hätte, um besser über all die Dinge, die mich beschäftigten, nachdenken zu können, blieb aus.

Schließlich verließ ich den Weihnachtsmarkt, weil mir der Trubel zu viel wurde, und ging wie Karla zuvor hinunter zum Neckar. Kurz betrachtete ich das Schloss, allerdings war mir heute nicht danach, länger auf der Alten Brücke zu verweilen. Ich brauchte Bewegung, deshalb lief ich weiter. Ohne groß darüber nachzudenken, überquerte ich am Karlstor den Neckar über die Schleuse und erreichte schon bald darauf den Stadtteil Ziegelhausen, wo Tim wohnte. Als mir klar wurde, dass es mich unbewusst zu ihm gezogen hatte, blieb ich stehen.

Was hatte das zu bedeuten? Brauchte ich einfach nur jemanden zum Reden, der nicht wie Karla längst eine festgefahrene Meinung zu dem Thema hatte – oder steckte mehr dahinter? Ich beschloss, dass ich einfach nur Redebedarf hatte, und marschierte im einsetzenden Nieselregen weiter. Auf Höhe der Benediktinerabtei blieb ich jedoch erneut stehen. Zum einen war es bis zu Tims Straße noch ein ganzes Stück, und ich wusste nicht mal, ob er zu Hause war. Zum anderen hatte ich keine Ahnung, ob er mich überhaupt sehen wollte. Montag war er zuletzt im Café gewesen, seitdem hatte ich nicht mehr mit ihm gesprochen. Zwar waren wir theoretisch nach wie vor für Sonntag zum Plätzchenbacken verabredet, praktisch fragte ich mich jedoch, ob es für sein Abtauchen einen Grund gab und er nur noch keine Zeit oder keinen Mut gefunden hatte, mir abzusagen. Kam er nicht mehr täglich ins Café, weil er zu viel zu tun oder einfach keine Lust mehr auf Karlas Weihnachtsgebäck hatte? Wobei ich das ausschließen konnte, denn Tim hatte eine regelrechte Obsession für Anisstangen, Stollen und Co. entwickelt. Oder konnte es sein, dass er von mir die Nase voll hatte?

Ein ungutes Gefühl breitete sich in meinem Bauch aus. Hoffentlich hatte ich ihn mit meinen Problemen und meiner unentschlossenen Art nicht vergrault. Das wäre wirklich schade, Tim war zu einem verdammt guten Freund geworden, den ich nicht mehr missen wollte. Bisher hatte er es wie niemand sonst geschafft, mich abzulenken und meine Stimmung wieder aufzuhellen.

Hin- und hergerissen, weil ich nicht wusste, ob ich weiterlaufen oder umkehren sollte, blieb ich an Ort und Stelle stehen. Schließlich holte ich mein Portemonnaie hervor und überprüfte, ob ich noch ein bisschen Kleingeld hatte, dann suchte ich eine Telefonzelle. Dort zögerte ich erneut, dieses Mal immerhin geschützt vor dem blöden Nieselregen, bis ich endlich den Mut fand, den Hörer abzunehmen und Tims Nummer zu wählen. Das Freizeichen ertönte, und Aufregung kribbelte durch meine Adern, doch nachdem ich es etwa eine Minute erfolglos hatte klingeln lassen, legte ich auf. Die eingeworfenen Pfennige fielen zurück in den Auffangbehälter.

Tränen stiegen in mir auf, und ich wischte sie aus den Augenwinkeln, ehe sie mir über die Wangen laufen konnten. Loszuheulen, nur weil Tim nicht ans Telefon ging, war doch verrückt. Er hatte sicher einen Grund, warum er auf Tauchstation gegangen war, und der hatte garantiert nichts mit mir zu tun.

Kurz überlegte ich, zu Fuß zurück in die Altstadt zu laufen, denn mein Ziel, mir über einige Dinge klar zu werden, hatte ich nach wie vor nicht erreicht. Da es mir in den vergangenen zwei Stunden nicht gelungen war, war es allerdings sehr unwahrscheinlich, dass die Ausweitung meines Spaziergangs zum Erfolg führen würde. Außerdem begann ich allmählich zu frieren, ich hatte das Gefühl, meine Stiefel wurden undicht, und ich war müde und frustriert. Deshalb verwarf ich auch die Idee, mit dem Bus zurück zum Bismarckplatz zu fahren. Stattdessen warf ich die Münzen erneut ins Telefon und wählte die Nummer eines Taxiunternehmens. Ich wollte jetzt nur noch ein Bad oder eine heiße Dusche und dann ein warmes Bett, um zu vergessen.

Donnerstag, 12. Dezember 1996

Seit Stunden wälzte ich mich von einer Seite auf die andere. Obwohl ich hundemüde war, kam ich einfach nicht zur Ruhe. Marks Worte gingen mir nicht mehr aus dem Kopf, jetzt, wo er sie einmal ausgesprochen hatte, und ich wünschte mir, ich hätte ihn daran gehindert. Sie verwirrten mich vollends.

Wenn deine Mutter nicht gewesen wäre – wäre das mit Ellen wahrscheinlich nie passiert.

Ich hatte recht gehabt, all die Jahre über hatte ich recht gehabt. Mark und ich waren füreinander bestimmt gewesen. Ich hatte ihn geliebt, und er hatte zugegeben, dass er dabei gewesen war, sich auch in mich zu verlieben. Hätte meine Mutter mir damals keinen Hausarrest verpasst, hätte Ellen nicht dazwischengefunkt, wären Mark und ich heute noch glücklich.

Wenn ich nur wüsste, wem ich die Schuld an dem ganzen Debakel geben sollte. Mama oder Ellen – oder vielleicht sogar mir selbst, weil ich nichts getan hatte, um all das zu verhindern. Ich hatte doch gemerkt, dass etwas nicht stimmte, doch anstatt etwas zu unternehmen und mich meiner Mutter entgegenzustellen, hatte ich zugelassen, dass sie mein Leben ruinierte.

Frustriert schlug ich die Decke zurück und sah durch einen Spalt zwischen den Vorhängen aus dem Dachfenster. Viel war nicht zu erkennen, da gerade erst Neumond gewesen war und die nächste Straßenlaterne ein paar Meter weiter stand. Ich griff nach meinem Wasserglas, das immer auf meinem Nachttisch stand, musste jedoch feststellen, dass ich es im Laufe der letzten Stunden längst geleert hatte. Also zog ich meine dicken Socken über und stieg die Treppe nach unten. Eigentlich wollte ich das Glas im Badezimmer füllen, da bemerkte ich das Licht, das durch den Spalt der geschlossenen Küchentür in den Flur drang. Seltsam, es war mitten in der Nacht oder noch sehr, sehr früh am Morgen, je nachdem, wie man es betrachtete. Was tat Karla um diese Uhrzeit in der Küche? Konnte sie meinetwegen nicht schlafen? Sie hatte sich Sorgen um mich gemacht, das hatte ich ihr deutlich angesehen, nachdem ich nach meinem Umherstreifen durch Heidelberg nach Hause gekommen und ihr gegenüber ziemlich einsilbig gewesen war. Jetzt tat es mir leid, doch vorhin hatte ich wirklich nur noch unter die Dusche und dann ins Bett gewollt.

Ich klopfte an die Küchentür und schob sie auf. Seltsamerweise schlug mir der Geruch von gebratenem Hackfleisch, Zwiebeln und Tomaten entgegen, und es war kalt, weil das Fenster sperrangelweit offen stand. »Na, kannst du auch nicht schlafen? Tut mir leid, dass ich vorhin so kurz angebunden war. Vielleicht …« Ich brach ab, als Karla überrascht zu mir herumwirbelte.

»Chrissie!«

Ich runzelte die Stirn, als ich das Chaos hinter ihr bemerkte. Karla hatte tatsächlich mitten in der Nacht gekocht. Auf dem Herd stand ein großer Topf mit Bolognesesoße, und so, wie es aussah, war sie gerade dabei gewesen, die Soße auf Tupperdosen zu verteilen. Ich wollte schon lachen und sie fragen, was es damit auf sich hatte, da fiel mein Blick auf ihren linken Arm – er war nicht eingegipst. Aus den Augenwinkeln sah ich den Gips auf dem Küchentisch liegen.

Mein Herz geriet aus dem Takt, um dann nur noch heftiger gegen meinen Brustkorb zu hämmern. Karla und ich starrten einander an, und während die Stille zwischen uns immer erdrückender wurde, setzten sich in meinem Kopf langsam die Puzzleteile zusammen: die Lasagne, die Karla bei meiner Ankunft für mich gemacht hatte, die Plätzchen, die sie schon vor ihrem Unfall gebacken haben wollte, und das ganze eingefrorene Essen der letzten Tage, das angeblich von ihrer Nachbarin stammte. Mir war einiges seltsam vorgekommen, doch niemals wäre ich auf die Idee gekommen, dass meine Tante mir etwas vorspielen würde.

»Warum?«, fragte ich mit vor Wut zitternder Stimme, denn im Grunde kannte ich die Antwort längst.

»Bitte verzeih mir, Chrissie. Ich weiß, dass ich das nicht hätte machen dürfen, ich wusste aber auch, dass du niemals gekommen wärst, wenn ich dich darum gebeten hätte.«

Ich biss die Kiefer aufeinander, um mich am Lauterwerden zu hindern. »Natürlich wäre ich gekommen, wenn du mich um Hilfe gebeten hättest. Du bist meine Tante, und ich bin für dich da, aber was du getan hast …« Kopfschüttelnd brach ich ab und zwang mich, ruhig ein- und auszuatmen.

»Chrissie, bitte. Ich habe das für dich getan. Ich will doch nur, dass du wieder glücklich wirst.«

Ich schnaubte. »Für mich, dass ich nicht lache. Du willst doch nur nicht, dass Ellen stirbt, ohne dass ich ihr vergeben habe, aber darauf könnt ihr lange warten. Ich lass mich doch von euch nicht für dumm verkaufen.« Ich knallte das leere Wasserglas so heftig auf den Küchentisch, dass es eigentlich hätte zerspringen müssen, und stürmte aus der Küche.

»Chrissie, warte bitte. Bitte!«

Auf dem Treppenabsatz drehte ich mich noch einmal

zu ihr um. Mein Blick musste so kalt sein, dass sie ebenfalls stehen blieb. »Warum? Damit du mich noch weiter anlügen kannst? Weißt du, die ganze Zeit über habe ich gedacht, ich bin verrückt, weil ich mir eingebildet habe, dass du bei dem ganzen Streit auf Ellens Seite stehst. Nein, das kann nicht sein, habe ich mir immer wieder gesagt. Karla ist deine Tante, sie liebt dich und will nur das Beste für dich.«

»So ist es auch.«

»So ist es nicht! Du willst, dass Ellen ihren Frieden machen kann. *Meine* Gefühle sind dir doch scheißegal.« Ich wirbelte herum und stieg die Treppe nach oben.

»Bitte lass uns vernünftig darüber reden, Chrissie, ich kann dir alles erklären.«

»Ich habe dir nichts mehr zu sagen«, erwiderte ich scharf, stürmte in die Dachkammer, knallte die Tür hinter mir zu und drehte den Schlüssel herum. Mit dem Hinterkopf lehnte ich mich gegen die Tür und schloss die Augen, in die augenblicklich Tränen traten. Mein Herz raste, und das Atmen fiel mir genauso schwer wie an jenem Abend, als ich von Ellens Krankheit erfahren hatte.

Wie hatte Karla das tun können? Ich hatte ihr vertraut, sie war immer für mich da gewesen. Zwar hatte ich es mir selbst nie eingestanden, doch ich liebte sie mehr als meine eigene Mutter, und nun hatte sie mich dermaßen hintergangen. Die Tatsache, dass ich das nie im Leben erwartet hätte, machte den ganzen Betrug nur noch schlimmer.

In meinem Herzen bildete sich ein Loch, das mit jedem Atemzug größer zu werden schien. *Jetzt bin ich ganz allein auf dieser Welt, ich habe niemanden mehr. Karla hat mein bedingungsloses Vertrauen missbraucht, Tim ist abgetaucht, und Ellen und Mark wollen doch nur so dringend jetzt ihren Frieden mit mir machen, weil … weil …* Ich schaffte es nicht, den Gedanken zu Ende zu denken, denn ich wollte in meiner Wut nicht unfair werden.

»Chrissie.« Karlas Stimme drang leise durch die geschlossene Tür. »Es tut mir so, so leid. Bitte glaub mir, dass ich nur das Beste für dich will. Du bedeutest mir alles. Du bist die Tochter, die ich nie hatte.«

Lautlos rannen mir Tränen über die Wangen.

»Es war falsch, dich mit dieser Lüge nach Heidelberg zu locken, das weiß ich, aber es musste sein.« Karla seufzte. »Du bist eine Verdrängungskünstlerin, Chrissie, doch jetzt wird die Zeit knapp. Auch wenn es wehtut, du musst dich mit deiner Vergangenheit auseinandersetzen und damit abschließen. Ich kenne dich, Kleines. Wenn Ellen stirbt, ohne dass ihr die Sache zwischen euch geregelt habt, wirst du dir das nie verzeihen. Im Moment wirst du das nicht wahrhaben wollen, doch du weißt, dass es stimmt. Du weißt es.«

Die plötzlich einsetzende Stille, die sich immer weiter ausdehnte, dröhnte mit meinem immer noch viel zu schnell schlagenden Herzen in meinen Ohren. Ich hielt sie mir zu, doch das änderte nichts.

Eine Bewegung, die ich aus dem Augenwinkel wahrnahm, ließ mich zusammenschrecken. Karla schien etwas durch den Spalt der Tür zu schieben, und ich brauchte einen Moment, um zu erkennen, was es war: eine Kette aus Rotgold mit einer liegenden Acht als Anhänger, dem Unendlichkeitszeichen.

O mein Gott! Und ich dachte all die Jahre, sie wäre für immer fort; genauso verloren wie Ellens und meine Freundschaft.

Ellen hatte sie mir zu meinem siebzehnten Geburtstag

geschenkt, um mir zu zeigen, dass sie immer für mich da sein würde. In einem Wutanfall hatte ich die Kette damals weggeworfen. Mir war nicht klar gewesen, dass Karla sie wieder aus dem Müll geholt und zwei Jahrzehnte lang aufgehoben hatte.

Vorsichtig nahm ich sie zwischen meine Finger, um sie genauer zu betrachten, doch mein Blick verschleierte sich, und meiner Kehle entstieg ein Schluchzen.

Die Stimmung im Café war angespannt, als wüssten auch Barbara und Susi, was zwischen mir und meiner Tante vorgefallen war. Alle fassten mich mit Samthandschuhen an, was mich erst recht wütend machte, weil es mich permanent an die Ereignisse der letzten Nacht erinnerte.

Ich hatte nach wie vor mit dem zu kämpfen, was Karla getan hatte. Zu gern hätte ich ihr verziehen, denn ich wollte sie nicht auch noch verlieren, aber so einfach ging das nicht. Sie hatte mich angelogen, unter falschen Tatsachen nach Heidelberg gelockt. Das konnte ich nicht einfach so vergessen, auch wenn Karla alles dafür getan hätte. Heute Morgen beim Frühstück hatte sie ein weiteres Mal versucht, mir alles zu erklären, und obwohl ich ihr dieses Mal zugehört hatte, ohne wegzurennen, änderte es nichts an meiner Einstellung zu der ganzen Sache. Sie hätte ehrlich zu mir sein müssen, und kaum jemand wusste so gut wie sie, wie sehr ich Unehrlichkeit hasste. Ellens und Marks Betrug an sich war damals schon schlimm genug gewesen, doch dass die beiden mir wochenlang etwas vorgespielt hatten, hatte es noch viel schlimmer gemacht.

»Chrissie, können wir kurz reden?«, fragte Karla plötzlich hinter mir mit dünner Stimme.

Weil ich sie nicht hatte kommen hören, ließ ich vor Schreck die Dose Zimt fallen. Klirrend landete sie auf der Arbeitsfläche, und das braune Gewürz mischte sich mit dem Mehl, das ich vorher aus Versehen dort verschüttet hatte. Ich deutete ein Kopfschütteln an und wusste selbst nicht so recht, ob ich meine Tante oder meine eigene Schusseligkeit damit meinte. »Tut mir leid, aber ich muss die nächste Fuhre Lebkuchenkipferl fertig machen.«

»Ähm, du kannst ruhig gehen«, bot Barbara zögerlich an. »Ein paar Minuten komme ich auch allein zurecht.«

Ich schenkte ihr ein leichtes Lächeln, auch wenn mir nicht danach war. »Danke, das ist lieb, aber ich mache das schon. Schließlich bin ich hier, um zu helfen.« Den letzten Satz richtete ich bewusst an meine Tante.

Seufzend verließ Karla die Backstube wieder. Inzwischen hatte sie die Scharade aufgegeben und ihren falschen Gips zu Hause gelassen.

Ich fragte mich, was ich eigentlich noch hier wollte, schließlich war Karla durchaus einsatzbereit, und beim Frühstück hatte ich zudem erfahren, dass Wilma überhaupt nicht die Grippe hatte. Ich hatte damit gerechnet, sonst hätte ich Karla diese Frage gar nicht erst gestellt, und doch traf mich ihre Antwort. Eine weitere Lüge, die sie mir aufgetischt hatte, um mich zu manipulieren. Wilma hatte zwar einen triftigen Grund, weshalb sie weiterhin ausfiel, denn sie war zum ersten Mal Oma geworden und über den Advent zu ihrer Tochter nach Berlin gereist, aber ursprünglich hatte sie gar nicht erst fahren wollen, weil sie natürlich wusste, dass zu dieser Zeit im Jahr jede helfende Hand im *Neckarplätzchen* gebraucht wurde. Karla hatte sie regelrecht genötigt, Urlaub zu nehmen.

Tatsächlich hatte ich kurz mit dem Gedanken gespielt, vorzeitig zurück nach Hamburg zu reisen, doch ich hatte die Idee schnell wieder verworfen. Nun war ich schon mal hier – und ich war Ellen noch eine Antwort schuldig. Unter welchen Umständen auch immer ich am Ende in Heidelberg gelandet war, Ellen hatte nichts damit zu tun. Zumindest in dem Punkt stimmte ich Karla zu: Ellen verdiente es zu wissen, wie ich nach all den Jahren zu ihr stand.

Wenn nur nicht alles so verdammt wehtun würde. Die Ereignisse des letzten Tages hatten meine Gefühle in ein noch größeres Chaos gestürzt, und ich wünschte mir einen Freund, mit dem ich über all das reden konnte. Immer wieder spielte ich mit dem Gedanken, Tim anzurufen, doch ich tat es nicht, obwohl ich schon ein paarmal den Telefonhörer in der Kaffeeküche in der Hand gehabt hatte. Möglicherweise brauchte auch Tim Zeit, um sich darüber klar zu werden, wie er zu mir stand, und diese Zeit wollte ich ihm nicht nehmen.

Barbara und ich werkelten den ganzen Tag lang stumm nebeneinanderher, und so entstanden bergeweise Lebkuchenkipferl, die von beiden Seiten in Schokolade getaucht waren. In der Backstube roch es herrlich nach Zimt, Nelken und Kardamom, und im Hintergrund liefen Weihnachtslieder. Der dritte Advent stand vor der Tür, und den meisten Gästen, die ins *Neckarplätzchen* kamen, merkte man die Vorfreude auf die Feiertage an. Nur wenige waren aufgrund der ganzen Vorbereitungen, die noch zu erledigen waren, gestresst, und normalerweise würde es auch trotz der Wagenladungen an Lebkuchenkipferln, die wir zu backen hatten, bei uns in der Stube entspannt zugehen. Das Rezept war denkbar einfach. Man musste nur alle Zutaten zusammenwerfen, Kipferl formen und diese nach dem Backen mit Schokolade verzieren. Perfekt, um zusammen zu lachen, uns gegenseitig Anekdoten zu erzählen und Weihnachtslieder mitzusummen, doch heute war alles ein bisschen anders.

Irgendwann am Nachmittag kam Karla erneut in die Backstube. Sie sah schrecklich aus, unendlich traurig, und dunkle Schatten lagen unter ihren Augen. In den knapp zwei Wochen, die ich jetzt hier war, war mir das kaum aufgefallen, weil ich viel zu sehr mit mir selbst beschäftigt war, doch nachdem Karla die letzte Nacht so gut wie gar nicht geschlafen hatte, war es unübersehbar. Die Nächte, die sie seit meiner Ankunft kochend in der Küche verbracht hatte, forderten nun ihren Tribut.

»Chrissie, ich brauche dich kurz vorne«, sagte sie zu mir. Ihre Stimme klang nicht mehr so dünn wie beim ersten Mal, sondern fest, und dieses Mal kam sie auch nicht rein, sondern blieb in der Tür stehen.

Ich zögerte. Eigentlich sah sie nicht so aus, als würde sie mich zu einem Gespräch zwingen wollen, doch ich traute es ihr durchaus zu und hatte absolut keine Lust darauf. Eine Aussprache im Café musste nun wirklich nicht sein, zumal ich meine Meinung nicht geändert hatte.

»Kommst du?«, bat sie erneut und verschwand wieder in den Verkaufsraum.

Ein Seufzen unterdrückend folgte ich ihr, nachdem ich mir die Hände sauber gemacht hatte. Was sie wohl von mir wollte? Da fiel mein Blick zum Eingang. Dort stand Tim und lächelte mir fast ein bisschen schüchtern zu.

Er ist hier. Gott sei Dank, er ist hier.

Allein sein Anblick genügte, um mir die Tränen in die Augen zu treiben. Ich eilte zu ihm, packte ihn bei der Hand und zog ihn mit mir nach draußen in die Kälte. Er stolperte über die letzte Stufe.

»Hoppla, alles okay?«

Der Drang, mich an ihn zu schmiegen, war beinahe übermenschlich. Um mich davon abzuhalten, verschränkte ich die Arme vor der Brust. »Beantworte mir nur eine Frage: Sind wir noch Freunde?«

»Ob wir noch …« Irritiert schüttelte Tim den Kopf. »Natürlich sind wir das. Wie kommst du denn darauf?«

Ich gab keine Antwort, stattdessen stürzte ich mich mit einem Schluchzen auf ihn. Er fing mich auf, schloss mich fest in seine Arme und legte seinen Kopf auf meinen, während er mir sanft über die Haare und den Rücken strich. Die Emotionen, die ich den ganzen Tag lang zurückgehalten hatte, brachen nun auf einmal aus mir heraus. Mein ganzer Körper zitterte. Mir war kalt, aber in erster Linie fühlte ich mich emotional überfordert. Das war mir alles zu viel.

Tim stellte keine Fragen, er war einfach nur für mich da. »Hey, es wird alles wieder gut«, sagte er leise, nachdem ich irgendwann ruhiger wurde und nicht mehr ganz so schlimm zitterte.

Ich schüttelte den Kopf, denn in diesem Moment glaubte ich nicht daran. Ich stand vor den Scherben meines Lebens und hatte keine Ahnung, wie ich das alles kitten sollte.

»Was ist denn passiert?«, fragte er sanft.

Zwischen Hicksern erzählte ich ihm von den Ereignissen der letzten Stunden: Marks Geständnis, Karlas Betrug und meinem Wohnungsverlust. Ich hoffte, mir alles von der Seele reden zu können, doch am Ende fühlte ich mich genauso beschissen wie vorher.

»Puh, was für ein Mist«, sagte Tim, nachdem ich geendet hatte. Er strich sich den überlangen Pony aus der Stirn und zog mich erneut in seine Arme. »Tut mir leid, dass ich nicht da war.«

Ich schloss die Augen und bettete meinen Kopf an seine Brust. »Konntest du ja nicht ahnen, und immerhin bist du jetzt da.« *Du hast mir gefehlt.* Die Worte lagen mir auf der Zunge, doch bevor ich sie aussprechen konnte, musste ich niesen.

»Das bin ich, und jetzt hole ich dir deinen Mantel, bevor du dich so kurz vor Weihnachten noch erkältest. Karla hat sicher nichts dagegen, wenn ich dich mitnehme.«

»Und wenn schon«, murmelte ich.

»Hey, du solltest nicht böse auf sie sein. Sie hat es sicher nur zu deinem Besten getan.«

»Das würde ich auch gern glauben«, erwiderte ich und nahm Tim bei der Hand, als er ins Café gehen wollte. »Warte kurz. Hast du von Karlas Aktion gewusst?« Meine Stimme war leise, und mein Herz schlug schneller.

Sag Nein. Bitte sag Nein.

Tims Blick wurde sanft. Er kam wieder zu mir und drückte mir einen Kuss auf die Stirn, bevor er mir direkt in die Augen sah. »Ich schwöre dir, dass ich nichts davon wusste. Deine Tante hat mich vor einer Stunde angerufen, mir alles erzählt und mich gebeten herzukommen. Okay?«

Obwohl er nichts von Karlas Lüge gewusst hatte, war seine Antwort beinahe wie eine Ohrfeige. »Oh. Dann bist du ihretwegen hier.«

»Nein.« Tim schüttelte den Kopf. »Ich bin deinetwegen hier, weil ich für dich da sein will.«

»Und warum …« Ich brach ab. Erneut rannen mir Tränen über die Wangen. Hastig wischte ich sie weg.

»Warum ich die letzten Tage nichts von mir hab hören und sehen lassen?«, fragte er, und ich nickte. Er seufzte. »Ach Chrissie. Das ist schnell beantwortet, und ich verrate es dir gern, aber nicht jetzt.« Er strich mir eine Haarsträhne hinters Ohr, und die Berührung jagte mir einen Schauer über den Rücken. »Vertrau mir, es ist besser so. Okay?«

Ich richtete den Blick zum Boden, doch Tim legte einen Finger unter mein Kinn und zwang mich, ihn anzusehen. Und was ich in seinen Augen sah, beruhigte mich.

»Okay.«

Mittwoch, 30. November 1977

19

»O mein Gott, seht euch das an. Es kommen immer mehr Gäste. Ich hätte nicht gedacht, dass es so viele werden würden.« Karla klang so aufgeregt wie ein Kind am Weihnachtsabend.

Wir standen im Verkaufsraum des *Neckarplätzchens* und versuchten, nicht allzu neugierig durch die mit Schneeflocken und Lichterketten dekorierten Fensterscheiben nach draußen zu blicken, wo sich unzählige Passanten versammelt hatten. Wir taten so, als würden wir noch die letzten Vorbereitungen treffen, aber tatsächlich war inzwischen alles fertig. Die Stehtische standen bereit, die Kerzen an den Weihnachtsgestecken brannten ebenso wie die Weihnachtsbeleuchtung, die im ganzen Café verteilt war, die Weihnachtsmusik lief dezent im Hintergrund, und der Glühwein dampfte in riesigen Töpfen vor sich hin. Außerdem warteten auf jeder freien Stellfläche hübsch arrangierte Plätzchen nur darauf, von den Gästen gekostet zu werden.

»Also ich habe nie daran gezweifelt«, meinte ich.

»Ich ebenso wenig«, stimmte Wilma mir zu. »Ein Weihnachtsplätzchen-Adventskalender ist genau das, was Heidelberg gebraucht hat. Du wirst sehen, Karla, die Aktion schlägt ein wie eine Bombe.«

»Euer Wort in Gottes Ohr, und hoffentlich reichen die Plätzchen.«

»Wenn nicht, lade ich dich zum nächsten Deutschlandkonzert der Rolling Stones ein«, versprach Wilma meiner Tante. »Jetzt mal ehrlich, die Backstube platzt vor lauter Keksnachschub beinahe aus allen Nähten. Sicher wird das reichen.«

Ich persönlich machte mir auch keine Sorgen, dass wir knapp an Gebäck werden würden, denn damit die Gäste heute schon mal jede Sorte probieren konnten, hatten wir seit einer Woche vierundzwanzig Plätzchensorten im Akkord gebacken – Anisstangen, Spritzgebäck, Aprikosensterne und vieles, vieles mehr. Karla hatte sogar die Presse eingeladen. Wenn wirklich ein Reporter kommen und berichten würde, konnte Karla sich vermutlich in den nächsten vierundzwanzig Tagen vor lauter Andrang nicht retten.

»Ich danke euch, Kinder.« Karla legte je einen Arm um mich und Wilma. »Ohne euch beide hätte ich das im Leben nicht geschafft.«

»Wenn der Adventskalender gut läuft, kannst du es uns ja mit einem kleinen Weihnachtsbonus danken«, scherzte Wilma.

»Auf jeden Fall.« Meine Tante klatschte kurz in die Hände. »In Ordnung, dann lasst uns mal die Pforten öffnen.«

Karlas Idee mit dem Weihnachtsplätzchen-Adventskalender wurde wie erwartet ein voller Erfolg. Sogar ein Herr von der Zeitung schaute vorbei, knipste unzählige Bilder und stellte auch mir ein paar Fragen.

Anfangs war es ein bisschen stressig gewesen, weil wir einen Becher nach dem anderen mit Glühwein oder Kinderpunsch füllen mussten, und die ersten Plätzchen gingen weg wie Westwaren in der DDR, sodass Wilma oder ich ständig damit beschäftigt waren, die Teller im Verkaufsraum wieder aufzufüllen. Doch jetzt, als die ersten Mägen gefüllt waren, wurde es ruhiger. Zwar kamen hier und da noch neue Gäste, doch der große Ansturm war vorbei. Die Gäste, die noch da waren, unterhielten sich angeregt, und die, die gegangen waren, hatten versprochen, Freunden, Bekannten und Verwandten vom *Neckarplätzchen* zu erzählen. Es hätte nicht besser laufen können.

Meine Eltern waren schon vor über einer Stunde aufgebrochen und hatten mich eigentlich mitnehmen wollen, doch ich wollte Karla nicht im Stich lassen. Außerdem verspürte ich keine große Lust, mit meiner Mutter im selben Auto zu sitzen.

Das Verhältnis zwischen uns wurde immer problematischer. Wir konnten uns nicht mehr normal unterhalten, jedes Gespräch endete unweigerlich in Vorwürfen oder einer Diskussion. Mittlerweile schaffte es nicht einmal mehr mein Vater, zwischen Mama und mir zu vermitteln. Die angespannte Situation zu Hause war für keinen von uns leicht; hinzu kam die Schule, wo ich mich dank Ellen und Mark auch nicht mehr wohlfühlte. Karlas Haus und ihr Café waren zu meinem einzigen Rückzugsort hier in Heidelberg geworden, doch das löste leider nicht das Dilemma mit Mark und Ellen. Sie zu sehen riss die Wunde jedes Mal wieder von Neuem auf. Im Grunde wäre es das Beste, Heidelberg zu verlassen. Ich musste hier fort, um wieder atmen zu können, um wieder leben zu können. Deshalb stand auch im Raum, dass ich ab nächstem Halbjahr zu Papas Bruder nach Hamburg zog und die Schule dort beendete. Der einzige Grund, warum ich mich noch nicht endgültig dafür entschieden hatte, war meine Tante. Sie würde mir so unglaublich fehlen.

Karla kam zu mir herüber und legte mir einen Arm um die Schulter, als ahnte sie, dass ich an sie dachte. »Na Kleines, müde?«

»Geht schon.« Ich schenkte ihr ein Lächeln, doch tatsächlich spürte ich die Müdigkeit inzwischen sogar in meinen Knochen; meine Beine fühlten sich so schwer an. Gleich nach der Schule war ich hergekommen, um Karla bei den letzten Vorbereitungen zu helfen, und seitdem hatte ich kaum ein paar Minuten gesessen.

»Du bist eine schlechte Lügnerin, aber das ist gut so.« Sie gab mir einen Kuss auf die Wange. »Zieh dich ruhig ein bisschen in die Kaffeeküche zurück, ich organisiere dir derweil eine Mitfahrgelegenheit.«

Das ließ ich mir nicht zweimal sagen, zumal ich seit etwa einer Viertelstunde ohnehin nichts mehr zu tun hatte und nur blöd herumstand. *Vielleicht hätte ich ausnahmsweise mal auf meine Eltern hören sollen,* dachte ich, als ich die Tür zur Kaffeeküche öffnete, das Licht einschaltete und mich auf einen der Stühle plumpsen ließ. Ich zog meine Turnschuhe aus, legte die Beine auf den Stuhl mir gegenüber und versuchte, es mir so gut es eben ging bequem zu machen, während ich den Kopf gegen die Wand neben mich lehnte. Ich schloss die Augen, spürte meine schmerzenden Füße eine Weile überdeutlich, und das Geschnatter und Lachen der Gäste schien trotz der Stille in diesem Raum immer mehr anzuschwellen. Doch irgendwann hörte ich nichts mehr, und irgendwann spürte ich auch meine Beine nicht mehr. Friedliche Ruhe überkam mich, mein Atem wurde gleichmäßiger und meine Augenlider immer schwerer.

Und dann schreckte ich hoch, als plötzlich die Tür aufging und die Geräuschkulisse wieder lauter wurde.

»Oh, entschuldige. Ich wollte dich nicht erschrecken.« Tim stand in der offenen Tür. Er grinste und wirkte gleichzeitig schuldbewusst.

»Komm rein«, sagte ich und hoffte, er würde die Tür wieder schließen, und genau das tat er, bevor er sich auf den Stuhl mir schräg gegenüber setzte. »Was machst du hier?«

»Na hör mal, das Event des Jahres lasse ich mir doch nicht entgehen. Außerdem stehe ich auf Weihnachtsgebäck – vor allem, wenn es kostenlos ist.«

Ich schüttelte den Kopf. »Na Hauptsache, du kommst in den nächsten Tagen auch mal vorbei und opferst ein wenig von deinem Taschengeld.«

»Versprochen. Aber nur, wenn *du* hier bist.«

Unsere Blicke trafen sich, und überraschenderweise war ich diejenige, die irgendwann wegsah. Ich nahm die Beine vom Stuhl und zog meine Schuhe wieder an. »Warum kommst du erst jetzt?«

»Weihnachtsfeier vom Fußballverein. Ich bin so früh abgehauen, wie es ging, und dachte trotzdem schon, ich schaffe es nicht mehr, aber zum Glück habe ich euch noch erwischt.«

»*Noch*. Ich muss nach Hause ins Bett. Karla wollte mir eine Mitfahrgelegenheit organisieren.«

»Oh.« Tim klang enttäuscht.

»Ja, tut mir leid. Ich bin schon den ganzen Tag auf den Beinen.«

»Verstehe. Ich kann dich nach Hause bringen, wenn du magst.«

Überrascht hob ich den Blick, denn ich war immer noch dabei, den zweiten Schnürsenkel zu binden. Wenn ich müde war, dauerte alles immer ein bisschen länger als sonst. »Du hast ein Auto?«

»Meine Eltern. Normalerweise nehme ich überallhin den Drahtesel, aber weil ich es mit dem Rad niemals rechtzeitig hergeschafft hätte, habe ich mir den Golf meines Vaters ausgeliehen. Also, soll ich dich fahren?«

»Ähm, ja. Warum nicht? Das wäre nett.«

»Prima.« Tims Miene hellte sich wieder auf. Er angelte sich eine Anisstange von dem bunten Teller, der auf dem Tisch zwischen uns stand, und erhob sich, dann verließen wir gemeinsam die Kaffeeküche.

»Warte, ich muss Karla noch Bescheid geben«, bat ich und hielt nach meiner Tante Ausschau.

Inzwischen schien es wieder voller geworden zu sein. Sämtliche Stehtische waren besetzt und die Stimmung noch ausgelassener als zuvor. Irgendwo knallte ein Sektkorken.

»Da vorne.« Tim deutete in die andere Ecke des Verkaufsraums.

Wir bahnten uns einen Weg durch die plaudernde und lachende Menge. Unterwegs stibitzte Tim sich noch eine Marzipanstange von einem der Teller. Ich schüttelte den Kopf, musste aber grinsen.

»Chrissie, entschuldige«, sagte Karla, als sie mich erblickte. Sie kam uns entgegen. »Ich wurde aufgehalten, tut mir leid. Es war tatsächlich noch ein Reporter vom *Kreisanzeiger* hier, der vorher wegen einer anderen Veranstaltung keine Zeit hatte, aber ich rufe dir sofort ein Taxi.«

»Nicht mehr nötig, Tim hat angeboten, mich nach Hause zu bringen.«

»Tim?« Karla betrachtete ihn skeptisch, dann erst schien ihr aufzufallen, dass sie ihn längst kannte. »Ach Tim, du bist es. Schön, dass du hier bist. Und du hast schon einen Führerschein?«

Er nickte. »Ich bin ein Jahr älter als Chrissie. Mein Vater hat mir heute Abend sein Auto geliehen.«

»Okay.« Unsicher wog Karla den Kopf hin und her.

»Sie können sich auf mich verlassen, ich bringe Chrissie in einem Stück nach Hause.«

»Karla, kannst du mal kommen?«, rief Wilma in dem Moment.

Karla strich sich mit dem Handrücken eine blonde Strähne aus den Augen. »Na schön, aber fahrt bitte vorsichtig. Sollte irgendwas passieren, verzeiht deine Mutter mir das nie.«

»Keine Sorge, Tim ist zuverlässig«, sagte ich und gab Karla noch ein Küsschen auf die Wange. Dann verließen Tim und ich das *Neckarplätzchen*.

»Du kannst ruhig ein bisschen schneller fahren«, sagte ich zu Tim und musste grinsen. Die bleierne Müdigkeit war durch die frische, kühle Luft und die Unterhaltung mit Tim wieder verschwunden.

»Hey, ich nehme sehr ernst, was deine Tante gesagt hat. Ich habe schließlich mitbekommen, was passiert ist, nachdem deine Eltern dich und Mark erwischt haben.«

Überrascht warf ich ihm einen Seitenblick zu. »Das hast

du mitbekommen?« Und ich hatte die ganze Zeit über gedacht, er hätte keine Ahnung. Irgendwie war mir das Ganze peinlich, auch wenn ich nicht wusste, warum. Ich meine, das war bloß Tim, und er hatte mit Sicherheit auch schon irgendwelche Erfahrungen in der Richtung gemacht.

Er hielt an einer roten Ampel und lächelte mir kurz zu. »Ja, Mark hat es mal erwähnt. Vielleicht war ich auch ein bisschen zu neugierig.«

Ich nickte und sah wieder aus dem Fenster, betrachtete einen Moment die geschmückten Häuser und Vorgärten – inzwischen waren wir in Handschuhsheim angekommen, wo ich mit meinen Eltern wohnte –, dann wandte ich mich noch einmal Tim zu und sagte: »Ach, weißt du, einen Autounfall würden meine Eltern sicher besser wegstecken als alles, was auch nur im Entferntesten mit Sex zu tun hat.«

Tim sah mich mit großen Augen an, und ich konnte nicht fassen, dass ich das eben wirklich laut gesagt hatte. Ein Grinsen zupfte an seinen Mundwinkeln, und dann lachten wir beide plötzlich los. Wir mussten so lachen, dass wir die grüne Ampel verpassten und eine weitere Rotphase dort standen, und es fühlte sich gut an, irgendwie befreiend. Seit Wochen hatte ich nicht mehr so gelacht.

Schließlich fuhr Tim weiter, und wir erreichten nach zwei weiteren Minuten unser Haus. Er fuhr halb auf den Bordstein und zog die Handbremse an, ließ den Motor aber laufen, wofür ich ihm sehr dankbar war. Auf diese Weise wurde der Abschied nicht so seltsam.

Ich schnallte mich ab. »Danke, Tim. Das war echt nett von dir.« Ich griff nach dem Türgriff, doch bevor ich ihn betätigen konnte, räusperte er sich.

»Sag mal, hast du eventuell Lust, mal was zusammen zu machen? Wir könnten auf den Weihnachtsmarkt gehen, ins Kino oder so. Demnächst läuft der neue Disneyfilm an.«

»*Bernard und Bianca*?«, fragte ich verwundert. Dass Tim sich den Film ansehen wollte, wunderte mich, aber vielleicht wollte er es auch einfach nur mir zuliebe, weil er meine Vorliebe für Disneyfilme kannte. »Klar, gern«, erwiderte ich, bevor ich noch länger darüber nachdenken konnte. Aber warum auch nicht? Ich hatte seit einer gefühlten Ewigkeit nichts mehr mit Freunden unternommen, und es fehlte mir. Außerdem konnte man mit Tim Spaß haben, wie sich heute Abend herausgestellt hatte.

Sonntag, 15. Dezember 1996

20

»Hi.« Tim öffnete mir die Tür und strahlte mich an, als wäre ich die Lottofee und würde ihm seinen Millionengewinn persönlich vorbeibringen. Er sah gut aus, trug eine dunkle Jeans zu einem weißen T-Shirt, das er in die Hose gestopft hatte. Außerdem verströmte er einen betörenden Duft.

Es ging mir wieder besser, obwohl Karla und ich nur das Nötigste miteinander sprachen und mein Leben nach wie vor in Scherben lag. Dafür hatte ich am Vorabend ein langes Telefonat mit meiner Mutter geführt, das sich zum ersten Mal, seit ich denken kann, nicht gezwungen angefühlt hatte, und immerhin hatte ich Tim nicht verloren. Ich war unendlich froh, ihn an meiner Seite zu haben und den dritten Advent mit ihm verbringen zu können, anstatt in der Backstube im *Neckarplätzchen* zu stehen.

»Hi.« Ich reichte ihm eine Flasche Spätburgunder.

Er nahm die Weinflasche entgegen und warf einen kurzen Blick aufs Etikett. »Perfekt, wäre aber wirklich nicht nötig gewesen.«

»Das ist zur Bestechung. Ich habe den ganzen Kofferraum voll mit Backequipment.«

Tim grinste. »Okay, verstehe. Komme sofort.« Er stellte

die Flasche Rotwein auf die Kommode im Eingangsbereich und stieg schnell in seine Sneakers, dann folgte er mir zu Karlas Fiat, den ich in der Einfahrt vor dem Haus geparkt hatte. Der Kofferraumdeckel stand offen, und Tim stieß einen Pfiff durch die Zähne aus, als er einen Blick hineinwarf. »Wow, du hast ja wirklich alles eingepackt. Ein Nudelholz?« Er holte die Rolle aus dem Korb und betrachtete sie skeptisch. »Willst du mir damit eins überbraten?«

Ich lachte. »Sorry, ich wusste ja nicht, was du alles hier hast, und bevor wir noch mal losmüssen …«

»Ich verstehe, der Wein ist also nicht nur zur Bestechung.«

Er zwinkerte mir zu, legte das Nudelholz zurück in den Korb und hievte ihn aus dem Kofferraum, um ihn zusammen mit zwei Taschen ins Haus zu tragen. Ich nahm die letzte Tasche, schloss das Auto ab und folgte Tim ins Haus. Seine Sneakers lagen in der Ecke, und er war nicht mehr zu sehen. Nachdem ich die Haustür geschlossen und die Tasche abgestellt hatte, zog ich meine Stiefel ebenfalls aus und fragte mich gerade, wo ich hinmusste, als Tim mich rief.

»Bin in der Küche, den Flur runter.«

Am Ende des Flurs erhaschte ich einen Blick ins Wohnzimmer, das etwa die Hälfte des Erdgeschosses einzunehmen schien. Erstaunt blieb ich stehen, als ich den Ausblick sah, der sich mir durch die große Fensterfront bot: die Heidelberger Altstadt samt Schloss und Neckar lagen einem hier zu Füßen. Ich konnte nicht anders, ich musste mir das Wohnzimmer näher ansehen, also betrat ich es. Es war hell und freundlich, obwohl es heute draußen gar nicht so richtig Tag werden wollte, und verströmte eine behagliche Atmosphäre, was keinesfalls nur an der Weihnachtsdeko lag, die dank des trüben Wetters bereits eingeschaltet war. An den Fenstern hingen Lichterketten, und auf der Fensterbank davor stand zwischen einigen Orchideen eine Weihnachtspyramide. Zwischen den beiden breiten Fenstern hatte Tim außerdem bereits den Weihnachtsbaum aufgestellt. Neben den obligatorischen Lichterketten war er mit roten und goldenen Kugeln geschmückt. Ich trat näher ans Fenster heran und bemerkte erst jetzt die große Terrasse samt Garten, und nun fiel mir auch die Terrassentür neben den beiden Fenstern auf, die dank des weißen Vorhangs kaum zu sehen war.

»Und, gefällt's dir?«, hörte ich Tim hinter mir fragen.

Ertappt fuhr ich zu ihm herum. Das Wohnzimmer führte auf der anderen Seite in die halb offene Küche, und dort stand er. Er lehnte an der Wand des Durchgangs, die Arme lässig vor der Brust verschränkt, und betrachtete mich amüsiert.

»Entschuldige, ich wollte nicht herumschnüffeln. Ich war nur so fasziniert. Können wir bitte über diese Aussicht sprechen?«

Tim stieß sich von der Wand ab und kam zu mir. »Ja, die ist schon der Wahnsinn, was? Ich liebe sie auch. Wenn es schneit, sitze ich gern dort in dem Sessel und schaue einfach nur durchs Fenster.« Er deutete in die rechte Raumecke, wo ein im britischen Muster karierter Ohrensessel stand. »Leider schneit es in Heidelberg viel zu selten.«

Ich dachte an Ellen, die sich noch einmal weiße Weihnachten wünschte, und wandte mich schnell Tim zu, der, die Hände in die hinteren Hosentaschen seiner Jeans gesteckt, versonnen aus dem Fenster blickte. *Gott, sieht er gut aus,* fuhr es mir durch den Kopf. Hätte er damals schon so ausgesehen, wäre uns beiden vielleicht viel Kummer erspart geblieben. Oder war er schon immer so attraktiv gewesen, und es war mir nur nicht aufgefallen? Zuzutrauen war es mir.

»Das Haus und die Lage sind wirklich genial. Wie kannst du dir das leisten? Verdient man als Lehrer in Heidelberg so gut?« Ich biss mir auf die Unterlippe, als mir klar wurde, dass ich den letzten Gedanken laut ausgesprochen hatte, doch Tim schmunzelte nur über meinen Kommentar.

»Nicht wirklich. Als meine Oma väterlicherseits vor drei Jahren gestorben ist, hat sie das Haus meinem Vater vermacht, doch meine Eltern haben die tolle Eigentumswohnung in Schlierbach, die genau nach ihren Bedürfnissen eingerichtet ist. Hier hätten sie erst einiges machen müssen, weil meine Mutter doch im Rollstuhl sitzt, und außerdem ist das Haus viel zu groß für die beiden. Deshalb haben sie sich entschlossen, in Schlierbach zu bleiben und mir das Haus zu überschreiben, in der Hoffnung, dass hier irgendwann mal Kinder im Garten herumtollen werden.«

»Ach so, verstehe«, erwiderte ich geknickt. Mir war nicht klar gewesen, dass Tims Mutter im Rollstuhl saß. Ich war seinen Eltern nie begegnet, und er hatte auch so gut wie nie über sie gesprochen. Überhaupt hatte ich das Gefühl, ich wusste viel zu wenig über ihn – was meine eigene Schuld war.

»Na komm, backen wir Plätzchen«, sagte Tim.

Er legte einen Arm um mich und führte mich in die Küche, die im Vergleich zum Wohnzimmer fast schon klein wirkte, aber der Platz war optimal ausgenutzt. Die Mitte dominierte ein erhöhter Esstisch, der auch als Arbeitsfläche diente; Barhocker waren daruntergeschoben. Tim hatte den Korb und die Taschen auf dem Tisch abgestellt und bereits angefangen, den Inhalt auszuräumen.

»Sind die Möbel noch von deiner Oma?«, fragte ich und bewunderte die weißen Küchenschränke im Landhausstil. Ich wusste ehrlich gesagt nicht, was ich von Tims Heim erwartet hatte, denn ich hatte ihn weder als den modernen noch als den romantischen Typ eingeschätzt, und so war ich gespannt auf seine Antwort.

»Zum Teil«, erwiderte er, während er sich wieder ans Auspacken der Taschen machte. »Die Küche stammt tatsächlich noch von ihr, die hatte sie erst kurz vor ihrem Tod neu einbauen lassen. Sie gefällt mir, auch wenn ich sie selbst vermutlich nicht ausgesucht hätte.«

Ich holte schnell die Tasche, die noch im Flur stand, und half ihm beim Auspacken. »Was für einen Stil hättest du denn gewählt?«

Er zuckte mit den Schultern. »Keine Ahnung, ehrlich gesagt. Ich lege mich nur ungern auf einen Stil fest, sondern nehme einfach das, was mir gefällt. Was ist mit dir? Was gefällt dir?«

»Och, hier würde ich mich schon wohlfühlen, um es mal so zu sagen.«

Er lächelte verschmitzt und sagte nichts weiter dazu, und ich musste ebenfalls lächeln. In diesem Moment war es mir egal, wie er meine Worte interpretierte oder was seine Gedanken daraus machten. Es war ein schöner Tag, und den wollte ich mir nicht selbst vermiesen, indem ich jedes Wort auf die Goldwaage legte. Wir waren zwei erwachsene Menschen und hatten eine Vereinbarung getroffen, also Schluss mit den Grübeleien. War es zu viel verlangt, dass ich das Leben einfach mal genießen wollte?

Tim holte ein Handrührgerät aus der letzten Tasche und zog die Augenbrauen hoch. »Ein Mixer, ist das dein Ernst? Du traust mir wohl gar nichts zu.«

Ich verkniff mir ein Grinsen. »Wie gesagt, ich wusste nicht, was du alles hier hast, also habe ich schnell die Küche meiner Tante geplündert.«

»Vielleicht hätten wir uns lieber bei ihr treffen sollen«, meinte Tim kopfschüttelnd.

»Nein, hier ist es besser.« Karla stand zwar momentan im Café, aber irgendwann würde sie nach Hause kommen, und dann würde sie die ganze Stimmung ruinieren. »Ich war neugierig, wie du lebst, und außerdem hätte ich sonst die tolle Aussicht verpasst.«

»Offenbar hast du dir vorher schon dein Urteil über meine Junggesellenbude gebildet.«

»Ich wollte dir nicht auf die Füße treten«, beeilte ich mich zu sagen, doch Tim war mir nicht böse.

»Das war nur Spaß, das mit den Plätzchen allerdings nicht. Ich backe wirklich jeden Advent fleißig Weihnachtsplätzchen, deshalb bin ich auch diesbezüglich bestens ausgerüstet.«

Überrascht zog ich die Augenbrauen hoch. »Das hatte ich echt für einen Scherz gehalten. Ich meine, du bist doch im Dezember jeden Tag im *Neckarplätzchen* …« Zumindest normalerweise war er das.

Er hatte mir immer noch nicht gesagt, warum er einige Tage auf Tauchstation gegangen war, und obwohl ich es wirklich wissen wollte, fragte ich nicht nach. Ich wollte die entspannte Atmosphäre, die zwischen uns herrschte, nicht zerstören.

»Tradition.« Er zuckte mit den Schultern. »Nachdem du damals weggezogen bist, hat es sich so ergeben. In erster Linie gehe ich aber gar nicht wegen der Plätzchen hin, auch wenn diese superlecker sind. Es war einfach schön, deine Tante wiederzusehen und jedes Jahr zu erfahren, wie es dir geht, und außerdem werde ich im Advent immer ein bisschen nostalgisch und denke an die alten Zeiten zurück.«

Meinst du den Sommer 1977 oder den Advent in jenem Jahr? Doch ich brauchte meine Frage nicht laut auszusprechen, denn der sehnsüchtige Ausdruck in Tims Augen war Antwort genug. Eine Gänsehaut breitete sich auf meinem ganzen Körper aus, und in meinem Bauch bildete sich dieses Kribbeln, das ich schon ewig nicht mehr gespürt hatte und das verdächtig weit nach unten wanderte.

Ich schluckte. Okay, das war eine ganz normale Reaktion meines Körpers. Aus Tim war ein attraktiver und charmanter Mann geworden, und ich war schon viel zu lange nicht mehr mit einem solchen Exemplar zusammen gewesen. Natürlich reagierte ich da auf ihn. Zwar vergaß oder verdrängte ich es gern, doch Tim und ich hatten eine gemeinsame Vergangenheit, und es war wirklich schön mit ihm gewesen – zumindest solange es angedauert hatte. Danach war es einfach nur noch seltsam zwischen uns gewesen. Wir hatten nicht zusammengepasst, waren wie Milchreis mit Salami. Für manch einen mochte diese Kombination funktionieren – eine Bekannte aus Hamburg hatte tatsächlich eine Vorliebe dafür –, doch für mich war es nicht das Richtige. Hin und wieder konnte ich mich zwar darauf einlassen, aber es würde niemals mein

Lieblingsessen werden, denn dafür liebte ich Lasagne viel zu sehr.

Du vergleichst jetzt nicht ernsthaft Tim mit so etwas scheußlichem wie Milchreis mit Salami?, ertönte meine innere Stimme. *Und Mark soll die Lasagne sein?*

Okay, ich gab zu, der Vergleich hinkte, aber das war nicht der springende Punkt. An seinen Gefühlen konnte man eben nichts ändern; man musste sie nehmen, wie sie waren, und das Beste daraus machen. Wobei ich mir meiner Gefühle gerade gar nicht so sicher war.

Mein Blick wanderte direkt zu Tims Augen. Keine gute Idee. Das Kribbeln und meine Sehnsucht nach ein bisschen Nähe verstärkten sich dadurch nur noch, und auch Tims Blick sprach Bände. Was würde ich dafür geben, wenn ich mich einfach in ihn verlieben könnte. Es würde alles so viel leichter machen.

Tim stieß sich vom Esstisch ab. »Hausführung gefällig, bevor wir endgültig loslegen? Dann kannst du dich selbst von meiner gut eingerichteten Junggesellenbude überzeugen.«

»Gern.« Ich nickte, dankbar für die Ablenkung. In dem Versuch, die Stimmung wieder aufzulockern, fügte ich hinzu: »Wobei du ja den Haushalt deiner Oma übernommen hast, insofern überrascht mich nichts mehr.«

»Hey. Ich bin vielleicht in das Haus meiner Oma gezogen und habe ihre Küchenschränke übernommen, aber deshalb solltest du mich nicht unterschätzen.«

Er meinte es scherzhaft, und doch versetzten mir seine Worte einen Stich, denn er traf damit voll ins Schwarze. Ich hatte Tim schon damals unterschätzt, und ganz offensichtlich tat ich es auch heute noch, ohne es zu wollen.

Er griff nach den leeren Taschen und brachte sie in den Flur. Nachdem ich einmal tief durchgeatmet hatte, folgte ich ihm.

»Nun gut, das Wohnzimmer kennst du ja schon, auch wenn du vermutlich nur die Aussicht und den Weihnachtsschmuck bewundert hast.«

»Ja, so in etwa.«

»Später hast du sicher noch mal Gelegenheit, es in Augenschein zu nehmen.« Er zwinkerte mir zu, und ich war froh, dass er mir nichts übel nahm und ich die entspannte Stimmung zwischen uns nicht gänzlich ruiniert hatte. »Ansonsten gibt es hier unten nur noch das Gäste-WC und eine Abstellkammer.«

Er öffnete eine der beiden Türen, die auf der gegenüberliegenden Seite der Küche vom Flur abgingen, und ich erblickte die Fliesen im Schachbrettmuster, die den Boden zierten. Die Wände waren halbhoch in Weiß gefliest.

»Wow, ich hatte mit einem Siebzigerjahrebad gerechnet, aber das ist wirklich hübsch.«

»Danke. Die Bäder habe ich beide vor meinem Einzug neu machen lassen, denn sie hatten tatsächlich schon ein paar Jahre auf dem Buckel und waren ohnehin mal fällig.«

Ich nickte anerkennend. »Du hast einen guten Geschmack.«

»Hast du mir den etwa nicht zugetraut?«, fragte er belustigt.

»Darauf werde ich nicht antworten«, entgegnete ich und stieg die Stufen in die erste Etage hoch.

Tim zeigte mir das Bad oben, das ähnlich gefliest war wie unten. Die Dusche setzte jedoch mit blauen Metrofliesen einen tollen Eyecatcher. Anschließend führte er mich in sein Arbeitszimmer, das im Gegensatz zum Rest des Hauses ziemlich chaotisch war. Der Schreibtisch war unter den ganzen aufgetürmten Aktenordnern, Mappen und losen Blättern kaum mehr auszumachen. Trotzdem strahlte das Zimmer mit den bis obenhin gefüllten Bücherregalen und dem Lesesessel unter dem Fenster eine gemütliche Atmosphäre aus.

»Das Schlafzimmer«, sagte Tim und öffnete die letzte Tür auf der Etage.

Ich ignorierte das Kribbeln in meinem Bauch, das sich angesichts des zwischen den beiden Fenstern stehenden Boxspringbetts erneut in meinem Bauch ausbreitete. Zusammen mit dem Kleiderschrank dominierte es das Zimmer. Ansonsten gab es noch eine Kommode, und auch hier standen zwei Bücherregale, die schon ziemlich voll waren. Im Arbeitszimmer hatte ich neben Klassikern vor allem Fachliteratur entdeckt. Hier stapelten sich nun die Romane von Ken Follett, Stephen King und J.R.R. Tolkien.

»Du liest gern«, stellte ich unnötigerweise fest, um mich von dem übergroßen Bett abzulenken.

Tim nickte. »Meine kleine Wohnung in Neuenheim platzte schon aus allen Nähten, die Bücher waren überall. Zuerst war ich ja skeptisch, als meine Eltern mich baten, in Omas Haus zu ziehen, weil ich es für mich allein für viel zu groß hielt. Sie wollten es nur ungern vermieten, weshalb ich am Ende auch zustimmte, und mittlerweile frage ich mich, ob hier überhaupt noch Platz für eine Frau und Kinder wäre.«

»Platz ist in der kleinsten Hütte, pflegt Karla immer zu sagen.«

»Das stimmt wohl, und wenn man sich liebt, braucht man auch gar nicht so viel Platz.«

Das Kribbeln in mir wurde wieder stärker, und ich wandte mich ab, damit die Stimmung nicht erneut kippte. »Und oben sind auch noch Zimmer?«

»Genau, dort hatte mein Vater in seiner Kindheit und Jugend sein Reich. Ich brauche die obere Etage momentan eigentlich nicht, aber das wird sich ja vielleicht eines Tages noch ändern.«

Ich blieb stehen, als mir klar wurde, dass Tim genauso einsam war wie ich. Er wusste es nur besser zu verstecken. Sein dringender Wunsch, die passende Partnerin zu finden und mit ihr eine Familie zu gründen, war allgegenwärtig, wenn man nur darauf achtete – und wenn ich ehrlich zu mir selbst war, wollte ich das ebenso. Ich wollte nicht den Rest meines Lebens einsam und verbittert verbringen, und wenn ich das Ganze nicht mit Mark haben konnte, dann war es eben so. Dann sollte ich das endlich akzeptieren, bevor es zu spät war.

»Alles okay?«, fragte Tim und drehte sich zu mir um.

»Ähm, na klar. Dein Vater war Einzelkind wie du?« Ich schloss wieder zu ihm auf, und wir stiegen gemeinsam die Stufen ins zweite Geschoss hoch.

»Mehr oder weniger. Mein Onkel starb an einer Lungenentzündung, als er noch ganz klein war.«

»O Gott, das tut mir leid. Wie furchtbar. Ich mag mir gar nicht vorstellen, wie es ist, ein Kind zu verlieren.«

»Vermutlich genauso schlimm, wie schon in jungen Jahren die Mutter zu verlieren.«

Ich schluckte und blieb erneut stehen. Inzwischen hatten wir das Obergeschoss erreicht und standen in einem der großen Räume. Durch eine Tür, die offen stand, war er mit dem zweiten verbunden. Aus den Augenwinkeln erkannte ich Kisten, die sich an der Wand stapelten, und Sportgeräte wie Hanteln, einen Crosstrainer und ein Laufband, doch mit den Gedanken war ich woanders.

»Kennst du Nathalie?«, fragte ich unvermittelt.

Seufzend nickte Tim. »Sie geht auf meine Schule. Ein liebes Mädchen.«

Ich nickte ebenfalls. »Das ist sie. Unterrichtest du sie?«

»Ich hatte nur ein paarmal Vertretungsunterricht bei ihr und war überrascht, als ich herausgefunden habe, dass sie Ellens und Marks Tochter ist, denn sie hat vom Wesen her überhaupt keine Ähnlichkeit mit ihrer Mutter, finde ich. Tatsächlich erinnert sie mich sehr an dich, wie du damals warst.«

Mich hat sie auch ein bisschen an mich erinnert, und es tut mir so unglaublich leid, dass ich sie nicht habe aufwachsen sehen.

Tränen traten in meine Augen, und ich konnte nicht verhindern, dass sie mir über die Wangen liefen. Wütend wischte ich sie fort. So viel zu meinem Vorhaben, einen unbeschwerten Tag mit einem alten Freund zu verbringen. In der halben Stunde, die ich jetzt hier war, hatte ich so oft die Emotionen gewechselt, wie man es von Sonne und Regen im April kennt.

»Es ist noch nicht zu spät, Chrissie«, sagte Tim sanft.

»Vielleicht«, erwiderte ich tonlos. War es wirklich noch möglich, Ellen zu vergeben, eine Beziehung zu ihrer und Marks Tochter aufzubauen und ein neues Leben fernab der Frustration in mir anzufangen? Es erschien mir so schwer. »Weißt du, ich will es wirklich. Ich will das alles hinter mir lassen, aber ich weiß nicht, wie.«

Tim schenkte mir ein warmes Lächeln. »Du schaffst das,

da bin ich ganz sicher. Du musst es nur wollen, und inzwischen hast du diesen Punkt erreicht. Von jetzt an wird alles leichter gehen, du wirst schon sehen.« Er legte einen Arm um meine Schultern. »Na komm, lass uns ein paar Plätzchen backen, das wird dich aufmuntern.«

Er führte mich zurück nach unten und schob mich auf einen der Barhocker am Esstisch. Nachdem er Weihnachtsmusik eingeschaltet hatte, zündete er drei Kerzen am Adventskranz an und kochte uns beiden Tee. Und während Bing Crosby fröhliche Weihnachten auf Hawaiianisch wünschte, sich der Duft von Orangen und Zimt in der Küche ausbreitete und Tim und ich alles für das Stollenkonfekt und die Zimtschnecken vorbereiteten, fing ich wieder an, mich zu entspannen.

Freitag, 16. Dezember 1977

21

»Und, wie hat dir der Film gefallen?«, fragte Tim, als der Abspann über die große Leinwand flimmerte.

Ich wandte ihm mein Gesicht zu. »Och, ich fand ihn ganz schön. Vor allem der Albatros ist eine coole Figur, aber Bernard ist auch irgendwie niedlich.«

»Findest du?«

Tim wandte mir sein Gesicht ebenfalls zu. Wir hatten uns beide zurückgelehnt und die Beine vor uns ausgestreckt, und es war tatsächlich ziemlich gemütlich. Doch je länger unser Blick andauerte, desto mehr veränderte sich die Atmosphäre. Die Stimmung lud sich auf, und mir wurde auch plötzlich klar, warum: Tim identifizierte sich mit Bernard, dem unscheinbaren und schüchternen Mäuserich, der sich in Bianca verguckt hatte und sie für unerreichbar hielt.

Ich schluckte und wollte wegsehen, doch ich konnte es nicht. Die Aufmerksamkeit, die Tim mir schenkte, gefiel mir. Mein Körper und meine Seele schienen regelrecht danach zu lechzen.

»Ja, das finde ich«, sagte ich leise.

Ein Lächeln umspielte seine Lippen, und er senkte nur ganz kurz den Blick, bevor er mir wieder in die Augen schaute.

Und in diesem Moment sah er wirklich süß aus. Würde er sich trauen, mich zu küssen, oder müsste ich den ersten Schritt machen? Wollte ich es überhaupt?

Im Saal wurde das Licht eingeschaltet, Aufbruchstimmung herrschte, und ich wandte mich seufzend ab, noch ehe ich eine Entscheidung getroffen hatte. Tim und ich sammelten unsere leeren Colaflaschen und Popcorntüten ein und verließen zusammen mit den anderen Besuchern zuerst den Saal und dann das Kino am Theaterplatz.

»Oh, sieh mal, es hat geschneit«, jubelte ich, als wir in die Kälte hinaustraten. Eine zarte Schneedecke hatte sich auf die Straße und die vor dem Kino parkenden Autos gelegt, und der Schnee fiel immer noch in zarten Flocken vom Himmel.

»Das war ein schöner Abend«, sagte Tim.

»Ja, das war es«, stimmte ich zu und meinte es absolut ernst. Und ich war noch nicht bereit, diesen Abend enden zu lassen. Die Vorstellung, nach Hause zu fahren, wo ich entweder einsam und allein auf meinem Zimmer hocken oder mich alternativ mit meiner Mutter herumstreiten würde, versetzte mich beinahe in Panik. »Hast du Lust, noch was trinken zu gehen?«

»Klar, klingt gut.« Tim versuchte, sich cool zu geben, doch ich sah das Funkeln in seinen Augen. »Dann auf ins *Neckarplätzchen.*«

Ich zögerte, denn vorausgesetzt, wir würden noch ein wenig flirten – und in diesem Moment schloss ich das nicht völlig aus –, wollte ich nicht unbedingt, dass mir meine Tante dabei zusah. Aber wie bitte sollte ich Tim das erklären, ohne die Karten auf den Tisch zu legen? Und dazu war ich definitiv nicht bereit, also nickte ich.

Wir passten eine Lücke im Verkehr ab, überquerten die Straße und liefen die Hauptstraße hinunter Richtung Alte Brücke. Während des Weges dorthin unterhielten wir uns nicht viel, doch es fühlte sich nicht seltsam an, und schon wenige Minuten später hatten wir das *Neckarplätzchen* erreicht. Tim ging voraus und hielt mir die Tür auf.

Meine Tante, die gerade hinter der Theke die Spülmaschine ausräumte, erblickte uns sofort. Die Überraschung stand ihr ins Gesicht geschrieben. »Chrissie, Tim. Was macht ihr denn hier?«

»Wir waren im Kino«, antwortete ich und schüttelte mir den Schnee aus den Haaren. »Machst du mir eine heiße Schokolade mit Sahne?«

»Sicher. Und was möchtest du, Tim?«

»Heiße Schokolade klingt super«, erwiderte er und steuerte einen der freien Tische an.

Ich zog mir den Mantel aus und folgte ihm. Viel los war nicht mehr im *Neckarplätzchen*, Karla würde sicher bald schließen wollen. Vielleicht hätte ich doch vorschlagen sollen, woanders hinzugehen, allerdings war es äußerst gemütlich in Karlas Café. Da konnten die meisten anderen Lokalitäten nicht mithalten. Ich mochte es nicht, wenn es übervoll und laut war, auch wenn dadurch hier im *Neckarplätzchen* die Gefahr bestand, dass Karla mein Gespräch mit Tim mit anhören würde. Aber das würde sie schon nicht tun, denn im Gegensatz zu meiner Mutter respektierte sie meine Privatsphäre.

»Wie geht's dir denn in letzter Zeit so?«, fragte Tim.

Ich atmete hörbar aus. »Können wir mit einer weniger schwierigen Frage anfangen?«

»Entschuldige, ich wollte nicht …«

»Nein, das ist es nicht, und entschuldige dich bitte nicht immer für alles.«

»Ist notiert. Also wenn ich dich irgendwie ablenken kann, bin ich gern dabei.«

»Tust du doch, und das ist auch bitter nötig. Es sind ja nicht nur Ellen und Mark, die mir auf den Zeiger gehen. Zu Hause herrscht dicke Luft, denn meine Mutter und ich verstehen uns gerade nicht besonders gut.«

Tim pustete sich eine Ponyfranse aus dem Gesicht. Theoretisch müsste er mal wieder zum Friseur. Praktisch standen ihm die einen Tick zu lang geratenen Haare ziemlich gut.

»Ist was vorgefallen oder geht es noch um die alte Geschichte?«

»Weder noch, aber natürlich hängt es damit zusammen.« Ich atmete erneut aus. »Wie gesagt, es ist kompliziert.«

Tim nickte. »Verstehe. Habe ich dir eigentlich schon mal gesagt, dass ich es echt mies fand, was Ellen und Mark abgezogen haben?«

»Nein, aber danke.« Ich schenkte ihm ein Lächeln.

»So, eure heiße Schokolade mit Sahne«, sagte Karla noch hinter dem Tresen und kam erst dann mit dem Tablett zu uns an den Tisch. Sie verteilte die beiden Tassen und stellte zudem einen Teller mit Plätzchen in die Mitte. »Und hier habe ich noch ein paar Erdnusskekse für euch, unsere heutige Spezialität aus dem Adventskalender.«

»Mmh, ich stehe auf Erdnüsse, und die sehen wirklich köstlich aus«, meinte Tim und stibitzte sich gleich einen von den Keksen. »Sehr lecker«, resümierte er, eine Hand vor den vollen Mund gehalten.

»Kann ich euch sonst noch etwas bringen?«, fragte Karla.

Ich schüttelte den Kopf. »Danke, Tante Karla.«

»Okay, meldet euch einfach.«

Sie klemmte sich das leere Tablett unter den Arm und ließ uns wieder allein, und kurz darauf wurde die Musikanlage etwas lauter gestellt. Unwillkürlich musste ich lächeln. Das tat sie sicher unseretwegen, weil die Geräuschkulisse dank der wenigen Gäste heute wirklich nicht so laut war. Wusste ich doch, dass Karla uns nie und nimmer absichtlich belauschen würde.

Karla hatte sich für das Weihnachtsalbum von Bing Crosby entschieden. Der Sänger war leider im Oktober verstorben, und *White Christmas* lief diesen Advent gefühlt noch öfter als sonst im Radio, in den Geschäften und den Cafés. Ich nahm mir ebenfalls ein Plätzchen und summte einen Moment die Melodie von *Mele Kalikimaka* mit.

»Magst du Bing Crosby?«, wollte Tim wissen.

»Wer nicht? Sag mir nicht, dass du seine Weihnachtslieder nicht gern hörst!«

»Doch, sicher.«

»Und was hörst du sonst so?«

Mir wurde klar, dass ich Tim nicht sonderlich gut kannte. Zwar war er im Sommer – zumindest bis zu meinem Hausarrest – oft dabei gewesen, wenn wir uns alle getroffen hatten, aber er war eben niemand, der sich in den Vordergrund drängte und ohne Nachfragen besonders viel von sich preisgab. Und ich hatte bis dato nicht nachgefragt. Doch jetzt wollte ich alles über ihn wissen. Zum einen hatte ich absolut keine Lust, weiterhin über Ellen und Mark zu reden, zum anderen interessierte es mich. Ich hatte die Hoffnung, er könnte so etwas wie ein guter Freund werden, und einen Freund konnte ich gerade wirklich gebrauchen.

Während wir die Plätzchen aßen, unseren Kakao tranken und uns gegenseitig alles Mögliche erzählten, verging die Zeit wie im Flug. Ich bekam überhaupt nicht mit, wie sich das Café leerte. Erst als Karla zu uns an den Tisch trat, registrierte ich, dass wir die letzten Gäste waren und Karla davon abhielten, ihren wohlverdienten Feierabend zu machen.

»Hey, ihr zwei. Letzte Runde, okay?« Ihr war deutlich anzusehen, dass sie uns nur ungern störte.

Ich zögerte, einen Moment hin- und hergerissen. Einerseits hätte ich mich gern noch ein bisschen mit Tim unterhalten, andererseits wollte ich Karla, die müde aussah, nicht länger als nötig aufhalten. Wäre ich nicht ihre Nichte, hätte sie uns sicher längst rausgeworfen. Ich unterdrückte ein Seufzen. *Wirklich schade!*

»Nein, ach was«, sagte ich. »Ich brauche nichts mehr. Tut mir leid, Karla, wir wollten dich nicht so lange aufhalten. Ich habe total die Zeit vergessen.«

Tim sah auf seine Uhr. »Ich auch. Es ist aber auch wirklich schön hier.«

Karla lächelte ihm zu. »Danke, das höre ich gern. Und das Geld lässt du mal schön stecken, geht aufs Haus.«

»Aber Sie können uns doch nicht jedes Mal einladen«, protestierte Tim und hielt unschlüssig sein Portemonnaie in der Hand.

»Natürlich kann ich das.«

Karla strich mir über den Kopf und stellte das leere Geschirr aufs Tablett. Derweil standen Tim und ich auf und zogen unsere Jacken an.

»Ich bin noch gar nicht müde«, sagte ich. »Mal sehen, vielleicht lese ich gleich noch ein bisschen in *Sturmhöhe* weiter.«

»Oder wir gehen noch woandershin«, schlug Tim ein wenig schüchtern vor.

»Gern«, antwortete ich, ohne lange darüber nachzudenken. In die Welt von Emily Brontë konnte ich auch am Wochenende wieder abtauchen. Jetzt verbrachte ich lieber noch ein bisschen Zeit mit Tim, auch wenn ich es nie für möglich gehalten hätte, dass ich das einmal sagen würde.

»Kinder, haltet ihr das wirklich für eine gute Idee? Es ist schon neun Uhr durch. Wann musst du denn zu Hause sein, Chrissie?«, fragte Karla.

Ich verdrehte die Augen, auch wenn ich es nicht wollte. Meine Tante meinte es schließlich nicht böse, sie wollte mir nur noch mehr Ärger ersparen. »Um zehn, aber ehrlich gesagt ist mir das egal. Mama ist doch selbst schuld. Wenn sie nicht so spießig wäre, würde ich Tim einfach mit nach Hause nehmen, aber Mama hält ja bis auf Papa jedes männliche Wesen für einen hormongesteuerten Idioten.«

»Chrissie!«

Ich verschränkte die Arme vor der Brust. »Ist doch so. Außerdem werde ich in ein paar Wochen achtzehn und somit volljährig.«

»Schon, aber ich habe kein gutes Gefühl bei der Sache«, beharrte Karla.

»Sie brauchen sich keine Sorgen zu machen, ich passe auf Ihre Nichte auf«, versprach Tim. Er schien diesen Abend ebenso wenig wie ich an dieser Stelle beenden zu wollen.

Karla seufzte. »Na schön, aber dann tut mir den Gefallen und bleibt hier im Café, ja? Hier kann am wenigsten passieren. Chrissie, ich lasse dir den Schlüssel da, damit du abschließen kannst, wenn ihr geht.«

»Danke, Tante Karla.« Ich fiel ihr um den Hals und drückte ihr einen Kuss auf die Wange. »Wo soll ich den Schlüssel nachher deponieren, damit du ihn morgen früh hast?«

»Du bringst ihn mit, denn du schläfst heute Nacht bei mir. Deine Mutter würde mich umbringen, wenn sie wüsste, dass ich dich hier mit einem Jungen allein lasse, also verplappere dich bloß nicht. Ich sag Marianne Bescheid, dass du über Nacht bei mir bleibst, und lege dir den Hausschlüssel unter den blauen Blumentopf, der im Erdgeschoss auf dem Fenstersims steht. In Ordnung?«

»In Ordnung. Ich danke dir.« Ein weiteres Mal drückte ich sie an mich, dieses Mal fester und länger.

»Sieh es als Weihnachtsgeschenk an, und macht bitte keinen Blödsinn. Ich verlasse mich auf euch«, flüsterte sie mir noch ins Ohr.

Zwei Stunden später waren Tim und ich immer noch nicht müde, das viele Reden hatte uns allerdings hungrig gemacht, und so gingen wir in die Backstube, um uns nach etwas Essbarem umzusehen.

Tim kratzte sich im Nacken. »Geht das auch wirklich in Ordnung? Ich will deiner Tante keine Umstände machen.«

»Ach was, ich bin ihre Nichte. Sie wird schon nichts dagegen haben, solange wir nicht ihre ganzen Vorräte plündern. Wir können ihr ja ein bisschen Geld hierlassen, wenn es dich beruhigt.« Ich öffnete den Kühlschrank und warf einen Blick hinein. »Also, worauf hast du denn Lust? Süß, herzhaft?«

Tim trat hinter mich, und ich spürte seinen Atem in meinem Nacken. Eine Gänsehaut bildete sich auf meinem Körper, allerdings konnte diese natürlich auch von der kühlen Luft herrühren.

»Erst was Herzhaftes und danach was Süßes?«

»Perfekt.«

Ich holte Butter, Käse und ein paar Salatblätter aus dem Kühlschrank, dann belegte ich ein halbes Dutzend Scheiben Toastbrot damit und legte zum Schluss noch je eine Scheibe Tomate darauf. Mit den zwei Tellern, zwei Flaschen Cola und einer weiteren Portion Weihnachtsplätzchen machten wir es uns auf dem Boden in der Backstube gemütlich. Das war zwar nicht ganz so bequem wie im Café, aber hier konnten wir wenigstens die Beine ausstrecken, und außerdem konnte uns hier nicht jeder durchs Fenster sehen. Inzwischen war es schon elf Uhr durch, und es behagte mir nicht, vorne im Café auf dem Präsentierteller zu sitzen.

Nachdem ich meine Toastscheiben verputzt hatte, nahm ich mir was Süßes und lehnte mich nach hinten gegen die Arbeitsinsel, die in der Mitte des Raumes stand. Genüsslich knabberte ich an der Pudding-Kokos-Praline. Eine kleine Anzahl Pralinen hatte ich noch vom Vortag im Kühlschrank gefunden, und für Karla würde es sicher in Ordnung sein, wenn Tim und ich sie aßen. Im schlimmsten Fall mussten wir halt neue machen.

Tim lehnte sich ebenfalls nach hinten und sah mich lächelnd von der Seite an, während auch er eine Praline verspeiste. »Die Dinger sind wirklich saulecker, auch wenn ich das Stollenkonfekt noch etwas lieber mag. Welche Sorte ist deine liebste?«

»Musst du immer so schwierige Fragen stellen?« Wir lachten beide. »Ich mag die Zimtschnecken echt gern und die Anisstangen. Die Aprikosensterne sind aber auch richtig gut.«

Tim lachte erneut. »Also unentschlossen. Okay, dann stelle ich dir jetzt eine Frage, die du mit Ja oder Nein beantworten kannst.« Er wurde ernst. »Du und Mark, habt ihr …?«

Überrascht sah ich ihn an. »Ich dachte, Mark hätte dir erzählt, was passiert ist.«

Tim zuckte mit den Schultern. »Ins Detail ist er nicht gegangen.«

»Ach so.« Ehrlich gesagt fand ich das ziemlich anständig von Mark. Mein Herz wollte sich bei dem Gedanken an ihn mal wieder verkrampfen, doch dieses Mal kämpfte ich dagegen an. Das war bisher so ein schöner Abend gewesen; ich wollte noch nicht zurück in die trostlose Wirklichkeit.

»Also?«, fragte Tim vorsichtig. »Oder ist die Frage doch komplizierter, als ich dachte?«

»Nein. Wir haben nicht.« Automatisch kehrten meine Gedanken zurück zu jenem Nachmittag im Juli, aber ich wollte jetzt nicht daran denken. »Hast *du* schon mal?«

Tim schüttelte den Kopf.

»Aber du bist neunzehn.«

»Na und?« Wieder zuckte er mit den Schultern. »Du bist auch schon fast achtzehn. Hat sich halt noch nicht ergeben. Die meisten Mädchen fahren auf Mark ab, nicht auf mich, und da wir bis vor Kurzem meistens zusammen unterwegs waren …«

Ich seufzte leise. »Ja, das kenne ich. War mit Ellen nicht viel anders.«

Einen Moment hingen wir beide unseren eigenen Gedanken nach. Ich starrte ins Leere und lauschte der Musik. Es lief immer noch Bing Crosby, zum keine Ahnung wievielten Mal, ich hatte aufgehört zu zählen, aber Tim beschwerte sich nicht, und ich hatte keine große Lust, jetzt aufzustehen. Stattdessen sah ich Tim von der Seite an. Er wandte mir seinen Blick ebenfalls zu, wie ich nach wie vor mit dem Oberkörper an die Arbeitsinsel gelehnt, und die Stimmung zwischen uns lud sich sofort wieder auf. Keine Ahnung, warum das so war. Tim war zwar ganz niedlich, aber nicht mein Typ, und außerdem hing mein Herz an Mark. Aber es fühlte sich gut an, dass da abgesehen von meiner Tante noch jemand war, der sich für mich interessierte.

Langsam tastete Tim nach meiner Hand, und diese sanfte Berührung war wie ein Stromschlag. Für diesen kurzen Moment ließ sie mich alles andere vergessen, und ich wollte mehr davon. Ich wollte ganz vergessen.

Bevor ich auch nur darüber nachdenken konnte, saß ich plötzlich auf Tims Schoß und küsste ihn. Einige Sekunden wirkte er völlig überrumpelt, doch dann erwiderte er meinen Kuss so leidenschaftlich, wie ich es ihm niemals zugetraut hätte. Er ging weiter, schob seine Hände unter meinen Pullover und streichelte meinen nackten Rücken rauf und runter, und von da an gab es kein Halten mehr. Er war nicht Mark, aber hier und jetzt spielte das keine Rolle. Ich wollte einfach nur dieses Gefühl spüren, das ich zusammen mit Mark erlebt hatte. Diese intensiven Gefühle, die mich euphorisiert hatten und die die Macht hatten, alles andere zu überlagern, bis man nur noch im Hier und Jetzt lebte, völlig frei von Gedanken und Problemen.

Ich zerrte Tims T-Shirt aus seiner Jeans, zog es ihm zusammen mit dem waldgrünen Pullover über den Kopf. Darunter kamen definierte Muskeln zum Vorschein, die mich erstaunten und sich richtig gut anfühlten. Ich streichelte seine Brust, seinen Bauch. Auch er zog mir den Pullover über den Kopf, das Unterhemd folgte. Geschickt öffnete er meinen BH, als hätte er es schon hundertmal gemacht. Unsere Münder fanden sich erneut, nackte Haut prallte auf nackte Haut, und dieses Gefühl berauschte mich nur noch mehr.

Tim sank nach hinten und zog mich mit sich. Gleich darauf befreite er mich auch von meiner Hose und der Unterhose, und ich war völlig nackt. Doch ich fühlte mich nicht schutzlos, im Gegenteil. Ich fühlte mich begehrt.

Ich beugte mich erneut über Tim und küsste ihn wild, während ich mich gleichzeitig an der Beule in seiner Jeans rieb, und es fühlte sich fast noch besser an als das, was Mark mit seinen Fingern bewirkt hatte. Tim gab ein leises Stöhnen von sich, und ich wollte unbedingt wissen, wie es sich anfühlte, wenn auch er nackt war; wenn er in mir war. Ich nestelte am Verschluss seiner Jeans herum und hatte ihn nur eine Minute später ausgezogen. Fasziniert betrachtete ich seine Erektion einige Sekunden lang, dann wollte ich mich wieder auf seinen Schoß setzen, doch Tim hielt mich an der Hüfte fest.

»Warte kurz.« Er lehnte sich zur Seite, angelte nach seiner Jeans und holte ein Kondom aus seinem Portemonnaie.

»Darf ich?«, fragte ich leise.

»Ähm, klar. Natürlich.«

Er gab mir das Kondom, und ich riss das quadratische Päckchen auf. Einen Moment fühlte es sich plötzlich seltsam zwischen uns an, und ich fragte mich, ob wir hier wirklich das Richtige taten. Doch dann dachte ich an die Gefühle, die er mir bereits beschert hatte, und die Gefühle, die er in mir auslösen würde, wenn ich ihn nur ließ, und ich wusste, dass ich jetzt nicht aufhören wollte. Und so holte ich das Kondom aus der Verpackung und rollte es Tim über, was gar nicht so einfach war. Die Fummelei ruinierte erneut die Stimmung, zumindest für mich, doch Tim zog mich anschließend auf seinen Schoß, und ich war dankbar, dass er jetzt den ersten Schritt machte. Ich hätte es mich vielleicht nicht mehr getraut.

Er küsste mich, sanfter dieses Mal, und ließ eine Hand ganz langsam über meinen Oberschenkel und zwischen meine Beine wandern. In der ersten Sekunde zuckte ich zusammen, doch gleich darauf spürte ich dieses süße Prickeln, das durch meine Adern floss und sich genau dort, wo Tim mich streichelte, sammelte – und ich wollte unbedingt wissen, wie es sich anfühlte, wenn er weitermachte und wir nicht unterbrochen würden.

Freitag, 23. Dezember 1977

Auch einen Tag vor Heiligabend war das *Neckarplätzchen* gut besucht. Viele Menschen waren noch in der Heidelberger Innenstadt unterwegs, besorgten letzte Geschenke oder schlenderten über den Weihnachtsmarkt und wärmten sich anschließend bei Kaffee, Tee oder Kakao in Karlas Café auf. Und wer schon mal hier war, ließ es sich nicht nehmen, auch die Marzipanstangen zu probieren, die letzte Sorte von Karlas Weihnachtsplätzchen-Adventskalender.

Ich stand mit Wilma in der Backstube und half ihr bei der Produktion der Stangen. Dabei tranken wir Unmengen an Tee oder Kinderpunsch und summten die Weihnachtsmusik mit, die im Hintergrund lief. Ich hatte Karla dazu überreden können, mal etwas anderes als Bing Crosby zu spielen. Seine Lieder erinnerten mich einfach zu sehr an die Nacht mit Tim, und daran wollte ich nicht zurückdenken.

Es hatte sich gut angefühlt, sogar verdammt gut – bis es vorbei gewesen und die intensivsten Gefühle, die ich je erlebt hatte, wieder abgeflaut waren. Keiner von uns beiden hatte es sich anmerken lassen, doch wir waren an jenem Abend relativ schnell auseinandergegangen. Seitdem war es irgendwie komisch zwischen uns. Ich wusste nicht, wie ich mich Tim gegenüber verhalten sollte, auch wenn er keine allzu großen Probleme damit zu haben schien, denn er kam nach wie vor regelmäßig ins *Neckarplätzchen*.

Er versprach sich mehr von mir, das wusste ich, ohne dass er es sagen musste, doch das konnte ich ihm nicht geben. Ich hatte doch nur Mark für einen Moment vergessen wollen, verdammt!

Und als hätte er meine Gedanken erraten, kam Karla plötzlich nach hinten in die Backstube. »Chrissie, Tim ist hier.«

Ich unterdrückte den Drang, den Mund zu verziehen. Das Café würde in zwei Stunden für eineinhalb Wochen schließen, deshalb hatte ich fast damit gerechnet, dass er heute noch vorbeikommen würde. Trotzdem wollte ich ihn nicht sehen.

»Kannst du ihm nicht sagen, dass ich nicht da bin?«, bat ich leise.

Karla seufzte. »Das wäre nicht nett, Chrissie. Außerdem hat er ein Geschenk für dich dabei. Na komm schon, gib dir einen Ruck. Vor ein paar Tagen habt ihr euch doch noch so gut verstanden.«

Er hat ein Geschenk für mich? Bin ich ein schlechter Mensch, weil ich nichts für ihn habe? Einen Moment sah ich Karla hinterher, dann straffte ich die Schultern und folgte ihr ins Café.

Tim stand vor der Theke, da alle Tische besetzt waren, und lächelte schüchtern, als er mich sah. Ich ging zu ihm.

»Hi.«

»Hi«, erwiderte ich.

»Ist ja viel los hier.«

Ich nickte bloß.

»Ähm, also ich wollte dir eigentlich nur dein Geschenk vorbeibringen und dir schöne Weihnachten wünschen.« Er rückte noch einmal die rote Schleife an dem Päckchen zurecht, dann überreichte er es mir.

»Danke, das ist ja nett von dir.« Etwas zögerlich, weil ich nicht wusste, was mich erwartete, öffnete ich die Schleife und die Klebestreifen an dem Papier. Tim hatte mir ein Buch besorgt: *In 80 Tagen um die Welt* von Jules Vernes.

»Es ist eins meiner Lieblingsbücher. Vielleicht magst du es ja auch.«

Wieder nickte ich. »Bestimmt. Ich werde es über die Feiertage lesen. Danke noch mal.« Schweigen breitete sich aus. Unangenehmes Schweigen. »Ähm, ich hab leider nichts für dich. Hab ich total vergessen, tut mir leid. Die Plätzchenbackerei und …«

»Schon gut, das macht nichts.«

Karla ging hinter mir vorbei und drückte mir ein Tütchen in die Hand. Ich reichte es an Tim weiter, es waren Marzipanstangen. »Fröhliche Weihnachten, Tim.«

»Danke, Chrissie, dir auch fröhliche Weihnachten.«

Einen Moment standen wir uns noch unschlüssig gegenüber, dann verließ er endlich das Café, und ich flüchtete mich in die Kaffeeküche. Weinend sank ich auf einen Stuhl.

Es war falsch gewesen, mit Tim zu schlafen, so falsch, und ich hätte es wissen müssen. Er hätte ein Freund werden können, doch ich hatte uns diese Chance genommen, und nun nahm er mir mit seinem ständigen Auftauchen im Café einen der letzten Rückzugsorte, die mir noch blieben. Und in diesem Moment fällte ich meine Entscheidung: Ich musste Heidelberg verlassen und zu Papas Bruder nach Hamburg gehen. Möglicherweise war es übereilt, vielleicht brauchte ich nur ein wenig Geduld zu haben, und das zwischen Tim und mir würde sich wieder einrenken, doch diese Geduld hatte ich nicht. Ich war das Gefühlskarussell satt, in das ich hier in Heidelberg ein ums andere Mal geworfen wurde, und deshalb blieb mir gar keine Wahl, als nach Hamburg zu gehen und dort von vorn anzufangen.

Und vielleicht war ich ja eines Tages bereit und stark genug, um zurückzukommen.

Sonntag, 15. Dezember 1996

22

Tim und ich werkelten bereits seit Stunden in der Küche. In der Zwischenzeit begann es draußen schon zu dämmern, und ich spürte seit Langem mal wieder richtige Vorfreude auf das bevorstehende Weihnachtsfest. Die seltsame Stimmung von vorhin war wie weggeblasen, stattdessen war sie ausgelassener denn je. Tim und ich summten die Weihnachtsmusik mit, die im Hintergrund lief, während wir aus den beiden Zimtteigrollen, die jetzt eine ganze Weile im Kühlschrank gewesen waren, dicke Scheiben schnitten.

Der Backofen gab ein Piepsen von sich, und ich eilte schnell hin, um das Stollenkonfekt herauszuholen.

»Perfektes Timing«, meinte Tim und griff nach seiner Tasse. »Schon wieder leer. Noch einen Tee, oder kann ich dich für ein Glas Wein begeistern?«

»Ich kann dir doch nicht deinen Bestechungswein wegtrinken.«

»Natürlich kannst du. Außerdem schmeckt so ein Gläschen zu zweit doch gleich viel besser als allein.«

»Na, wenn das so ist, nehme ich gern einen Wein«, erwiderte ich. Notfalls würde ich mir später einfach ein Taxi bestellen. Karla hatte sicher nichts dagegen, wenn ihr Fiat über Nacht hier stehen blieb, denn als sie gehört hatte, dass ich heute mit Tim Weihnachtsplätzchen backen wollte, war sie mehr als begeistert gewesen, und ich ging nicht davon aus, dass sie einfach nur froh war, mich für ein paar Stunden los zu sein. Dafür belastete sie die Stimmung zwischen uns zu sehr – genau wie mich.

»Kommt sofort. Kann ich dir eigentlich auch mal was zu essen anbieten?«

»Ein bisschen Hunger habe ich schon«, gab ich zu. »Das Frühstück ist eine Weile her.«

»Mensch, sag doch was. Soll ich uns schon mal was vom Chinesen bestellen? Das würde schneller gehen, als wenn wir erst nach dem Backen ins Restaurant fahren, aber das können wir natürlich auch gern machen. Du hattest erwähnt, dass du zu Hause in Hamburg nicht oft Gelegenheit dazu hast.«

Daran erinnerte er sich? »Wir können ruhig was bestellen.«

»Sicher? Ansonsten schmiere ich uns schnell ein paar Brote, damit wir …«

»Tim? Es ist okay, lass ruhig was herkommen. In erster Linie geht es doch um die Gesellschaft, die man beim Essen hat, und außerdem bin ich ja noch ein paar Tage hier. Wir können also immer noch zusammen ausgehen.«

»Ich nehme dich beim Wort«, erwiderte er schmunzelnd.

Ob er das als Date auffasste? *Ausgehen* klang schon ein wenig danach, doch seltsamerweise war mir das egal, denn in diesem Moment hatte ich überhaupt nichts dagegen, mit Tim auszugehen.

Er griff nach seinem Handy und verschwand kurz im Wohnzimmer, um beim Chinesen anzurufen. Dann kehrte er mit Weingläsern und einem Korkenzieher zurück und füllte die Gläser, nachdem er die Flasche mit einem Ploppen geöffnet hatte. In der Zwischenzeit nahm ich das Stollenkonfekt vom Backblech und verteilte stattdessen die Zimtschnecken auf dem Backpapier, um das Blech gleich darauf zurück in den Ofen zu schieben. Ich gab gerade Butter in einen Topf, als Tim mir eines der beiden Weingläser reichte.

»Auf die Zukunft!«

»Auf die Zukunft!«, wiederholte ich, und wir ließen die Gläser gegeneinanderklirren, bevor wir beide einen Schluck tranken.

»Hm, der ist gut«, lobte Tim.

»Ist ja auch aus dem Weinverkauf am Schloss und nicht aus dem Supermarkt.«

»Warst du etwa ohne mich oben, oder hast du den Weinvorrat deiner Tante geplündert?«

»Ertappt. Leider habe ich es noch nicht aufs Schloss geschafft. Du weißt ja, ich bin zum Backen hier und nicht zum Sightseeing.« Ein bitterer Geschmack machte sich in meinem Mund breit, und ich spülte ihn mit einem weiteren Schluck Wein hinunter.

Tim grinste. »Ich wette, Karla hätte nichts dagegen, wenn ich dich die Tage erneut entführe und einen Ausflug mit dir mache.«

»Davon ist auszugehen«, erwiderte ich und schwenkte die Butter im Topf hin und her, damit sie nicht anpappte. Tatsächlich hatte ich sogar das Gefühl, dass genau das Karlas Plan war. Sie hatte Tim schon damals toll und besser für mich geeignet gefunden als Mark. Die Frage war nur, ob sie es von Anfang an geplant hatte oder ob ihr der Zufall in die Hände gespielt hatte. So oder so, es war mir egal. »Ich würde echt gern gleich morgen mit dir aufs Schloss gehen und habe absolut keine Lust, stattdessen im Café zu stehen, aber ohne mich schaffen sie es nicht.«

Tim nickte, ein bedauernder Ausdruck auf dem Gesicht. »Das verstehe ich. Schade ist es trotzdem.«

»Ich habe vor Weihnachten sicher noch mal einen freien Tag«, meinte ich, weil ich es selbst schade fand.

Ich wünschte, das Café wäre mir egal, aber das war es nicht, auch wenn Karla und ich gerade nicht das beste Verhältnis hatten.

Es war so einfach, mit Tim eine schöne Zeit zu verbringen und nicht dauernd an die Vergangenheit denken zu müssen – was irgendwie seltsam war, denn Tim war ja ein Teil dieser Vergangenheit. Aber er hatte so eine Art an sich … ich weiß auch nicht. Er schaffte es, dass man das Leben nicht so schwernahm, und das genoss ich im Moment sehr.

»Sag mal, als wir uns bei meiner Ankunft am Bahnhof begegnet sind«, fragte ich. »Das war nur Zufall, oder?«

»Ähm, ja. Was sollte es denn sonst gewesen sein? Ich habe dir doch erzählt, dass ich an dem Tag bei meiner Oma zum Essen eingeladen war. Oder warte mal, denkst du etwa, Karla hätte ihre Finger im Spiel gehabt?« Tim lachte.

»Traust du ihr das nicht zu?«

»Doch, aber es war wirklich bloß Zufall. Oder Glück.«

Lächelnd holte ich die Butter vom Herd und brachte sie mit einem Untersetzer hinüber zum Esstisch, wo Tim und ich das Stollenkonfekt mit je zwei Pinseln mit der zerlassenen Butter bestrichen. Anschließend bestäubten wir die Stollen mit Puderzucker. Noch während wir dabei waren, piepte der Backofen erneut, und Tim holte die fertigen Zimtschnecken heraus.

»Hm, die riechen köstlich. Du musst mir unbedingt das Rezept geben.«

»Die Ausdrucke gehören dir«, erwiderte ich mit einem Lächeln und bepuderte das letzte Stollenstück. Zusammen mit Tim zog ich anschließend das Backpapier mit den Zimtschnecken zum Abkühlen auf einen Rost, dann wischte ich mir mit dem Handrücken eine Haarsträhne aus der Stirn. »So, fertig. Sieht doch gar nicht mal so schlecht aus.« Zufrieden betrachtete ich das Gebäck, das überall auf dem Esstisch verteilt lag und noch in Keksdosen gelegt werden musste.

»Wir sind in der Tat kein schlechtes Team. Was meinst du? Wir backen einfach noch ein paar Plätzchen mehr und überlassen diese Karla fürs Café, und im Gegenzug können wir morgen zusammen aufs Schloss gehen.«

Ich schüttelte den Kopf, musste aber grinsen. »Du lässt einfach nicht locker, was?«

»Nee. Also, was hältst du von meinem genialen Plan?«

»Hm.« Ich tat so, als würde ich darüber nachdenken. »Wäre eine Überlegung wert.«

»Das reicht mir fürs Erste.«

Tim nahm sich eines der Stollenstücke und biss davon ab, und ich tat es ihm gleich. Sie rochen einfach zu köstlich, und ich hatte wirklich Hunger.

Vertu dir nicht den Appetit, hatte ich die Worte meiner Mutter im Ohr und fühlte mich mit einem Mal so frei. Es konnte mir egal sein, was meine Eltern oder andere dachten. Wichtig war nur, was ich dachte – und was ich wollte.

Warum hatte ich mich seit dem Wegzug aus Heidelberg

selbst so eingeschränkt? Denn obwohl ich von zu Hause ausgezogen war und nicht nur die Stadt, sondern das Bundesland gewechselt hatte, hatte ich die Geister der Vergangenheit nie abschütteln können. Doch jetzt wollte ich es. Die Zeit war reif dafür. Es musste sein, wenn ich das Leben nicht verpassen wollte.

»Lecker«, nuschelte ich mit vollem Mund.

Tim nickte und spülte mit einem Schluck Wein nach. »Absolut. Noch ein Glas für dich?«

»Ich weiß nicht, lieber nicht. Vorher sollte ich was Richtiges essen, sonst benehme ich mich noch daneben.«

»*Das* will ich sehen«, meinte Tim grinsend. »Du hast da übrigens etwas Puderzucker an der Stirn.«

»An der Stirn?« Hastig wischte ich mit dem Unterarm darüber, denn meine Finger waren ebenfalls voll mit der pudrigen Köstlichkeit. »Ist er weg?«

»Nicht ganz.« Immer noch grinsend strich sich Tim die Hände an der Jeans ab und kam näher. Mit dem Daumen fuhr er über meine Stirn.

»Besser?«

»Ich fürchte, hier ist auch noch was.« Seine Stimme wurde tiefer. Sanft ließ er seinen Daumen über meine Wange wandern und von dort wie in Zeitlupe zu meinem Mundwinkel. »Und hier.«

Die Stimmung zwischen uns veränderte sich so abrupt wie Tims Stimmlage. Seine Berührungen waren wie Stromstöße, ich spürte sie bis zu meinen Zehenspitzen. Ein wohliger Schauer lief mir über den Rücken, und ich konnte nur mit Mühe das Erzittern meines Körpers unterdrücken. Tim schien meine Reaktion nicht zu entgehen, denn seine eigenen Mundwinkel zuckten kurz, doch er wurde gleich wieder ernst, als er mir direkt in die Augen sah. Das Kribbeln kehrte schlagartig in meinen Bauch zurück und breitete sich von dort wie ein Lauffeuer aus. Ich wusste, dass wir uns küssen würden, wenn ich jetzt keinen Abstand zwischen uns schuf, und trotzdem rührte ich mich nicht von der Stelle, im Gegenteil. Mit einem Mal hatte ich dieses dringende Bedürfnis, Tim noch näher zu sein, viel näher, und ich wollte keine Zeit verschwenden, denn wenn ich in den letzten zwanzig Jahren eines vergeudet hatte, dann war es meine Lebenszeit gewesen.

Um mir selbst nicht die Chance zu geben, das Ganze noch einmal zu überdenken, schloss ich die Lücke zwischen Tim und mir, krallte meine Finger in sein Shirt und zog ihn zu mir herunter, während ich mich gleichzeitig auf die Zehenspitzen stellte. Die Überraschung über meine heftige Reaktion stand ihm deutlich ins Gesicht geschrieben, doch das hielt ihn nicht davon ab, mich zu küssen. Unsere Lippen prallten mit solch einer Heftigkeit aufeinander, als hätten sie sich seit dem Wiedersehen am Heidelberger Hauptbahnhof danach gesehnt.

Tim schmeckte nach Puderzucker und Wein, nach Verzweiflung und Sehnsucht. In Gedanken war ich augenblicklich wieder knapp achtzehn Jahre und mit Tim im *Neckarplätzchen*. Damals war es ähnlich zwischen uns gewesen, nur dass seine Küsse an jenem Abend nach Popcorn und Cola geschmeckt hatten. Unser erster Kuss hatte sich lange angebahnt und war schließlich unausweichlich gewesen, und genauso klar war es gewesen, dass wir im Bett landen würden, auch wenn wir am Ende auf dem Boden der Backstube miteinander geschlafen hatten. Ich hatte es weder vor neunzehn Jahren verhindert noch tat ich heute etwas, um es zu verhindern. Es war wie ein Naturgesetz. Auf Blitz folgte Donner. Auf einen Kuss von Tim folgte die pure Leidenschaft, und ich wollte diese Leidenschaft, denn ich hatte schon viel zu lange ohne sie gelebt.

Ich lief rückwärts und zog Tim mit mir, bis ich die Arbeitsfläche des Küchenunterschranks in meinem Rücken spürte. Unsere Lippen lösten sich nur kurz voneinander, als ich ihm das T-Shirt über den Kopf zog. Die Muskeln, die darunter zum Vorschein kamen, überraschten mich damals wie heute, denn mit Klamotten wirkte Tim alles andere als durchtrainiert. Und wieder machte ich den Fehler und unterschätzte ihn.

Mit den Fingern fuhr ich seine Muskeln entlang, über seine definierte Brust und seinen Bauch. Bevor ich sie jedoch im Saum seiner Jeans verschwinden lassen konnte, hob er mich hoch und setzte mich auf die Arbeitsfläche. Ich umschlang seine Hüfte mit meinen Beinen und zog ihn näher zu mir heran. Unsere Unterleiber wurden wie unsere Münder gegeneinandergepresst, und mir entfuhr ein Keuchen. Das fühlte sich so verdammt gut an.

Ich erinnerte mich, dass ich mich damals gefragt hatte, wie sich etwas so Falsches so gut anfühlen konnte. Heute fragte ich mich, ob es wirklich falsch gewesen war, mit Tim zu schlafen. Vielleicht war es auch einfach nur falsch gewesen, wie ich anschließend reagiert hatte. Vielleicht hätte ich uns eine Chance geben sollen, statt fortzurennen. Unsere Körper schienen wie füreinander gemacht zu sein. Das musste doch etwas zu bedeuten haben, oder war es möglich, dass die Körper perfekt zusammenpassten – die Herzen aber nicht?

»Ich kann dich denken hören«, sagte Tim an meinen Lippen, und ich musste lachen.

»Entschuldige. Ich mache es wieder gut, versprochen.«

Bevor er fragen konnte, was genau ich wiedergutmachen würde, ließ ich meine Hände zu seinem Po wandern und drückte ihn noch fester gegen meine Mitte. Dieses Mal war es Tim, dem ein Keuchen entfuhr.

»Du glaubst gar nicht, wie sehr ich mich nach dir gesehnt habe.« Sanft legte er eine Hand an meine Wange und seine Stirn gegen meine.

Gegen meinen Willen musste ich schlucken, und ich ließ langsam meine Hände sinken. Tim bemerkte die Veränderung sofort, und er rückte ein Stück von mir ab.

»Tut mir leid, ich wollte nicht …«, begann er, doch er unterbrach sich selbst. »Nein, weißt du was? Es tut mir nicht leid, denn ich wollte nie etwas anderes, als dich zu lieben. Du hast es damals gewusst, und es kann dir auch dieses Mal nicht entgangen sein. Du wolltest es nur nicht sehen.«

Ich nickte betroffen. »Du hast recht. Es tut mir leid, Tim. Glaub mir, ich will dir nicht wehtun, das wollte ich nie, und genau deshalb ist es besser, an dieser Stelle die Reißleine zu ziehen. Ich muss vorher das Gefühlschaos in meinem Inneren sortieren. Alles andere wäre dir gegenüber nicht fair.«

Seufzend fuhr er sich durch die Haare. »Warum kann ich dir einfach nicht böse sein? Das würde es so viel einfacher machen.«

»Weil du mich magst?«, erwiderte ich mit einem traurigen Lächeln.

Tim lachte auf. »Ja, du sagst es, ich mag dich. Ich mag dich sogar sehr.«

»Soll ich dir was verraten?«, flüsterte ich, obwohl ich wusste, dass ich es besser hätte bleiben lassen. »Ich mag dich auch.«

Der Ausdruck in Tims Augen veränderte sich. »Tust du das wirklich?«

»Aber ja, ich habe dich immer gemocht. Wie könnte man dich auch nicht mögen? Du bist ein wundervoller Mensch, Tim.«

»Aber du hast mich nie geliebt.«

»Nein«, gab ich leise zu. »Vielleicht hätte ich mich in dich verlieben können, doch diese Chance habe ich uns beiden genommen, und das tut mir leid. Es tut mir ganz ehrlich von Herzen leid.«

Erst jetzt merkte ich, dass ich weinte. Eine Träne löste sich aus meinen Wimpern und rollte meine Wange hinunter. Mit einem Schritt war Tim wieder bei mir, wischte mir die Träne fort und zog mich in seine Arme. Ich bettete meinen Kopf an seine Brust, unter der ich sein Herz hämmern spürte, genoss seine Wärme und seinen Duft. Mit jedem Atemzug wurde ich ruhiger, und das Gefühl von Geborgenheit machte sich in mir breit. Ich musste lächeln, als ich dieses Gefühl als solches identifizierte. Als mein Vater gestorben war, hatte ich dieses Gefühl endgültig verloren, und ich hatte lange Zeit geglaubt, es nie wiederzufinden.

»Was ist?«, fragte Tim leise.

»Ich mag es, wie ich mich in deiner Gegenwart fühle.«

Ich konnte spüren, wie sich sein Mund an meinem Kopf zu einem Lächeln verzog. »So etwas Schönes hat noch nie jemand zu mir gesagt. Ich bin auch gern mit dir zusammen, Chrissie.«

»Wirklich?« Ich hätte lieber einen Scherz gemacht, um die schöne Stimmung zwischen uns nicht zu ruinieren. Wichtiger war im Moment allerdings, dass wir ehrlich zueinander waren, deshalb fragte ich: »Warum hast du dich zurückgezogen, Tim?«

Er seufzte leise. »Ich glaube, du kennst die Antwort. Weil ich dabei war, mich schon wieder Hals über Kopf in dich zu verlieben. Ich dachte, ein bisschen Abstand ist ganz gut, schließlich hast du gleich zu Anfang klargestellt, dass du das nicht willst. Aber vielleicht habe ich auch gehofft, dass du in dieser Zeit ebenfalls erkennst, was wir füreinander sein könnten.«

Ich schluckte. »Du *warst* dabei, dich in mich zu verlieben?« Meine Stimme war leise.

Ein Lächeln zupfte an seinen Mundwinkeln, und er nickte. »Inzwischen ist es zu spät, um noch etwas daran zu ändern, fürchte ich, und ich will es auch gar nicht mehr.« Er zog mich noch einmal fest an sich und hielt mich einige Sekunden lang eng umschlungen, dann löste er sich ein Stück weit von mir und sah mich traurig und zugleich ernst an. »Denkst du, du kannst die Enttäuschung und Frustration aus deinem Herzen verbannen und dort wieder Platz für etwas Neues schaffen?«

Das war die Frage aller Fragen. Ich wollte es, ich wollte es wirklich, denn der Gedanke, nie wieder zu lieben, raubte mir die Luft zum Atmen. Die Frage war vielmehr, ob ich schon so weit war. Konnte ich Ellen nach all den Jahren endlich vergeben? Ellen und auch Mark? Und schaffte ich es, zu akzeptieren, dass Mark vielleicht damals die große Liebe meines Lebens hätte werden können, dass wir beide aber ein für alle Mal der Vergangenheit angehörten?

Jemand klingelte an der Tür, und Tim fluchte leise. »Das ist bestimmt der Lieferservice«, sagte er, während er sein T-Shirt vom Boden klaubte und sich überstreifte. »Lauf nicht weg, okay? Bin sofort wieder da.«

Er ließ mich allein in der Küche zurück, und ich schloss die Augen, dankbar über den kurzen Moment der Ruhe, der es mir erlaubte, tief in mich hineinzuhorchen. Die leisen Stimmen aus dem Flur und Bing Crosby, der zum bestimmt fünften Mal an diesem Tag von weißen Weihnachten träumte, blendete ich fast vollkommen aus. Ich konzentrierte mich einzig und allein auf meinen Atem und die Stimme meines Herzens, und mein Herz sagte mir in diesem Moment überdeutlich, was es wollte.

Mit einem Lächeln rutschte ich von der Arbeitsfläche und schaltete den Backofen wieder ein, dieses Mal nur auf fünfzig Grad. Anschließend füllte ich die Weingläser erneut.

»Okay, wo …« Tim, der auf seinen Socken beinahe auf dem Parkett ausrutschte, so schnell kam er zurück in die Küche, brach ab. Er räusperte sich, als er sah, dass ich meinen Platz auf der Arbeitsfläche verlassen hatte. »Möchtest du etwas essen?«

Ich konnte nicht anders, ein Grinsen entschlüpfte mir. »Das war nicht das, was du eigentlich fragen wolltest, oder?«

Verlegen strich er sich den Pony aus der Stirn und schüttelte den Kopf. »Nee, eigentlich nicht.«

Ich nahm ihm die weiße Plastiktüte aus der Hand, öffnete den Backofen und stellte die Schachteln und Behälter vom

Chinesen auf den Rost. Das Essen roch köstlich, und ich hatte nach wie vor Hunger, aber das war nicht mehr wichtig. Jetzt gab es etwas anderes, das viel wichtiger war.

»Hast du keinen Hunger mehr?«, fragte Tim. Seine Stimme klang ein bisschen heiser.

»Doch. Sehr sogar.«

»Okay.«

Ein Schmunzeln unterdrückend reichte ich ihm die Weingläser, pustete die Kerzen am Adventskranz aus und ging mit der Weinflasche voran. Tim folgte mir, ohne zu fragen, was ich vorhatte. Ich stieg die Stufen in den ersten Stock hoch, ging am Arbeitszimmer vorbei und stieß die Tür zum Schlafzimmer auf. Die Flasche stellte ich auf den Nachttisch, dann drehte ich mich zu dem verdutzten Tim um, der ziemlich weit von mir entfernt stand. Ich ging zu ihm und nahm ihm eines der beiden Weingläser aus der Hand.

»Auf die Zukunft«, sagte ich noch einmal.

Die hier und jetzt beginnt.

Ich stieß mit ihm an und trank einen Schluck, und er tat es mir gleich. Dann nahm ich ihm auch das zweite Glas ab und stellte beide zur Flasche auf den Nachttisch. Als ich mich erneut zu Tim umdrehte, stand er immer noch mindestens fünf Schritte von mir entfernt mitten im Schlafzimmer. Ich musste lachen.

»Man könnte meinen, du hast Angst vor mir.« Langsam ging ich auf ihn zu. »Keine Sorge, ich beiße nicht. Es sei denn, du willst es.«

»Chrissie, bist du sicher, dass du das willst?«

»Dich beißen?«

Er verdrehte die Augen. »Du weißt, was ich meine.«

»Bin ich. Wäre ich sonst hier mit dir?«

»Und was ist mit dem Gefühlschaos, das du gerade noch erwähnt hast?«

»Endlich sehe ich klar.« Ich zuckte mit den Schultern und schob meine Hände unter sein T-Shirt. Mit Genugtuung stellte ich fest, dass meine Berührung eine Gänsehaut bei ihm auslöste, aber möglicherweise hatte ich auch einfach nur kalte Hände. »Ist dir eigentlich aufgefallen, dass du dein Shirt verkehrt herum angezogen hast?«

Tim ging nicht auf meine Frage ein. »So schnell?«, fragte er stattdessen.

»Na ja, fast zwanzig Jahre würde ich nicht schnell nennen, aber gut, und nun hör bitte auf, mich mit Gegenfragen zu löchern.« Ich stellte mich auf die Zehenspitzen und küsste seinen Hals. Meine Finger fuhren über seinen Rücken, dann wieder über seinen Bauch. Als ich seine Brust erreichte, hielt er meine Hände durch den Stoff seines Shirts fest und legte seine Stirn mit geschlossenen Augen gegen meine.

»Gott, Chrissie, du hast keine Ahnung, wie sehr ich das hier will«, sagte er rau und atemlos. »Ich will dich so sehr, dass es fast wehtut, aber ich habe Angst, dass du es nachher wieder bereust. Das ertrage ich nicht, nicht noch einmal.« Er schluckte. »Chrissie, ich habe gesagt, dass ich dabei bin, mich in dich zu verlieben, doch das stimmt nicht – denn ich liebe dich längst. Vielleicht habe ich auch nie aufgehört, dich zu lieben.« Geräuschvoll stieß er die Luft aus. »So, jetzt ist es raus.«

Ich zog meine Hände unter seinem T-Shirt hervor und legte sie stattdessen um seinen Hals. »Ich hab dich auch so unglaublich gern, Tim, ich war nur zu engstirnig, es mir einzugestehen. Tatsache ist jedoch, dass Mark nicht länger meine Gedanken beherrscht. Ich weiß nicht, warum ich das nicht längst gesehen habe, denn seit ich wieder in Heidelberg bin, denke ich andauernd nur an dich. Ich dachte, ich brauche dich als Freund, aber das reicht mir nicht. Nicht mehr.«

»Chrissie.« Tim strich mir sanft über die Wange, dann holte er tief Luft. »Darf ich fragen, was du wegen Ellen vorhast? Hast du dich schon entschieden?«

»Das habe ich.« Ich schloss die Augen, und eine einzelne Träne rollte mir über die Wange. »Ich werde ihr verzeihen und hoffe, dass wir noch ein bisschen Zeit zusammen haben, bevor …« Meine Stimme versagte mir den Dienst, doch mehr musste ich auch gar nicht sagen.

Behutsam wischte Tim die Träne von meiner Wange. »Das finde ich großartig von dir. Ich unterstütze dich, wo ich nur kann.«

»Das weiß ich, Tim, das weiß ich.«

Wir lächelten einander an, dann beugte er sich langsam zu mir herunter. In der nächsten Sekunde spürte ich seine warmen, weichen Lippen auf meinen. Sein Kuss war sanft wie Sommerregen, und dieses Mal intensivierte er ihn nicht, was es umso intensiver machte. Wir nahmen uns Zeit, denn wir hatten es einmal übereilt, und auch in der Küche waren wir dabei gewesen, denselben Fehler erneut zu machen. Doch zwischen uns war mehr als pure Leidenschaft. Von Tims Seite aus war es schon immer Liebe gewesen, und endlich war auch ich bereit, ihm nach und nach mein Herz zu öffnen.

Tim schob mich rückwärts, bis ich das Bett hinter mir spürte. Ich ließ mich darauf fallen und zog ihn mit mir. Stück für Stück entblätterten wir einander, bis wir schließlich nackt nebeneinanderlagen. Tim betrachtete mich einen Moment, dann küsste er mich, während seine Hände meinen Körper erkundeten. Eine lag an meinem Hinterkopf, die andere streichelte über meinen Rücken und meinen Arm. Er rückte näher an mich heran, gleichzeitig zog ich ihn zu mir. Ich spürte seine Erektion an meinem Schenkel und hieß das Kribbeln in meinem Bauch, das sich von dort aus rasant ausbreitete, dieses Mal willkommen.

Mit dem Zeigefinger glitt er über mein Schlüsselbein und zwischen meinen Brüsten hindurch bis zu meinem Bauchnabel, bis er die Richtung wechselte und langsam wieder hochfuhr. Er umkreiste zuerst die Brüste, dann meine Brustwarzen und streichelte sie schließlich mit der ganzen Hand.

Ich fühlte mich wie elektrisiert, und das Pochen in meiner Mitte wurde immer stärker. Ich zog Tim noch ein bisschen enger an mich und intensivierte den Kuss, jedoch ohne das Tempo anzuziehen. Mein Körper schrie zwar regelrecht nach Erlösung, doch ich wollte diesen Moment so lange wie möglich hinauszögern.

Tims Zunge umkreiste meine, und seine Hand wanderte weiter nach unten – über meinen Bauch, nach hinten zu meinem Po und über meine Schenkel. Nach einer schier endlosen Ewigkeit schob er seine Finger meinen Innenschenkel entlang, bis sie meine Mitte streiften. Ich zuckte zusammen und krallte instinktiv eine Hand in Tims Rücken.

Er lächelte an meinem Mund. »Alles okay?«

»Mehr als das.« Meine Stimme klang so heiser, dass ich mich räuspern musste.

Er verschloss meinen Mund mit einem Kuss, während er mich weiter streichelte, so sanft und zärtlich, als wäre ich zerbrechlich. Trotzdem baute sich die Anspannung in mir immer weiter auf. Sie sammelte sich zwischen meinen Beinen, bis ich kurz davor war zu implodieren. Schnell umfasste ich Tims Handgelenk, auch wenn es mir schwerfiel, ihn an dieser Stelle zu stoppen.

»Warte«, keuchte ich. »Ich will das mit dir zusammen erleben.«

Ich ließ ihn wieder los, schob meine Hand zwischen seine Beine und spürte, dass auch er bereit für mich war. Vorsichtig streichelte ich ihn, während er ein Kondom aus der Nachttischschublade holte. Wie damals nahm ich es ihm aus der Hand und rollte es ihm über, dann zog ich ihn auf mich. Sein erhitzter Körper auf meinem fühlte sich unglaublich an, als hätte er dort schon immer hingehört.

»Ich bin froh, dass du mir verziehen hast«, sagte ich und strich ihm den Pony aus dem Gesicht.

»Nicht so sehr wie ich. Und du willst das wirklich?«

Ich nickte. »Ich will dich, Tim.«

»Ich will dich auch, Chrissie.« Seine Stimme war jetzt nur noch ein Flüstern. Er legte eine Hand an meine Wange und küsste mich, dann sah er mir direkt in die Augen, als er in mich eindrang.

Montag, 16. Dezember 1996

23

In eine Wolldecke gehüllt saß ich auf dem Sessel im Wohnzimmer und blickte aus dem Fenster. Ich hatte lediglich die Kerzen am Adventskranz angezündet, und auch draußen war es noch dunkel. Mit einem Lächeln auf den Lippen schaute ich den zarten Schneeflocken zu, die langsam im fahlen Licht des Mondes Richtung Boden segelten.

Mit Tim zu schlafen hatte sich unglaublich gut angefühlt, gut und richtig, und ich bereute es keine Sekunde lang. So intensiv wie mit ihm hatte ich es noch nie empfunden. Wobei, tatsächlich war es bei unserem allerersten Mal auch ziemlich intensiv gewesen. Ich hatte es nur nicht sehen wollen, weil ich viel zu verbohrt gewesen war; verbohrt und gefangen in meinem Schmerz. Wenn ich Tim und mir doch damals nur ein bisschen Zeit gegeben hätte …

Ich sah zur Tür, als ich dort aus dem Augenwinkel eine Bewegung wahrnahm. Tim stand dort, nur mit Boxershorts bekleidet und einem Lächeln auf den Lippen.

»Guten Morgen«, begrüßte er mich mit noch verschlafener Stimme. »Ist alles gut?«

»Besser«, erwiderte ich.

Er kam zu mir. Ich stand auf, damit er sich in den Sessel

setzen konnte, dann setzte ich mich auf seinen Schoß und hüllte uns beide in die Decke. Er umschlang mich von hinten mit seinen Armen, und ich lehnte mich an seinen Oberkörper. So schauten wir eine ganze Weile dem fallenden Schnee zu.

»Seit wann bist du wach?«, fragte Tim irgendwann.

»Seit etwa einer Stunde. Mir ging so viel im Kopf herum.«

Er strich mir die Haare nach hinten. »Verstehe ich. Großer Tag heute, hm?«

Ich nickte, und augenblicklich bildete sich ein Knoten in meinem Bauch. »Ich will mit Ellen reden, und ich muss mich bei meiner Tante entschuldigen.«

»Soll ich dich begleiten? Zwar habe ich Unterricht, aber nur bis zur vierten Stunde. Wenn du also noch ein bisschen warten kannst …«

Ich schüttelte den Kopf, denn ich wollte nicht länger warten. »Das ist lieb, aber ich muss das allein machen.«

»Aber zwischen uns ist alles in Ordnung?«, fragte Tim vorsichtig.

Ich drehte den Kopf nach hinten und gab ihm einen Kuss auf den Mundwinkel. »Mehr als das. Und bevor du fragst: Ich bereue nichts, im Gegenteil. Wir müssen das unbedingt wiederholen.«

»Oh, das lässt sich einrichten.«

Er schob eine Hand unter die Decke und umfasste meine nackte Brust, denn wie er trug ich lediglich Boxershorts. Sofort wurde ich von einer Welle des Verlangens erfasst. Ich kuschelte mich an ihn, legte eine Hand nach hinten an seinen Kopf und streichelte seine Haare, während er Küsse auf mein Gesicht verteilte.

»Jetzt muss ich nur noch das mit meiner Wohnsituation regeln. Wer hätte gedacht, dass sich ein Großteil meiner Probleme so schnell löst?«

»Ich habe dir doch gesagt, du musst es nur wollen.« Tims Hand fuhr weiter nach unten, streichelte meinen Bauch und verschwand in meinem Höschen.

Automatisch bog sich mein Rücken, und ich seufzte genüsslich. »Ja, das hast du.«

Und trotzdem hatte ich nicht so recht daran geglaubt, doch meine Probleme schienen alle wie durch ein Band miteinander verknüpft zu sein. Ellen und Mark hatten die Basis gebildet, und jetzt, wo ich beschlossen hatte, den beiden zu verzeihen, löste sich alles andere ebenfalls in Wohlgefallen auf. Okay, bis auf meine gekündigte Wohnung.

»Weißt du, du könntest nach Heidelberg ziehen«, sagte Tim in diesem Moment wie nebenbei, während er mich weiter streichelte.

Ich brauchte einige Sekunden, bis seine Worte und ihre Bedeutung zu mir durchdrangen. »Geht dir das nicht zu schnell?«

»Nach fast zwanzig Jahren?«, erwiderte Tim mit einem Grinsen.

Bedauernd zog ich seine Hand aus meinem Höschen und positionierte sie auf meinem Bauch. Für dieses Gespräch brauchte ich einen klaren Kopf, und den hatte ich gerade nicht. Aktuell befand ich mich schon wieder auf direktem Weg zu Wolke sieben. »Tim, ich meine es ernst. Ich will das zwischen uns nicht kaputtmachen.«

»Ich auch nicht, Chrissie, und ich meine es ebenso ernst. Wir müssen ja nicht gleich zusammenziehen, auch wenn ich genug Platz hätte, aber schon allein dich in der Nähe zu haben wäre großartig. Denk einfach mal drüber nach, okay? Wir müssen nichts überstürzen.«

»Okay.« Ich gab ihm einen weiteren Kuss, bevor ich meinen Kopf wieder an ihn schmiegte.

Vielleicht hatte Tim recht. Was hielt mich denn noch in Hamburg? Mein Onkel würde mir fehlen, aber wir sahen uns nur einmal im Monat, und arbeiten konnte ich auch hier, denn praktischerweise hatte die Firma, für die ich als feste Freie tätig war, eine Zweigniederlassung in Karlsruhe. Von Heidelberg aus war das sowohl mit dem Auto als auch mit dem Zug nur ein Katzensprung. Ich hätte Karla in der Nähe, die nicht jünger wurde und die ich gern öfter sehen würde, denn auch wenn ich mit ihrer Vorgehensweise, die Dämonen meiner Vergangenheit abzuschütteln, nicht einverstanden war, liebte ich sie. Sie war meine wichtigste Bezugsperson. Manfred hatte sich zwar großartig um mich gekümmert, als ich damals zu ihm gezogen war, doch zwischen uns hatte sich nie diese intensive Verbindung aufgebaut, die ich mit Karla hatte.

Ellen war ein weiterer Grund, weshalb Heidelberg als Wohnort die bessere Option war. Durch meine Schuld hatten wir so viele Jahre verloren, und jetzt wollte ich jede Sekunde, die uns noch blieb, nutzen.

Und dann war da natürlich noch Tim. Tim, den ich lange Zeit nicht wirklich gesehen hatte, obwohl er direkt vor meiner Nase gewesen war, doch nun konnte ich mir ein Leben ohne ihn nicht mehr vorstellen. Allein bei dem Gedanken, sechshundert Kilometer von ihm entfernt zu sein und ihn nicht mehr jeden Tag küssen zu können, zog sich mein Herz zusammen.

»Ich hab dich so lieb«, hauchte ich.

»Ich dich auch, Chrissie.« Er gab mir einen Kuss auf den Scheitel und umschlang mich von hinten mit seinen Armen. Dann fragte er mit einem kleinen Schmunzeln in der Stimme: »Weißt du eigentlich, welcher Tag heute ist?«

Ich musste ebenfalls lächeln und legte meine Hände auf seine Arme. »Natürlich weiß ich das. Genau heute vor neunzehn Jahren haben wir zum ersten Mal miteinander geschlafen.«

»Zum Glück ist es nicht bei diesem einen Mal geblieben«, flüsterte Tim in mein Ohr. »Was hältst du davon? Ich leihe uns *Bernard und Bianca* aus, besorge uns Popcorn und Pizza, und wir feiern das heute Abend zusammen.«

Ich grinste in mich hinein. »Bist du sicher, dass du dir den Film mit der Mäusepolizei noch mal ansehen willst? Ehrlich gesagt habe ich mich schon vor neunzehn Jahren gewundert, dass du ihn vorgeschlagen hast.«

Tim zuckte mit den Schultern. »Das waren andere Zeiten, außerdem wusste ich doch, dass du auf Disney stehst, denn Ellen hatte es mir gegenüber mal erwähnt. Im Übrigen war *Bernard und Bianca* mit fast zehn Millionen Besuchern der erfolgreichste Film im Jahr 1977, und das, obwohl er erst Mitte Dezember anlief und im selben Jahr ein James Bond mit Roger Moore in den Kinos war. Ich denke, das spricht für sich.«

»Schon überredet.« Ich legte den Kopf in den Nacken, um ihn ansehen zu können. »Denkst du denn, wir könnten einen Abend mit unseren alten Freunden daraus machen?«, fragte ich leise.

Ein liebevoller Ausdruck trat in Tims Augen. »Das klingt perfekt.«

Ich stieg aus Karlas Fiat und schlug die Autotür zu. Ein Frösteln durchfuhr mich, und ich schlang den Schal automatisch enger um meinen Hals. Die Sonne war immer noch nicht aufgegangen, und im Licht der Straßenlaternen rieselte nach wie vor Schnee vom Himmel. Noch knirschte er nicht unter meinen Stiefeln, aber wenn es so weiterschneien würde, was ich sehr hoffte, würde das schon bald der Fall sein.

Ich ging auf das schnuckelige Reihenhaus in Kirchheim zu. Einige Rollläden waren noch heruntergelassen, aber in den anderen Fenstern brannte die Weihnachtsbeleuchtung. Vermutlich brachte ich mit meinem Auftauchen den ganzen Tagesrhythmus durcheinander. Mark musste sicher gleich zur Arbeit und Nathalie zur Schule, und Ellen schlief möglicherweise sogar noch, doch ich hatte einfach nicht bis zum Abend warten können, um ihnen meine Nachricht zu übermitteln.

Mein Herz schlug schneller, als ich auf den Klingelknopf drückte und die Sekunden vergingen. Meine Hände wurden trotz der Kälte feucht, und ich war froh, wenn ich es hinter mich gebracht hatte. Gleichzeitig war ich erleichtert, diese Entscheidung endlich getroffen zu haben. Auch in diesem Punkt lag Karla richtig – sie kannte mich einfach zu gut. Wenn Ellen starb, ohne dass ich ihr vergeben hatte, würde ich mir das nie verzeihen, und sofern nicht noch ein Wunder geschah, würde genau das passieren. Ellen würde sterben, meine allerbeste Freundin aus Kinder- und Jugendtagen würde sterben. Ich hatte das Gefühl, erst jetzt so richtig zu begreifen, was das eigentlich bedeutete. Warum sonst hatte ich so lange gebraucht, um eine Entscheidung zu treffen und herzukommen?

Licht drang durch das milchige Glas der Tür nach draußen, und Schritte näherten sich. Kurz darauf öffnete Nathalie die Tür. Sie schien gerade zu frühstücken, denn sie kaute noch, doch jetzt schluckte sie ihren Bissen hinunter und lächelte mich an.

»Hallo, das ist ja eine Überraschung.«

»Guten Morgen, Nathalie. Ich komme sicher ungelegen. Darf ich trotzdem kurz reinkommen?«

»Sicher.« Sie trat beiseite, um mich hereinzulassen. »Leider muss ich gleich zur Schule und Papa zur Arbeit, aber Mama wird sich sicher freuen. Sie liegt noch im Bett. Papa?«, rief sie die Treppe hoch. »Besuch.«

»Komme sofort«, rief Mark von oben herunter.

Ich zog Mantel und Stiefel aus und versuchte, mich nicht allzu neugierig umzusehen, während ich einen Stock höher jemanden leise fluchen hörte. »Geh ruhig wieder frühstücken«, sagte ich zu Nathalie, die unschlüssig neben mir stehen blieb. »Ich will nicht dafür verantwortlich sein, wenn du zu spät zur ersten Stunde kommst.«

»Okay, danke. Tut mir echt leid. Aber du kommst doch mal wieder, wenn ich auch da bin, oder?«

Mein Herz zog sich zusammen vor lauter Rührung. »Natürlich, das verspreche ich dir.«

»Gut.« Zufrieden ging sie den Flur entlang und bog ab, vermutlich in die Küche.

Ich betrachtete die Bilder, die an den Wänden hingen. Sie schienen damit tapeziert zu sein, denn wirklich überall hingen unterschiedlich große Rahmen. Hochzeitsbilder von Ellen und Mark, die ich noch nie gesehen hatte – Ellen war eine unglaublich hübsche Braut gewesen –, Babyfotos von Nathalie, Urlaubsbilder. So vieles hatte ich verpasst, weil ich zu lange an meiner Wut festgehalten hatte. Ich wünschte, ich könnte die Zeit noch einmal zurückdrehen.

Und da entdeckte ich es, das Bild von mir und Ellen, von dem Nathalie mir bei ihrem Besuch im *Neckarplätzchen* erzählt hatte. Ellen hatte die Aufnahme vergrößern lassen. Sie war im Schwimmbad aufgenommen worden, im Sommer 1977. Ellen trug den roten Badeanzug, mit dem sie wie Farrah Fawcett aussah, ich den gelben Häkel-Bikini, den sie mir ausgeliehen hatte. Wir saßen auf unseren Handtüchern und lachten beide aus vollem Hals über etwas, das Mark gesagt hatte. Ich wusste gar nicht mehr, was es gewesen war, aber ich erinnerte mich noch genau an diesen Moment, an dem ich so glücklich gewesen war. Tim hatte das Bild aufgenommen. Es war ein kleines bisschen unscharf, und ich zog eine ziemliche Grimasse, weil ich so lachen musste. Und doch war es das schönste Bild, das es von Ellen und mir gab. Auch ich hatte eine Aufnahme davon, sie befand sich in einer Kiste im Keller meiner Hamburger Wohnung. Ich hatte es nie übers Herz gebracht, das Bild wegzuwerfen, auch wenn ich ein paarmal kurz davor gewesen war. Jetzt war ich froh, dass ich es nicht getan hatte.

Jemand polterte die Treppe hinunter, und ich wischte mir schnell die Tränen aus den Augenwinkeln, die sich dort gesammelt hatten, und drehte mich um. Mark blieb mitten auf den Stufen stehen, als er mich erblickte. Er sah gut aus, frisch geduscht und angezogen für die Arbeit. Das weiße Hemd hatte er in die schwarze Anzughose gesteckt – er trug keine Krawatte und hatte den obersten Knopf offen gelassen –, und offenbar hatte er sich gerade rasiert, denn er roch nach

Rasierwasser, und an seinem Kinn befand sich ein roter Striemen. Doch obwohl ich ihn nach wie vor für sehr attraktiv hielt, konnte ich ihn zum ersten Mal ansehen, ohne mein gebrochenes Herz zu spüren – denn es war nicht länger gebrochen. Tim hatte es langsam wieder zusammengesetzt.

»Chrissie!« Ich sah ihn schlucken. »Schön, dass du hier bist. Ähm, soll ich Ellen holen?«

»Wenn es keine Umstände macht. Ich komme sicher zum denkbar ungünstigsten Zeitpunkt, aber ich wollte euch nicht länger warten lassen. Vielleicht hätte ich vorher besser anrufen sollen.«

»Nein, nein. Wie gesagt, es ist schön, dass du hier bist.« Er stieg die letzten Stufen zu mir nach unten. »Kann ich dir einen Kaffee oder etwas anderes anbieten?«

Ich schüttelte den Kopf. »Später vielleicht.«

Er schluckte erneut. »Später?«

Ich konnte ein Lächeln nicht unterdrücken. »Na komm, lass uns Ellen holen. Ich würde es euch gern beiden zusammen sagen.«

»Ja, klar. Natürlich.« Er fuhr sich durch die Haare, und ich sah seine Hand zittern. Nicht zu wissen, wie meine Entscheidung ausgefallen war, verunsicherte ihn, und das tat mir unendlich weh.

»Es ist alles gut«, flüsterte ich. Nicht, weil ich nicht wollte, dass Ellen oder Nathalie uns hörten, sondern weil mir plötzlich die Stimme versagte. »Ich verzeihe euch, euch beiden.«

Mark starrte mich einen Moment lang an, dann riss er mich so fest an sich, dass mir beinahe die Luft wegblieb. »O Chrissie. Mein Gott, du hast keine Ahnung, was mir das bedeutet. Danke. Danke!« Auch seine Stimme war nur ein Flüstern.

Ich erwiderte seine Umarmung fest und schaffte es kaum, die Tränen zu unterdrücken. So standen wir eine ganze Weile da, bis sich hinter uns jemand räusperte. Wir fuhren auseinander und wischten uns beide hastig über die Augen. Nathalie betrachtete uns skeptisch, ein Trinkpäckchen und ein in Klarsichtfolie gewickeltes Brot in der Hand.

»Alles okay?«, fragte sie.

»Ja natürlich. Alles bestens. Hast du alles?«

»Sieht so aus.« Sie hob ihren Pausensnack hoch. »Jetzt brauche ich nur noch meinen Rucksack.«

»Oh, ähm, klar«, sagte ich, als mir bewusst wurde, dass ich im Weg stand.

Ich stellte mich auf die unterste Treppenstufe, um Platz zu machen, und beobachtete, wie Nathalie ihren Rucksack packte und sich die Steppjacke sowie Stiefel anzog. Mark nahm sie in den Arm, gab ihr einen Kuss auf die Wange und streichelte ihr kurz über die Haare, während er ihr einen schönen Schultag wünschte und ihr versprach, sie später abzuholen. Nachdem Nathalie sich auch von mir verabschiedet und das Haus verlassen hatte, wandte er sich mir zu.

»Ist es okay, wenn wir zu Ellen hochgehen? Sie war zumindest vor einer halben Stunde schon wach, braucht aber morgens immer ein bisschen, um aus dem Bett zu kommen.«

Ich nickte betroffen. Tatsächlich war das schon früher so gewesen, doch damals hatte es andere Gründe gehabt als heute. »Selbstverständlich. Und ich mache wirklich keine Umstände? Ich kann später noch mal wiederkommen.«

Mark schüttelte den Kopf. »Kommt gar nicht infrage. Ellen wird sich so freuen, dich zu sehen. Sie bringt mich um, wenn sie erfährt, dass du hier warst und ich dich wieder weggeschickt habe.«

Er ging an mir vorbei, und wir stiegen gemeinsam die Treppe nach oben. Auch den ganzen Treppenaufgang entlang hingen Bilder, doch obwohl ich sie betrachtete, nahm ich die Motive nicht wirklich war. Meine Hände wurden schon wieder feucht, das Herz sprang mir beinahe aus der Brust, und das Schlucken fiel mir mit einem Mal schwer.

Mark ging den Flur entlang und öffnete vorsichtig die letzte Tür auf der rechten Seite. »Ah, du bist wach, sehr gut. Sieh mal, wer uns besuchen kommt.«

Er schob die Tür ganz auf, und meine Augen mussten sich kurz an die dunklen Lichtverhältnisse gewöhnen. Von draußen fiel kaum Licht herein, und es brannte nur die Lichterkette am Fenster.

Mein Blick wanderte zu Ellen, die in einer halb liegenden Position im Bett saß. Sie war noch im Schlafanzug, trug aber eine dünne Stoffmütze auf dem Kopf. Vielleicht war ihr kalt, vielleicht wollte sie auch nicht, dass ihr Mann oder ihre Tochter sie ohne Haare sahen. Mein Magen verkrampfte sich.

»Chrissie!« Sie setzte sich auf, als sie mich erblickte.

Nicht weinen. Nicht weinen! Ich schenkte ihr ein Lächeln. »Hallo, Ellen. Störe ich?«

Schnell schüttelte sie den Kopf. »Nein, bitte komm rein.«

Sie schaltete die Nachttischlampe ein, und in diesem Moment sah man ihr ihre Krankheit überdeutlich an. Bei unserem Aufeinandertreffen im Café und auch, als sie bei Karla gewesen war, musste sie Make-up getragen haben, und selbst da hatte sie schon blass ausgesehen. Doch jetzt – die beinahe durchscheinende Haut, die eingefallenen Wangen, die dunklen Augenringe. Alles wirkte noch viel extremer, und trotzdem blickte sie mich mit einer Hoffnung an, die mir die Luft abschnürte.

»Es tut mir leid«, sagte ich tonlos.

»Oh. Okay.« Sie schluckte hörbar, und jegliche Hoffnung wich aus ihrem Gesicht. Ich konnte sie kaum hören, als sie fortfuhr: »Aber ich kann dich verstehen. Was ich getan habe …«

»Nicht doch.« Ich ging näher auf das Bett zu. »Es tut mir leid, dass ich nicht früher gekommen bin. Ich … ich möchte … können wir wieder Freundinnen sein?«

Sie starrte mich an, und die Sekunden vergingen. Ein Schluchzen brach aus ihr heraus, und sie schlug sich die Hand vor den Mund. Sie sah zu Mark und zurück zu mir, dann sprang sie plötzlich aus dem Bett und fiel mir um den Hals. Beinahe verlor ich das Gleichgewicht, doch ich fing mich schnell wieder.

Lange standen wir so da, uns umarmend, schluchzend. Irgendwann liefen uns beiden die Tränen nur noch lautlos über die Wangen, und noch eine Weile später hatten wir uns wieder halbwegs beruhigt. Nur widerwillig lösten wir uns voneinander, als hätten wir Angst, uns erneut zu entfremden.

Mark kam zu uns und reichte uns beiden je ein Taschentuch. Ich lachte, wobei es mehr nach einem weiteren Schluchzen klang, und wischte mir ebenso wie Ellen das Gesicht trocken.

»Danke, Chrissie«, flüsterte sie nach einem Hicksen. »Ich habe gehofft, dass du mir verzeihen kannst, aber ehrlich gesagt nicht mehr wirklich daran geglaubt.«

»Denk nicht mehr dran«, unterbrach ich sie und strich ihr noch etwas unbeholfen über den Arm. »Jetzt bin ich da, und so schnell wirst du mich nicht mehr los.«

»Apropos, kann ich euch beide allein lassen?«, fragte Mark, nachdem er mir ein warmes Lächeln geschenkt hatte. »Ich würde gern bleiben, aber die Arbeit ruft. Mein Sabbatjahr startet erst im Januar.«

»Natürlich«, antwortete ich. »Mach dir keinen Kopf, wir zwei haben uns viel zu erzählen. Und bevor ich das vergesse: Tim und ich wollen uns heute Abend einen Disneyfilm ausleihen und etwas zu Essen bestellen, und wir hätten euch und Nathalie gern dabei. Natürlich nur, wenn ihr Lust habt.«

Mark sah zu Ellen, die ohne zu zögern nickte. »Wir kommen sehr gern. Danke, Chrissie!«

Als ich das *Neckarplätzchen* betrat, war die Mittagszeit schon lange vorbei, und ich verspürte ein schlechtes Gewissen. Nicht, weil ich so lange bei Ellen gewesen war. Wir hatten geredet und geredet und hätten uns noch stundenlang weiter unterhalten können, doch irgendwann war Ellen müde geworden, und ich musste sowieso ins Café. Ich hatte total vergessen, Karla Bescheid zu geben, weil ich auch gar nicht damit gerechnet hatte, erst so spät zu kommen, und ich war auch schon über Nacht fortgeblieben, ohne sie anzurufen. Sie machte sich sicher Sorgen – oder war wütend auf mich.

Ich klopfte mir den Schnee vom Mantel und zog ihn samt Mütze und Schal aus. Wärme hüllte mich ein, ebenso der Duft nach heißer Schokolade, Kaffee und Marzipan, und die übliche CD mit der Weihnachtsmusik lief im Hintergrund. Momentan war nicht allzu viel los, nur wenige Tische waren besetzt. Karla stand gerade an der Kaffeemaschine und bereitete Milchkaffee zu. Ich ging zu ihr.

»Karla?«

Sie fuhr zu mir herum. »Chrissie, Kleines. Herrgott, ich habe mir solche Sorgen gemacht. Ist alles okay?«

Ich nickte und schaffte es nicht, die Tränen zu unterdrücken. »Ich war über Nacht bei Tim und heute Morgen bei Ellen und Mark. Tut mir leid, dass ich nicht angerufen habe.«

»Oh. Dann …«

Wieder nickte ich. »Es ist alles wieder gut. Endlich ist alles gut.«

»Oh, Chrissie, das freut mich so.« Karla zog mich in ihre Arme, nun selbst den Tränen nahe. »Ich bin unglaublich stolz auf dich.«

»Ich auch«, gestand ich. »Ich bin froh, dass ich es geschafft habe, über meinen Schatten zu springen. Ähm, können wir ganz kurz reden?«

Sie senkte für einen Augenblick die Lider. »Natürlich. Lass mich nur schnell den Milchkaffee servieren und Susi Bescheid geben, dann komme ich in die Kaffeeküche.«

Ich hängte meinen Mantel an einen Haken der Garderobe und ging schon mal voraus, und es dauerte nicht lange, bis Karla nachkam. Sie schob mir eine Tasse Tee zu und setzte sich mir gegenüber auf den Stuhl. Eine Weile starrte sie auf das Adventsgeschenk auf dem Tisch, dann sah sie mich an.

»Bevor du was sagst – ich muss mich bei dir entschuldigen, Chrissie. Es war falsch, was ich getan habe, und ich hoffe, du kannst auch mir verzeihen.«

Ich seufzte, schob meine Hand über den Tisch und legte sie auf ihre. »Natürlich kann ich das, Karla, und tatsächlich kann ich auch ein bisschen verstehen, warum du so gehandelt hast. Du hattest sicher mit vielem recht, was du gesagt hast. Aber«, fügte ich hinzu und machte eine Pause, um meinen Worten mehr Nachdruck zu verleihen, »lüg mich bitte nie, nie wieder an.«

»Nie wieder, Kleines, das verspreche ich dir hoch und heilig.«

Ich nickte und zog meine Hand zurück, um einen Schluck Tee zu trinken. Er schmeckte nach Vanille und Pflaume. »Gut, denn dann habe ich noch weitere Neuigkeiten für dich. Bis zum Sommer muss ich aus meiner Wohnung ausziehen, und ich überlege …«

»… zurück nach Heidelberg zu kommen?«, unterbrach Karla mich. Vor Aufregung war ihre Stimme eine Oktave höher gerutscht. »O Chrissie, das wäre großartig. Du glaubst gar nicht, wie sehr ich mich darüber freuen würde.«

»Tim auch«, sagte ich und musste lächeln. »Und für meine Beziehung zu Ellen wäre es auch besser. Wir haben so viel verpasst, so viel aufzuholen, und uns bleibt nur noch so wenig Zeit.« Mit jedem Wort wurde meine Stimme leiser.

Nun griff Karla nach meiner Hand. »Die nächsten Monate werden schwer, aber du bist nicht allein, auch was den eventuellen Umzug angeht. Wenn ich dir irgendwie helfen kann, lass es mich wissen. Ich kann Wohnungsanzeigen heraussuchen und Termine für dich vereinbaren. Oder wollt du und Tim …?«

Ich schüttelte den Kopf, ehe sie zu Ende gesprochen hatte. »Irgendwann sicher, aber im Moment wäre es wahrscheinlich noch zu früh.«

Karla nickte. »Das verstehe ich. Du kannst natürlich auch

jederzeit zu *mir* ziehen, das muss ich dir hoffentlich nicht extra sagen.«

»Danke, Karla.« Ich lächelte ihr zu, dann trank ich noch einen Schluck Tee und erhob mich von meinem Stuhl. »Und jetzt sollte ich dringend in die Backstube und der armen Barbara beim Backen der Marzipanstangen unter die Arme greifen.«

Und ich wollte mir meine erste Nacht mit Tim noch einmal zurück ins Gedächtnis rufen, denn sie war tatsächlich unglaublich schön gewesen. Ich hatte es nur verdrängt, so, wie ich viele andere Dinge verdrängt hatte. Doch jetzt endlich war ich stark genug, um alte Dinge los- und neue zuzulassen.

Mittwoch, 24. Dezember 1997

24

Ich saß auf der Bank, die vor einem der beiden Fenster im Schlafzimmer stand, die Beine angewinkelt und den Kopf gegen die kühle Fensterscheibe gelehnt, und blickte auf den verschneiten Garten. Tim und ich hatten ein bisschen umgeräumt, als ich hier eingezogen war. Die Fenster waren ungewöhnlich niedrig für die deutsche Bauweise, und ich hatte mir schon immer eine Bank gewünscht, auf der man sitzen und lesen oder auch einfach nur die Aussicht bewundern konnte. Und die Aussicht war wirklich traumhaft schön. Dieses Jahr hatten wir sogar die große Tanne im Garten mit Lichterketten behangen, und auch an den Himbeer- und Johannisbeersträuchern hingen Lichter.

Schon den ganzen Tag fielen zarte Flocken vom Himmel, und ich hätte am liebsten seit heute früh hier gesessen, doch nachdem wir heute Abend Besuch erwarteten, gab es noch einiges zu tun. Nach dem Frühstück hatten Tim und ich den Baum aufgestellt und geschmückt, dann hatten wir es uns auf dem Sofa gemütlich gemacht und *Drei Haselnüsse für Aschenbrödel* angeschaut, und anschließend war es auch schon an die Vorbereitungen fürs Essen gegangen. Nathalie war Vegetarierin, weshalb wir sowohl Fleisch- als auch Käse-Fondue servieren wollten, und zum Nachtisch hatte sich Tim Früchtespieße und einen Schokoladenbrunnen gewünscht. Zwischendurch hatte ich mit meiner Mutter und auch mit Manfred telefoniert, die sich morgen treffen wollten, um den ersten Weihnachtsfeiertag zusammen zu verbringen. Natürlich hatte ich beide zu uns nach Heidelberg eingeladen, doch sowohl meiner Mutter als auch meinem Onkel war die lange Zugfahrt zu beschwerlich. Vielleicht würden wir nächstes Jahr zusammen mit ihnen im Norden feiern; dieses Jahr wollte ich Mark und Nathalie nicht allein lassen.

Inzwischen war der große Tisch im Wohnzimmer gedeckt, und Tim kümmerte sich netterweise um die letzten Kleinigkeiten, da mir ein wenig übel gewesen war. Die Übelkeit war nun glücklicherweise fort, doch dieses bedrückende Gefühl, das ich beim Anblick des Schnees empfand, begleitete mich schon den ganzen Tag lang.

Ellen hätte es geliebt. Leider waren ihr im letzten Jahr keine weißen Weihnachten vergönnt gewesen, denn nach jenem Tag, an dem ich ihr verziehen hatte, hatte es nicht mehr geschneit. Meine Augen schwammen in Tränen, wie so oft, wenn ich an sie dachte, und es würde auch sicher noch eine Weile dauern, bis ich an sie denken konnte, ohne das Gefühl zu haben, ein Elefant würde auf meiner Brust sitzen. Mit den Fingern tastete ich nach der Kette, die ich um den Hals trug, die Kette mit dem Unendlichkeitszeichen als Anhänger, und ich schloss die Augen.

Seit einem halben Jahr war Ellen nicht mehr bei uns, und es fühlte sich immer noch so unwirklich an. Der erste Monat war besonders schlimm gewesen, und ich wusste nicht, wie Nathalie und Mark den Verlust überstanden. Ich machte mir nach wie vor Vorwürfe, weil ich so viele Jahre nicht da gewesen war. Wenn ich gewusst hätte, dass sie so früh sterben würde …

Ich wischte mir die Tränen aus dem Gesicht und legte meine Wange auf die angewinkelten Knie. So war das Leben nun mal, man wusste nie, was kommen würde – und sicher war es auch besser so. Alles, was einem blieb, war die Zeit, die man hatte, zu genießen, und das taten Tim und ich. Wir waren recht schnell zusammengezogen, nachdem ich nach Heidelberg zurückgekehrt war, schon im April, und ich bereute es keine einzige Sekunde, im Gegenteil. Ich liebte ihn von Tag zu Tag mehr, und ich war froh, dass auch das Verhältnis zu meiner Mutter wieder besser geworden war. Nachdem ich Ellen und Mark vergeben hatte, hatte ich auch ihr verziehen, denn sie hatte es ja nie böse gemeint.

Schritte waren auf der Treppe zu hören, und ich wandte den Kopf zur Seite. Kurz darauf betrat Tim das Schlafzimmer. Mit einem Lächeln kam er zu mir. Er hob meine Beine hoch, setzte sich neben mich und legte meine Beine auf seinen Schoß.

»Na, wie geht es euch?« Liebevoll streichelte er über meinen Bauch.

»Besser«, antwortete ich. »Danke, dass du dich um den Rest gekümmert hast.«

»Ist doch selbstverständlich. Kann ich noch irgendwas für dich tun?«

Ich schüttelte den Kopf. »Außerdem kommen sie sicher gleich, oder?«

Tim nickte. »Es ist gleich halb sechs, aber wenn du noch irgendwelche Wünsche hast …«

»Du könntest mir später die Füße massieren«, sagte ich halb im Scherz.

»Alles, was du willst, mein Schatz.« Tim rückte näher an mich heran und gab mir einen sanften Kuss. »Frohe Weihnachten, Chrissie.«

»Das wünsche ich dir auch.« Ich schlang meine Arme um seinen Nacken und legte meine Stirn gegen seine. Noch ließ mein Bauch diese Position zu, doch schon bald würde er sich von der Form her immer mehr Karlas Pudding-Kokos-Pralinen annähern. »Danke, dass du immer für mich da bist. Ich weiß nicht, wie ich das letzte Jahr ohne dich hätte überstehen sollen.«

»Du bist stärker, als du denkst, Chrissie. Ich bin gern für dich da, keine Frage, aber du hättest das auch ohne mich geschafft.«

Ich zuckte mit den Schultern. »Weiß nicht. Schließlich habe ich es neunzehn Jahre lang nicht geschafft.« Meine Stimme wurde immer leiser, und ich schluckte gegen die plötzliche Enge in meinem Hals an.

Tim schob mir eine Haarsträhne hinters Ohr, die sich aus meinen hochgebundenen Haaren gelöst hatte. »Hör auf, dir Selbstvorwürfe zu machen, Schatz. Ellen hätte das nicht gewollt, und das weißt du genauso gut wie ich. Du kannst nichts mehr ändern, und am Ende hast du die richtige Entscheidung getroffen. Nur das zählt.«

Ich nickte. Tims Aussagen stimmten. Das Leben war zu kurz, um sich Vorwürfe zu machen. Mein Kopf wusste das, aber mein Herz würde noch eine Weile brauchen, bis es das akzeptieren konnte, und das war okay, solange es mein Leben nicht beeinträchtigte. Ellen fehlte mir einfach so sehr, und bei allem Schmerz war ich froh, dass es so war, denn so war es richtig. So hätte es all die Jahre über sein sollen.

Es klingelte an der Tür, und Tim stand auf. »Da sind sie. Kommst du mit runter, oder brauchst du noch einen Moment?«

Ich griff nach Tims ausgestreckten Händen und ließ mich von ihm hochziehen. »Geh schon vor, ich komme sofort nach.«

»Alles klar. Ich liebe dich, Chrissie. Habe ich dir das heute schon gesagt?«

Ich musste lächeln. »Nur ungefähr fünf Mal. Ich liebe dich auch.«

Wir gaben uns noch einen Kuss, dann eilte er aus dem Schlafzimmer und die Treppe nach unten. Ich ging hinüber zur Kommode und nahm das Bild in die Hand, das dort in einem weißen Holzrahmen zwischen den Parfümflakons und Lippenstiften stand. Es war das Bild, das Tim von Ellen und mir im Sommer 1977 im Schwimmbad aufgenommen hatte.

»Fröhliche Weihnachten, Ellen«, flüsterte ich und drückte das Bild für einen Moment an mein Herz. Dann stellte ich es zurück auf die Kommode, holte noch einmal tief Luft und ging nach unten, um zusammen mit Tim, Karla, Mark und Nathalie Weihnachten zu feiern.

Rezepte

Anisstangen

300 g weiße Schokolade
3 Eier
125 g Zucker
25 g Honig
Etwas Tonkabohnenabrieb oder Vanillearoma
175 g Mehl
100 g Speisestärke
70 g zarte Haferflocken
100 g gemahlene Mandeln
Abrieb von 1/2 unbehandelten Zitrone
3 TL Anis, Anissamen
1 TL Kardamom
1 Prise Salz

Zuerst 100 g weiße Schokolade schmelzen und den Backofen auf 180 Grad Ober-/Unterhitze vorheizen. Die Eier mit dem Zucker schaumig schlagen und den Honig und den Tonkabohnenabrieb bzw. das Vanillearoma zufügen. Die geschmolzene Schokolade unterrühren.

Mehl, Speisestärke, Mandeln, Haferflocken, Zitronenabrieb und Gewürze mischen und unter die Masse rühren. Den Teig in einen großen Spritzbeutel mit einer Lochtülle (oben eine Ecke abschneiden) geben und auf zwei mit Backpapier ausgelegte Bleche spritzen. Für ca. 10 Minuten backen und abkühlen lassen. Anschließend die restliche Schokolade schmelzen und eine Seite der Keksstange eintauchen. Mit Anissamen bestreuen und fest werden lassen.

Marzipanstangen

260 g Mehl
175 g Puderzucker
1 Prise Salz
1 Päckchen Vanillezucker
2 Eier
125 g Butter
200 g Marzipan
150 g Zartbitterschokolade
10 g Kokosfett

250 g Mehl, 125 g Puderzucker, Salz, Vanillezucker, 1 Ei und die Butter zu einem glatten Teig verarbeiten und ca. 1 Stunde kühl stellen. Inzwischen den Marzipan grob raspeln und mit 1 Ei, dem Rest Mehl und Rest Puderzucker zu einer cremigen Masse verrühren. Nach dem Kühlen den Teig auf einer mit Mehl bestreuten Arbeitsfläche ausrollen (ca. 20 x 25 cm).

Die Marzipanmasse aufstreichen und die lange Seite in 4 Streifen à ca. 10 cm schneiden. Vorsichtig auseinanderziehen und in 1,5 cm breite Stangen schneiden. Auf ein Backblech legen und mit Mandelblättchen bestreuen. Für ca. 15 Minuten bei 150 Grad Umluft backen und auskühlen lassen. Nach Belieben mit einer Schokoglasur aus Zartbitterschokolade und Kokosfett verzieren.

Dinkel-Spekulatius

250 g Dinkelmehl
1 TL Backpulver
1 Prise Salz
75 g weißen Zucker
75 g braunen Zucker
1/2 TL gemahlene Vanille
2 Teelöffel Spekulatiusgewürz
1 Ei
125 g kalte Butter
50 g Marzipan
100 g Mandelblättchen

Butter und Marzipan in kleine Stückchen schneiden und zusammen mit den anderen Zutaten in einer großen Rührschüssel zu einem glatten Teig verkneten. In Frischhaltefolie wickeln und für mindestens 2 Stunden im Kühlschrank durchkühlen lassen. Anschließend den Backofen auf 160 Grad Ober-/Unterhitze vorheizen. Den Teig ausrollen und Formen ausstechen oder in Rechtecke schneiden.

Eventuell Mulden von Spekulatiusformen ausmehlen und jeweils einen Teelöffel Teig darin verteilen. Mit einem Ausrollstab glatt streichen und überstehenden Teig entfernen. Mit gehobelten Mandelblättchen bestreuen und ca. 15 Minuten backen, bis die Spekulatius goldbraun sind. Gut auskühlen lassen.

Spritzgebäck

300 g weiche Butter
200 g Zucker
Etwas Vanilleextrakt oder 1 Päckchen Vanillezucker
1 Prise Salz
3 Eigelb
1 Ei
450 g Mehl
60 g gemahlene Mandeln
250 g Kokosraspeln
1/2 Päckchen Backpulver
Evtl. Kuvertüre

Die Butter mit dem Zucker schaumig rühren, Salz und Eier nach und nach zugeben. Mehl, Backpulver, Kokosraspeln und Mandeln mischen und nach und nach zugeben. Für ein paar Stunden in den Kühlschrank stellen.

Mit der Gebäckspritze oder dem Fleischwolf Stränge durchdrehen und zum Ring formen. Bei 180 Grad Ober-/Unterhitze für 10 Minuten backen. Wer mag, kann die Kringel anschließend in Kuvertüre eintauchen.

Nussplätzchen

250 g weiche Butter
120 g Zucker
250 g Mehl
120 g gemahlene Haselnüsse
Ein paar ganze Haselnüsse zum Garnieren

Die Butter mit dem Zucker cremig rühren. Mehl und gemahlene Haselnüsse unterheben. Mit der Gebäckspritze Plätzchen auf das Backblech spritzen und mit den ganzen Haselnüssen garnieren. Bei 175 Grad Ober-/Unterhitze ca. 12 Minuten backen.

Aprikosensterne

240 g Butter
180 g Zucker
1 Prise Salz
1 Ei
300 g Mehl
1 TL Backpulver
1 TL Zimt
125 g getrocknete Aprikosen
200 g Aprikosenmarmelade
100 g Zartbitterkuvertüre

Butter, Zucker, Salz und das Ei miteinander verrühren. Anschließend Mehl, Backpulver und Zimt hinzufügen und alles verkneten. Aprikosen in kleine Würfel schneiden und hinzufügen. Den Teig in Frischhaltefolie gewickelt ca. 1 Stunde kühl stellen.

Backofen auf 175 Grad Ober-/Unterhitze vorheizen. Den Teig auf einer mit Mehl bestäubten Arbeitsfläche ausrollen und Sterne ausstechen. Ca. 10 bis 12 Minuten backen.

Marmelade erwärmen und Plätzchen damit bestreichen. Abkühlen lassen und mit geschmolzener Kuvertüre besprenkeln.

Lebkuchenkipferl

220 g Mehl
100 g Zucker
3 EL Milch
1 Päckchen Schokoladen-Puddingpulver
2 Eigelb
1 TL Lebkuchengewürz
1 TL Zimt
1 Messerspitze Nelkenpulver
1 Messerspitze Kardamom
100 g Butter
Schokoladenkuvertüre zum Verzieren

Alle Zutaten verkneten und Kipferl daraus formen. Im vorgeheizten Backofen bei 180 Grad Ober-/Unterhitze ca. 12 Minuten backen. Erkalten lassen und anschließend mit Kuvertüre verzieren.

Dank

Einen Weihnachtsroman im Frühling zu schreiben ist gar nicht so einfach. Die Kälte weicht der Sonne, die Weihnachtsdekoration den Frühlingsblumen, und so danke ich meiner Lektorin Regine Schmitt, dass sie sich mit mir mitten im Frühling zurück in den Winter versetzt hat. Vielen Dank für Ihre Anmerkungen und Vorschläge, und natürlich auch vielen Dank an den Piper Verlag. Ich freue mich, dass ich einen weiteren Weihnachtsroman schreiben durfte.

Vielen Dank an meine Agentin Diana Itterheim von der litmedia.agency, die mir wie immer mit Rat und Tat und einem offenen Ohr zur Seite stand und sich all meine Ideen angehört hat, bis ich endlich die richtige gefunden habe.

Vielen Dank an Anna, die ich seit der fünften Klasse kenne (und die fünfte Klasse liegt inzwischen schon einige Jahre zurück) und die mir nie von der Seite gewichen ist, auch wenn der Kontakt in all den Jahren zwischendurch mal leider weniger war. Es ist schön, eine beste Freundin zu haben, auf die man immer zählen kann.

Liebe Gila, ich danke dir für deine Plätzchenrezepte. Die klingen alle ganz großartig, und ich freue mich schon darauf, sie nachzubacken.

Mehr Rezepte findet ihr übrigens auf Instagram unter @gilasbackstube!

Das größte Dankeschön geht an meine kleine Familie –

Christian, Niklas und Betty. Ich bin so froh, euch zu haben. Euch immer an meiner Seite zu wissen, in guten wie in schlechten Zeiten, bedeutet mir die Welt. Ihr bedeutet mir die Welt.

Und zuletzt möchte ich euch Lesern danken. Danke, dass ihr aus all der Vielzahl an Büchern zu diesem Buch gegriffen habt. Ich hoffe, Chrissies Geschichte hat euch gefallen und wir lesen uns mal wieder.

Ich wünsche euch allen fröhliche Weihnachten und ein gesundes, neues Jahr voller Glück und Marmeladenglasmomente!